Daphne du Maurier

EIN TROPFEN ZEIT

Roman

BASTEI LÜBBE

Titel der englischen Originalausgabe:
THE HOUSE ON THE STRAND
Übersetzung: Margarete Bormann

1. Auflage 1974
2. Auflage 1975
3. Auflage 1976
4. Auflage 1977
5. Auflage 1978
6. Auflage 1979
7. Auflage 1980
8. Auflage 1981
9. Auflage 1982
10. Auflage 1984

Deutschsprachige Rechte beim Scherz Verlag Bern und München
Genehmigte Lizenzausgabe: Bastei-Verlag Gustav H. Lübbe, Bergisch Gladbach
Printed in Western Germany 1984
Einbandgestaltung: Eva Kausche
Gesamtherstellung: Ebner Ulm
ISBN 3-404-05105-X

Der Preis dieses Bandes versteht sich einschließlich der gesetzlichen Mehrwertsteuer

I

Das erste, was mir auffiel, war die Klarheit der Luft und dann auch das helle Grün der Landschaft. Nirgends sanfte Linien. Die fernen Hügel verschwammen nicht mit dem Himmel, sondern hoben sich wie Felsen vor ihm ab und wirkten so nah, daß ich glaubte, sie berühren zu können; diese Nähe wunderte und erschreckte mich wie ein Kind, das zum erstenmal durch ein Teleskop blickt. Jeder Gegenstand rückte näher und hatte die gleichen harten Konturen. Jede Fiber in mir war seltsam gespannt. Gesicht, Gehör, Geruch – alle Sinne waren gespannt.

Alle bis auf den Tastsinn. Den Boden unter meinen Füßen spürte ich nicht. Magnus hatte mich darauf vorbereitet. Er hatte gesagt: »Wenn dein Körper leblose Gegenstände berührt, fühlst du es nicht. Du gehst, stehst, sitzt, du streifst etwas, aber du spürst nichts. Mach dir deswegen keine Sorgen. Daß du dich bewegen kannst, ohne etwas zu fühlen, macht schon das halbe Wunder aus.«

Ich hatte das natürlich als Scherz aufgefaßt, als weiteren Anreiz, der mich zu dem Experiment verleiten sollte. Jetzt stellte sich heraus, daß er recht gehabt hatte. Ich ging, und es war eine ganz neue, erregende Erfahrung, denn ich bewegte mich scheinbar mühelos und spürte keine Berührung mit dem Boden.

Ich ging hinab zum Meer, durch jene Felder scharfkantigen Silbergrases, das in der Sonne glitzerte, denn der Himmel – der mir vorhin noch trübe schien – war jetzt wolkenlos: ein leuchtendes, hinreißendes Blau. Als ich an den Rand der Klippe trat und hinuntersah, dorthin, wo vorhin noch der Weg war, das Wirtshaus, das Café und die Häuser am Fuß von Polmear Hill, bemerkte ich, daß das Meer das Land bedeckte und eine Bucht bildete, unter deren Fluten ein Teil des Tales verschwand. Straßen und Häuser gab es nicht mehr.

Ich wäre vielleicht ewig dort stehengeblieben, verzückt, zufrieden, so zwischen Himmel und Erde zu schweben, fern von allem Leben, das ich vorhin noch kannte oder kennen wollte. Da bemerkte ich plötzlich einen Reiter, der sich mir auf einem Pony näherte. Die Hufe hatten kein Geräusch verursacht — das Pony mußte sich ebenso leise wie ich über die Felder bewegt haben. Und jetzt, da es über den Kies trabte, traf das Klirren der Steine meine Ohren wie ein plötzlicher Schock, und ich roch den starken Geruch des warmen, schweißbedeckten Pferdekörpers.

Ich fuhr instinktiv etwas zurück, denn der Reiter kam direkt auf mich zu, ohne mich wahrgenommen zu haben. Am Rand des Wassers zügelte er sein Pony und blickte auf das Meer hinaus, wie um den Stand der Flut abzuschätzen. Jetzt empfand ich zum erstenmal nicht nur Erregung, sondern auch Furcht, denn dies war kein Trugbild, sondern Realität. Ich fürchtete nicht, über den Haufen geritten zu werden; was mich plötzlich in Panik versetzte, war vielmehr die Begegnung selbst, diese Überbrückung der Jahrhunderte zwischen ›seiner‹ Zeit und meiner Zeit. Er wandte den Blick vom Meer und sah mich an. Gewiß sah er mich — denn las ich nicht in diesen tiefliegenden Augen ein Zeichen des Erkennens? Er lächelte, tätschelte den Hals seines Ponys und trieb das Tier dann mit einem raschen Stoß der Absätze in die Flanken über eine Furt, durch einen schmalen Kanal auf die andere Seite.

Er hatte mich nicht gesehen, er konnte mich nicht sehen; er lebte in einer anderen Zeit. Warum wandte er sich dann aber so plötzlich im Sattel und blickte sich über die Schulter nach mir um? Es war eine Herausforderung. »Folg mir, wenn du Mut hast!« — zwingend, seltsam. Ich schätzte die Tiefe des Wassers an der Furt und stürzte, obgleich es bereits die Hachsen des Ponys erreichte, dem Reiter nach. Es war mir gleichgültig, ob ich naß wurde, und als ich auf der anderen Seite ankam, bemerkte ich, daß ich trockenen Fußes hinübergekommen war.

Der andere ritt den Hügel hinauf, und ich folgte ihm. Der Pfad, den er einschlug, war schlammig und sehr steil und bog weiter oben scharf nach links ab. Ich erinnerte mich, erfreut über diese Entdeckung, daß der Weg immer noch den gleichen Verlauf nahm; erst heute morgen war ich hier heraufgefahren. Aber weiter reichte die Übereinstimmung auch nicht, denn keine Hecken säumten den Pfad wie in meiner Zeit. Rechts und links Ackerland, dem Winde ausgesetzt, dazwischen Moorflecken, Gestrüpp und Stechginsterbüsche.

Ich sah meinen Reiter und sein Pony dicht vor mir und folgte ihnen. Ich hätte sie berühren können, aber ich dachte an Magnus' warnende Worte: »Wenn du einer Gestalt aus der Vergangenheit begegnest, so faß sie um Himmels willen nicht an. Bei leblosen Gegenständen macht es nichts, aber wenn du einen Menschen oder ein Tier anrühren willst, so reißt das Band zwischen dir und der Vergangenheit, und du wirst mit einem sehr unangenehmen Schock zu dir kommen. Ich habe es versucht: Ich weiß, wie es ist.«

Der Weg führte über das Ackerland bergab, und jetzt breitete sich die ganze verwandelte Landschaft vor meinen Augen aus. Das Dorf Tywardreath, das ich wenige Stunden zuvor gesehen hatte, erschien völlig verändert. Hütten und Häuser, die einem Puzzlespiel glichen und sich nördlich und westlich der Kirche aneinandergereiht hatten, waren verschwunden; nur hier und dort erblickte ich einen Weiler, wie von Kinderhänden zusammengefügt; er erinnerte mich an den Spielzeugbauernhof, mit dem ich einst in meinem Zimmer gespielt hatte. Kleine, strohgedeckte Behausungen drängten sich um einen Platz, auf dem sich Schweine, Gänse, Hühner, zwei oder drei angepflockte Ponys und die unvermeidlichen, herumlungernden Hunde tummelten. Rauch stieg aus den armseligen Hütten, nicht aus Schornsteinen, sondern aus einem Loch im Dach. Ich wäre gern stehengeblieben und hätte das alles angestarrt, aber der Reitersmann ritt weiter, und mich drängte es, ihm zu folgen. Er bog nach links, saß dann vor einer Umfriedung ab, warf die Zügel über einen Holzstapel am Boden und ging durch ein breites, messingbeschlagenes Tor. Über dem Bogen befand sich die geschnitzte Figur eines Heiligen in feierlichem Gewand; in der rechten Hand hielt er das Andreaskreuz. Meine längst vergessene, oft verspottete katholische Erziehung zwang mich, vor dieser Pforte ein Kreuz zu schlagen, und während ich das tat, ertönte von drinnen eine Glocke, die in meiner Erinnerung einen so tiefen Akkord anschlug, daß ich zögerte, bevor ich eintrat, denn ich fürchtete, daß diese Macht mich wieder zum Kind machen könnte.

Meine Sorge war unberechtigt. Die Szene, die sich mir bot, war nicht gerade klösterlich. Das Tor öffnete sich auf einen schmutzigen Hof, in dem zwei Männer einen ängstlichen Buben verfolgten, wobei sie mit Dreschflegeln nach seinen nackten Schenkeln schlugen. Nach Gewand und Tonsur zu urteilen, waren die beiden Mönche und der Junge ein Novize; sie hatten seinen Rockschoß über der Taille hochgerafft, um ihrem Vergnügen besonderen Reiz zu verleihen.

Der Reiter betrachtete das Schauspiel ungerührt, aber als der Junge schließlich hinfiel, das Gewand um die Ohren geschlagen, die mageren Glieder und das nackte Hinterteil entblößt, rief er: »Schlagt ihn nicht noch blutig. Der Prior läßt sich die Spanferkel gern ohne Soße servieren. Jedenfalls solange sie noch nicht zäh sind.« Währenddessen rief die Glocke zum Gebet, ohne jedoch auf die frommen Gottesmänner im Hof Eindruck zu machen.

Der Reiter, dessen anzügliche Bemerkung Beifall fand, ging in das Gebäude vor uns und folgte einem Gang, der anscheinend die Küche vom Refektorium trennte; der Geruch angebrannten Fleisches wurde leicht gemildert durch den Torfrauch vom Feuer. Ohne die Wärme und die Düfte der Küche und die Kälte im Speisesaal zu beachten, schritt er eine Treppe hinauf, bis er an eine Tür gelangte. Er klopfte an und ging hinein, ohne eine Antwort abzuwarten.

Der Raum mit seiner Holzdecke und den getünchten Wänden wirkte ein wenig anheimelnder; die geschrubbte und polierte Nüchternheit, eine lebhafte Erinnerung aus meiner Kindheit, fehlte ganz. Auf dem mit Binsen belegten Fußboden lagen von Hunden benagte Knochen verstreut, und das Bett am anderen Ende mit seinen verstaubten Vorhängen diente offenbar als Ablage für allerlei Gerümpel – eine Decke aus Schafsfell, ein Paar Sandalen, ein runder Käse auf einem Zinnteller und eine Angelrute; in der Mitte saß ein Windhund und kratzte sich.

»Seid gegrüßt, Pater Prior«, sagte der Reiter.

Irgend etwas setzte sich im Bett auf und vertrieb dadurch den Windhund, der auf den Boden sprang. Es war ein ältlicher Mönch mit rosigen Wangen, der eben aus dem Schlaf auffuhr.

»Ich habe Weisung gegeben, daß ich nicht gestört zu werden wünsche«, sagte er.

Der Reiter zuckte die Achseln. »Nicht einmal für das Offizium?« fragte er und streckte die Hand nach dem Hund aus, der neben ihn kroch und mit seinem räudigen Schwanz wedelte.

Seine spöttische Frage blieb ohne Erwiderung. Der Prior zog die Decken an sich heran und beugte die Knie. »Ich brauche Ruhe«, sagte er, »alle erdenkliche Ruhe, damit ich für den Empfang des Bischofs klar im Kopf bin. Hast du schon davon gehört?«

»Es gibt immer Gerüchte«, antwortete der Reiter.

»Das war aber kein Gerücht. Sir John hat mir gestern Bescheid geschickt. Der Bischof ist schon von Exeter aufgebrochen; er wird am Montag hier sein und erwartet, daß wir ihn gastlich aufnehmen, wenn er von Launceston kommt und eine Nacht bei uns verbringt.«

Der Reiter lächelte. »Der Bischof hat sich für seinen Besuch genau die richtige Zeit ausgesucht. Martinstag – da gibt es frischgeschlachtetes Fleisch zum Abendessen. Er wird mit vollem Bauch einschlafen, und Sie brauchen sich keine Sorgen zu machen.«

»Keine Sorgen zu machen?« Die verdrießliche Stimme des Priors überschlug sich. »Meinst du denn, ich könnte meinen widerspenstigen Haufen bis dahin zur Räson bringen? Was für einen Eindruck wird der übereifrige neue Bischof haben, der die ganze Diözese reinfegen will?«

»Eure Mönche werden sich schon fügen, wenn Ihr ihnen eine Belohnung für schickliches Verhalten versprecht. Erhaltet Euch die Gunst Sir John Carminowes, das ist die Hauptsache.«

Der Prior bewegte sich unruhig unter seinen Decken. »Sir John läßt sich nicht leicht zum Narren halten. Er mag zwar unser Schutzherr sein, aber er wird mir nicht beistehen, wenn es nicht auch seinen Interessen dient.«

Der Reiter hob einen Knochen auf und gab ihn dem Hund. »Bei dieser Gelegenheit«, sagte er, »hat Sir Henry als Gutsherr den Vorrang vor Sir John. Er wird Euch nicht das Büßergewand anlegen und in Ungnade stoßen. Ich wette, er liegt jetzt in der Kapelle auf den Knien.«

Der Prior lachte nicht. »Als Sir Henrys Verwalter solltest du mehr Achtung vor ihm haben«, bemerkte er und fügte nachdenklich hinzu: »Henry de Champernoune ist ein besserer Gottesmann als ich.«

Der Reiter lachte. »Der Geist ist willig, Pater Prior — aber das Fleisch?« Er tätschelte den Kopf des Windhundes. »Am besten reden wir nicht mehr vom Besuch des Bischofs oder vom Fleisch.« Er richtete sich auf. »Das französische Schiff liegt vor Kylmerth. Es wird noch zwei Fluten lang dort sein. Wollt Ihr mir Briefe mitgeben?«

Der Prior schob die Decken zurück und kletterte aus dem Bett. »Warum im Namen des heiligen Antonius hast du mir das nicht gleich gesagt?« schrie er und wühlte in den Papieren auf der Bank neben sich. Er bot einen ziemlich jämmerlichen Anblick — im Hemd, die dürren Beine mit geschwollenen Venen wie Krampfadern bedeckt, die Füße schmutzig mit krummen Zehen. »In diesem Durcheinander kann man einfach nichts finden«, jammerte er. »Warum sind meine Papiere nie in Ordnung? Warum ist Bruder Jean nie hier, wenn ich ihn brauche?«

Er griff nach einer Glocke, die auf der Bank stand, läutete und schrie den Reiter wütend an, weil dieser schon wieder lachte. Fast im gleichen Augenblick erschien ein Mönch. Nach seinem raschen Eintritt zu urteilen, mußte er an der Tür gelauscht haben. Er war jung, hatte dunkles Haar und auffallend leuchtende Augen.

»Zu Diensten, Pater«, sagte er auf französisch. Bevor er auf den Prior zuging, wechselte er einen Blick mit dem Reiter.

»Komm her und vertrödle keine Zeit«, sagte der Prior gereizt und wandte sich wieder der Bank zu.

Während der Mönch an dem Reiter vorbeiging, murmelte er diesem ins Ohr: »Die Briefe bringe ich dir später am Abend und weise dich dann auch weiter in die Kunst ein, die du lernen willst.«

Der Reiter verneigte sich spöttisch und schritt zur Tür. »Gute Nacht, Pater Prior. Laßt Euch nicht um Euren Schlaf bringen wegen des bischöflichen Besuchs!«

»Gute Nacht, Roger, gute Nacht. Gott sei mit dir.«

Als wir gemeinsam das Zimmer verließen, rümpfte der Reiter die Nase und zog eine verächtliche Grimasse. Zu der muffigen Luft im Zimmer des Priors war jetzt ein zusätzliches Aroma, ein Parfumhauch von der Kutte des französischen Mönchs gekommen.

Wir gingen die Treppe hinunter, aber bevor der Reiter durch den Flur zurückkehrte, blieb er einen Augenblick stehen und öffnete dann eine andere Tür. Sie führte in die Kapelle, in der die Mönche, die sich mit dem Novizen vergnügt hatten, jetzt beteten oder vielmehr so taten, als beteten sie. Sie hatten die Augen niedergeschlagen, und ihre Lippen bewegten sich. Außer ihnen sah ich vier andere Mönche, die nicht im Hof gewesen waren; zwei von ihnen schliefen im Chorgestühl. Der Novize kauerte auf den Knien und weinte leise, aber bitterlich. Die einzig würdevolle Gestalt war ein Mann mittleren Alters, dessen graue Locken ein schönes, gütiges Gesicht umrahmten. Er blickte mit ehrfurchtsvoll gefalteten Händen unverwandt zum Altar. Das mußte wohl Sir Henry de Champernoune sein, von dessen Frömmigkeit der Prior gesprochen hatte, der Besitzer des Gutes und Herr meines Reiters.

Dieser schloß die Tür wieder und ging hinaus über den jetzt leeren Hof zum Tor. Der Dorfplatz lag verlassen da, und am Himmel zogen Wolken herauf, als wollte es Abend werden. Der Reiter bestieg sein Pony und ritt den Weg hinauf durch das höher gelegene Ackerland.

Ich hatte kein Gefühl für die Zeit – seine oder meine Zeit. Auch mein Tastsinn war noch nicht wiedergekehrt, und ich bewegte mich mechanisch neben dem Reiter her. Wir kamen zur Furt hinab und durchquerten sie, ohne daß die Hachsen seines Ponys naß wurden, denn es war bereits Ebbe eingetreten. Dann ging es weiter über die Felder.

Als wir oben auf dem Hügel ankamen und die Felder ihre vertraute Gestalt annahmen, erkannte ich mit wachsender Erregung und Überraschung, daß er mich heimwärts führte, denn Kilmarth, das Haus, das Magnus mir für die Sommerferien überlassen hatte, lag hinter dem kleinen Wald vor uns. Sechs oder sieben Ponys weideten dicht am Wege; eines hob beim Anblick des Reiters den Kopf und wieherte, dann machten sie alle gemeinsam kehrt und galoppierten davon. Er ritt über eine Lichtung im Wald; hier senkte sich der Pfad, und unmittelbar vor uns lag ein strohgedecktes Haus, umgeben von einem schmutzigen Hof. Über einer Öffnung im Dach kräuselte sich blauer Rauch. Ich erkannte nur das Tal wieder, in dem das Haus lag.

Der Reiter saß ab und rief einen Namen. Ein Junge kam aus dem Kuhstall, um ihm das Pony abzunehmen. Er war jünger und kleiner als mein Reiter, hatte aber die gleichen tiefliegenden Augen und war wohl sein Bruder. Er führte das Pony fort, und der Reiter ging durch den offenen Torweg ins Haus, das auf den ersten Blick nur aus einem Raum zu bestehen schien. Ich folgte dicht hinter ihm, konnte aber durch den Rauch wenig erkennen, außer daß die Wände aus einem Gemisch von Lehm und Stroh bestanden und der Boden nicht einmal mit Binsen belegt war.

Eine Leiter am anderen Ende führte in eine niedrige Dachkammer über dem Wohnraum; ich blickte hinauf und sah Strohsäcke auf den Planken. Der Kamin, in dem Torf und Stechginster brannten, befand sich in einer Nische der Mauer, und über dem aufsteigenden Rauch hing ein Kessel zwischen Eisenstangen, in dem Irish Stew schmorte. Neben dem Feuer kniete ein Mädchen; ihr langes Haar fiel bis über die Schultern hinab. Als der Reiter ihr einen Gruß zurief, sah sie auf und lächelte ihm zu.

Ich folgte ihm auf den Fersen. Plötzlich drehte er sich um und starrte mir ins Gesicht; wir standen Schulter an Schulter, ich spürte seinen Atem auf meiner Wange und streckte instinktiv eine Hand aus, um ihn abzuwehren. Da spürte ich einen stechenden Schmerz an den Knöcheln, sah, daß sie bluteten, und gleichzeitig hörte ich das Geräusch von zersplitterndem Glas. Der Reiter, das Mädchen und das qualmende Feuer waren verschwunden. Ich hatte meine rechte Hand durch das Fenster der unbenutzten Küche im Kellergeschoß von Kilmarth gestreckt und stand in dem alten, eingesunkenen Hof davor.

Ich stolperte durch die offene Tür, erbrach mich heftig, nicht wegen des Blutes, sondern weil mich eine unerträgliche Übelkeit befiel, die mich von Kopf bis Fuß schüttelte. Am ganzen Körper bebend, lehnte ich mich an die Mauer des Heizungsraums; ein dünnes Blutrinnsal lief über meine Hand.

In der Bibliothek über mir läutete das Telefon; es klang in seiner Eindringlichkeit wie der Ruf einer verlorenen, einer unerwünschten Welt. Ich ließ es läuten.

II

Es dauerte fast zehn Minuten, bis die Übelkeit nachließ. Ich saß im Heizungsraum auf einem Holzstapel und wartete. Das schlimmste war das Schwindelgefühl; ich wagte nicht aufzustehen. Der Schnitt in meinem Handgelenk war nicht sehr tief, so daß ich das Blut bald mit dem Taschentuch stillen konnte. Von meinem Platz aus sah ich das zerbrochene Fenster und die Glasscherben im Innenhof. Später würde ich die Szene vielleicht rekonstruieren und mir vorstellen können, wo der Reiter gestanden hatte, wieviel Raum das längst verschwundene Haus eingenommen hatte, wo sich jetzt Innenhof und Kellergeschoß befanden. Aber im Augenblick war ich zu erschöpft.

Ich fragte mich, wie ich wohl ausgesehen haben mochte, wenn jemand beobachtet hätte, wie ich über die Felder unten am Hügel entlanggegangen und den Heckenpfad nach Tywardreath hinaufgestiegen war. Denn daß ich dort gewesen war, stand für mich fest. Die schmutzigen Schuhe, die zerrissene Hose und mein feuchtkaltes, durchschwitztes Hemd – das kam nicht von einem gemächlichen Spaziergang auf den Klippen.

Nachdem Übelkeit und Schwindel nachgelassen hatten, ging ich langsam die Hintertreppe zum Hausflur hinauf. Ich betrat den Gang, in dem Magnus Ölmantel, Stiefel und seine übrige Wetterkleidung aufbewahrte, und starrte mich im Spiegel über dem Waschbecken an. Ich sah ziemlich normal aus. Ein bißchen weiß um die Nase, sonst nichts. Vor allem brauchte ich jetzt einen kräftigen Schluck Alkohol. Doch dann fiel mir ein, daß Magnus gesagt hatte: »Rühr mindestens drei Stunden, nachdem du die Droge genommen hast, keinen Alkohol an, und auch danach nur mit Vorsicht.« Tee würde nur ein armseliger Ersatz sein, aber vielleicht half er, und so ging ich in die Küche, um mir eine Tasse Tee zu machen.

Diese Küche war früher in Magnus' Kindheit das Familienspeisezimmer gewesen; er hatte es in den letzten Jahren umgebaut. Während ich wartete, daß das Wasser im Kessel kochte, sah ich durch das Fenster in den Hof hinab. Er war gepflastert und von alten, moosbewachsenen Mauern eingefaßt. Magnus hatte vor einiger Zeit in einer Anwandlung von Begeisterung versucht, ihn in einen »Patio« umzuwandeln, in dem er nackt herumlaufen konnte, falls er hier jemals eine Hitzewelle erleben sollte. Er erzählte mir, seine Mutter habe nie etwas an der Umfriedung getan, weil sie vor den damaligen Küchenräumen lag.

Ich betrachtete den Innenhof nun mit anderen Augen. Unmöglich, mir ins Gedächtnis zurückzurufen, was ich noch vorhin gesehen hatte — den schmutzigen Hof mit dem Kuhstall daneben und den Pfad, der in das Gehölz weiter oben führte. Mich selbst, wie ich dem Reiter durch den Wald folgte. War das Ganze eine durch die höllische Mixtur hervorgerufene Halluzination gewesen? Während ich mit der Teetasse in der Hand zur Bibliothek hinüberging, begann das Telefon von neuem zu läuten. Ich vermutete, daß es Magnus sei, und ich hatte recht. Seine Stimme, kurz und energisch wie immer, half mir mehr als der Alkohol, den ich nicht trinken durfte, und auch mehr als der Tee. Ich warf mich in einen Stuhl und bereitete mich auf ein langes Gespräch vor.

»Ich versuche schon seit Stunden, dich zu erreichen«, sagte er. »Hast du vergessen, daß du mir versprochen hattest, mich um halb vier anzurufen?«

»Ich hatte es nicht vergessen«, sagte ich. »Aber ich war anderweitig beschäftigt.«

»Das dachte ich mir. Na und?«

Ich genoß diesen Augenblick. Ich wünschte, ich könnte ihn weiter im unklaren lassen. Dieser Gedanke gab mir ein angenehmes Machtgefühl. Aber ich wußte, daß ich es ihm sagen mußte.

»Es hat geklappt«, sagte ich. »Ein hundertprozentiger Erfolg.«

Ich erkannte am Schweigen am anderen Ende der Leitung, daß diese Mitteilung gänzlich unerwartet kam. Er hatte also mit einem Mißerfolg gerechnet. Seine Stimme klang jetzt leiser, als spräche er mit sich selbst.

»Ich kann es kaum glauben«, sagte er. »Das ist großartig ...« Und dann, indem er wie immer die Führung übernahm: »Hast du es genauso gemacht, wie ich dir sagte, und alle Anweisungen befolgt? Erzähl mir von Anfang an ... Aber Moment mal ... ist auch alles in Ordnung?«

»Ja«, antwortete ich, »ich glaube schon, außer daß ich hundemüde bin, mir in die Hand geschnitten habe und eine Weile völlig erledigt im Heizungsraum saß.«

»Das sind Kleinigkeiten, mein Junge; es ist einem oft übel danach, aber das geht vorbei. Nun weiter, weiter.«

Seine Ungeduld steigerte meine Aufregung, und ich wünschte, er säße im Zimmer neben mir, anstatt fünfhundert Kilometer entfernt.

»Zuerst einmal«, sagte ich und amüsierte mich dabei, »habe ich noch nie etwas so Makabres gesehen wie dein sogenanntes Labor. Blaubarts Zimmer wäre eine passendere Bezeichnung dafür. All die Embryos in den Gefäßen und der abscheuliche Affenkopf ...«

»Ausgezeichnete Exemplare und sehr nützlich«, unterbrach er mich. »Aber komm nicht vom Thema ab. Ich weiß, wozu sie gut sind, du aber nicht. Erzähl, was passierte.«

Ich nahm einen Schluck von meinem Tee, der schon ziemlich kalt war, und setzte dann die Tasse ab.

»Ich fand die Flaschen in einem verschlossenen Schrank«, fuhr ich fort, »alle sorgfältig etikettiert mit A, B, C. Ich goß genau drei Maßeinheiten von Flasche A in das Arzneiglas, und das war's. Ich schluckte das Zeug runter, stellte die Flasche und das Glas an ihren Platz zurück, schloß den Schrank und das Labor ab und wartete, daß etwas geschah. Aber es geschah nichts.«

Ich hielt inne, damit diese Nachricht wirken konnte. Von Magnus kein Kommentar.

»Darum ging ich in den Garten. Immer noch nichts. Du hattest mir gesagt, die Zeitspanne sei verschieden lang; mal dauere es drei Minuten, manchmal fünf oder zehn, bevor sich irgend etwas ereignet. Ich erwartete, daß ich mich benommen fühlen würde, obwohl du das nicht erwähnt hattest, aber als nichts geschah, beschloß ich, einen Bummel zu machen. Ich kletterte über die Mauer neben dem Sommerhäuschen und ging querfeldein auf die Klippen zu.«

»Du verdammter Dummkopf«, warf er ein. »Ich habe dir doch gesagt, du solltest beim ersten Experiment im Hause bleiben.«

»Ich weiß. Aber ehrlich gesagt, glaubte ich nicht, daß es klappen würde. Ich wollte mich hinsetzen, sobald die Wirkung begann, und mich in einen schönen Traum hinübergleiten lassen.«

»Verdammter Dummkopf«, wiederholte er, »so geht das nicht.«

»Das weiß ich jetzt auch«, antwortete ich.

Dann schilderte ich ihm das ganze Experiment von dem Augenblick an, als die Droge zu wirken begann, bis zum Zerbrechen des Küchenfensters. Er unterbrach mich nicht; nur wenn ich schwieg, um Atem zu holen oder einen Schluck Tee zu trinken, sagte er: »Weiter, weiter ...«

Als ich geendet hatte, herrschte Stille, und ich dachte schon, das Gespräch sei unterbrochen worden. »Magnus«, sagte ich, »bist du noch da?«

Seine Stimme klang klar und fest, und er wiederholte die Worte, die er zu Beginn unseres Telefonats gebraucht hatte.

»Großartig. Einfach großartig.«

Vielleicht ... Ich war jedenfalls völlig ausgehöhlt und erschöpft, da ich durch meinen Bericht die gleichen Vorgänge praktisch zweimal durchgemacht hatte.

Er begann schnell zu sprechen, und ich sah ihn vor mir, wie er auf seinem Schreibtisch in London saß, in einer Hand den Hörer, mit der anderen nach Notizblock und Bleistift greifend.

»Verstehst du«, sagte er, »daß dies das wichtigste Ereignis ist, seit die Chemiker die Wirkungsweise südamerikanischer Rauschgifte entdeckten? Die bringen aber nur das Gehirn durcheinander — ziemlich stark sogar. Meine Droge dagegen läßt sich kontrollieren und wirkt gezielt. Ich wußte, daß ich möglicherweise etwas ganz Neuem auf der Spur war, aber ich war nicht sicher, denn ich hatte es nur an mir selbst ausprobiert und festgestellt, daß es kein Halluzinogen war. Wenn das stimmte, mußten wir beide ähnliche physische Reaktionen haben — Verlust des Tastgefühls, gesteigertes Sehvermögen und so weiter. Aber die gleiche Erfahrung der veränderten Zeit ist viel wichtiger. Das ist das aufregendste daran!«

»Du meinst, als du es ausprobiertest, seist du auch in der Zeit zurückgegangen?« fragte ich. »Hast du dasselbe gesehen wie ich?«

»Genau. Und ich hatte das ebensowenig erwartet wie du. Nein, das ist nicht wahr, denn ein anderes Experiment, an dem ich damals arbeitete, ließ diese Möglichkeit schon ahnen. Es hat etwas mit Dibonukleinsäure zu tun, mit Enzymkatalysatoren, dem Molekulargleichgewicht usw. — ich will mich über deinen Kopf hinweg nicht weiter darüber auslassen, mein Junge, aber was mich in diesem Augenblick interessiert, ist, daß wir beide anscheinend in die gleiche Epoche gerieten. Nach der Kleidung zu urteilen, dreizehntes oder vierzehntes Jahrhundert, stimmt's? Ich sah ebenfalls den Burschen, den du als deinen Reitersmann bezeichnest — der Prior nannte ihn Roger, nicht wahr? —, das ziemlich schlampige Mädchen am Feuer und noch jemand, einen Mönch, der an die mittelalterliche Priorei denken ließ, die früher einmal zu Tywardreath gehörte. Die Sache ist die: Bewirkt die Droge die Umkehrung eines chemischen Vorgangs im Erinnerungssystem des Gehirns und versetzt sie uns zurück in eine bestimmte Epoche der Vergangenheit? Wenn ja, warum versetzt das Molekulargebräu uns dann gerade in jenen Zeitabschnitt zurück? Warum nicht ins Gestern, in die Zeit vor fünf oder hundertzwanzig Jahren? Es könnte sein — und diese Möglichkeit finde ich so aufregend —, daß zwischen dem, der die Droge nimmt, und der ersten Menschengestalt, die im Gehirn registriert wird, während es unter dem Einfluß der Droge arbeitet, eine Verbindung besteht. Wir sahen in beiden Fällen den Reiter. Der Drang, ihm zu folgen, war außerordentlich stark. Du spürtest ihn und ich auch. Was ich noch nicht verstehe, ist, warum er in diesem Inferno den Vergil für unseren Dante spielt, denn das tut er, man muß ihm einfach folgen. Ich habe den ›Trip‹ – um das LSD-Vokabular zu benutzen – mehrmals gemacht, und er ist jedes Mal unweigerlich da. Du wirst feststellen, daß er dir beim nächsten Experiment wieder begegnet. Er übernimmt stets die Führung.«

Seine Vermutung, daß ich mich weiterhin als Versuchskaninchen hergeben würde, überraschte mich nicht. Das war typisch für unsere langjährige Freundschaft und hatte schon damals in Cambridge angefangen. Er gab den Ton an, und ich tanzte nach seiner Flöte in Gott weiß wie vielen blödsinnigen Eskapaden unseres Studentenlebens und auch später, als wir getrennte Wege gingen – er als Professor der Biophysik an der Universität London, ich als bescheidener Verlagsmann. Meine Heirat mit Vita vor drei Jahren hatte zu einer Entfremdung zwischen uns geführt, die wahrscheinlich für uns beide heilsam war. Dann hatte er mir plötzlich für die Sommerferien sein Haus angeboten, was ich dankbar annahm, denn ich mußte mich entscheiden zwischen meiner alten Stellung und einem neuen Angebot – Vita drängte mich, die Leitung eines erfolgreichen Verlagshauses in New York zu übernehmen, das ihrem Bruder gehörte. Jetzt war mir, als hätte Magnus' Offerte einen Haken. Die »faulen Tage«, mit denen er mich geködert hatte, der Gedanke, im Garten zu liegen, in der Bucht zu segeln, nach den Vögeln zu schauen, all das erschien mir nun in einem etwas anderen Licht.

»Also hör zu, Magnus«, sagte ich, »ich habe das heute für dich getan, weil ich selbst neugierig war, und auch, weil ich allein hier bin; ob das Mittel wirkte oder nicht, spielte für mich eigentlich keine Rolle. Aber daß ich weitermache, kommt gar nicht in Frage. Wenn Vita und ihre Kinder ankommen, bin ich gebunden.«

»Wann kommen sie denn?«

»Vita fliegt in einer Woche von New York ab, holt die Jungen aus der Schule und bringt sie her.«

»Das geht. In einer Woche kannst du viel schaffen. Aber ich muß jetzt fort. Ich rufe dich morgen um die gleiche Zeit an. Auf Wiederhören.«

Er hatte aufgehängt. Ich saß da mit dem Hörer in der Hand, hatte noch hundert Fragen, und nichts war geklärt. Typisch für Magnus! Er hatte mir nicht einmal gesagt, ob dieser Höllentrank aus synthetischen Pilzen und den Hirnzellen eines Affen bestand (oder was immer in der Lösung war), ob diese abscheuliche Flüssigkeit irgendwelche Nebenwirkungen haben würde. Schwindel und Übelkeit konnten sich abermals einstellen. Vielleicht würde ich plötzlich blind oder verrückt oder beides. Zum Teufel mit Magnus und seinem grotesken Experiment.

Ich beschloß, hinaufzugehen und ein Bad zu nehmen. Welche Erleichterung, mein verschwitztes Hemd und die zerrissene Hose auszuziehen und mich in einer Wanne mit dampfendem Wasser, das nach Badeöl duftete, zu erholen. Magnus war alles andere als anspruchslos in seinem Geschmack. Vita würde die Schlafzimmersuite, die er uns zur Verfügung gestellt hatte — sein eigenes Schlafzimmer, Badezimmer und Ankleideraum, das Schlafzimmer mit einem atemberaubenden Blick auf die Bucht —, bestimmt gefallen.

Ich lehnte mich in der Wanne zurück, ließ das Wasser laufen, bis es mir ans Kinn stieg, und dachte an unseren letzten Abend in London, als Magnus zum erstenmal auf dieses zweifelhafte Experiment zu sprechen kam. Vorher hatte er nur gesagt, wenn ich während der Schulferien der Jungen verreisen wollte, so stehe mir Kilmarth zur Verfügung. Ich hatte Vita in New York angerufen und sie überredet, das Angebot anzunehmen. Vita war nicht sehr begeistert, denn sie war eine Treibhauspflanze wie viele amerikanische Frauen und verbrachte ihre Ferien lieber unter südlichem Himmel, mit einem Spielkasino in der Nähe. Sie wandte ein, in Cornwall regne es doch immerzu, nicht wahr, und ob das Haus denn warm genug sei, und wie würden wir es mit dem Essen machen? Ich beruhigte sie in allen Punkten, auch im Hinblick auf die Putzfrau, die jeden Morgen vom Dorf herkam, und schließlich war sie einverstanden, hauptsächlich, glaube ich, weil ich erklärt hatte, es gebe eine Geschirrspülmaschine und einen überdimensionalen Kühlschrank in der neu eingerichteten Küche. Magnus amüsierte sich sehr, als ich es ihm erzählte.

»Drei Jahre verheiratet, und die Geschirrspülmaschine bedeutet schon mehr in eurem Eheleben als das Doppelbett, das ich nur der Vollständigkeit halber erwähne«, meinte er. »Ich habe dir ja gesagt, es würde nicht lange halten. Die Ehe meine ich, nicht das Bett.«

Ich überging die Anspielung auf unsere Ehe, die nach den ersten impulsiven, leidenschaftlichen zwölf Monaten etwas anders aussah. Heikel war mir das Thema vor allem, weil ich in England bleiben wollte und Vita wünschte, daß ich mich in den Staaten niederließ. Jedenfalls gingen weder meine Ehe noch meine künftige Arbeit Magnus etwas an, und so sprach er von dem Haus, von den verschiedenen Veränderungen, die er seit dem Tod seiner Eltern darin vorgenommen hatte – ich war während unserer Studienzeit in Cambridge mehrmals dort gewesen –, und daß er die ehemalige Waschküche im Keller zu einem Labor umgebaut hatte, nur so zum Vergnügen, damit er sich bei seinen Experimenten zerstreuen konnte. Diese Experimente hätten mit seiner Arbeit in London nichts zu tun.

Er köderte mich mit einem ausgezeichneten Abendessen, und ich stand, wie gewöhnlich, ganz im Bann seiner Persönlichkeit, als er plötzlich sagte: »Auf einem speziellen Forschungsgebiet glaube ich übrigens, etwas Interessantes entdeckt zu haben. Eine Kombination von pflanzlichen und chemischen Stoffen, die eine ganz außergewöhnliche Wirkung auf das Gehirn ausübt.«

Er sagte das ganz gelassen, aber Magnus sprach immer gelassen, wenn er etwas erwähnte, das ihm besonders wichtig war.

»Ich dachte, alle sogenannten harten Drogen hätten diese Wirkung«, sagte ich. »Die Leute, die sie nehmen – Meskalin, LSD oder was auch immer –, gleiten in eine exotische Phantasiewelt und bilden sich ein, sie seien im Paradies.«

Er schenkte mir Kognak ein. »Die Welt, in die ich hinüberglitt, hat nichts Phantastisches«, erwiderte er. »Sie war vollkommen real.«

Meine Neugierde war geweckt. Eine Welt außerhalb seiner egozentrischen Sphäre mußte schon eine besondere Anziehungskraft haben, um ihn zu interessieren.

»Was für eine Welt?« fragte ich.

»Die Vergangenheit.«

Ich erinnere mich, daß ich lachte, während ich die Hand über meinem Kognakglas schloß. »Meinst du alle deine Sünden? Die schlimmen Dinge, die du in deiner Jugend getrieben hast?«

»Nein, nein«, er schüttelte unwillig den Kopf. »Nichts Persönliches. Ich war nur Zuschauer. Genauer gesagt ...«, er brach ab und zuckte die Achseln. »Ich sage dir nicht, was ich sah. Das würde dir das Experiment nur verderben.«

»*Mir* das Experiment verderben?«

»Ja. Ich möchte, daß du die Droge selbst ausprobierst und feststellst, ob sie bei dir die gleiche Wirkung hervorruft.«

Ich schüttelte den Kopf. »O nein«, sagte ich, »wir sind nicht mehr in Cambridge. Vor zwanzig Jahren hätte ich vielleicht eine von deinen Mixturen runtergeschluckt und den Tod riskiert. Aber jetzt nicht mehr.«

»Ich will ja nicht, daß du den Tod riskierst«, sagte er gereizt. »Ich bitte dich, zwanzig Minuten, möglicherweise eine Stunde von einem unausgefüllten Nachmittag zu opfern, bevor Vita und die Kinder ankommen, und ein Experiment durchzuführen, das unsere gesamte Auffassung von der Zeit umstoßen könnte.«

Zweifellos meinte er es ernst. Er war nicht mehr der leichtfertige Magnus aus den Cambridge-Jahren, er war Professor der Biophysik, in seinem Fach bereits eine Koryphäe, und obgleich ich wenig oder nichts von seiner Forschungsarbeit verstand, war mir klar, daß er vielleicht die Bedeutung einer von ihm entdeckten Droge überschätzte, aber gewiß nicht log, als er mir sagte, welche Hoffnungen er in dieses Mittel setzte.

»Warum gerade ich?« fragte ich. »Warum probierst du sie nicht unter geeigneteren Bedingungen an deinen Jüngern von der Londoner Universität aus?«

»Weil das verfrüht wäre«, sagte er, »weil ich noch nicht so weit bin, daß ich irgend jemanden einweihen könnte, nicht einmal meine Jünger, wie du sie nennst. Du bist der einzige, der weiß, daß ich mich mit Dingen beschäftige, die mit dem Kram, an dem ich sonst arbeite, überhaupt nichts zu tun haben. Ich bin durch Zufall auf diese Sache gekommen, und ich muß mehr über sie herausfinden, bevor ich auch nur im entferntesten sicher bin, daß sie weitere Möglichkeiten bietet. Ich habe vor, daran zu arbeiten, wenn ich im September nach Kilmarth fahre. Inzwischen bist du allein im Haus. Du könntest es wenigstens einmal versuchen und mir darüber berichten. Vielleicht habe ich mich ganz und gar getäuscht. Vielleicht bewirkt das Mittel bei dir nichts anderes, als daß deine Hände und Füße eine Weile taub werden und dein Hirn – so wie's mit deinem nun mal steht, mein Bester – etwas aktiver wird, als es im Augenblick ist.«

Natürlich hatte er mich nach einem weiteren Glas Kognak überredet. Er gab mir ausführliche Anweisungen für das Labor, überreichte mir die Schlüssel dazu und zu dem Schrank, in dem er die Droge aufbewahrte, und beschrieb die plötzliche Wirkung, die eintreten könnte – keine Übergangsphase, sondern unmittelbares Einsetzen des »anderen« Zustands. Er erwähnte als mögliche Nachwirkungen auch eine vorübergehende Übelkeit. Erst als ich wissen wollte, was ich wohl sehen würde, tat er ausweichend.

»Nein«, sagte er, »dann wärst du unbewußt voreingenommen und würdest vielleicht nur das sehen, was ich sah. Du mußt das Experiment bei klarem Kopf, mit offenen Sinnen und ohne Vorurteile durchführen.«

Wenige Tage später verließ ich London und fuhr nach Cornwall. Das Haus war gelüftet und hergerichtet – Magnus hatte Mrs. Collins aus Polkerries, einem kleinen Dorf unterhalb von Kilmarth, benachrichtigt, und ich fand die Vasen mit Blumen gefüllt, Essen im Kühlschrank, ein Kaminfeuer im Musikzimmer und in der Bibliothek, obwohl es erst Mitte Juli war; Vita selbst hätte es nicht besser machen können. In den ersten zwei Tagen genoß ich die Ruhe und den Komfort, der, wenn ich mich recht entsann, früher gefehlt hatte, als Magnus' reizende, ein wenig exzentrische Eltern noch hier herrschten. Der Vater, Fregattenkapitän Lane, ein pensionierter Seeoffizier, hatte eine Leidenschaft für Segelpartien in einer Zehntonnenjacht, in der wir jedesmal seekrank wurden; die Mutter, ein charmantes, etwas rätselhaftes und kapriziöses Wesen, trug stets einen riesigen breitrandigen Hut – im Haus und draußen, gleichgültig wie das Wetter war – und tat nichts, außer verblühte Rosen von den Büschen zu schneiden, die sie mit Begeisterung, aber auffallend wenig Erfolg, züchtete. Ich lächelte über die beiden und liebte sie, und als sie im Abstand von einem Jahr starben, trauerte ich fast mehr um sie als Magnus.

Das alles schien jetzt weit zurückzuliegen. Das Haus war sehr verändert und modernisiert, aber irgendwie lebte das gewinnende Wesen der beiden noch fort; so empfand ich es wenigstens in den ersten Tagen. Jetzt, nach dem Experiment, war ich nicht mehr so sicher. Ich hatte nämlich, da ich damals in den Ferien nur selten ins Kellergeschoß vorgedrungen war, nicht bemerkt, daß das Haus auch andere Erinnerungen barg.

Ich schaltete das Grammophon ein und nahm aufs Geratewohl eine Platte vom Stapel. Das dritte Brandenburgische Konzert sollte meine Ruhe und meinen Gleichmut wiederherstellen. Aber Magnus mußte seine Platten in die falschen Hüllen gesteckt haben, als er das letztemal hier war, denn nicht die streng harmonische Musik Bachs berührte mein Ohr, während ich auf dem Sofa vor dem Kaminfeuer lag, sondern das etwas gespenstische und beunruhigende Raunen von Debussys *La Mer*. Da hatte Magnus, als er Ostern hier war, eine interessante Wahl getroffen. Ich hatte gedacht, er mache sich nichts aus dem impressionistischen Komponisten. Vermutlich hatte ich mich geirrt – oder sein Geschmack hatte sich im Laufe der Jahre geändert. Hatte seine Beschäftigung mit dem Unbekannten das Gefallen an quasi mystischen Klängen geweckt, an der magischen Beschwörung des Meeres? Hatte Magnus, ebenso wie ich heute nachmittag, gesehen, daß die Bucht früher das Land um uns bedeckte? Hatte er die grünen Felder so scharf und klar gesehen, die blauen Wogen, die ins Tal hineinschlugen, die Mauern der Priorei, die sich vor dem Hintergrund der Hügel abzeichneten? Ich wußte es nicht; er hatte es mir nicht gesagt. So viele Fragen waren nach jenem abgebrochenen Telefongespräch offengeblieben.

Ich ließ die Platte bis zu Ende spielen, aber sie beruhigte mich nicht, sondern rief die entgegengesetzte Wirkung hervor. Das Haus schien nun, da die Musik verstummt war, seltsam still, und ich ging mit den an- und abschwellenden Klängen von *La Mer* im Ohr durch den Flur zur Bibliothek und sah durchs Fenster zum Meer hinüber. Es war schiefergrau, stellenweise — dort, wo der Westwind es peitschte — noch dunkler, aber ruhig und kaum bewegt. Ganz anders als die wilde blaue See, die ich am Nachmittag in jener anderen Welt erblickt hatte.

Zwei Treppen führen ins Kellergeschoß von Kilmarth. Die erste geht vom Flur aus direkt in den Vorratskeller, den Heizungsraum und von dort in den Innenhof. Die zweite erreicht man, wenn man von der Küche zum Hintereingang geht, durch die alte Küche, die Speisekammer und die Waschküche. Diese Waschküche, zu der man über die zweite Treppe gelangt, hatte Magnus in ein Labor umgewandelt.

Ich ging hinunter, drehte den Schlüssel in der Tür und trat noch einmal ins Labor. Es hatte nichts Klinisches. Der alte Ausguß stand immer noch auf dem mit Steinfliesen ausgelegten Boden unter dem kleinen vergitterten Fenster. Daneben befand sich ein Kamin mit einem in die breite Mauer eingefügten Lehmofen, in dem früher Brot gebacken wurde. In der mit Spinnetzen überzogenen Decke steckten rostige Haken, an denen einst wohl eingesalzenes Fleisch und Schinken gehangen hatten.

Magnus hatte seine seltsamen Präparate auf dünnen Regalen aufgestellt. Zum Teil waren es Skelette, zum Teil mehr oder minder gut erhaltene Tiere, die in einer chemischen Lösung konserviert wurden. Die meisten konnte man schwer erkennen — soviel ich wußte, waren es Katzen oder Ratten im Embryozustand. Die beiden Exemplare, die ich erkannte, waren der Affenkopf, ein vollkommen erhaltener glatter Schädel, der dem Kopf eines winzigen ungeborenen Kindes glich, und daneben noch ein Affenkopf, aus dem man das Hirn entfernt hatte, das jetzt in einem Gefäß in der Nähe lag. Andere Gefäße und Flaschen enthielten Pilze, Pflanzen und Gräser, seltsam geformt und mit zusammengerollten Blättern.

Ich hatte mich am Telefon über Magnus lustig gemacht und das Labor Blaubarts Zimmer genannt. Als ich mich jetzt, an die Erlebnisse des Nachmittags zurückdenkend, noch einmal umsah, schien mir der kleine Raum eine neue Eigenschaft anzunehmen. Er erinnerte mich nicht mehr an den Mann, der seine Frauen umbrachte, sondern an einen Kupferstich, der mich schon als Kind geängstigt hatte: »Der Alchimist«. Eine bis auf ein Lendentuch nackte Gestalt kauerte an einem gemauerten Ofen, der dem in der Waschküche glich, und fachte mit einem Blasebalg das Feuer an; zu seiner Linken standen ein Mönch mit Kapuze und ein Abt mit einem Kreuz. Ein vierter Mann in mittelalterlicher Kleidung stützte sich auf einen Stock und sprach mit ihnen. Auch dort sah man Flaschen und offene Gefäße mit Eierschalen, Haaren, fadenähnlichen Würmern auf einem Tisch; in der Mitte des Zimmers stand ein Dreifuß mit einem runden Glaskolben darauf, und in dem Kolben lag eine winzige Eidechse mit einem Drachenkopf.

Warum kehrte die Erinnerung an jenen furchterregenden Kupferstich erst jetzt, nach rund fünfunddreißig Jahren, zurück, um mich zu verfolgen? Ich wandte mich ab, schloß die Tür des Labors und ging nach oben. Länger konnte ich auf den dringend benötigten Whisky nicht warten.

III

Am nächsten Tag regnete es, einer jener unaufhörlichen Sprühregen, die mit dem vom Meer heranwallenden dichten Nebel kommen und einem das Vergnügen am Draußensein vergällen. Beim Erwachen fühlte ich mich völlig normal, ich hatte überraschend gut geschlafen, aber als ich die Vorhänge aufzog und das Wetter sah, ging ich etwas verzagt zurück ins Bett und fragte mich, was ich den ganzen Tag lang mit mir anfangen sollte.

Das war das Klima Cornwalls, über das Vita bereits ihre Bedenken geäußert hatte, und ich konnte mir vorstellen, welche Vorwürfe ich zu hören bekommen würde, wenn meine kleinen Stiefsöhne trübsinnig aus den Fenstern starrten, in Stulpenstiefel und Wettermäntel gezwängt wurden und heftig protestierten, wenn man sie zu einem Spaziergang am Strand hinausschickte. Vita würde zwischen Musikzimmer und Bibliothek hin und her gehen, die Möbel umstellen und sagen, wie viel besser sie die Zimmer hätte einrichten können, wenn es ihre wären. Und wenn auch das langweilig wurde, würde sie einen ihrer vielen Freunde in der amerikanischen Botschaft in London anrufen, die ausnahmslos Reisen nach Sardinien oder Griechenland planten. Eine Weile blieben mir diese Symptome der Unzufriedenheit noch erspart, und die Tage vor mir, regnerisch oder schön, waren zumindest frei, eine Zeit, die ich nach Belieben gestalten konnte.

Die gefällige Mrs. Collins brachte mir mein Frühstück und die Morgenzeitung herauf, bemitleidete mich wegen des Wetters, sagte, der Professor finde in jenem seltsamen kleinen Zimmer »da drunten« immer reichlich zu tun, und versprach, mir zum Mittagessen eines ihrer eigenen Hühnchen zu braten. Ich hatte keinerlei Absicht, nach »da drunten« zu gehen, schlug die Zeitung auf und trank meinen Kaffee. Aber das ohnehin nur schwache Interesse an den Sportneuigkeiten schwand bald, und meine Gedanken kehrten zurück zu der alles beherrschenden Frage, was denn eigentlich am vergangenen Nachmittag geschehen war.

Bestand zwischen Magnus und mir eine telepathische Verbindung? Wir hatten das in Cambridge mit Karten und Zahlenspielen ausprobiert, aber es hatte nie geklappt, außer ein- bis zweimal zufällig. Und damals hatten wir uns viel nähergestanden als jetzt. Ich konnte mir weder ein telepathisches noch sonst irgendein Mittel vorstellen, welches bewirkte, daß Magnus und ich die gleichen, zeitlich ungefähr drei Monate auseinanderliegenden Erlebnisse hatten — er hatte die Droge offenbar Ostern ausprobiert —, es sei denn, das Erlebnis war unmittelbar mit vergangenen Ereignissen in Kilmarth verknüpft. Ein Teil des Gehirns, hatte Magnus gesagt, konnte zu einer Umkehrung der Zeit veranlaßt werden und stellte, wenn es unter dem Einfluß der Droge stand, Zustände einer früheren Periode wieder her. Warum aber jene bestimmte Zeit? Hatte der Reiter eine so unzerstörbare Spur in seiner Umgebung hinterlassen, daß jede frühere oder spätere Epoche ausgelöscht war?

Ich dachte an jene Zeit, da ich als Student in Kilmarth gewesen war. Dort herrschte immer eine lässige, sorglose Atmosphäre. Ich entsann mich, daß ich Mrs. Lane fragte, ob es im Haus Gespenster gäbe, eine überflüssige Frage, denn das Haus wirkte gewiß nicht so, als werde es von Geistern heimgesucht. Ich fragte nur, weil es alt war.

»Du liebe Zeit, nein!« rief sie. »Wir sind viel zu sehr mit uns selbst beschäftigt, um an Gespenster zu denken. Die Ärmsten würden ja vor Langeweile umkommen, da sich kein Mensch um sie kümmern würde. Warum fragst du?«

»Aus keinem bestimmten Grund«, versicherte ich und fürchtete, sie beleidigt zu haben. »Nur weil die Leute in den meisten alten Häusern sich etwas auf ihr Gespenst einbilden.«

»Also wenn es in Kilmarth eins gibt, dann haben wir jedenfalls nie etwas davon bemerkt«, sagte sie. »Das Haus schien uns immer ganz normal. An seiner Geschichte ist übrigens nichts besonders Interessantes. Sechzehnhundertsoundsoviel gehörte es einer Familie Baker, und dann bauten die Rashleighs es im achtzehnten Jahrhundert um. Über den Ursprung weiß ich nichts, aber irgend jemand sagte uns mal, die Fundamente stammten aus dem vierzehnten Jahrhundert.«

Damit war die Sache abgetan, aber jetzt fielen mir ihre Worte über die Fundamente aus dem vierzehnten Jahrhundert wieder ein. Ich dachte an die Räume im Kellergeschoß und an den Hof, der aus ihnen herausführte und daß Magnus ausgerechnet die alte Waschküche als Labor benutzte. Zweifellos hatte er seine Gründe dafür. Sie lag weit entfernt vom bewohnten Teil des Hauses, und so war er dort ungestört und sicher vor Besuchern und vor Mrs. Collins.

Ich stand ziemlich spät auf, schrieb in der Bibliothek Briefe, würdigte Mrs. Collins gebratenes Hühnchen und versuchte, meine Gedanken auf die Zukunft zu richten und mir meinen Entschluß hinsichtlich der angebotenen Stellung in New York zu überlegen. Es war zwecklos. Das alles schien weit fort.

Dafür blieb noch Zeit genug, wenn Vita ankam und wir alles gemeinsam durchsprechen konnten.

Ich blickte aus dem Fenster des Musikzimmers und sah, wie Mrs. Collins den Fahrweg hinauf nach Hause ging. Es nieselte immer noch, und vor mir lag ein langer, wenig einladender Nachmittag. Ich weiß nicht, wann mir der Gedanke kam. Vielleicht trug ich ihn schon mit mir herum, seit ich aufwachte. Ich wollte beweisen, daß zwischen Magnus und mir keine telepathische Verbindung bestanden hatte, als ich am Tag zuvor die Droge einnahm. Er hatte mir gesagt, er habe sein erstes Experiment im Labor gemacht, so wie ich. Möglicherweise war im gleichen Augenblick, als ich das Zeug hinunterschluckte, eine geistige Verbindung zwischen uns entstanden, die meine Gedankengänge und das, was ich im Laufe des Nachmittags sah oder zu sehen meinte, beeinflußt hatte. Ob die Wirkung wohl ganz anders ausfiel, wenn man die Droge nicht in jenem unheimlichen Labor einnahm, das an die Zelle eines Alchimisten erinnerte? Das konnte ich nie erfahren, wenn ich es nicht ausprobierte.

Im Speisekammerschrank stand eine kleine Flasche in Taschenformat – ich hatte sie am Abend zuvor bemerkt –, die ich jetzt herausholte und unter dem Kaltwasserhahn ausspülte. Dann ging ich ins Souterrain und drehte den Schlüssel in der Labortür. Genau wie tags zuvor nahm ich die abgemessene Tropfenzahl aus der Flasche A, diesmal aber goß ich sie in das kleine Fläschchen. Dann schloß ich das Labor wieder, ging über den Hof zu den Stallgebäuden und holte den Wagen heraus.

Ich fuhr langsam den Fahrweg hinauf, dann nach links auf die Hauptstraße, den Polmear Hill hinab und hielt an, als ich unten ankam, um die Gegend zu überblicken. Hier, wo heute das Armenhaus und das Wirtshaus standen, war gestern noch die Furt gewesen. Die Landschaft hatte sich bis auf die moderne Straße nicht geändert, aber im Tal, das gestern noch teilweise von den Fluten bedeckt wurde, breitete sich jetzt ein Sumpfgelände aus.

Als ich den abschüssigen Weg zum Dorf hinter mir hatte, parkte ich den Wagen oberhalb der Kirche. Immer noch fiel ein leichter Regen, und es war kein Mensch zu sehen. Ein

Lieferwagen kam die Hauptstraße vom nächsten Ort herauf und verschwand wieder. Aus dem Kaufmannsladen trat eine Frau und ging in die gleiche Richtung. Sonst weit und breit niemand. Ich stieg aus dem Wagen, öffnete die Eisentüren des Friedhofs und stellte mich in die Vorhalle der kleinen Kirche, wo ich vor dem Regen geschützt war. Der Friedhof senkte sich nach Süden hin bis zur Mauer, die ihn abschloß, dahinter sah ich Bauernhäuser. Gestern, in jener anderen Welt, waren dort keine Gebäude gewesen, nur das blaue Wasser einer kleinen Bucht, das bei Höchststand der Flut das Tal füllte, und wo heute der Friedhof lag, erhoben sich gestern die Gebäude der Priorei.

Jetzt kannte ich das Gelände schon besser. Wenn die Droge wirkte, konnte ich den Wagen dort lassen, wo er war, und zu Fuß nach Hause gehen. Ich nahm das Fläschchen und schluckte den Inhalt. Im gleichen Augenblick packte mich panische Angst. Diese zweite Dosis konnte eine ganz andere Wirkung haben als die erste. Vielleicht würde ich stundenlang schlafen? Sollte ich bleiben, wo ich war, oder war ich im Wagen besser aufgehoben? Die Vorhalle der Kirche flößte mir Platzangst ein, darum ging ich hinaus und setzte mich auf einen Grabstein unweit des Weges, von dem aus man mich nicht sehen konnte. Wenn ich mich ganz still verhielt und mich nicht rührte, würde vielleicht nichts geschehen. Ich betete: »Sorge dafür, daß nichts passiert, daß die Droge keine Wirkung hat.«

Ich saß noch fünf Minuten lang da und fürchtete mich so sehr, daß ich den Regen gar nicht beachtete. Dann hörte ich, wie die Kirchenglocke drei schlug, und blickte nach meiner Uhr, um zu sehen, wie spät es war. Sie ging ein paar Minuten nach; während ich sie richtigstellte, hörte ich Rufe oder Beifallsgeschrei – eine seltsame Mischung von beidem – vom Dorf her und das knirschende Geräusch von Rädern. Um Himmels willen, was nun, dachte ich, ein Wanderzirkus, der die Dorfstraße herunterkommt? Ich muß den Wagen wegfahren. Ich stand auf und wollte zum Friedhofstor gehen. Aber ich kam nicht hin, denn das Tor war verschwunden, und ich sah durch ein rundes Fenster in einer Mauer auf einen Hof mit gepflasterten Wegen.

Das Tor am anderen Ende des Hofes stand weit offen, und dahinter erkannte ich eine auf dem Dorfplatz versammelte Menschenmenge, Männer, Frauen und Kinder. Das Geschrei kam von ihnen und das Geräusch der Räder von einem riesigen, geschlossenen fünfspännigen Wagen; zwei der Pferde trugen Reiter. Der hölzerne Baldachin über dem Wagen war mit leuchtendem Purpur und Gold bemalt. Jetzt wurden die schweren Vorhänge, die das Wageninnere verbargen, zurückgezogen, Geschrei und Applaus der Menge schwollen an, und die Gestalt, die in der Öffnung sichtbar wurde, hob segnend die Hände. Sie war in prunkvolle kirchliche Gewänder gekleidet, und ich erinnerte mich sogleich, daß Roger und der Prior vom bevorstehenden Besuch des Bischofs von Exeter gesprochen hatten und wie sehr der Prior diesen Besuch fürchtete – zweifellos mit Recht. Das mußte Hochwürden selbst sein.

Eine plötzliche Stille trat ein, und alle knieten nieder. Das Licht blendete fast, aus meinen Gliedern war jedes Gefühl gewichen, und mir schien alles gleichgültig – die Droge mochte wirken, wie sie sollte. Mein einziger Wunsch war, an der Welt, die mich umgab, teilzunehmen.

Ich sah, wie der Bischof aus dem Gefährt stieg und die Menge sich vorwärtsdrängte. Er schritt durch das Tor in den Hof, hinter ihm sein Gefolge. Aus einer Tür unter mir kam der Prior, gefolgt von seinen Mönchen, um den Bischof zu begrüßen, dann wurden die Tore wieder vor der Menge verschlossen.

Ich blickte mich um und stellte fest, daß ich mich in einem gewölbten Raum befand, in dem etwa ein Dutzend Menschen schweigend saßen. Offenbar wollten sie vorgestellt werden. Nach ihrer Kleidung zu urteilen, gehörten sie zum Landadel, daher hatten sie vermutlich Zutritt zur Priorei.

»Paß auf«, sagte eine Stimme in mein Ohr, »zu diesem Anlaß wird sie ungeschminkt erscheinen.«

Roger, der Reiter, stand neben mir, aber seine Bemerkung war an einen Gefährten gerichtet, einen gleichaltrigen oder etwas älteren Mann, der sich die Hand vor den Mund hielt, um ein Lachen zu unterdrücken.

»Bemalt oder nicht, Sir John will sie auf jeden Fall haben«, antwortete er, »und gibt es dafür eine günstigere Zeit als den Abend des Martinstags, wenn er seine eigene Dame acht Meilen weiter in Bockenod im Bett weiß?«

»Es könnte gelingen«, pflichtete ihm ein anderer bei, »aber es ist ein Risiko, denn sie kann sich nicht darauf verlassen, daß Sir Henry fortbleibt. Er wird heute wohl kaum in der Priorei übernachten, da der Bischof im Gästezimmer einquartiert ist. Nein, laß sie ruhig noch eine Weile warten, und sei es nur, um ihren Appetit zu steigern.«

Klatsch hatte es also schon vor Jahrhunderten gegeben, und ich fragte mich, warum diese bösen Bemerkungen mich jetzt reizten, während ich sonst nur gähnende Langeweile empfand, wenn ich meine Zeitgenossen auf einer Gesellschaft so reden hörte. Vielleicht schien mir dieser Klatsch prickelnder, weil ich als Lauscher in der Zeit hinter diesen Klostermauern stand. Ich folgte den Blicken der beiden Männer auf eine kleine Gruppe nahe der Tür – die wenigen Bevorzugten, die zweifellos vorgestellt werden sollten. Wer war der tapfere Sir John und wer die glückliche Dame, die er sich auserkoren hatte und die ungeschminkt erschien?

Da saßen vier Männer, drei Frauen und zwei Jünglinge, und die Mode der weiblichen Kopfbedeckung machte es einem schwer, die Gesichter aus der Entfernung voneinander zu unterscheiden, denn sie waren von Hauben und Kinnbinden verhüllt. Ich erkannte den Herrn des Gutshofes, Henry de Champernoune, den würdevollen älteren Mann, der gestern in der Kapelle gebetet hatte. Er war schlichter gekleidet als seine Freunde; diese trugen bunte Waffenröcke, die ihnen bis auf die Mitte der Wade herabhingen, tief unterhalb der Hüfte geschlungene Gürtel mit Tabaksbeutel und Degen. Alle waren bärtig und hatten das Haar gelockt – das bestimmte wohl die herrschende Mode.

Zu Roger und seinen Gefährten war ein Neuankömmling in geistlichem Gewand getreten, dem ein Rosenkranz vom Gürtel baumelte. Seine rote Nase und die undeutliche Aussprache ließen darauf schließen, daß er dem Weinkeller des Priors unlängst einen Besuch abgestattet hatte.

»Wie ist die Reihenfolge?« murmelte er. »Als Gemeindepriester und Kaplan Sir Henrys müßte ich doch gewiß zu seinem Gefolge gehören?«

Roger legte ihm eine Hand auf die Schulter und drehte ihn herum, so daß er gegenüber vom Fenster zu stehen kam. »Sir Henry kann auf Eure Fahne verzichten und Hochwürden, der Bischof, ebenfalls, es sei denn, Ihr wollt Eure Stellung verlieren.«

Der Neuankömmling protestierte und klammerte sich gleichzeitig an die Mauer, um Halt zu finden, dann ließ er sich auf eine Bank nieder. Roger zuckte die Achseln und wandte sich an seinen Gefährten.

»Es wundert mich, daß Otto Bodrugan es wagt, sich hier zu zeigen«, sagte sein Freund. »Es ist noch nicht zwei Jahre her, daß er für Lancaster gegen den König kämpfte. Es heißt, er sei in London gewesen, als der Pöbel Bischof Stapledon durch die Straßen zerrte.«

»Das stimmt nicht«, erwiderte Roger. »Er war mit vielen hundert Menschen von der Partei der Königin oben in Wallingford.«

»Trotzdem, seine Lage ist heikel«, sagte der andere. »Wenn ich Bischof wäre, würde ich den Mann, von dem es heißt, er habe die Ermordung meines Vorgängers gutgeheißen, nicht gern in meiner Nähe sehen.«

»Seine Gnaden hat keine Zeit, Politik zu spielen«, erwiderte Roger. »Er wird mit der Diözese alle Hände voll zu tun haben. Vergangene Geschichten kümmern ihn nicht. Bodrugan ist heute wegen des Erbgutes hier, dessen Besitz er sich mit Champernoune teilt, weil seine Schwester Joanna Sir Henrys Gemahlin ist. Außerdem auch aus Verpflichtungen gegenüber Sir John. Die zweihundert Dukaten, die er von ihm geliehen hat, sind noch immer nicht zurückgezahlt.«

Als an der Tür eine Bewegung entstand, drängten alle nach vorn, um besser sehen zu können. Der Bischof trat ein, neben ihm der Prior, adrett und sauberer als damals, als er neben dem Hund auf seinem unordentlichen Bett gesessen hatte. Die Herren verneigten sich, die Damen knicksten, und der Bischof streckte ihnen die Hand zum Kuß entgegen, während der durch das Zeremoniell verwirrte Prior die Anwesenden der

Reihe nach vorstellte. Da ich in ihrer Welt keine Rolle spielte, konnte ich mich frei bewegen, solange ich niemanden berührte, und ich ging näher heran, neugierig, zu erfahren, wer die Menschen in dieser Gesellschaft waren.

»Sir Henry de Champernoune, Gutsherr von Tywardreath«, murmelte der Prior, »vor kurzem von einer Pilgerfahrt nach Compostela zurückgekehrt.«

Der ältere Ritter trat vor und beugte ein Knie tief zum Boden; wieder fielen mir Würde, Anmut und zugleich Bescheidenheit dieser Erscheinung auf. Nachdem er die Hand des Bischofs geküßt hatte, erhob er sich und wandte sich an die Frau an seiner Seite.

»Meine Frau Joanna, Euer Gnaden«, sagte er, und sie sank zu Boden, bemüht, es ihrem Mann an Demut gleichzutun und sich möglichst fromm zu neigen. Das war also die Dame, die sich geschminkt hätte, wenn nicht der Bischof zu Besuch erschienen wäre. Ich fand, sie hatte recht getan, darauf zu verzichten. Die Kinnbinde, die ihre Züge umrahmte, war Schmuck genug und hätte die Reize jeder Frau betont. Sie war eigentlich weder schön noch häßlich, und es überraschte mich nicht, daß man ihre eheliche Treue in Frage gestellt hatte. Derartige Augen hatte ich schon bei Frauen aus meiner Welt bemerkt, vorstehende, sinnliche Augen: ein Mann brauchte nur zu zwinkern, und sie gingen auf das Jagdspiel ein.

»Mein Sohn und Erbe William«, sagte ihr Mann, und einer der Jünglinge trat vor, um sich zu verneigen.

»Sir Otto Bodrugan und seine Gemahlin, meine Schwester Margaret«, fuhr Sir Henry fort.

Es war offensichtlich eine eng verschwägerte Welt, denn hatte Roger nicht gesagt, daß Bodrugan der Bruder Joannas, der Gemahlin Champernounes war und so mit dem Gutsherrn doppelt verwandt? Margaret war klein und blaß und offensichtlich aufgeregt, denn sie stolperte, während sie Seiner Gnaden die Reverenz erwies, und wäre hingefallen, wenn ihr Mann sie nicht festgehalten hätte. Mir gefiel Bodrugan: In seinem Wesen lag Kühnheit, und ich dachte mir, er wäre gewiß ein guter Kumpan bei einem Duell oder einem tollen Streich. Offenbar hatte er auch Humor, denn anstatt über die Ungeschicklichkeit seiner Frau zu erröten oder verlegen zu werden, lächelte er und beruhigte sie. Seine Augen, braun wie die seiner Schwester Joanna, waren weniger vorstehend als ihre, aber ansonsten schien er mir doch ganz ähnliche Eigenschaften zu haben wie sie.

Bodrugan seinerseits stellte seinen ältesten Sohn Henry vor und trat zurück, um dem nächsten Mann Platz zu machen. Dieser hatte sichtlich darauf gebrannt, sich in den Vordergrund zu drängen. Er war reicher gekleidet als Bodrugan und Champernoune, und auf seinen Lippen stand ein selbstgefälliges Lächeln.

Dieses Mal stellte der Prior wieder vor. »Unser geliebter und geehrter Schutzherr Sir John Carminowe von Bockenod«, verkündete er, »ohne den wir in der Priorei in diesen unruhigen Zeiten in schwere Geldnot geraten wären.«

Hier also war der Ritter, der sich gern mit allen gutstellte, der seine Dame acht Meilen entfernt eingesperrt hatte und nun eine andere fixierte, die allerdings noch nicht in seinem Bett gelandet war. Ich war enttäuscht, denn ich hatte einen rohen Gesellen mit unstetem Blick erwartet. Das traf nicht zu; er war klein und kräftig und machte einen außerordentlich selbstgefälligen Eindruck. Lady Joanna stellte also nicht sehr hohe Ansprüche.

»Euer Gnaden«, sagte er in schwülstigem Ton, »wir sind hochgeehrt, Euch hier unter uns zu haben«, und er beugte sich derart affektiert über die dargebotene Hand, daß ich ihm, wäre ich Otto Bodrugan gewesen, der ihm zweihundert Dukaten schuldete, in die Kehrseite getreten und die Schuld damit beglichen hätte.

Dem wachen und aufmerksamen Blick des Bischofs entging nichts. Er erinnerte mich an einen General, der seinen neuen Stab inspiziert und im Geiste seine Bemerkungen über jeden Offizier macht: Champernoune zu alt, muß ersetzt werden; Bodrugan kühn, aber nach seiner Teilnahme am Aufstand gegen den König nicht gerade vertrauenerweckend; Carminowe allzu ehrgeizig – der kann Schwierigkeiten machen. Und was den Prior anging – war da nicht ein Soßenfleck auf seiner Ordenstracht? Ich hätte schwören können, daß der Bischof ihn ebenso wie ich bemerkte; einen Augenblick später glitt sein Blick über das Fußvolk und fiel auf die fast liegende Gestalt des Gemeindepriesters. Ich hoffe um der Gemeinde des Priors willen, daß die Inspektion später nicht in der Küche der Priorei oder, was noch schlimmer wäre, im Zimmer des Priors fortgesetzt werden würde.

Sir John hatte sich erhoben und stellte seinerseits vor.

»Euer Gnaden, mein Bruder Sir Oliver Carminowe, einer der Bevollmächtigten Seiner Majestät, und seine Gemahlin Isolda.« Er stieß seinen Bruder vor, der sich, nach seinem geröteten Gesicht und dem verschwommenen Blick zu urteilen, die Wartezeit ebenfalls im Weinkeller vertrieben hatte.

»Euer Gnaden«, sagte er und hütete sich vor einer zu tiefen Reverenz, denn in diesem Falle wäre es ihm unter Umständen schwergefallen, sich wieder aufzurichten. Er sah, obgleich bezecht, besser aus als Sir John; er war größer, breiter und hatte einen grausamen Zug um das Kinn – sicher ein Mann, mit dem schlecht zu spaßen war.

»Die würd' ich schon nehmen, wenn das Glück mir hold wäre.«

Das Flüstern klang sehr nahe an meinem Ohr. Roger, der Reiter, stand wieder an meiner Seite; aber er redete nicht mit mir, sondern mit seinem Gefährten. Die Art, wie er meine Gedanken lenkte, hatte etwas Unheimliches; er stand immer dann neben mir, wenn ich ihn am wenigsten dort vermutete. Aber ich mußte ihm recht geben, und ich fragte mich, ob die fragliche Dame seinen Blick nicht auch bemerkte, denn sie starrte zu uns herüber, während sie sich nach dem Knicks erhob, als sie die Hand des Bischofs geküßt hatte.

Isolda, Gemahlin von Sir Oliver Carminowe, trug keine Kinnbinde; ihr goldenes Haar war in Zöpfe geflochten, und ein edelsteinbesetztes Stirnband krönte den kleinen Schleier auf ihrem Haupt. Auch trug sie keinen Umhang über ihrem Kleid wie die anderen Frauen, und das Kleid selbst hatte keinen so weiten Rock; es lag enger an, und die langen, schmalen Ärmel reichten bis über das Handgelenk. Möglicherweise spielte, da sie jünger war als ihre Gefährtinnen – nicht älter als fünf- oder sechsundzwanzig –, die Mode in ihrem Leben eine größere Rolle. Dennoch schien sie sich dessen nicht bewußt und trug ihr Kleid mit nachlässiger Anmut. Ich hatte nie ein so schönes und zugleich so gelangweiltes Gesicht gesehen, und als ihr Blick völlig gleichgültig über uns hinflog – oder vielmehr über Roger und seinen Begleiter –, verriet eine leichte Bewegung ihres Mundes, daß sie ein Gähnen unterdrückte.

Es ist wohl jedem Mann einmal beschieden, daß er ein Gesicht in der Menge sieht, das er nicht wieder vergißt, wenn er es durch einen glücklichen Zufall später in einem Restaurant oder auf einer Gesellschaft wiedertrifft. Die Begegnung zerstört dann oft den Zauber und führt zu einer Enttäuschung. Das war hier nicht möglich. Ich blicke über Jahrhunderte hinweg auf ein »Mädchen ohnegleichen«, wie Shakespeare sagt. Aber leider würde es mich nie ansehen.

»Ich möchte wohl wissen, wie lange sie es in den Mauern von Carminowe aushält«, murmelte Roger, »und ihre Gedanken oder gar sich selbst davor bewahrt, auf Abwege zu geraten.«

Das hätte ich auch gern gewußt. Wenn ich in jener Zeit gelebt hätte, so hätte ich meine Stellung als Diener Sir Henry Champernounes gekündigt und Sir Oliver und seiner Gemahlin meine Dienste angeboten.

»Ein Segen für sie, daß sie ihrem Mann keine Erben schenken muß«, erwiderte der andere, »da schon drei kräftige Stiefsöhne vorhanden sind. Sie kann frei über ihre Zeit verfügen, denn sie gebar zwei Töchter, die Sir Oliver verkaufen kann und die ihm etwas einbringen, wenn sie in heiratsfähigem Alter sind.«

So wurde also in jener Zeit die Frau eingeschätzt: eine Ware, mit der man auf dem Markt oder vielmehr auf dem Gutshof handelte. Kein Wunder, daß sie nach getaner Pflicht einen Trost suchte: entweder einen Geliebten oder Beteiligung am Handel um ihre eigenen Töchter und Stiefsöhne.

»Ich sag dir was«, bemerkte Roger, »Bodrugan hat ein Auge auf sie geworfen, aber solange er Sir John verpflichtet ist, muß er sich vorsehen.«

»Ich wette fünf Dukaten, daß sie ihn nicht ansieht.«

»Abgemacht. Und wenn sie es doch tut, will ich Vermittler spielen. Das bin ich ja schon bei meiner Herrin und Sir John.«

Als Lauscher in der Zeit hatte ich eine völlig passive Funktion, ohne Verpflichtung und Verantwortung. Ich konnte mich in ihrer Welt frei bewegen und wußte, was immer geschah, daß ich nichts tun konnte, um es zu verhindern – Komödie, Tragödie oder Farce –, während ich im zwanzigsten Jahrhundert die Verantwortung für mich und die Zukunft meiner Familie auf mich nehmen mußte.

Die Audienz schien beendet, aber nicht der Besuch, denn jetzt rief eine Glocke alle Menschen zur Vesper, und die Gesellschaft teilte sich; die Höhergestellten begaben sich in die Kapelle der Priorei, die niederen Stände gingen in die Kirche. Ein gewölbter, vergitterter Torweg trennte diese von der Kapelle.

Ich fand, daß ich auf den Vespergottesdienst verzichten konnte, obgleich ich von meinem Platz am Gitter Isolda hätte beobachten können; aber mein Führer, der den Hals nach demselben Ziel reckte, entschied, er habe sich schon lange genug aufgehalten, machte seinem Gefährten mit einer Kopfbewegung ein Zeichen und bahnte sich seinen Weg aus der Priorei, über den Hof und durch das Tor. Irgend jemand hatte es wieder aufgemacht, und so stand dort eine Menschenmenge, die lachend zusah, wie das Gefolge des Bischofs den schwerfälligen Reisewagen mühsam in den Hof zu schieben versuchte. Die Räder staken tief im Schlamm des Weges. Aber es gab noch eine weitere Volksbelustigung. Der Dorfplatz war jetzt mit Männern, Frauen und Kindern dicht bevölkert. Dort schien eine Art Markt abgehalten zu werden, denn man hatte kleine Buden und Stände errichtet. Ein Bursche schlug die Trommel, ein anderer kratzte auf seiner Fiedel, während ein dritter mir mit zwei Hörnern, die fast so lang waren wie er selbst und die er kunstgerecht beide gleichzeitig blies, beinahe das Trommelfell zerriß.

Ich folgte Roger und seinem Begleiter über den Platz. Sie blieben immer wieder stehen, um Bekannte zu begrüßen, und mir wurde klar, daß dies nicht eine zu Ehren des Bischofs veranstaltete Lustbarkeit war, sondern das große Fest der Metzger, denn an jedem Stand hingen frischgeschlachtete, bluttriefende Schafe und Schweine. Die Behausungen im Umkreis des Platzes zeigten den gleichen Schmuck. Jeder Hausbesitzer mühte sich mit dem Messer in der Hand, ein altes Mutterschaf zu häuten oder einem Schwein die Kehle durchzuschneiden, und ein paar Burschen schwangen Ochsenköpfe hin und her; die weit ausladenden Hörner ernteten Beifallsgeschrei und Gelächter. Als es dämmerte, flammten Fackeln auf, und Schlächter wie Schinder nahmen ein dämonisches Aussehen an; sie arbeiteten rasch und energisch, um fertig zu werden, bevor die Nacht hereinbrach. Darum wuchs der allgemeine Trubel, und der Musikant mit den beiden Hörnern ging in der Menge hin und her und hob seine Instrumente, um noch lauter zu schmettern.

»So Gott will, können sie ihre Wänste diesen Winter ordentlich polstern«, bemerkte Roger. Ich hatte ihn fast vergessen, aber er war immer noch in meiner Nähe.

»Du hast sicher alle Tiere gezählt, nicht wahr?« fragte sein Gefährte.

»Nicht allein gezählt, sondern auch vor dem Schlachten genau angesehen. Nicht daß Sir Henry es merken oder es ihm etwas ausmachen würde, wenn hundert Stück Vieh fehlten, aber meiner Herrin würde es nicht entgehen. Er ist zu tief in seine Gebete versunken, um auf den Beutel oder auf seinen Besitz zu achten.«

»So traut sie dir also?«

Der Reiter lachte. »Gewiß! Sie muß mir trauen, denn sie weiß, was ich für sie tue. Je mehr sie sich auf meinen Rat verläßt, desto besser kann sie nachts schlafen . . .«

Er wandte den Kopf, da neuer Lärm hörbar wurde, dieses Mal von den Stallhöfen der Priorei her, wo man endlich den Wagen des Bischofs hineinbugsiert hatte. Er nahm nun den Platz kleinerer Gefährte ein, die einen ähnlichen hölzernen Baldachin trugen und ein Wappen auf den Seitenwänden. Die plumpen Gefährte dienten dazu, Damen von Rang ins Land hinauszutragen, und drei solche Vehikel rollten gerade mit quietschenden und knarrenden Rädern aus den hinteren Schuppen hervor und hielten in einer Reihe vor dem Eingang der Priorei.

Der Vespergottesdienst war vorbei, und die Gläubigen kamen aus der Kirche, um sich unter die Menge auf dem Dorfplatz zu mischen. Roger drängte sich in den Hof, wo die Gäste des Priors sich vor der Abfahrt versammelten. Sir John Carminowe stand in vorderster Reihe, neben ihm Sir Henrys

Gemahlin Joanna. Als wir näher kamen, flüsterte er ihr ins Ohr: »Werde ich Euch allein antreffen, wenn ich morgen herüberreite?«

»Vielleicht«, sagte sie, »aber wartet lieber noch, bis ich Euch Nachricht sende.«

Er verneigte sich, um ihr die Hand zu küssen, dann schwang er sich auf das Pferd, das ein Stallbursche bereithielt, und galoppierte davon. Joanna sah ihm nach und wandte sich dann an den Verwalter:

»Sir Oliver und Lady Isolda wohnen heute nacht bei uns«, sagte sie. »Sieh zu, daß du ihre Abreise ein wenig beschleunigst. Und suche auch Sir Henry. Ich möchte fort.«

Sie stand in der Tür, trat ungeduldig von einem Fuß auf den andern, und ihre braunen Augen blickten sinnend, als schmiede sie einen Plan, um ihrem Ziel näher zu kommen. Roger ging ins Haus, und ich folgte ihm. Vom Refektorium her hörte man Stimmen, und als er einen Mönch fragte, erfuhr er, daß Sir Oliver Carminowe mit anderen Männern der Gesellschaft gerade einen Imbiß zu sich nahm, seine Gemahlin aber sei noch in der Kapelle.

Roger zögerte einen Augenblick und ging dann zur Kapelle. Zuerst sah es aus, als sei sie leer. Man hatte die Kerzen auf dem Altar gelöscht, und das Licht war trüb. Zwei Gestalten standen am Gitter, ein Mann und eine Frau. Als wir näher kamen, erkannten wir sie: Es waren Otto Bodrugan und Isolda Carminowe. Sie sprachen leise miteinander, und ich konnte nicht hören, was sie sagten, aber aus Isoldas Gesicht war alle Müdigkeit und Langeweile gewichen, und plötzlich sah sie zu ihm auf und lächelte.

Roger klopfte mir auf die Schulter. »Es ist viel zu dunkel hier, man kann ja nichts sehen. Soll ich Licht machen?«

Aber es war nicht seine Stimme. Er war verschwunden, und mit ihm die anderen. Ich stand im Seitenschiff der Kirche und neben mir ein Mann, der unter seiner Tweedjacke den steifen Kragen eines Geistlichen trug.

»Ich sah gerade, wie Sie über den Friedhof gingen«, sagte er, »und Sie sahen aus, als könnten Sie sich nicht recht entschließen, hereinzukommen. Aber nun sind Sie hier, und ich werde Ihnen alles zeigen. Ich bin der Pfarrer von St.

Andrews. Es ist eine schöne alte Kirche, und wir sind sehr stolz auf sie.«

Er schaltete alle Lampen an. Ich blickte auf meine Uhr; mir war weder übel noch schwindlig. Es war genau halb vier.

IV

Ich hatte den Übergang gar nicht bemerkt, sondern war augenblicklich von einer Welt in die andere eingetreten, und zwar ohne die physischen Nebenwirkungen, die ich am Tag zuvor gespürt hatte. Das einzig Schwierige war, daß ich mich geistig wieder zurechtfinden mußte, was eine fast unerträgliche Konzentration erforderte. Zum Glück ging der Pfarrer mir voran durch das Kirchenschiff und plauderte, und wenn mein Gesichtsausdruck etwas merkwürdig wirkte, so war er zu höflich, um sich darüber zu äußern.

»Im Sommer kommen immer ziemlich viele Besucher her«, sagte er, »die Leute wohnen im Dorf, oder sie kommen von Fowey herüber. Aber Sie müssen ja ein ganz begeisterter Kirchenbesichtiger sein, daß Sie im Regen auf dem Friedhof herumstehen.«

Es kostete mich ungeheure Anstrengung, mich zusammenzunehmen. »Eigentlich«, sagte ich und stellte überrascht fest, daß ich sogar sprechen konnte, »interessiere ich mich weniger für die Kirche selbst oder für die Gräber. Irgend jemand sagte mir, daß dort früher einmal eine Priorei gestanden hat.«

»Hm, ja, die Priorei«, antwortete er. »Das ist lange her, und leider blieb von ihr keine Spur. Die Gebäude verfielen alle nach der Auflösung der Klöster im Jahre 1539. Manche sagen, sie hätte dort gestanden, wo heute der Newhouse-Hof liegt, dicht unterhalb des Tales, andere meinen, dort, wo der heutige Friedhof ist, südlich der Kirche, aber niemand weiß es genau.«

Er führte mich zum nördlichen Querschiff, um mir den Grabstein des letzten Priors zu zeigen, der 1538 vor dem Altar bestattet worden war, und machte mich auf die Kanzel, einen Teil des Kirchengestühls und die Überreste des alten Lettners aufmerksam. Nichts von allem erinnerte an die kleine Kirche, die ich vor kurzem gesehen hatte, mit dem großen Gitter, das sie von der Kapelle der Priorei abtrennte; und als ich jetzt neben dem Pfarrer stand, konnte ich auch das Querschiff und die Seitenschiffe nicht rekonstruieren.

»Alles ist so ganz verändert«, sagte ich.

»Verändert?« wiederholte er erstaunt. »Ach so, ja gewiß. Die Kirche wurde 1880 weitgehend restauriert, aber vielleicht nicht allzu geschickt. Sind Sie enttäuscht?«

»Nein«, versicherte ich hastig, »gar nicht. Nur ... nun ja, wie ich bereits sagte, ich interessiere mich für die frühe Vergangenheit, lange vor der Auflösung der Klöster ...«

»Ich verstehe.« Er lächelte wohlwollend. »Ich habe mich auch oft gefragt, wie wohl früher alles aussah, als die Priorei dicht neben der Kirche stand. Es war ein französisches Haus, der Benediktinerabtei des St. Sergius und Bacchus in Angers angeschlossen, und ich glaube, die meisten Mönche waren Franzosen. Ich wünschte, ich könnte Ihnen mehr darüber sagen, aber ich bin erst ein paar Jahre hier, und außerdem bin ich leider kein Historiker.«

»Ich auch nicht«, sagte ich, und wir gingen zur Vorhalle zurück.

»Wissen Sie etwas über die einstigen Besitzer des Gutshofes?« fragte ich.

Er schwieg und schaltete zuerst einmal das Licht aus. »Nur das, was ich in der Gemeindegeschichte gelesen habe«, sagte er. »Der Gutshof wird als Tiwardrai erwähnt, als das Haus am Strand, und er gehörte der angesehenen Familie der Cardinham, bis die letzte Erbin, Isolda, es im dreizehnten Jahrhundert an die Champernounes verkaufte, und als die starben, ging es in andere Hände über.«

»Isolda?«

»Ja. Isolda de Cardinham. Sie heiratete einen gewissen William Ferrers von Bere in Devon – an Einzelheiten kann ich mich leider nicht mehr erinnern. In der Bibliothek von St. Austell würden Sie mehr darüber erfahren als bei mir.« Er lächelte wieder, und wir gingen durch die Tür zum Friedhof. »Wohnen Sie in der Nähe, oder sind Sie nur auf der Durchreise hier?« fragte er.

»Ich wohne hier. Professor Lane hat mir für den Sommer sein Haus überlassen.«

»Kilmarth? Ich kenne es natürlich, aber ich bin niemals drin gewesen. Ich glaube nicht, daß Professor Lane sehr oft herunterkommt, und er geht nicht zur Kirche.«

»Nein«, sagte ich, »wahrscheinlich nicht.«

Als wir uns am Tor verabschiedeten, sagte er: »Wenn Sie mal wiederkommen möchten, entweder zum Gottesdienst oder nur, um ein bißchen herumzugehen, würde es mich freuen, Sie zu sehen.«

Wir schüttelten einander die Hand, und ich ging zu meinem Wagen. Ich zündete mir eine Zigarette an, ließ den Motor anlaufen und fuhr an der Kirche vorbei. Eine seltsam freudige Stimmung überkam mich, als ich den Fluß im Tal überquerte und dann zu den abseits liegenden Läden des Dorfes fuhr. Noch vor zehn Minuten hatte alles unter Wasser gestanden, und an den schräg abfallenden Ländereien der Priorei plätscherte das Meer. Sandbänke hatten den weiten Bogen der Bucht umrahmt, wo jetzt Bungalows standen, und anstatt der Häuser und Geschäfte lag dort die Furt, die bei Höchststand der Flut nicht mehr zu durchqueren war. Ich parkte vor der Apotheke, kaufte Zahnpasta, und mein Hochgefühl nahm zu, während das Mädchen sie einwickelte. Mir schien, als sei sie wesenlos und ebenso der Laden und die anderen Leute, die neben mir standen; ich bemerkte, daß ich heimlich darüber lächelte und am liebsten gesagt hätte: »Ihr existiert alle nicht. Das alles liegt in Wirklichkeit unter Wasser.«

Ich stand vor dem Laden. Es hatte aufgehört zu regnen. Die schwere Wolkendecke, die den ganzen Tag lang über mir gehangen hatte, zerriß endlich, und es erschien ein Himmel, dessen Blau von dunstigen Wolken unterbrochen wurde. Zu früh, nach Haus zu fahren. Zu früh, um bei Magnus anzurufen. Eines hatte ich wenigstens bewiesen: Dieses Mal hatte zwischen uns ganz sicher keine telepathische Verbindung bestanden. Am Nachmittag zuvor mochte er geahnt haben, wo ich mich befand, aber heute nicht. Das Labor in

Kilmarth war keine Gespensterhöhle, in der man Geister beschwor, ebensowenig wie die Vorhalle der St. Andreas-Kirche von Geistern bevölkert gewesen war. Magnus mußte recht gehabt haben mit seiner Vermutung, daß irgendein früherer chemischer Prozeß umkehrbar sei und daß die Droge diese Verwandlung hervorrief, wobei alle Sinne auf die betreffende Situation reagierten, in Aktion traten und so die Vergangenheit erfaßten.

Ich war nicht aus einem Wunschtraum erwacht, als der Pfarrer mir auf die Schulter klopfte, sondern von einer lebendigen Realität in die andere übergegangen. Konnte die Zeit alle Dimensionen umfassen, so daß gestern, heute und morgen in endloser Wiederholung nebeneinander herliefen? Vielleicht brauchte man nur ein anderes Mittel, ein anderes Enzym, um die Zukunft zu zeigen, mich als gutmütigen, kahlköpfigen alten Trottel, die Jungen erwachsen und verheiratet und Vita tot. Der Gedanke war bestürzend. Lieber wollte ich mich mit den Champernounes und Isolda befassen. Auch hier keine telepathische Verbindung: Magnus hatte sie nicht erwähnt, der Pfarrer jedoch hatte von ihnen gesprochen, und zwar erst, nachdem ich sie bereits als lebendige Personen gesehen hatte.

Jetzt wußte ich, was ich zu tun hatte: Ich wollte nach St. Austell fahren und nachsehen, ob ich in der Bibliothek ein Buch finden konnte, das die Identität dieser Personen bewies.

Die Bibliothek lag hoch über der Stadt; ich parkte den Wagen und ging hinein. Das Mädchen am Schreibtisch war mir behilflich. Sie riet mir, nach oben in die Nachschlagbibliothek zu gehen und in einem Buch, das *Die Visitationen in Cornwall* hieß, nach den Stammbäumen zu suchen.

Ich nahm den dicken Band vom Regal und setzte mich an einen Tisch. Der erste Blick auf die alphabetische Namensliste war enttäuschend. Keine Bodrugans, keine Champernounes, Carminowes und Cardinhams. Ich kehrte wieder zum Anfang zurück und stellte dann mit wachsendem Interesse fest, daß ich zuerst wohl die Seiten überschlagen hatte, denn jetzt fand ich die Carminowes von Carminowe. Ich überflog die erste Seite; da war Sir John, dessen Frau übrigens auch Joanna hieß — der Schreiber hatte die Namensgleichheit zwischen

Frau und Mätresse gewiß als verwirrend empfunden. Sir John hatte einen Haufen Kinder, und einer seiner Enkel, Miles, hatte Boconnoc geerbt. Boconnoc ... Bockenod ... eine leicht veränderte Schreibweise, aber es mußte sich einfach um »meinen« Sir John handeln.

Auf der nächsten Seite fand ich seinen älteren Bruder Sir Oliver Carminowe. Von seiner ersten Frau hatte er mehrere Kinder gehabt. Ich überflog ein paar Zeilen und entdeckte als seine zweite Frau Isould, Tochter eines gewissen Reynold Ferrers von Bere in Devon, und ganz unten auf der Seite ihre Töchter, Joanna und Margaret. Da hatte ich sie – nicht Isolda Cardinham, die Erbin aus Devon, von der der Pfarrer sprach, sondern eine ihrer Nachkommen.

Ich schob den schweren Wälzer zur Seite und stellte fest, daß ich einfältig in das Gesicht eines bebrillten Mannes hineinlächelte, der den *Daily Telegraph* las. Er starrte mich mißtrauisch an, dann verbarg er sein Gesicht hinter der Zeitung. Mein »Mädchen ohnegleichen« war also kein Phantasiegebilde. Isolda hatte gelebt, obgleich man nicht verzeichnet hatte, wann sie geboren und gestorben war.

Ich stellte das Buch auf das Regal zurück und ging hinaus; die Entdeckung hatte meine Hochstimmung noch gesteigert. Carminowes, Champernounes, Bodrugans, alle waren seit sechshundert Jahren tot, aber in der Welt meiner anderen Zeit lebten sie alle noch.

Ich verließ St. Austell und dachte befriedigt, daß ich an diesem Nachmittag viel geschafft hatte. Ich war Zeuge einer Zeremonie in einer längst verfallenen Priorei und zugleich eines Martinsfestes auf dem Dorfplatz gewesen. Und das alles mit Hilfe eines von Magnus gemischten Zaubertrankes, der keine Neben- oder Nachwirkungen hervorrief, nur ein besonderes Wohlgefühl. Alles war so leicht wie ein Sturz von einer Klippe. Ich ging kaltblütig auf hundert Kilometer hoch und sauste den Polmear Hill hinauf, und erst, als ich den Wagen abgestellt hatte und ins Haus gegangen war, fiel mir der Vergleich wieder ein. Sturz von einer Klippe ... War dies etwa die Nebenwirkung? Diese Heiterkeit und diese Unbekümmertheit? Gestern die Übelkeit, der Schwindel, weil ich die Anweisungen nicht befolgt hatte. Heute war ich mühelos von einer Welt in die andere hinübergewechselt und wurde übermütig.

Ich ging in die Bibliothek und wählte Magnus' Nummer. Er meldete sich sofort.

»Wie war's?« fragte er.

»Wie war was? Es hat den ganzen Tag geregnet.«

»In London haben wir schönes Wetter«, entgegnete er. »Aber lassen wir das Wetter. Wie war der zweite Trip?«

Seine Gewißheit, daß ich das Experiment wiederholt hatte, reizte mich. »Woraus schließt du, daß ich noch einen Trip gemacht habe?«

»Das tut man immer.«

»Nun, du hast zufällig recht. Ich hatte eigentlich nicht die Absicht, aber ich wollte etwas beweisen.«

»Was wolltest du denn beweisen?«

»Daß das Experiment nichts mit einer telepathischen Verbindung zwischen uns zu tun hatte.«

»Das hätte ich dir auch vorher sagen können«, antwortete er.

»Vielleicht. Aber wir hatten beide zuerst in Blaubarts Zimmer experimentiert, und das konnte mich ja unbewußt beeinflußt haben.«

»Darum ...«

»Darum goß ich die Tropfen in dein Trinkfläschchen – verzeih, daß ich so tue, als sei ich hier zu Hause –, fuhr ins Dorf und leerte es in der Vorhalle der Kirche.«

Sein vergnügtes Schnaufen ärgerte mich noch mehr.

»Was ist los?« fragte ich. »Du willst doch wohl nicht sagen, daß du dasselbe getan hast?«

»Genau das, aber nicht in der Vorhalle, sondern auf dem Friedhof, nach Einbruch der Dunkelheit. Aber was hast du nun gesehen?«

Ich erzählte ihm alles, auch von meiner Begegnung mit dem Pfarrer, dem Besuch in der Bibliothek und dem Ausbleiben oder zumindest vermeintlichen Ausbleiben von unangenehmen Nebenwirkungen. Er hörte sich meinen Roman an, ohne mich zu unterbrechen, wie am Tag zuvor, und als ich geendet hatte, bat er mich, am Apparat zu bleiben, er wolle sich einen Drink einschenken; zugleich mahnte er mich, es ihm nicht gleichzutun. Der Gedanke an seinen Gin-Tonic ließ meinen Ärger beträchtlich anwachsen.

»Ich habe den Eindruck, daß du alles gut überstanden hast«, sagte er, »und du scheinst der Creme der ganzen Grafschaft begegnet zu sein. Das ist mir bisher nicht gelungen, weder in unserer Zeit noch in jener.«

»Du meinst, du hast nicht das gleiche Erlebnis gehabt?«

»Ganz im Gegenteil. Mir waren weder Ordenskapitel noch Dorfplatz beschert. Ich landete im Schlafsaal der Mönche, und das war eine ganz andere Geschichte.«

»Was passierte denn?« fragte ich.

»Genau das, was man vermutet, wenn ein Haufen mittelalterlicher Franzosen zusammenkommt. Gebrauch nur deine Phantasie.«

Jetzt mußte ich lachen. Die Vorstellung, daß mein empfindlicher Magnus bei jener lockeren Gesellschaft den Voyeur spielte, versetzte mich wieder in gute Laune.

»Weißt du, was ich glaube?« sagte ich. »Ich glaube, wir haben gefunden, was wir verdienen. Ich Seine Gnaden den Bischof und die Grafschaftsvertreter, die in mir längst vergessenen snobistischen Ehrgeiz wachriefen, und du die Vertreter sexueller Praktiken, die du dir dreißig Jahre lang versagt hast.«

»Woher weißt du, daß ich sie mir versagt habe?«

»Ich weiß es, offen gestanden, nicht. Um so mehr rechne ich dir dein gutes Betragen an.«

»Danke für das Kompliment. Das heißt also, nichts von alldem kann einer telepathischen Verbindung zwischen uns zugeschrieben werden. Stimmt's?«

»Stimmt.«

»Demnach sahen wir das, was wir sahen, über ein anderes Medium, nämlich den Reiter Roger. Er war mit dir zusammen im Ordenskapitel und auf dem Dorfplatz und mit mir im Schlafsaal. Das ist das Hirn, das uns die Informationen zuleitet.«

»Ja, aber warum?«

»Warum? Du glaubst doch wohl nicht, daß wir das schon nach so wenigen Trips herausfinden? Du hast noch viel zu tun.«

»Das ist ja alles ganz schön und gut, aber auch ein bißchen langweilig, daß ich diesen Burschen bei jedem Experiment beschatten muß oder er mich. Ich finde ihn nicht so sympathisch. Auch die Gutsherrin mag ich nicht.«

»Die Gutsherrin?« Er schwieg einen Augenblick, offenbar, um nachzudenken. »Das ist wahrscheinlich die Person, die ich auf meinem dritten Trip sah. Kastanienbraunes Haar, braune Augen, eine ziemlich lose Person?«

»Das klingt ganz nach ihr, Joanna Champernoune«, sagte ich.

Wir lachten beide, da uns der Wahnsinn dieser Unterhaltung bewußt wurde; wir sprachen über jemand, der schon vor Jahrhunderten gestorben war, als hätten wir diese Person eben auf einer Party getroffen.

»Sie verhandelte über irgendeinen Landbesitz«, sagte er. »Ich kam nicht ganz mit. Hast du übrigens bemerkt, wie man den Sinn eines Gespräches erfaßt, ohne es bewußt aus dem mittelalterlichen Französisch zu übersetzen, das die Menschen offensichtlich sprechen? Das ist wieder die Verbindung zwischen Rogers Hirn und unserm. Wenn wir diese Gespräche in Altenglisch, normannischem Französisch oder Kornisch gedruckt vor uns sähen, würden wir nicht ein Wort verstehen.«

»Du hast recht«, sagte ich, »das ist mir nicht einmal aufgefallen. Magnus . . .«

»Ja?«

»Ich bin immer noch ein bißchen besorgt über die Nebenwirkungen. Heute habe ich zum Glück weder Übelkeit noch Schwindel empfunden, sondern im Gegenteil eine ungeheure Hochstimmung, und auf der Rückfahrt muß ich die Geschwindigkeitsgrenze mehrmals überschritten haben.«

Er erwiderte nicht sofort, und dann klang seine Antwort vorsichtig: »Das ist eines der Dinge«, sagte er, »einer der Gründe, warum ich dich bat, die Droge auszuprobieren. Sie könnte zu einer Sucht führen.«

»Zu einer Sucht? Wie meinst du das?«

»Genau, wie ich es sagte. Nicht allein die Faszination, die vom Experiment selbst ausgeht, von dem wir wissen, daß niemand außer uns es bisher ausgeführt hat, sondern auch die Stimulierung des betroffenen Hirnteils. Ich habe dich schon vorher auf die möglichen physischen Gefahren hingewiesen, daß man überfahren werden könnte oder sowas. Du merkst doch sicher, daß dieser Teil des Gehirns ausgeschlossen ist, wenn du unter dem Einfluß der Droge stehst. Der funktionale Teil steuert immer noch deine Bewegungen, so, wie man mit hohem Alkoholgehalt im Blut fahren kann, ohne einen Unfall zu bauen. Aber die Gefahr ist stets gegenwärtig, und im Gehirn ist anscheinend der Warnmechanismus ausgefallen. All das möchte ich genau herausfinden.«

»Ja«, sagte ich, »ja, ich verstehe.« Ich war ziemlich ernüchtert. Die Heiterkeit, die ich auf der Heimfahrt empfunden hatte, war gewiß nicht natürlich gewesen. »Ich mache lieber eine Pause und warte, bis alle Umstände geklärt sind.«

Er schwieg wieder, bevor er antwortete. »Das liegt bei dir«, sagte er dann. »Das mußt du selbst entscheiden. Noch Fragen? Ich esse heute auswärts.«

Noch Fragen ... ein Dutzend, zwanzig. Aber die wollte ich mir alle überlegen, wenn er aufgelegt hatte. »Ja«, sagte ich. »Wußtest du, bevor du deinen ersten Trip machtest, daß Roger einst hier im Hause gewohnt hatte?«

»Keineswegs. Mutter sprach oft von den Bakers im siebzehnten Jahrhundert und den Rashleighs, die nach ihnen kamen. Aber von ihren Vorgängern wußten wir nichts, obwohl mein Vater eine vage Vorstellung hatte, daß die Fundamente aus dem vierzehnten Jahrhundert stammten. Ich weiß nicht, von wem er das gehört hatte.«

»Hast du deswegen aus der alten Waschküche das Blaubartzimmer gemacht?«

»Nein. Es schien nur der günstigste Ort zu sein, und der Lehmofen gefällt mir. Wenn man das Feuer anzündet, hält er die Hitze, und ich kann in ihm Flüssigkeiten bei hoher Temperatur aufbewahren, während ich gleichzeitig an etwas anderem arbeite. Großartige Atmosphäre. Nichts Düsteres daran. Gib bloß den Gedanken auf, daß dieses Experiment eine Art Geisterjagd ist, mein Junge. Wir beschwören keine Geister!«

»Nein, das ist mir schon klar«, sagte ich.

»Um es ganz einfach zu sagen: Wenn du im Sessel sitzt und einen alten Film im Fernsehapparat siehst, so tauchen die

Gestalten nicht aus der Leinwand auf, um dich zu verfolgen, obwohl viele Schauspieler bereits tot sind. Das ist gar nicht so viel anders als das, was du heute nachmittag erlebt hast. Unser Führer Roger und seine Freunde haben einmal gelebt, aber heute sind sie wahrhaftig und endgültig gebannt.«

Ich wußte, was er meinte, aber so einfach war das nicht. Die eigentlichen Zusammenhänge lagen tiefer, und die Wirkung war stärker. Das erregende Gefühl bestand nicht so sehr darin, jene Welt zu sehen, als an ihr teilzunehmen.

»Ich wünschte, wir wüßten mehr über unseren Führer«, sagte ich. »Über die anderen kann ich in der Bibliothek von St. Austell nachschlagen. Die Carminowes habe ich schon gefunden, wie ich dir sagte – John, seinen Bruder Oliver und Olivers Frau Isolda –, aber ein Verwalter namens Roger ist doch ein bißchen zu entlegen, der wird kaum in irgendeinem Stammbaum vorkommen.«

»Wahrscheinlich nicht, aber man kann nie wissen. Einer meiner Studenten hat einen Freund, der im Staatsarchiv und im British Museum arbeitet, und so habe ich Zugang zu den Sachen. Ich habe ihm nicht gesagt, warum es mich interessiert, sondern nur, daß ich gerne eine Liste der Steuerzahler aus der Gemeinde Tywardreath im vierzehnten Jahrhundert hätte. Die müßte er, vermute ich, in der Steuerliste für Laien aus dem Jahre 1327 finden, und das ist ziemlich nahe an der Periode, mit der wir uns beschäftigen. Wenn ich etwas erfahre, teile ich es dir mit. Hast du von Vita gehört?«

»Nein.«

»Schade, daß ihr nicht vereinbart habt, daß du die Jungen zu ihr nach New York bringst«, sagte er.

»Das wäre verdammt teuer. Außerdem hätte das bedeutet, daß ich auch dort bleiben müßte.«

»Nun, halte sie alle in Schach, solange du kannst. Sage ihnen, mit der Kanalisation sei etwas nicht in Ordnung, das wird sie einschüchtern.«

»Vita läßt sich durch nichts einschüchtern«, sagte ich. »Sie würde einen Klempnermeister von der amerikanischen Botschaft mitbringen.«

»Dann beeil dich, bevor sie kommt. Und da ich gerade

daran denke: du kennst doch die mit ›B‹ etikettierte Flasche im Labor neben der A-Lösung, die du genommen hast?«

»Ja.«

»Pack sie sorgfältig ein und schick sie mir her. Ich will sie testen.«

»Du willst sie in London ausprobieren?«

»Nicht an mir selbst, sondern an einem gesunden jungen Affen. Er wird wohl nicht seine mittelalterlichen Vorfahren sehen, aber vielleicht wird ihm schwindlig. Auf Wiedersehen.«

Magnus hatte wieder in seiner gewohnten brüsken Art aufgehängt, und er ließ mich mit einem Gefühl der Leere zurück. So war es immer, wenn wir uns trafen, miteinander sprachen oder einen Abend zusammen verbrachten. Zuerst die Anregungen, bei denen die Stunden verflogen, und plötzlich ging er, winkte ein Taxi heran, war fort und ließ sich wochenlang nicht sehen, und ich blieb unschlüssig stehen und wanderte nach Hause.

»Wie war dein Professor?« fragte Vita dann in dem etwas spöttischen Ton, den sie stets anschlug, wenn sie vermutete, daß ich einen Abend mit Magnus verbracht hatte; dabei betonte sie das *dein*, was seine Wirkung nie verfehlte und mich jedesmal reizte.

»Wie immer«, antwortete ich, »voller verrückter Ideen, die mich amüsieren.«

»Freut mich, daß du dich amüsiert hast«, sagte sie darauf, aber mit einem bissigen Unterton, der nicht gerade auf Freude schließen ließ. Als ich einmal nach einer etwas längeren Sitzung als gewöhnlich gegen zwei Uhr morgens ziemlich angeheitert nach Hause kam, sagte sie, Magnus beanspruche mich zu sehr, und wenn ich zu ihr zurückkomme, sähe ich immer aus wie ein zusammengefallener Ballon.

Das war eine unserer ersten heftigen Szenen, und ich wußte nicht, wie ich mich verhalten sollte. Sie lief durch das Wohnzimmer, schüttelte die Kissen zurecht und leerte ihren Aschenbecher, während ich mit bekümmerter Miene auf dem Sofa saß. Wir gingen ins Bett, ohne miteinander zu sprechen, aber am nächsten Morgen tat sie zu meiner Überraschung und Erleichterung, als sei nichts geschehen. Magnus wurde nicht mehr erwähnt, aber ich nahm mir stillschweigend vor, nicht mehr mit ihm essen zu gehen, es sei denn, Vita war ebenfalls verabredet.

Heute fühlte ich mich nicht wie ein zusammengefallener Ballon, als er auflegte — der Ausdruck war, wenn man es recht bedachte, doch sehr beleidigend, er erinnerte an die stinkende Luft des Ballons, an den Atem eines anderen —, nur nicht gerade angeregt und auch ein wenig beunruhigt, denn warum wollte er plötzlich Flasche B einem Test unterziehen? Wollte er seine Erfindung erst an dem unglückseligen Affen ausprobieren, bevor er mich, sein menschliches Versuchskaninchen, einem womöglich noch schwereren Test unterzog? Flasche A enthielt immer noch genügend Flüssigkeit, so daß ich weitermachen konnte ...

Ich schreckte aus meinem Gedankengang auf. Weitermachen? Das klang wie ein Alkoholiker, der zum nächsten Saufgelage geht, und ich dachte an Magnus' Bemerkung über die Möglichkeit, daß die Droge süchtig mache. Vielleicht war das ein weiterer Grund dafür, daß er sie an einem Affen ausprobieren wollte. Ich sah die bedauernswerte Kreatur vor mir, wie sie mit glasigen Augen im Käfig herumsprang und keuchend nach der nächsten Spritze verlangte.

Ich tastete nach dem Fläschchen in meiner Tasche und spülte es sorgfältig aus, stellte es aber nicht wieder auf das Regal in der Speisekammer, denn Mrs. Collins konnte es aus Versehen woanders hinstellen, und wenn ich es dann haben wollte, mußte ich sie danach fragen, und das war lästig. Es war zu früh für das Abendessen, aber das Tablett mit Schinken, Salat, Obst und Käse, das sie hergerichtet hatte, sah verlockend aus, und so beschloß ich, es ins Musikzimmer mitzunehmen und einen Abend am Kaminfeuer zu verbringen.

Ich griff nach einer Schallplatte und legte sie auf. Dann eine andere. Aber gleichgültig, welche Klänge das Musikzimmer erfüllten — ich kehrte doch in Gedanken immer wieder zu den Vorgängen des Nachmittags zurück, zur Audienz im Ordenskapitel der Priorei, dem Schlachtfest auf dem Dorfplatz, zu dem Musikanten mit Kapuze und Doppelhorn, der zwischen Kindern und bellenden Hunden einherwanderte. Vor allem dachte ich an jene junge Frau mit dem geflochtenen Haar und dem edelsteinbesetzten Stirnband, die an einem

Nachmittag vor sechshundert Jahren so gelangweilt dreingeblickt hatte, bis sie bei der Bemerkung eines Mannes aus jener anderen Zeit den Kopf hob und lächelte. Diese Bemerkung hatte ich nicht verstanden.

V

Am nächsten Morgen lag auf meinem Frühstückstablett ein Luftpostbrief von Vita, geschrieben im Haus ihres Bruders in Long Island. Sie berichtete, die Hitze sei schrecklich, sie verbrächten den ganzen Tag im Schwimmbecken, und Joe wolle mit seiner Familie auf der Jacht, die er Mitte der Woche gemietet hatte, nach Newport fahren. Wie schade, daß wir nicht eher von seinen Plänen gewußt hätten, sonst hätte ich die Jungen herüberbringen können, und man hätte die Sommerferien gemeinsam verbracht. Aber nun sei es ja zu spät. Sie hoffe nur, daß es uns im Haus des Professors gefallen werde, und wie es denn eigentlich sei? Was sie aus London mitbringen sollte? Sie wolle am Mittwoch von New York abfliegen und hoffe, einen Brief von mir in der Londoner Wohnung vorzufinden.

Heute war bereits Mittwoch. Sie mußte um zehn Uhr abends am Londoner Flughafen ankommen, und sie würde keinen Brief vorfinden, weil ich sie nicht vor dem Wochenende erwartet hatte.

Der Gedanke, daß Vita in wenigen Stunden in England sein würde, traf mich wie ein Schock. Die Tage, die ich ganz für mich zu haben glaubte und nach meinem Belieben zu gestalten hoffte, würden durch Telefonanrufe, Bitten, Fragen, das ganze Drum und Dran des Familienlebens gestört werden. Irgendwie mußte ich, bevor der erste Anruf kam, einen Aufschub ermöglichen und einen Plan parat haben, mit dem ich sie und die Jungen wenigstens noch ein paar Tage in London zurückhalten konnte.

Magnus hatte eine defekte Kanalisation vorgeschlagen. Das mochte wohl hingehen, aber die Schwierigkeit war die, daß Vita, wenn sie schließlich ankam, natürlich Mrs. Collins fragen und daß Mrs. Collins sie nur verblüfft anstarren würde. Die Zimmer nicht fertig? Das würde ein schlechtes Licht auf Mrs. Collins werfen und die künftige Beziehung zwischen den beiden Frauen gefährden. Ein Versagen der Elektrizität? Die hatte ebensowenig versagt wie die Kanalisation. Auch konnte ich nicht behaupten, krank zu sein, denn dann würde Vita sofort herkommen, mich in Decken einwickeln und ins Krankenhaus nach London abtransportieren, denn sie mißtraute jeder ärztlichen Behandlung, die nicht von ersten Kapazitäten durchgeführt wurde. Nun, ich mußte mir etwas überlegen, und sei es nur wegen Magnus. Ich durfte ihn nicht im Stich lassen und das Experiment nach zwei Versuchen abrupt abbrechen.

Heute war Mittwoch. Also heute ein Experiment, am Donnerstag Pause, ein weiteres Experiment am Freitag, Samstag Pause und wieder ein Versuch am Sonntag, und wenn Vita eisern darauf beharrte, am Montag kommen zu wollen, dann sollte sie es eben tun. Dieser Plan gestattete mir noch drei Trips, und wenn alles gutging und ich die richtige Zeit wählte und keine Dummheiten machte, so würden auch keine Nebenwirkungen eintreten wie gestern, abgesehen von der unnatürlichen Hochstimmung, die ich sofort bemerken und als Warnung auffassen konnte. Im Moment war meine Stimmung allerdings ziemlich schlecht – Vitas Brief war wohl die Ursache für eine gewisse Mutlosigkeit, die mich überfallen hatte.

Nach dem Frühstück teilte ich Mrs. Collins mit, daß meine Frau heute in London ankommen und wahrscheinlich nächste Woche mit ihren beiden Söhnen eintreffen würde, am Montag oder Dienstag. Sie stellte sofort eine Liste für Lebensmittel und andere Dinge auf, die wir brauchten. So bot sich mir die Gelegenheit, ins Dorf zu fahren, um alles zu besorgen, und währenddessen konnte ich einen Brief an Vita entwerfen, den sie am nächsten Morgen erhalten würde.

Die erste Person, die ich beim Kaufmann antraf, war der Pfarrer von St. Andreas, der auf mich zukam und mich begrüßte. Jetzt erst stellte ich mich vor – Richard Young – und erzählte ihm, daß ich seinem Rat gefolgt und zur Bibliothek der Grafschaft in St. Austell gefahren war.

»Ich bewundere Ihre Begeisterung«, sagte er lächelnd. »Haben Sie gefunden, was Sie suchten?«

»Zum Teil«, antwortete ich. »Die Erbin Isolda Cardinham konnte ich im Stammbaum nicht entdecken, aber ich fand eine Nachfahrin, Isolda Carminowe, deren Vater ein gewisser Reynold Ferrers aus Bere in Devon war.«

»Reynold Ferrers? Der Name kommt mir bekannt vor«, meinte er. »Wenn ich mich richtig entsinne, war es der Sohn von Sir William Ferrers, der die Erbin heiratete. Demnach würde Ihre Isolda deren Enkelin sein. Ich weiß, daß die Erbin den Gutshof Tywardreath im Jahre 1269 an einen der Champernounes verkaufte, kurz bevor sie für 1000 Dukaten mit William Ferrers verheiratet wurde. Das war damals eine beachtliche Summe.«

Ich überschlug im Kopf rasch die Zahlen. Meine Isolda konnte wohl kaum vor 1300 geboren sein. Sie hatte bei der Audienz des Bischofs nicht älter als achtundzwanzig Jahre gewirkt, womit dieses Ereignis um 1329 zu datieren war.

Ich stand neben dem Pfarrer, als er einkaufte. »Feiert man eigentlich in Tywardreath immer noch den Martinstag?« fragte ich.

»Den Martinstag?« wiederholte er erstaunt – er war gerade damit beschäftigt, Zwieback auszusuchen. »Verzeihen Sie, ich verstehe nicht ganz. Das war in den Jahrhunderten vor der Reformation ein volkstümliches Fest. Natürlich haben wir noch den St. Andreastag, und das Kirchenfest feiern wir im allgemeinen Mitte Juni.«

»Tut mir leid«, murmelte ich, »ich habe die Daten durcheinandergebracht. Ich bin nämlich katholisch erzogen worden und in Stonehurst zur Schule gegangen, und mir schien, als hätte der Abend des Martinstags für uns immer eine gewisse Bedeutung gehabt ...«

»Da haben Sie ganz recht«, unterbrach er mich lächelnd. »Jetzt feiern wir statt dessen den 11. November, den Waffenstillstandstag, nicht wahr? Oder vielmehr den Waffenstillstandssonntag. Aber nun verstehe ich Ihr Interesse an der Priorei, da Sie Katholik sind.«

»Nicht praktizierend«, gestand ich. »Aber so ist es. Von den alten Bräuchen kommt man so schnell nicht los. Gibt es auf dem Dorfplatz auch einen Markt?«

»Nein, leider nicht«, sagte er nun aufrichtig verwirrt, »und soviel ich weiß, hat es in Tywardreath auch nie einen Dorfplatz gegeben. Entschuldigen Sie ...«

Er beugte sich vor, damit die Verkäuferin seine Sachen in den Korb werfen konnte, um sich dann mir zuzuwenden. Ich blickte auf die Liste, die mir Mrs. Collins mitgegeben hatte, und der Pfarrer ging nach einem vergnügten guten Morgen seines Wegs. Ich fragte mich, ob er mich wohl für verrückt hielt oder nur für einen der exzentrischen Freunde Professor Lanes. Ich hatte ganz vergessen, daß der Martinstag am 11. November war. Ein seltsames Zusammentreffen. Damals wurden Ochsen, Schweine und Schafe geschlachtet, und in der heutigen Welt war es ein Gedenktag für die unzähligen Kriegsgefallenen. Das mußte ich Magnus erzählen.

Ich trug die schweren Taschen hinaus, verstaute sie im Kofferraum des Wagens und fuhr nach Tywardreath. Aber anstatt vor dem Friseurladen zu parken wie am Tag zuvor, fuhr ich langsam bergan durch das Dorf und versuchte dabei, jenen nicht mehr vorhandenen Platz zu rekonstruieren. Umsonst, rechts und links vor mir standen Häuser, und oben auf dem Hügel zweigte der Weg nach rechts in Richtung Fowey ab, während auf dem Schild zur Linken »Nach Treesmill« stand. Von diesen Hügeln her waren gestern der Bischof mit seinem Gefolge, waren die Reisewagen der Carminowes, der Champernounes und Bodrugans mit dem kunstgerecht gemalten Wappen gekommen. Wo lag wohl der Besitz Sir Henry Champernounes, des Gutsherrn? Seine Frau Joanna hatte zu ihrem Verwalter, meinem Reiter Roger gesagt: »Die Bodrugans bleiben heute nacht bei uns.« Wo hatte das Gutshaus gestanden? Oben auf dem Hügel hielt ich an und blickte mich um. In Tywardreath gab es kein größeres Haus; einige der Hütten konnten aus dem späten achtzehnten Jahrhundert stammen, aber keine gehörte einer früheren Zeit an. Die Vernunft sagte mir, daß Gutshäuser selten zerstört werden, es sei denn durch Feuer, und selbst wenn sie bis auf den Boden abbrannten oder die Mauern zerfielen, so würde das Haus doch innerhalb von wenigen Jahren wieder aufgebaut werden.

Ich blickte auf meine Uhr. Es war nach elf, und Mrs. Collins wartete, um die Einkäufe zu verstauen und das Mittagessen zu machen. Außerdem mußte ich an Vita schreiben.

Nach dem Essen setzte ich mich an den Schreibtisch. Ich brauchte etwa eine Stunde und war mit dem Ergebnis nicht sehr zufrieden. Aber es mußte gehen.

»Liebling«, schrieb ich, »ich hatte, bis Dein Brief heute morgen kam, nicht recht begriffen, daß Du ja schon heute zurückfliegst. Du wirst diesen Brief also nicht vor morgen bekommen. Verzeih mir, wenn ich alles durcheinandergebracht habe. Um die Wahrheit zu sagen, gab es hier ungeheuer viel zu tun, um das Haus für Dich und die Jungen herzurichten, und ich habe seit meiner Ankunft schwer gearbeitet. Mrs. Collins, Magnus' guter Hausgeist, ist großartig, aber Du weißt ja, wie es in einem Junggesellenhaushalt aussieht. Magnus war seit Ostern nicht mehr hier, darum wirkte alles ganz schön vernachlässigt. Außerdem, und dies ist die eigentliche Schwierigkeit, hat Magnus mich gebeten, seine Papiere durchzusehen – er hat einen Haufen wissenschaftlicher Arbeiten in seinem Labor, die man nicht anrühren darf –, und all das soll aufgeräumt und in Sicherheit gebracht werden. Er bat mich, es als persönliche Gefälligkeit für ihn zu tun, und ich kann es ihm schlecht abschlagen, denn schließlich brauchen wir für das Haus keine Miete zu zahlen – es ist also eine Art Gegenleistung. Montag müßte ich es geschafft haben, aber die nächsten paar Tage und das Wochenende muß ich noch frei haben, um fertig zu werden. Nebenbei gesagt war das Wetter scheußlich. Es hat gestern den ganzen Tag geregnet. Dir entgeht also nichts; in der Lokalzeitung heißt es, die nächste Woche soll besser werden.

Um das Essen brauchst Du Dich nicht zu kümmern; Mrs. Collins sorgt für alles, und sie ist eine ausgezeichnete Köchin. Nun, ich glaube, Du kannst die Jungen noch bis Montag beschäftigen; es gibt sicher Museen und andere Dinge, die sie noch nicht kennen, und außerdem möchtest Du doch Bekannte wiedersehen. Darum schlage ich vor, Liebling, daß wir erst für nächste Woche planen; dann dürften alle Schwierigkeiten behoben sein.

Ich freue mich, daß Du eine so nette Zeit mit Joe und Familie verbracht hast. Ja, rückblickend denke ich auch, es wäre eine gute Idee gewesen, wenn ich die Jungen nach New York hinübergebracht hätte, aber hinterher ist man ja immer klüger. Ich hoffe, Du bist nach dem Flug nicht zu müde, Liebling. Ruf mich an, wenn Du dies erhältst.

Dein Dich liebender Dick.«

Ich las den Brief zweimal durch. Beim zweiten Mal schien er mir schon besser: er klang echt. Schließlich stimmte es, daß ich für Magnus Dinge ordnen mußte. Wenn ich lüge, fundiere ich die Lüge gern auf Tatsachen, denn das beruhigt nicht allein das Gewissen, sondern das Gerechtigkeitsgefühl. Ich klebte Briefmarken auf den Umschlag und steckte ihn in die Tasche; dann fiel mir ein, daß Magnus mich gebeten hatte, ihm die Flasche B aus dem Labor nach London zu schicken. Ich wühlte herum, fand einen kleinen Karton, Papier und eine Schnur und ging ins Labor. Ich verglich Flasche A mit Flasche B, bemerkte aber keinen Unterschied zwischen beiden. Die kleine Flasche von gestern trug ich immer noch in meiner Jackentasche, und nichts war einfacher, als eine zweite Dosis aus der Flasche A hineinzufüllen. Ich würde dann selbst entscheiden, ob und wann ich sie einnehmen wollte.

Dann schloß ich das Labor ab, ging hinauf und blickte durch das Fenster der Bibliothek nach dem Wetter. Es regnete nicht, und draußen über dem Meer klärte sich der Himmel auf. Ich verpackte die Flasche sorgfältig und fuhr nach Par, um sie per Einschreiben abzusenden, und steckte den Brief an Vita in den Kasten. Dann fuhr ich nach Tywardreath und folgte der Abzweigung nach Treesmill.

Die schmale Straße senkte sich zwischen den Feldern steil ins Tal hinab, und vor der letzten Senkung bog sie scharf über eine holprige Brücke, unter der die Haupteisenbahnlinie zwischen Par und Plymouth verlief. Ich bremste nahe der Brücke und hörte die Dampfpfeife des Eilzugs, der gerade aus dem Tunnel zu meiner Rechten auftauchte. Als er außer

Sichtweite und das Geratter verklungen war, trat wieder Stille ein, und nichts regte sich im Tal.

Ich ließ den Wagen langsam bis zum Ende der Straße hinunterrollen, bevor diese wieder anstieg. Ein träger Fluß, von einer niedrigen Brücke überspannt, wälzte sich durch die Wiese, auf der Kühe grasten; an der rechten Straßenseite standen alte Bauernhäuser. Ich drehte das Wagenfenster herunter und blickte mich um. Ein Hund kam von einem Hof hergelaufen und bellte; hinter ihm schritt ein Mann, der einen Eimer trug. Ich lehnte mich aus dem Fenster und fragte ihn, ob dies der Platz sei, an dem früher eine Mühle gestanden habe.

»Ja«, sagte er, »wenn Sie geradeaus weiterfahren, kommen Sie an die Hauptstraße nach St. Blatey.«

»Eigentlich suchte ich Überreste der Mühle«, sagte ich.

»Von der ist nichts mehr da«, erklärte er. »Dieses Gebäude hier war einmal das alte Mühlhaus, und was von dem Fluß noch übrig ist, sehen Sie dort. Der Hauptstrom wurde vor vielen Jahren umgelenkt, noch vor meiner Zeit. Es heißt, bevor sie diese Brücke bauten, habe es hier eine Furt gegeben. Der Strom lief direkt über die Straße, und der größte Teil des Tales stand unter Wasser, vor allem bei Flut.«

»Ja«, sagte ich, »das ist gut möglich.«

»Können Sie mir sagen, ob es hier im Tal irgendein Bauernhaus gibt, das früher einmal ein Gutshaus gewesen sein kann?« fragte ich.

Er überlegte eine Weile. »Tja«, sagte er dann, »da ist Trevenna dort oben an der Stonybridge-Straße, aber ich habe nie gehört, daß es alt ist, und natürlich Trenadlyn weiter hinten im Tal nahe am Tunnel. Das ist bestimmt ein schönes altes Haus, vor Hunderten von Jahren erbaut.«

»Wann ungefähr?« fragte ich mit wachsendem Interesse.

Er überlegte wieder. »Da stand mal was über Treveran in der Zeitung«, sagte er, »irgend jemand aus Oxford kam her, um es anzusehen. Ich glaube, sie sagten, es sei 1705 gebaut.«

Mein Interesse flaute wieder ab. Queen-Anne-Häuser kamen Jahrhunderte »danach«. Mir war zumute wie einem Archäologen, der anstatt einer Siedlung aus der Bronzezeit eine spätrömische Villa entdeckt.

»Na, vielen Dank, und guten Tag«, sagte ich, wendete den Wagen und fuhr die Anhöhe hinauf. Wenn die Champernounes 1328 diesen Weg heruntergekommen wären, so wären ihre Reisewagen vom Mühlbach aufgehalten worden, es sei denn, schon damals hätte eine Brücke über den Fluß geführt. Auf halbem Wege bog ich nach links und sah nun die drei Gehöfte, die der Mann erwähnt hatte. Ich holte die Karte heraus. Die Seitenstraße, auf der ich jetzt stand, stieß oben am Hügel auf die Hauptstraße – der lange Tunnel mußte tief unter der Straße verlaufen, eine ansehnliche technische Leistung –, und tatsächlich, der Hof zur Rechten war Trevenna, der vor mir mußte also Trenadlyn und der dritte an der Eisenbahnlinie mußte Treverran sein. Was nun? fragte ich mich. Sollte ich von einem Haus zum anderen fahren, anklopfen und sagen: »Haben Sie was dagegen, wenn ich mich ein halbes Stündchen hinsetze, mir eine Spritze gebe, wie die Rauschgiftsüchtigen sagen, und abwarte, was passiert?«

Die Archäologen haben es da besser. Ihre Ausgrabungen werden von einer begeisterten Gesellschaft finanziert, und sie brauchen kaum zu fürchten, am Ende der Arbeit im Irrenhaus zu landen. Ich wendete und fuhr den steilen Hügel hinauf nach Tywardreath. Ein Wagen mit einem Wohnwagenanhänger im Schlepptau zwängte sich durch das Gartentor vor einem Bungalow und blockierte meine Durchfahrt. Ich bremste und ließ den Fahrer weiter manövrieren. Er schrie eine Entschuldigung, und schließlich gelang es ihm, sowohl den Wagen als auch den Wohnwagen neben dem Bungalow zu parken.

Er stieg aus dem Auto, kam auf mich zu und entschuldigte sich noch einmal. »Ich glaube, Sie kommen jetzt vorbei«, sagte er. »Es tut mir leid, daß ich Sie aufgehalten habe.«

»Macht nichts«, sagte ich, »ich hab's nicht eilig. Das haben Sie aber gut gemacht, wie Sie den Wagen von der Straße wegholten.«

»Oh, na ja, ich bin's gewohnt«, sagte er. »Ich wohne hier, und durch den Wohnwagen haben wir mehr Platz für Sommerbesucher.«

Ich blickte auf den Namen am Tor. »Chapel Down«, las ich. »Das ist ein ungewöhnlicher Name.«

Er grinste. »Das dachten wir auch, als wir den Bungalow bauten. Wir wollten nämlich den Namen des Grundstücks beibehalten. Es hieß jahrhundertelang Chapel Down, und die Felder gegenüber heißen Chapel Park.«

»Hat das irgend etwas mit der alten Priorei zu tun?« fragte ich.

Er ging nicht auf meine Frage ein. »Früher standen ein paar Hütten hier«, sagte er, »eine Art Versammlungshaus der Methodisten, glaube ich, aber die Namen der Felder gehen viel weiter zurück.«

Seine Frau kam mit mehreren Kindern aus dem Bungalow, und ich ließ den Motor an. »Alles frei«, rief er, und ich fuhr die Anhöhe hinauf, bis der Bungalow hinter einer Kurve aus meinem Blickfeld verschwand. Dann hielt ich an einer Ausweichstelle, wo Steine und Bauholz lagen.

Ich hatte den höchsten Punkt des Hügels erreicht; hinter der Ausweichstelle bog die Straße nach Tywardreath, von dem bereits die ersten Häuser in Sicht kamen. Chapel Down ... Chapel Park ... Konnte dort früher eine Kapelle gestanden haben, die seit langem zerstört war, entweder auf dem Gelände des Bungalows oder ganz in der Nähe der Ausweichstelle, wo jetzt ein anderes modernes Haus stand?

Unter dem Haus führte ein Tor auf ein Feld; ich kletterte darüber, ging am Rande des Feldes entlang und hielt mich dicht an der Hecke, bis der abschüssige Boden mich vor fremden Blicken verbarg. Dies war das Feld, das nach den Worten des Wohnwagenbesitzers Chapel Park hieß. Es hatte, soviel ich sehen konnte, nichts Auffallendes. Am anderen Ende weideten Kühe. Ich kroch durch die Hecke, fand mich auf dem schrägen Weideland, etwa dreißig Meter höher als die Eisenbahnlinie, und sah direkt ins Tal.

Ich zündete mir eine Zigarette an und überblickte die Gegend. Keine versteckte Kapelle, aber was für eine Aussicht: rechts Treesmill-Farm, die anderen Höfe gegenüber und alle gleich unterhalb der Eisenbahnlinie, vor Wind und Wetter geschützt; dahinter der seltsame Bogen des Tals, keine Felder mehr, sondern nur ein Dickicht aus Weiden, Birken und Erlen. Ich setzte mich vor die Hecke, um meine Zigarette zu Ende zu rauchen, als mir plötzlich das Fläschchen in meiner Brusttasche wieder einfiel. Ich nahm es heraus und betrachtete es. Ein handliches Format. Ich fragte mich, ob es nicht Magnus' Vater gehört hatte; in seiner Seemannszeit wäre es gerade recht gewesen für einen Schuß Rum, wenn die Brise kühl wurde. Wenn Vita doch ungern flöge und statt dessen mit dem Schiff gekommen wäre, so hätte ich ein paar Tage mehr ... Ein Geräusch unter mir lenkte meinen Blick ins Tal. Eine seltsame Diesellok rollte über die Schienen, ohne die schweren Waggons, und ich sah ihr nach, wie sie gleich einer dicken Schnecke über den Weiden und Birken hinkroch, unter der Brücke oberhalb von Treesmill durchfuhr und schließlich eine Meile weiter in den offenen Schlund des Tunnels tauchte. Ich schraubte die Flasche auf und trank den Inhalt.

Nun ja, was soll's? sagte ich mir. Ich bin kaltblütig, und Vita befindet sich noch mitten über dem Atlantik. Ich schloß die Augen.

VI

Dieses Mal saß ich reglos, den Rücken zur Hecke gewandt, mit geschlossenen Augen da und wollte versuchen, den genauen Zeitpunkt des Übergangs in die andere Welt festzuhalten. Zuvor war ich über die Felder, dann über den Friedhof gegangen, als das Bild sich veränderte. Jetzt würde es gewiß anders sein, weil ich mich auf den Augenblick konzentrierte, in dem die Wirkung eintreten würde. Das Wohlgefühl würde mich wieder überkommen, als nähme man mir eine schwere Last ab, und zugleich würde in meinem Körper ein Gefühl grenzenloser Leichtigkeit aufsteigen. Heute empfand ich keine Angst, und es fiel kein trüber Regen. Es war sogar warm, und die Sonne brach durch die Wolken – ich sah ihren Glanz durch die halbgeschlossenen Lider. Ich nahm einen letzten Zug von meiner Zigarette und ließ sie dann fallen.

Wenn diese einschläfernde Zufriedenheit länger anhielt, würde ich vielleicht sogar einnicken. Selbst die Vögel jubelten im plötzlich hervorbrechenden Sonnenschein; irgendwo in der

Hecke hinter mir hörte ich eine Amsel singen, und noch schöner klang der Ruf des Kuckucks, zuerst aus der Ferne vom Tal herauf, dann ganz in der Nähe. Ich lauschte dem Ruf, einem besonders lieblichen Laut, der sich mit der Erinnerung an sorglose Streifzüge verband, die ich hier vor dreißig Jahren als Knabe unternommen habe. Da rief er noch einmal, unmittelbar über mir.

Ich öffnete die Augen und beobachtete seinen seltsam unsteten Flug, gleichzeitig jedoch fiel mir ein, daß es schon Ende Juli war. Der kurze englische Sommer des Kuckucks aber endet bereits im Juni, zur gleichen Zeit wie das Lied der Amsel, und die Schlüsselblumen, die am Ufer an der Böschung neben mir standen, wären schon Mitte Mai verblüht. Diese Wärme und diese Helligkeit gehörten einer anderen Welt an, einem vergangenen Frühling. Es war also trotz meiner Konzentration geschehen, in einem Augenblick, den mein Gehirn nicht wahrgenommen hatte. All das helle Grün des Tages breitete sich auf dem Hang unter mir aus, und das Tal mit seinem Dickicht von Birken und Weiden lag unter Wasser. Ich stand auf und sah, wie der Fluß sich verengte, bis er mit dem polternden Mühlbach unterhalb von Treesmill zusammenfloß. Das Bauernhaus hatte eine andere Gestalt angenommen, es war schmal, strohgedeckt, und auf dem Hügel gegenüber wuchs dichter Eichenwald mit jungem, frühlingshaft zartem Laub.

Unter mir, wo das Feld sich über den Einschnitt der heutigen Bahnlinie vorgeschoben hatte, fiel der Boden sanfter ab; in der Mitte lief ein breiter Fahrweg zur Flußmündung und endete in einem Kai, an dem einige Boote vertäut lagen. Ein größeres Schiff war in der Mitte des Flusses verankert, das Segel halb gerafft. Ich hörte die Männer an Bord singen, und während ich hinübersah, stieß ein kleineres Boot ab, um jemand zum Ufer zu bringen, und die Stimmen verstummten plötzlich, als der Passagier in dem kleinen Boot die Hand hob und Schweigen gebot. Jetzt sah ich mich um; die Hecke war verschwunden, die Anhöhe hinter mir dicht bewaldet wie die anderen Hügel, und links, wo vorher Gestrüpp und Stechginster gewuchert hatten, umschloß eine lange Mauer ein

Wohnhaus; ich sah den Dachfirst über den umgebenden Bäumen. Der Pfad vom Kai führte direkt zum Haus hinauf.

Ich ging näher heran und sah, daß der Mann ans Ufer stieg und dann auf mich zukam. Es war Otto Bodrugan, dem sein Sohn Henry in einiger Entfernung folgte. Als er grüßend die Hand hob, wirkte die Geste so spontan, daß ich ebenfalls die Hand hob und sogar lächelte. Aber mir wurde die Vergeblichkeit dieser Geste sofort bewußt, denn Vater und Sohn eilten an mir vorbei zum Eingang des Hauses. Der Verwalter Roger kam heraus, um sie zu begrüßen. Er hatte wohl schon länger dagestanden und sie herankommen sehen, aber ich hatte ihn nicht bemerkt. Fort war die festliche Haltung von gestern, das spöttische Lächeln des Mannes, der in viele Dinge eingeweiht war, die ihn eigentlich nichts angingen; er trug einen dunklen Umhang wie Bodrugan und dessen Sohn, und seine Miene war ebenso ernst.

»Was gibt es Neues?« fragte Bodrugan.

Roger schüttelte den Kopf. »Es geht rasch bergab mit ihm«, sagte er. »Es besteht kaum noch Hoffnung. Meine Herrin Joanna und die ganze Familie sind im Haus. Sir William Ferrers und Lady Mathilda aus Bere sind schon da. Sir Henry leidet nicht, dafür haben wir gesorgt – genauer gesagt, Bruder Jean hat das getan, denn er hat Tag und Nacht am Bett gewacht.«

»Und die Ursache?«

»Die allgemeine Schwäche, von der Sie ja wissen, und eine plötzliche Erkältung durch den späten Frost, den wir hatten. Er geht im Geiste umher, spricht von den schrecklichen Fehlern, die er begangen hat, und bittet um Verzeihung. Der Gemeindepriester hat ihm die Beichte abgenommen, aber das genügte ihm nicht, er wollte auch Bruder Jean beichten und hat die Letzte Ölung bereits empfangen.«

Roger trat zur Seite, um Bodrugan und seinen Sohn einzulassen; jetzt konnte ich das ganze Gebäude sehen: Es bestand aus Steinmauern mit Ziegeldach, davor befand sich ein Hof, von dem eine Außentreppe zu einer Kammer hinaufführte; die Stufen erinnerten mich an Leitern, wie sie heute zum Kornspeicher eines Bauernhauses führen. Im Hintergrund lagen die Ställe, und jenseits der Mauer schwang sich der

Fahrweg nach Tywardreath hinauf, beiderseits von den strohgedeckten Hütten der Leibeigenen gesäumt.

Hunde liefen bellend über den Hof, als wir näher kamen, und kauerten sich mit flachgelegten Ohren nieder, als Roger ihnen etwas zurief; eine Dienerin kam mit furchtsamem Gesicht aus dem Haus und verscheuchte sie. Bodrugan und sein Sohn Henry traten über die Schwelle, Roger dienstbeflissen neben ihnen und ich dicht hinter ihm als sein Schatten. Wir hatten einen langen, schmalen Gang betreten, der die ganze Breite des Hauses einnahm; durch kleine Butzenscheiben sah man den Hof und das Mündungsgebiet des Flusses. Am anderen Ende befanden sich ein offener Herd mit aufgetürmtem Torf, der schwach glomm, ein roh gezimmerter Tisch und rundherum Bänke. Der Gang war dunkel, teils weil die Fenster klein waren und Rauch in der Luft hing, teils auch, weil die Wände scharlachrot getüncht waren, was dem Ganzen eine feierliche und düstere Atmosphäre verlieh.

Drei Kinder rutschten ungeduldig auf den Bänken herum, zwei Jungen und ein Mädchen; die Art, wie sie niedergeschlagen dasaßen, ließ eher auf dumpfe Verwirrung als auf echten Kummer angesichts des nahenden Todes schließen. Ich erkannte den ältesten, William Champernoune, der dem Bischof vorgestellt worden war; er stand jetzt als erster auf und trat vor, um Onkel und Vetter zu begrüßen; die jüngeren folgten nach kurzem Zögern seinem Beispiel. Otto Bodrugan beugte sich nieder, küßte alle drei, dann machten sie sich rasch die Gelegenheit zunutze und schlüpften mit ihrem Vetter Henry aus dem Zimmer.

Jetzt konnte ich die übrigen Personen in aller Ruhe betrachten. Zwei von ihnen hatte ich noch nicht gesehen, einen Mann und eine Frau. Der Mann war bärtig und hatte blondes Haar; an der stämmigen Frau fiel mir ein ziemlich unheilverkündender Gesichtsausdruck auf. Sie war schon schwarz gekleidet, bereit für das Unglück, und ihre weiße Haube kontrastierte mit dem dunklen Gewand. Dies waren gewiß Sir William Ferrers und seine Frau Mathilda, die nach Rogers Worten auf schnellstem Wege von Devon hergekommen waren. Die dritte Person, die auf einem niedrigen Schemel saß, war mir nicht unbekannt; es war mein Mädchen Isolda.

Sie hatte sich auf ihre Weise auf die bevorstehende Trauer eingestellt und war lila gekleidet; aber ihr Kleid schimmerte silbrig, und ein kleines Band, das ihr geflochtenes Haar zusammenhielt, war überaus sorgfältig angebracht. Im Raum herrschte eine spürbare Spannung, und der tiefe Groll in Mathildas Gesicht verhieß nichts Gutes.

»Wir warten schon lange auf dich.« Mit diesen Worten empfing sie Otto Bodrugan, während er auf sie zuging. »Dauert es denn so viele Stunden, die Bucht zu durchsegeln, oder hast du dich absichtlich aufgehalten, damit deine Männer fischen konnten?«

Er küßte ihr die Hand, überhörte den Vorwurf und wechselte einen Blick mit dem Mann hinter ihrem Stuhl. »Wie geht es dir, William?« fragte er. »Eine Stunde von meinem Ankerplatz hierher, das heißt schnell segeln, da der Wind querab ging. Wenn wir geritten wären, hätte es länger gedauert.« William nickte mit einem kaum merklichen Achselzucken; er war die Launen seiner Frau gewohnt. »Das dachte ich mir ungefähr«, murmelte er. »Du hättest nicht eher kommen können, und außerdem kannst du sowieso nichts tun.«

»Nichts tun?« wiederholte Mathilda. »Er kann uns beistehen, wenn die Zeit kommt, und seine Stimme mit unserer vereinen. Schick den französischen Mönch vom Bett fort und den betrunkenen Pfarrer aus der Küche. Wenn er seine Autorität als Bruder nicht behaupten und Joanna zur Raison bringen kann, so wird es niemand können.«

Bodrugan wandte sich Isolda zu. Er berührte kaum ihre Hand, als er sie begrüßte, und sie sah auch nicht lächelnd zu ihm auf. Diese Gezwungenheit war gewiß Vorsicht; ein vertrauliches Wort hätte sogleich Anlaß zu Gerede gegeben.

Und draußen war Frühling. Mein voriger Besuch hatte am Martinstag, am 11. November stattgefunden. Seit der Audienz in der Priorei anläßlich des bischöflichen Besuchs mußten also sechs Monate vergangen sein, und diese hatte ich bei meinem Sprung durch die Zeit übergangen.

»Wo ist Joanna?« fragte Bodrugan.

»Oben im Zimmer«, antwortete William, und jetzt bemerkte ich seine Ähnlichkeit mit Isolda. William Ferrers war ihr mindestens zehn, vielleicht fünfzehn Jahre älterer Bruder;

sein Gesicht war zerfurcht, das Haar leicht ergraut. »Du weißt, wie schwierig es ist«, fuhr er fort. »Henry möchte niemanden als den französischen Mönch Jean um sich haben, läßt sich nur von ihm behandeln und weigert sich, den Arzt einzulassen, den wir aus Devon mitgebracht haben und der ein angesehener Mann ist. Die Behandlung blieb erfolglos, er liegt schon im Todeskampf, und sein Ende ist nahe — wahrscheinlich tritt es in wenigen Stunden ein.«

»Wenn Henry es so wünscht und er nicht leidet, warum beklagt ihr euch dann?« fragte Bodrugan.

»Weil es nicht recht ist«, rief Mathilda. »Henry hat sogar den Wunsch geäußert, in der Kapelle der Priorei begraben zu werden, und dem sollte man sich um jeden Preis widersetzen. Wir alle kennen den schlechten Ruf der Priorei, die Lässigkeit des Priors, die Lasterhaftigkeit und den Ungehorsam der Mönche. Ein solcher Ruheplatz für einen Menschen von Henrys Rang würde uns alle in den Augen der Welt lächerlich machen.«

»Wessen Welt?« fragte Bodrugan. »Umfaßt denn deine Welt ganz England oder nur Devon?«

Mathilda wurde feuerrot. »Wir wissen sehr wohl, wem du vor sieben Jahren Treue schworst«, sagte sie. »Du hast eine ehebrecherische Königin gegen ihren Sohn, den rechtmäßigen König, unterstützt. Offensichtlich bist du allem geneigt, was französisch ist, von den feindlichen Streitkräften, sollten sie einmal den Kanal überqueren, bis zu den liederlichen Mönchen, die einem fremden Orden dienen.«

Ihr Gemahl legte ihr beschwichtigend die Hand auf die Schulter. »Wozu alte Wunden öffnen?« sagte er. »Daß Otto an jenem Aufstand teilnahm, geht uns jetzt nichts an. Aber«, er blickte zu Bodrugan hinüber, »in einem Punkt hat Mathilda recht. Es wäre vielleicht undiplomatisch, wenn ein Champernoune sich unter französischen Mönchen begraben ließe. Besser wäre es, wenn du ihn in Bodrugan bestatten ließest und darauf achtest, daß Joanna einen Teil der Einkünfte deines Gutes als Mitgift erhält. Mir wäre es am liebsten, wenn er in Bere bestattet würde, wo wir augenblicklich gerade die Kirche wieder aufbauen. Immerhin ist Henry mein Vetter, und ich bin ihm beinahe ebenso nahe verwandt wie ihr.«

»Ach, um Himmels willen«, fiel Isolda ungeduldig ein, »laßt Henry doch liegen, wo er will. Müssen wir uns wie Metzger aufführen, die um einen Kadaver feilschen, bevor das Tier geschlachtet ist?«

Es war das erste Mal, daß ich ihre Stimme hörte. Sie sprach Französisch wie die übrigen, mit dem gleichen nasalen Tonfall, aber ich fand ihre Sprache musikalischer, vielleicht weil sie jünger war als die anderen und weil ich voreingenommen war. Mathilda brach zur Bestürzung ihres Mannes sogleich in Tränen aus, während Bodrugan zum Fenster ging und mißmutig hinaussah. Isolda, die die ganze Aufregung verursacht hatte, wippte ungeduldig und mit verächtlicher Miene mit dem Fuß.

Ich sah Roger an, der neben mir stand. Er bemühte sich, ein Lächeln zu verbergen. Dann trat er in ehrerbietiger Haltung vor und sagte, ohne sich damit ausdrücklich an eine bestimmte Person zu wenden, sondern um Isoldes Blick auf sich zu lenken — das vermutete ich jedenfalls: »Wenn Ihr wollt, werde ich meiner Herrin Sir Ottos Ankunft melden.«

Niemand antwortete, und Roger, der das Schweigen als Zustimmung auffaßte, verneigte sich und ging. Er stieg die Treppe zur oberen Kammer hinauf, und ich folgte ihm dicht auf den Fersen. Er trat ein, ohne anzuklopfen, und schob die schweren Vorhänge zurück, die die Tür von innen verbargen. Das Zimmer war nur halb so groß wie der Flur unten, und das Himmelbett nahm den größten Teil des Raumes ein. Durch die kleinen, glaslosen Fenster drang wenig Licht, denn die Öffnungen waren mit geöltem Pergament verklebt, und die brennenden Kerzen auf dem Tisch warfen ungeheuere Schatten auf die ockerfarbenen Wände.

Drei Menschen befanden sich im Zimmer, Joanna, ein Mönch und der Sterbende. Henry de Champernoune war durch ein dickes Polster aufgestützt, so daß er sich nach vorn neigte, das Kinn auf die Brust gesunken; um den Kopf hatte man ihm ein weißes Tuch geschlungen, so daß er fast einem arabischen Scheich glich. Seine Augen waren geschlossen, und nach der Blässe des Gesichts zu urteilen, stand der Tod unmittelbar bevor. Der Mönch beugte sich vor und rührte in einer Schale auf dem Tisch. Als wir eintraten, hob er den

Kopf. Es war der junge Mann mit den leuchtenden Augen, der dem Prior bei meinem ersten Besuch in der Priorei als Sekretär oder Schreiber gedient hatte. Er sagte nichts, sondern rührte weiter, und Roger wandte sich an Joanna, die am anderen Ende des Zimmers saß. Sie war vollkommen ruhig, ohne das geringste Zeichen des Kummers im Gesicht, und eifrig damit beschäftigt, bunte Seidenfäden durch einen Webrahmen zu ziehen. »Sind alle da?« fragte sie, ohne den Blick von dem Rahmen zu heben.

»Alle, die hergebeten wurden«, antwortete der Verwalter, »und schon streiten sie sich. Lady Ferrers schalt zuerst die Kinder, weil sie zu laut redeten, und jetzt hat sie sich mit Sir Otto überworfen, während Lady Carminowe ihrem Aussehen nach zu urteilen am liebsten woanders wäre. Sir John ist noch nicht da.«

»Und wird wahrscheinlich auch nicht kommen«, sagte Joanna. »Ich überließ die Sache seinem Taktgefühl. Wenn er zu früh kondoliert, hält man es für übereilt, und seine streitsüchtige Schwester, Lady Ferrers, wird die erste sein, die sich darüber aufregt.«

»Sie streitet ja jetzt schon«, antwortete Roger.

»Ich weiß. Je eher es vorbei ist, desto besser für uns alle.«

Roger trat an das Bett und blickte auf den hilflos daliegenden Sterbenden. »Wie lange noch?« fragte er den Mönch.

»Er wird nicht mehr aufwachen. Du kannst ihn anfassen, wenn du willst, er fühlt es nicht. Wir warten nur, bis sein Herz stillsteht, dann kann meine Herrin seinen Tod bekanntgeben.«

Roger musterte die kleinen Schalen auf dem Tisch. »Was hast du ihm gegeben?«

»Dasselbe wie vorher. Kindspech, den Saft der ganzen Pflanze, zu gleichen Teilen mit einem Quentchen Bilsenkraut vermischt.«

Roger sah Joanna an. »Es wäre wohl gut, wenn ich die Schalen wegnähme, damit es kein Gerede wegen der Behandlung gibt. Lady Ferrers erwähnte ihren eigenen Arzt. Sie werden es wohl kaum wagen, sich unseren Wünschen zu widersetzen, aber es könnte doch Schwierigkeiten geben.«

Joanna, immer noch mit den Seidenfäden und dem Webrahmen beschäftigt, zuckte die Achseln.

»Nimm die Zutaten an dich, wenn du willst«, sagte sie, »die Flüssigkeiten gießen wir aber auf jeden Fall weg. Die Gefäße magst du auch fortnehmen, wenn du es für sicherer hältst, aber ich glaube kaum, daß Bruder Jean etwas zu befürchten hat. Er war absolut diskret.«

Sie lächelte dem jungen Mönch zu, der mit einem Blick seiner ausdrucksvollen Augen antwortete, und ich fragte mich, ob sie außer dem jetzt abwesenden Sir John auch ihm in den Wochen der Krankheit ihres Mannes ihre Gunst gewährt hatte. Roger und der Mönch packten die Schalen zusammen und wickelten sie in ein Sacktuch, während ich weiter das Gemurmel der Stimmen vom Flur her hörte, dem ich entnahm, daß Lady Ferrers zu weinen aufgehört hatte und wieder in vollem Gange war.

»Wie nimmt mein Bruder Otto es auf?« fragte Joanna.

»Er äußerte sich nicht, als Sir William zu bedenken gab, daß es besser sei, Sir Henry in der Kapelle von Bodrugan zu beerdigen, als in der Priorei. Ich glaube kaum, daß er sich einmischen wird. Sir William empfahl als weitere Möglichkeit seine Kirche in Bere.«

»Wozu?«

»Vielleicht, um sich mehr Ansehen zu verschaffen — wer weiß? Ich würde davon abraten. Wenn sie Sir Henrys Leichnam einmal in ihren Händen haben, kann man mit allen möglichen lästigen Einmischungen rechnen. In der Kapelle der Priorei hingegen . . .«

»Wäre alles in Ordnung. Sir Henrys Wünsche wären erfüllt, und wir hätten Frieden. Du müßtest nur dafür sorgen, daß es keine Schwierigkeiten mit den Pächtern gibt. Die Priorei ist nicht sehr beliebt bei den Leuten.«

»Es wird gutgehen, wenn man sie bei der Begräbnisfeier gut bewirtet«, antwortete er. »Man muß ihnen Milderung der Strafen beim nächsten Gerichtstag und Vergebung aller Sünden zusichern. Das müßte sie zufriedenstellen.«

»Wir wollen es hoffen.« Sie schob ihren Webrahmen beiseite, stand auf und trat an das Bett. »Lebt er noch?« fragte sie.

Der Mönch griff nach dem schlaffen Handgelenk und fühlte den Puls, dann beugte er den Kopf, um den Herzschlag des Todkranken zu lauschen.

»Kaum«, antwortete er. »Ihr könnt schon die Kerzen anzünden, wenn Ihr wollt; bis man die Familie zusammengerufen hat, ist es mit ihm zu Ende.«

Sie hätten ebensogut von einem abgenützten Möbelstück sprechen können wie von dem sterbenden Mann Joannas. Diese kehrte jetzt zu ihrem Stuhl zurück, hob einen schwarzen Schleier auf und legte ihn um Kopf und Schultern. Dann nahm sie einen silbernen Spiegel vom Tisch.

»Soll ich ihn so tragen«, fragte sie den Verwalter, »oder soll ich das Gesicht ganz bedecken?«

»Es ziemt sich wohl, sich ganz zu verhüllen«, sagte er, »es sei denn, Ihr könnt auf Wunsch weinen.«

»Ich habe seit meiner Hochzeit nicht mehr geweint«, sagte sie.

Der Mönch legte dem Sterbenden die Hände auf der Brust zusammen und befestigte eine Leinenbinde unter dessen Kinn. Dann trat er zurück, prüfte sein Werk und schob, um das Ganze zu vollenden, ein Kruzifix zwischen die gefalteten Hände.

Inzwischen ordnete Roger den Tisch. »Wie viele Kerzen soll ich aufstellen?« fragte er.

»Am Todestag fünf«, erwiderte der Mönch, »zu Ehren der fünf Wunden unseres Herrn Jesus Christus. Habt Ihr ein schwarzes Tuch für das Bett?«

»Drüben in der Truhe«, sagte Joanna, und während der Mönch gemeinsam mit dem Verwalter das Bahrtuch über das Bett breitete, blickte sie zum letztenmal in den Spiegel, bevor sie ihr Gesicht mit dem Schleier verhüllte.

»Wenn ich mir erlauben darf«, murmelte der Mönch, »es würde einen besseren Eindruck machen, wenn meine Herrin neben dem Bett kniete und ich mich ans Fußende stellte. Wenn die Familie dann ins Zimmer kommt, kann ich die Totengebete sprechen, es sei denn, Ihr möchtet das lieber dem Priester des Dorfes überlassen.«

»Der ist so betrunken, daß er nicht die Treppe heraufkommt«, sagte Roger. »Wenn Lady Ferrers ihn so zu Gesicht bekommt, ist er erledigt.«

»Dann laßt ihn«, sagte Joanna, »und wir wollen weitermachen. Roger, würdest du bitte hinuntergehen und die anderen rufen? William zuerst, denn er ist der Erbe.«

Sie kniete neben dem Bett nieder, den Kopf wie in Schmerz gesenkt, hob ihn aber noch einmal, bevor wir hinausgingen, und sagte, über die Schulter zurückgewandt, zum Verwalter: »Als mein Vater starb, hat das meinen Bruder Otto Bodrugan beinahe fünfzig Dukaten gekostet — die Tiere, die für das Totenmahl geschlachtet wurden, nicht eingerechnet. Wir dürfen nicht hintanstehen. Spare keine Kosten.«

Roger schob die Vorhänge an der Tür zurück, und ich folgte ihm. Der Kontrast zwischen dem hellen Tageslicht draußen und der düsteren Atmosphäre im Haus beeindruckte ihn wohl ebenso wie mich, denn er blieb oben auf der Treppe stehen und blickte über die Mauern hinweg auf das leuchtende Wasser der Flußmündung. Die Segel auf Bodrugans Schiff waren lose an der Rahe hochgerollt, und ein Bursche in einem kleinen Boot ruderte achtern hin und her und fischte. Die Kinder waren hinuntergelaufen, um das Boot ihres Onkels zu bestaunen. Henry Bodrugan zeigte seinem Vetter William etwas, und der Hund sprang bellend um sie herum.

In diesem Augenblick wurde ich mir deutlicher denn je zuvor bewußt, wie phantastisch, ja makaber meine Anwesenheit hier war — ungesehen, ungeboren, ein Monstrum in der Zeit und Zeuge von Ereignissen, die sich vor Jahrhunderten zugetragen hatten, an die sich niemand mehr erinnerte und die nirgends aufgezeichnet waren. Ich fragte mich, wie es kam, daß ich hier als unsichtbarer Zuschauer auf der Treppe stand und Liebe und Tod dieser Menschen mich so bewegten, als wäre der Sterbende ein Verwandter aus der Zeit meiner Jugend — vielleicht mein Vater, der im Frühling starb, als ich ungefähr das gleiche Alter hatte wie William dort unten. Das Telegramm aus dem Fernen Osten — er war im Zweiten Weltkrieg gefallen, als englische Truppen gegen die Japaner kämpften — kam gerade an, als meine Mutter und ich mit dem Mittagessen fertig waren; wir wohnten während der Osterferien in einem Hotel in Wales. Sie ging in ihr Schlafzimmer und schloß die Tür, und ich stand an der Einfahrt des Hotels herum, war mir des Verlusts wohl bewußt, konnte aber nicht weinen und fürchtete den mitleidigen Blick des Mädchens am Empfang.

Roger, der das vom Kräutersaft gefärbte Sacktuch mit den Schalen hielt, ging in den Hof zu den Stallgebäuden. Dort hatten sich die Knechte versammelt, die im Hause beschäftigt waren; als der Verwalter näher kam, hörten sie auf zu reden und zerstreuten sich, bis auf einen jungen Burschen, den ich am ersten Tag gesehen hatte und an seiner Ähnlichkeit als Rogers Bruder erkannte. Roger winkte ihn mit einer Kopfbewegung heran.

»Es ist vorbei«, sagte er. »Reite sofort zur Priorei, und sag es dem Prior, damit er die Glocken läuten läßt. Wenn die Männer sie hören, lassen sie die Arbeit liegen, kommen von den Feldern herein und versammeln sich auf dem Dorfplatz. Sobald du dem Prior die Botschaft überbracht hast, reitest du nach Hause, trägst dieses Bündel in den Keller und wartest auf meine Rückkehr. Ich habe viel zu tun und komme vielleicht heute abend nicht heim.«

Der Junge nickte, verschwand in den Ställen, und Roger kehrte durch den Torbogen zurück. Otto Bodrugan stand im Hauseingang. Roger zögerte einen Augenblick, dann trat er auf ihn zu.

»Meine Herrin bittet Euch, mit Sir William, Lady Ferrers und Lady Isolda zu ihr zu kommen«, sagte er. »Ich rufe William und die Kinder.«

»Geht es Henry schlechter?« fragte Bodrugan.

»Er ist gestorben, Sir Otto. Vor etwa fünf Minuten, ohne das Bewußtsein wiedererlangt zu haben, friedlich schlafend.«

»Das tut mir leid«, sagte Bodrugan. »Aber es ist besser so. Ich bitte Gott, daß wir beide so friedlich scheiden dürfen, sobald unsere Zeit gekommen ist.« Beide Männer bekreuzigten sich, ich tat automatisch das gleiche. »Ich sage es den anderen«, fuhr er fort. »Lady Ferrers wird vielleicht hysterisch werden, aber das läßt sich nicht ändern. Wie geht es meiner Schwester?«

»Sie ist gefaßt, Sir Otto.«

»Das habe ich erwartet.«

Bodrugan blieb einen Augenblick stehen, bevor er ins Haus ging. »Weißt du, daß William, der noch minderjährig ist« — hier zögerte er ein wenig — »seine Erbländer dem König verpfändete, bis er volljährig wird?«

»Ich weiß, Sir Otto.«

»Die Konfiskation wäre unter gewöhnlichen Umständen kaum mehr als eine Formalität«, fuhr Bodrugan fort. »Als Williams angeheirateter Onkel, also sein gesetzlicher Vormund, müßte ich damit beauftragt werden, sein Grundeigentum zu verwalten, wobei der König nur oberster Lehnsherr wäre. Aber leider ist die Sache etwas anders, denn ich habe ja an dem sogenannten Aufstand teilgenommen.« Der Verwalter schwieg taktvoll, und sein Gesicht blieb undurchdringlich. »Also wird jemand, der größere Achtung genießt als ich, das Heimfallsgut für den Minderjährigen und den König verwalten — wahrscheinlich mein Vetter Sir John Carminowe. Ich zweifle keinen Augenblick, daß er die Angelegenheit ganz im Interesse meiner Schwester ordnen wird.«

Die Ironie war unüberhörbar.

Roger neigte den Kopf, ohne etwas zu sagen, und Bodrugan ging ins Haus. Der Verwalter unterdrückte ein zufriedenes Lächeln, als die jungen Champernounes mit ihrem Vetter Henry lachend und schwatzend in den Hof kamen; sie hatten die schwere Krankheit des Vaters wohl schon vergessen. Henry, der ältere, dachte wohl als erster wieder daran, denn er gebot den anderen beiden Schweigen und winkte William zu sich. Ich sah, wie das Gesicht des Knaben sich veränderte; anstelle des sorglosen Lachens erschien nun ein Ausdruck der Furcht, und ich konnte mir vorstellen, wie ihn plötzlich Angst befiel.

»Ist es mein Vater?« fragte er.

Roger nickte. »Nehmt Euren Bruder und Eure Schwester mit«, sagte er, »und geht zu Eurer Mutter. Vergeßt nicht: Ihr seid der älteste; und in den kommenden Tagen wird sie in Euch eine Stütze brauchen.«

Der Junge klammerte sich an den Arm des Verwalters. »Du bleibst doch bei uns, nicht wahr?« fragte er. »Und mein Onkel Otto auch?«

»Wir werden sehen«, antwortete Roger. »Aber Ihr seid jetzt das Familienoberhaupt.«

William beherrschte sich mühsam. Er wandte sich nach den jüngeren Geschwistern um und sagte: »Unser Vater ist tot. Kommt mit.« Dann ging er ins Haus. Die erschreckten Kinder taten, wie er ihnen befohlen hatte, und nahmen ihren Vetter Henry bei der Hand. Als ich Roger ansah, bemerkte ich zum erstenmal so etwas wie Mitleid in seinem Gesicht, Mitleid und Stolz, der Junge, den er sicher schon von der Wiege auf kannte, hatte sich würdig gezeigt. Er wartete eine Weile, dann folgte er ihnen.

Der Gang schien verlassen. Man hatte einen Wandteppich, der neben dem Herd hing, beiseite gezogen, und er gab den Blick auf die kleine Treppe zur oberen Kammer frei, die Bodrugan, die Ferrers und die Kinder soeben betraten. Ich hörte das Geräusch ihrer Schritte über mir; dann trat Stille ein, in der das Gemurmel des Mönchs vernehmbar wurde: »Requiem aeternam dona eis, Domine, et lux perpetua luceat eis.«

Ich sagte, der Gang schien verlassen, und so war es bis auf die schlanke Gestalt in Lila: Isolda war als einzige nicht hinaufgegangen. Als Roger sie erblickte, blieb er auf der Schwelle stehen und näherte sich ihr dann respektvoll.

»Lady Carminowe möchte dem Toten nicht gemeinsam mit der übrigen Familie die Ehre erweisen?« fragte er.

Isolda hatte ihn nicht bemerkt, da er am Eingang gestanden hatte, aber jetzt wandte sie den Kopf und sah ihn an, und in ihren Augen war eine solche Kälte, daß sie mich, der ich hinter Roger stand, mit der gleichen Verachtung zu messen schien wie ihn.

»Ich bin es nicht gewohnt, den Tod zu verhöhnen«, sagte sie.

Wenn Roger überrascht war, so zeigte er es nicht, sondern wahrte die gleiche ehrerbietige Haltung wie zuvor. »Sir Henry wäre dankbar für Eure Gebete«, sagte er.

»Er hat sie seit vielen Jahren regelmäßig empfangen«, antwortete sie, »und besonders häufig in den letzten Wochen.«

Die Schärfe in ihrer Stimme war nicht zu überhören, und dem Verwalter mußte sie deutlich auffallen. »Sir Henry war seit seiner Wallfahrt nach Compostela leidend«, entgegnete er. »Es heißt, Sir Ralph de Beaupré leide heute an der gleichen

Krankheit. Es war ein zehrendes Fieber, das sich nicht heilen läßt. Sir Henry war unachtsam, und es war schwer, ihn zu behandeln. Ich kann Euch versichern, daß alles getan wurde.«

»Ich habe gehört, Sir Ralph de Beaupré sei trotz seines Fiebers noch im Besitz aller geistigen Kräfte«, sagte Isolda. »Mein Vetter aber war es nicht. Er erkannte seit einem Monat niemanden von uns wieder, und seine Stirn war kühl; das Fieber war also nicht hoch.«

»Die Krankheit wirkt auf jeden anders«, antwortete Roger. »Was den einen heilt, schadet dem anderen. Wenn Sir Henry sich im Geist verirrte, so war das sein Unglück.«

»Das durch die Arzneien, die man ihm gab, noch vergrößert wurde«, sagte sie. »Meine Großmutter Isolda Cardinham besaß das Kräuterbuch eines gelehrten Doktors, der an den Kreuzzügen teilgenommen hatte, und als sie starb, vermachte sie es mir, weil ich den gleichen Namen trug wie sie. Ich weiß einiges von den schwarzen und den weißen Mohnsamen, vom Wasserschierling, der Alraunwurzel und vom Schlaf, den sie verleihen.«

Roger war aus seiner respektvollen Haltung aufgeschreckt und antwortete nicht gleich. Dann sagte er: »Die Apotheker verwenden diese Kräuter, um den Schmerz zu lindern. Der Mönch Jean des Meral wurde im Mutterkloster in Angers erzogen und ist in der Kräuterkunde besonders bewandert. Sir Henry selbst hatte unbedingtes Vertrauen zu ihm.«

»Ich zweifle nicht an Sir Henrys Vertrauen, an den Erfahrungen des Mönchs und an seinem Eifer, diese Erfahrung anzuwenden, aber eine heilende Pflanze kann schädlich wirken, wenn die Dosis erhöht wird«, sagte Isolda.

Sie hatte die Drohung ausgesprochen, und er hatte sie verstanden. Ich erinnerte mich an den Tisch neben dem Bett und an die Schalen, die sorgfältig in Sacktuch gewickelt und fortgeschafft wurden.

»Dies ist ein Haus der Trauer«, sagte Roger, »und wird es mehrere Tage bleiben. Ich rate Euch, über diese Dinge mit meiner Herrin zu sprechen und nicht mit mir. Es ist nicht meine Sache.«

»Meine auch nicht«, erwiderte Isolda. »Ich spreche aus Anhänglichkeit gegenüber meinem Vetter, und weil ich mich nicht leicht täuschen lasse. Denke daran.«

Über uns begann eines der Kinder zu weinen, das Gemurmel brach ab, und man hörte einige Schritte auf der Treppe. Die Tochter des Hauses – sie konnte nicht älter als zehn sein – stürzte ins Zimmer und warf sich in Isoldas Arme.

»Sie sagten, er ist tot«, stammelte sie, »aber er hat die Augen geöffnet und mich angeschaut, und dann schloß er sie wieder. Niemand anders hat es gesehen, sie waren zu sehr mit ihren Gebeten beschäftigt. Wollte er sagen, daß ich ihm ins Grab folgen muß?«

Isolda hielt das Kind schützend in den Armen, sah Roger unverwandt an und sagte plötzlich: »Wenn heute oder gestern Böses getan wurde, so wirst du und andere zur Verantwortung gezogen, wenn die Zeit gekommen ist. Nicht in dieser Welt, wo es uns an Beweisen fehlt, sondern in der anderen, vor Gott.«

Roger tat unwillkürlich einen Schritt vorwärts, vermutlich um sie zum Schweigen zu bringen oder ihr das Kind fortzunehmen. Ich trat ihm in den Weg, um ihn daran zu hindern, rutschte jedoch auf einem losen Stein aus und stolperte. Um mich waren nichts als Erdhügel, Grasbüschel, Stechginster und die Wurzeln eines abgestorbenen Baumes, und hinter mir der alte Steinbruch, in dem alte Blechbüchsen und zerbröckelter Schiefer lagen. Ich griff nach einem krummen Zweig welken Ginsters und erbrach mich heftig. Zugleich hörte ich in der Ferne das Geheul einer Diesellokomotive, die unten im Tal vorbeibrauste.

VII

Der Steinbruch grub sich tief in den Hang hinein und war mit Stechpalmen und Efeu bewachsen; Abfälle, die sich im Laufe der Jahre angesammelt hatten, lagen zwischen Erde und Steinen verstreut. Ein Pfad führte durch mehrere weitere, durch Böschungen und Gräben getrennte Schächte. Überall wucherte Ginster, der mir die Aussicht verdeckte; außerdem konnte ich wegen meiner Übelkeit nichts sehen und stolperte immer wieder über die Böschungen, wobei mich ein einziger Gedanke beherrschte: Ich muß aus dieser Einöde herauskommen und den Wagen finden.

Ich hielt mich an einem dornigen Strauch fest, um nicht abzurutschen; zu meinen Füßen sah ich zahllose leere Konservenbüchsen, ein altes Bettgestell, einen Autoreifen und wieder Efeu und Stechpalmenbüsche. In meine Glieder war das Gefühl zurückgekehrt, aber während ich den Hang hinauftaumelte, nahmen Schwindel und Übelkeit zu; ich rutschte in die nächste Grube, blieb keuchend liegen und übergab mich. Danach fühlte ich mich für einen Augenblick erleichtert, stand auf und kletterte weiter. Jetzt sah ich, daß ich nur wenige hundert Meter von der Hecke entfernt war, neben der ich meine Zigarette geraucht hatte. Vorhin hatten die Böschung und ein halb zerfallenes Tor mir den Blick auf den Hügel und Steinbruch verborgen. Ich sah noch einmal ins Tal hinab. Dann kroch ich durch ein Loch in der Hecke und ging über das Feld hinauf zum Wagen.

Als ich die Ausweichstelle erreichte, packte mich erneut Übelkeit. Ich taumelte zur Seite, zwischen Balken und Zementhaufen, während Himmel und Erde sich um mich drehten. Der Schwindelanfall am ersten Tag im Innenhof war nichts im Vergleich zu diesem, und als ich mich niederkauerte und wartete, bis er vorüberging, sagte ich unaufhörlich zu mir selbst: »Nie wieder... nie wieder«, mit aller Inbrunst und dem schwachen Ärger eines Menschen, der aus einer Narkose erwacht, von Ekel überwältigt.

Bevor ich zusammenbrach, hatte ich undeutlich wahrgenommen, daß an der Ausweichstelle ein anderer Wagen neben meinem stand, und als Übelkeit und Schwindel endlich nachließen – es schien mir eine Ewigkeit zu dauern – und ich hustete und mir die Nase putzte, hörte ich, wie eine Wagentür zugeschlagen wurde. Der Besitzer war ausgestiegen und starrte auf mich herab.

»Geht es jetzt besser?« fragte er.

»Ich glaube ja.«

Ich erhob mich schwankend, und er reichte mir die Hand, um mir zu helfen. Er war ungefähr in meinem Alter, Anfang Vierzig, mit freundlichem Gesicht und auffallend festem Griff.

»Haben Sie Ihre Autoschlüssel?«

»Die Schlüssel . . .« Ich wühlte in meiner Hosentasche. Mein Gott! Wenn ich sie im Steinbruch zwischen all dem Geröll verloren hätte, würde ich sie nie wiederfinden. Aber sie steckten in der oberen Jackentasche neben der kleinen Flasche. Ich war so erleichtert, daß ich mich plötzlich sicherer bewegen konnte und ohne Hilfe zum Wagen ging. Wieder tastete ich umher: Ich konnte den Schlüssel nicht ins Schloß stecken.

»Geben Sie her, ich schließe auf«, sagte mein Samariter.

»Das ist sehr freundlich von Ihnen. Es tut mir leid«, sagte ich.

»Gehört alles zu meinem Beruf«, antwortete er. »Ich bin nämlich zufällig Arzt.«

Ich fühlte, wie mein Gesicht erstarrte und sich dann sogleich zu einem Lächeln verzog, das entwaffnend sein sollte. Die Hilfe eines zufällig vorbeifahrenden Autofahrers war eine Sache – die berufsmäßige Neugier eines Mediziners hingegen etwas ganz anderes. Er starrte mich auch prompt mit unverhohlenem Interesse an, und ich konnte es ihm nicht einmal verdenken. Ich hätte gern gewußt, was er wohl dachte.

»Ich glaube, ich bin ein bißchen zu schnell den Hügel hinaufgegangen«, sagte ich. »Mir schwindelte schon, als ich oben ankam, und dann übergab ich mich und konnte nicht wieder aufhören.«

»Na ja«, meinte er, »das kann schon passieren. Eine Ausweichstelle ist ein ebenso guter Platz zum Erbrechen wie jeder andere. Sie würden sich wundern, wenn Sie wüßten, was man hier so in der Touristensaison erlebt.«

Er ließ sich jedoch nicht irremachen. Seine Blicke sprachen Bände. Ich fragte mich, ob die kleine Flasche sich wohl in meiner Jackentasche abzeichnete.

»Haben Sie weit zu fahren?« fragte er.

»Nein, nur ein paar Kilometer.«

»Wäre es in diesem Fall nicht vernünftiger, wenn ich Sie nach Hause führe? Sie könnten das Auto ja später holen lassen.«

»Das ist sehr liebenswürdig von Ihnen«, sagte ich, »aber ich versichere Ihnen, daß ich mich jetzt völlig in Ordnung fühle; es war eine vorübergehende Anwandlung.«

»Hm«, meinte er, »aber sie hat ziemlich lange gedauert und war ganz schön heftig.«

»Wirklich«, wiederholte ich, »mir fehlt nichts mehr. Vielleicht war es das Mittagessen, und dann bin ich bergauf gegangen . . .«

»Hören Sie«, unterbrach er mich, »Sie sind nicht mein Patient, und ich will Ihnen keine Vorschriften machen. Ich warne Sie nur, es könnte gefährlich werden, wenn Sie fahren.«

»Ja«, antwortete ich, »das ist sehr nett von Ihnen, und ich danke Ihnen für den Rat.« In Wirklichkeit konnte er durchaus recht haben. Am Tag zuvor war ich mit Leichtigkeit nach St. Austell und zurück gefahren. Heute war es vielleicht anders. Das Schwindelgefühl konnte wiederkommen. Er bemerkte wohl, daß ich zögerte, denn er sagte: »Wenn es Ihnen recht ist, fahre ich hinter Ihnen her, nur um zu sehen, daß alles gutgeht.«

Das konnte ich wohl kaum ablehnen, denn sonst wäre er noch mißtrauischer geworden. »Das ist sehr nett von Ihnen«, sagte ich, »ich brauche nur bis zum Polmear Hill zu fahren.«

»Das ist auch mein Weg«, entgegnete er lächelnd, »ich wohne ganz in der Nähe.«

Ich stieg vorsichtig in den Wagen und lenkte ihn auf die Straße. Er fuhr dicht hinter mir, und ich dachte, wenn ich jetzt falsch steuere, bin ich erledigt. Aber es ging alles glatt, und ich brauste den Polmear Hill hinauf. Als ich nach einiger Zeit rechts einbog, dachte ich noch, er würde mir bis zum Haus nachfahren; aber er winkte mir nur zu und fuhr weiter. Das zeugte jedenfalls für Takt. Vielleicht glaubte er, ich wohnte auf einem der Bauernhöfe in der Nähe. Ich fuhr durch das Tor in die Einfahrt, stellte den Wagen in der Garage ab und schloß die Haustür auf. Dann übergab ich mich noch einmal.

Als ich mich erholt hatte und noch ziemlich zittrig auf den Beinen stand, spülte ich zuerst einmal die kleine Flasche aus, ging ins Labor, stellte sie in den Ausguß und ließ Wasser hineinlaufen. Sie war hier sicherer als in der Speisekammer. Erst als ich hinaufging und mich im Musikzimmer erschöpft in einen Sessel fallen ließ, fielen mir wieder die in Sacktuch gewickelten Schalen ein. Hatte ich sie im Wagen liegenlassen?

Ich wollte gerade aufstehen und in die Garage gehen, um sie zu suchen – denn sie mußten noch gründlicher gereinigt werden als die Flaschen und hinter Schloß und Riegel verwahrt werden –, als mir mit plötzlichem Schrecken bewußt wurde, daß ich beinahe Gegenwart und Vergangenheit verwechselt hätte. Die Schalen hatte Roger seinem Bruder gegeben und nicht etwa mir.

Ich saß regungslos, und mein Herz klopfte schwer. Bisher hatte es keine Verwirrungen gegeben. Die beiden Welten waren deutlich voneinander getrennt. Waren Schwindel und Übelkeit so stark gewesen, daß Vergangenheit und Gegenwart jetzt in meinem Geiste ineinander übergingen? Oder hatte ich die Mixtur zu stark dosiert? Es war schwer zu sagen. Ich griff nach der Sessellehne. Sie war fest und real. Alles, was mich umgab, war real, auch die Rückfahrt, der Arzt, der Steinbruch mit den alten Büchsen und dem Schiefer. Nicht aber das Haus über der Flußmündung und die Leute darin, der Sterbende, der Mönch, die in Sacktuch gewickelten Schalen – sie waren Produkte der Droge, einer Droge, die mein klares Hirn verwirrt hatte.

Jetzt ärgerte ich mich nicht so sehr über mich selbst, das geduldige Versuchskaninchen, als über Magnus. Er war sich seines Wundermittels noch nicht sicher. Er wußte nicht, was er tat. Kein Wunder, daß er mich bat, ihm die Flasche B zu schicken, damit er den Inhalt an seinem Laboraffen ausprobieren konnte. Er hatte den Verdacht gehabt, daß irgend etwas nicht stimmte, und jetzt konnte ich ihm sagen, was es war. Übersteigerte Heiterkeit und Depression waren nebensächlich, es zählte nur die Verwirrung der Denkvorgänge. Die Verschmelzung zweier Welten. Aber das langte. Ich hatte genug. Magnus konnte seine Experimente an einem Dutzend Affen machen, aber nicht mehr an mir.

Das Telefon läutete. Ich fuhr erschreckt im Sessel hoch und ging in die Bibliothek. Und verfluchte seine telepathischen Kräfte. Er würde mir sagen, er habe genau gewußt, wo ich gewesen sei, das Haus über der Mündung sei ihm vertraut, ich brauche mir keine Sorgen zu machen, alles sei vollkommen ungefährlich, vorausgesetzt, daß ich niemanden berührt hätte; wenn mir übel sei oder ich mich etwas unsicher fühlte, so sei das eine belanglose Nebenwirkung. Aber ich würde es ihm schon zeigen.

Ich nahm den Hörer ab. Jemand sagte: »Bleiben Sie bitte am Apparat, da ist ein Gespräch für Sie.«

Ich hörte das Klicken, als Magnus sich einschaltete.

»Zum Teufel mit dir«, sagte ich. »Dies ist das letzte Mal, daß ich für dich die dressierte Robbe spiele!«

Ich hörte, wie an der anderen Seite jemand nach Luft schnappte und dann lachte. »Danke für den Willkommensgruß, Liebling.«

Es war Vita. Ich stand wie betäubt, den Hörer in der Hand. War ihre Stimme auch eine Folge der Verwirrung?

»Liebling«, wiederholte sie, »bis du noch da? Ist irgend etwas passiert?«

»Nein«, sagte ich, »aber was ist mit dir? Von wo aus sprichst du denn?«

»Vom Londoner Flugplatz«, antwortete sie. »Ich habe eine Maschine erwischt, die früher abflog, weiter nichts. Bill und Diana holen mich ab und gehen mit mir essen. Ich dachte, du würdest vielleicht später in der Wohnung anrufen und dich wundern, wenn ich mich nicht melde. Tut mir leid, wenn ich dich überrascht habe.«

»Nun, das hast du allerdings«, sagte ich, »aber lassen wir das. Wie geht es dir?«

»Gut«, sagte sie, »wirklich gut. Und dir? Für wen hieltest du mich, als du eben in die Muschel hineinredetest? Du schienst nicht gerade erfreut.«

»Ich dachte, es sei Magnus. Ich mußte eine Arbeit für ihn

tun ... ich habe dir in meinem Brief davon geschrieben, den du erst morgen früh bekommst.«

Sie lachte. Ich kannte diesen Unterton, der so viel bedeutete wie »das habe ich mir gleich gedacht«. »Also hat dein Professor dich wieder mal eingespannt«, sagte sie. »Das überrascht mich nicht. Aber was hast du denn für ihn tun müssen, daß du dir wie eine dressierte Robbe vorkamst?«

»Ach, so allerlei, zum Beispiel alte Akten ordnen; ich erzähle es dir, wenn du da bist. Wann kommen die Jungen?«

»Morgen«, sagte sie. »Der Zug trifft schrecklich früh ein ... Ich denke, ich packe sie gleich ins Auto und komme herunter. Wie lange dauert die Fahrt?«

»Warte«, sagte ich, »das ist es eben. Ich kann euch noch nicht wiedersehen. Ich habe es dir in meinem Brief geschrieben. Laß uns bis nach dem Wochenende warten.«

Am anderen Ende herrschte Schweigen. Ich hatte, wie üblich, ins Fettnäpfchen getreten.

»Du kannst uns nicht wiedersehen?« wiederholte sie. »Aber du mußt doch schon fünf Tage lang dort sein? Ich dachte, du hättest eine Zugehfrau bestellt, die kocht und aufräumt, die Betten macht und so weiter. Hat sie uns im Stich gelassen?«

»Nein, das ist es nicht. Sie ist großartig, könnte gar nicht besser sein. So hör doch, Liebling, ich kann es dir nicht am Telefon erklären, es steht alles in meinem Brief, aber ehrlich gesagt haben wir dich frühestens am Montag erwartet.«

»Wir?« sagte sie. »Soll das heißen, daß der Professor auch da ist?«

»Nein, nein.« Ich spürte, daß wir beide gereizt wurden. »Ich meinte Mrs. Collins und ich. Sie kommt nur morgens her, denn sie muß von Polkerris herüberradeln, dem kleinen Dorf hinter dem Berg, und die Betten sind noch nicht gelüftet und so weiter. Sie wird schrecklich verstimmt sein, wenn nicht alles vollkommen in Ordnung ist, und du kennst dich ja, du kannst das Haus gewiß nicht ausstehen, wenn nicht alles glänzt.«

»Was für ein Unsinn«, erklärte sie. »Ich bin doch ganz und gar auf Picknick eingestellt und die Jungen auch. Wir können etwas zu essen mitbringen, wenn du dir deswegen Sorgen machst. Und Decken auch. Oder sind genug Decken da?«

»Massenhaft«, sagte ich, »und massenhaft zu essen. Ach, Liebling, mach es mir doch nicht so schwer. Um die Wahrheit zu sagen, es paßt mir nicht, wenn du gleich herkommst. Es tut mir leid.«

»Okay.« Bei der zweiten Silbe hob sich die Stimme ein wenig – typisch für Vita, wenn sie sich im Augenblick geschlagen gab, zugleich aber entschlossen war, die Endschlacht zu gewinnen. »Am besten, du suchst dir eine Schürze und einen Besen«, fügte sie hinzu, um mir abschließend noch einen Hieb zu versetzen. »Ich werde Bill und Diana sagen, du seist häuslich geworden und wollest den Abend auf Händen und Knien verbringen. Das wird ihnen gefallen.«

»Das heißt nicht, daß ich dich nicht sehen will, Liebling«, begann ich, aber ihr »Auf Wiedersehen«, ebenfalls mit einer drohenden Betonung der letzten Silbe, sagte mir, daß ich etwas besonders Schlimmes getan hatte. Sie hatte das Gespräch abgebrochen und ging jetzt zum Flughafenrestaurant, um sich einen Scotch on the Rocks zu bestellen und drei Zigaretten hintereinander zu rauchen, bevor ihre Freunde kamen und sie abholten.

Nun, das war's ... Was nun? Mein Ärger auf Magnus hatte sich auf Vita übertragen. Wie konnte ich wissen, daß sie ein Flugzeug eher nehmen und mich unerwartet anrufen würde? Andere Ehemänner wären sicher bei einem Seitensprung erwischt worden. Aber das war es ja gerade. Meine Lage war nicht wie die jedes anderen, sie war einzigartig. Vor kaum einer Stunde hatte ich noch in einer anderen Welt gelebt, in einer anderen Zeit, oder hatte es mir unter dem Einfluß der Droge jedenfalls eingebildet.

Ich ging noch einmal ans Telefon und wählte Magnus' Nummer. Keine Antwort. Und keine Antwort auf die Fragen, die ich mir vorlegte. Jener Arzt mit den klugen Augen hätte mir vielleicht antworten können. Was hätte er mir gesagt? Daß eine halluzinogene Droge dem Unterbewußtsein merkwürdige Streiche spielen kann, indem sie die Veränderungen eines ganzen Lebens an die Oberfläche bringt – daß man besser die Finger davon lassen sollte? Eine praktische Antwort, aber sie genügte. Ich war nicht bei den Gespenstern meiner Kindheit gewesen. Die Menschen, die ich gesehen hatte, waren keine Schatten meiner Vergangenheit. Der Verwalter Roger war nicht mein zweites Ich und Isolda kein Phantasiegebilde, kein Wunschtraum. Oder vielleicht doch?

Ich versuchte noch zwei- oder dreimal, Magnus zu erreichen, aber vergeblich, und ich verbrachte einen unruhigen Abend, unfähig, Zeitungen oder Bücher zu lesen, Schallplatten zu hören oder mich vor den Fernseher zu setzen. Schließlich ging ich ins Bett und schlief zu meiner eigenen Verwunderung erstaunlich gut.

Morgens rief ich als erstes in der Londoner Wohnung an und erwischte Vita, als sie gerade fortgehen wollte, um die Jungen abzuholen.

»Liebling, es tut mir leid, daß ich gestern abend . . .«, begann ich, aber ich hatte keine Zeit auszureden, sie sagte, sie sei schon spät dran.

»Wann soll ich dich anrufen?« fragte ich.

»Ich kann dir keine bestimmte Zeit sagen. Es hängt von den Jungen ab, je nachdem, was sie vorhaben und ob wir noch Besorgungen machen müssen. Wahrscheinlich brauchen sie Jeans, Badezeug, ich weiß nicht, was noch alles. Übrigens danke ich dir für den Brief. Dein Professor versteht es aber wirklich, dich zu beschäftigen.«

»Lassen wir Magnus beiseite . . . Wie war das Abendessen mit Bill und Diana?«

»Nett. Viel Klatsch. Jetzt muß ich gehen, sonst warten die Jungen am Waterloo-Bahnhof.«

»Grüß sie von mir«, rief ich noch, aber sie hatte schon aufgelegt. Nun ja, ihre Stimme klang ruhig. Der Abend mit ihren Freunden und eine ordentliche Nachtruhe hatten sie wohl auf andere Gedanken gebracht, und auch mein Brief, mit dessen Inhalt sie sich anscheinend abgefunden hatte. Welche Erleichterung . . . Jetzt konnte ich wieder aufatmen. Mrs. Collins klopfte an die Tür und brachte das Tablett mit dem Frühstück.

»Sie verwöhnen mich«, sagte ich. »Ich hätte schon vor einer Stunde aufstehen sollen.«

»Sie haben doch Ferien«, antwortete sie. »Kein Grund, früh aufzustehen, nicht wahr?«

Ich dachte darüber nach, als ich meinen Kaffee trank. Eine aufschlußreiche Bemerkung. Kein Grund, früh aufzustehen . . .

Schluß mit den U-Bahnfahrten von West-Kensington nach Covent Garden, mit dem Büro und den unvermeidlichen Routinearbeiten, mit den Verhandlungen über Werbung, Schutzumschläge, neue Autoren, alte Autoren. Alles vorbei, weil ich gekündigt hatte. Kein Grund aufzustehen. Aber Vita wollte, daß auf der anderen Seite des Atlantiks alles von neuem anfing. Daß ich wieder in die U-Bahn sprang, mich auf den Bürgersteigen drängte, ein dreißig Stockwerke hohes Bürogebäude, die unvermeidlichen Routinearbeiten, Verhandlungen über Werbung, Schutzumschläge, neue Autoren, alte Autoren. Kein Grund, früh aufzustehen ...

Auf dem Tablett lagen zwei Briefe. Einer kam von meiner Mutter aus Shropshire; sie schrieb, es sei sicher schön in Cornwall, sie beneide mich um die viele Sonne. Ihre Arthritis habe sich verschlimmert, und der arme alte Dobsie werde sehr taub (Dobsie war mein Stiefvater, und ich wunderte mich keineswegs, daß er taub war; vermutlich ein Abwehrmechanismus, denn meine Mutter redete unaufhörlich). Und so weiter, und so weiter. Ihre großen Schriftzüge füllten fast acht Seiten. Ich hatte ein schlechtes Gewissen, denn ich hatte sie seit einem Jahr nicht mehr besucht, aber ich mußte ihr Gerechtigkeit widerfahren lassen. Sie machte mir niemals Vorwürfe, freute sich, als ich Vita heiratete, und bedachte die Jungen zu Weihnachten immer mit einem Taschengeld, das ich für übertrieben großzügig hielt.

Der andere Umschlag enthielt maschinengeschriebene Dokumente und eine von Magnus rasch hingekritzelte Mitteilung.

»Lieber Dick«, stand darauf, »der beatlemähnige Freund meines Jüngers, der ständig im Britischen Museum und im Staatsarchiv herumschnüffelt, hat mir beiliegende Blätter geschickt; ich fand sie heute morgen auf meinem Schreibtisch. Die Abschrift der Steuerliste ist bestimmt interessant, und das andere Blatt, auf dem vom Gutsherrn Champernoune und dem Krach um seine Leiche die Rede ist, wird Dich zumindest amüsieren. Ich werde heute nachmittag an Dich denken und mich fragen, ob unser Vergil seinen Dante reingelegt hat. Vergiß nicht, daß Du Deinen Führer nicht berühren darfst; die Folgen könnten immer unangenehmer werden. Halte auf Abstand, dann geht alles in Ordnung. Ich schlage vor, Du hältst dich bei Deinem nächsten Trip an alle Vorschriften. Dein Magnus.«

Ich wandte meine Aufmerksamkeit den Dokumenten zu. Der Rechercher hatte über die erste gekritzelt: »Von Bischof Grandisson, Exeter. Original in lateinischer Sprache. Entschuldigen Sie die Übersetzung.« Dann:

»Grandisson–Anno Domini 1329. Priorei Tywardreath.

John etc. an seine geliebten Söhne vom Orden, an die Lords, den Prior und die Priorei von Tywardreath, Grüße etc. Aus den heiligen kanonischen Gesetzen wissen wir, daß die Leichname der Gläubigen nicht wieder ausgegraben werden dürfen, wenn sie einmal der Kirche zur Bestattung übergeben wurden. Wir haben vor kurzem erfahren, daß der Leichnam unseres Lords und Ritters Henry de Champernoune in unserer geweihten Erde liegt. Gewisse Menschen jedoch, die ihre Augen mehr auf die vergängliche Pracht dieses Lebens richten als auf das Seelenheil besagten Ritters und den Vollzug der vorgeschriebenen Zeremonien, planen die Wiederausgrabung des genannten Leichnams, was unsere Gesetze nicht zulassen, und wollen ihn gar ohne unsere Erlaubnis an einen anderen Ort schaffen. Darum ermahnen wir Euch streng zum Gehorsam und befehlen, daß Ihr Euch solcher unbesonnenen Dreistigkeit widersetzen und nicht erlauben sollt, daß der genannte Leichnam ausgegraben oder fortgeschafft wird ... Gegeben zu Paignton am 27. August.«

Magnus hatte eine Nachschrift zugefügt: »Mir gefällt Bischof Grandissons verblümte Redeweise. Aber worum geht es hier eigentlich? Um einen Familienstreit oder etwas Schlimmeres, wovon der Bischof nichts weiß?«

Das zweite Dokument war eine Namensliste: »Steuerliste für Laien 1327, Pfarrbezirk Tywardreath. Steueranteil ist ein Zwanzigstel aller beweglichen Habe ... für alle Laien, die zehn Dukaten und mehr besitzen.« Da standen insgesamt vierzig Namen, Henry de Champernoune obenan. Ich überflog die Reihe der übrigen. Nummer dreiundzwanzig war Roger Kylmerth. Er war also keine Halluzination gewesen – er hatte wirklich gelebt.

VIII

Nachdem ich mich angezogen hatte, ging ich in die Garage, holte den Wagen und fuhr an Tywardreath vorbei nach Treesmill, wobei ich die Ausweichstelle absichtlich vermied. Der Mann am Bungalow namens Chapel Down wusch gerade seinen Wohnwagen und winkte mir zu. Dasselbe geschah, als ich unterhalb der Brücke in der Nähe des Treesmill-Hofes anhielt. Der Bauer, den ich am Morgen zuvor gesprochen hatte, trieb gerade seine Kühe über die Straße und blieb stehen, um mich zu begrüßen. Ich dankte meinen Sternen, daß mich keiner von ihnen später an der Ausweichstelle gesehen hatte.

»Haben Sie das Gutshaus gefunden?« fragte er.

»Ich bin noch nicht ganz sicher«, antwortete ich. »Ich glaube, ich sehe mich noch einmal um. Das ist eine merkwürdige Stelle da oben, auf halber Höhe des Feldes, wo der Stechginster wächst. Hat sie einen Namen?«

Von der Brücke aus konnte ich die Stelle nicht sehen, deutete aber in die Richtung des Steinbruchs, in dem ich gestern – in einem anderen Jahrhundert – Roger in das Haus gefolgt war, wo Henry de Champernoune im Sterben lag.

»Ich glaube kaum, daß Sie dort etwas anderes finden als alten Schiefer und Geröll«, sagte er. »Schöne Fundstelle für Schiefer – das war es wenigstens einmal. Jetzt liegt da nur noch Abfall. Die Leute sagen, als im vergangenen Jahrhundert die Häuser von Tywardreath gebaut wurden, hätten sie die meisten Steine und den Schiefer von dort geholt. Kann schon stimmen.«

Ich parkte auf halbem Weg am Hang gegenüber dem Heckenpfad und ging quer über das Feld. Rechts hinter mir lag das Tal mit der Eisenbahnlinie; der Boden fiel steil ab bis zu einer hohen Böschung neben den Schienen, dann senkte er sich allmählich bis zu einem Dickicht und einem Sumpfgelände. Gestern, in der anderen Welt, hatte ich hier noch einen Kai gesehen, und mitten im bewaldeten Tal hatte Otto Bodrugan sein Schiff im Kanal geankert.

Ich ging unterhalb der Hecke vorbei an dem Platz, wo ich gesessen und meine Zigarette geraucht hatte. Dann schritt ich durch das verfallene Tor und stand zwischen den kleinen Erdwällen und Hügeln. Heute erkannte ich, daß diese niedrigen Hügel keinesfalls natürlichen Ursprungs waren, sondern einst Mauern gewesen sein mußten, nun von jahrhundertealter Vegetation bedeckt. Die Vertiefungen, die ich in meiner Benommenheit für Gruben des Steinbruchs gehalten hatte, waren ganz früher die Räume eines Hauses gewesen.

Die Leute hatten nicht ohne Grund hier Schiefer und Steine für ihre Hütten gesucht. Wenn sie den Boden umwühlten, der die Fundamente eines vor langer Zeit verschwundenen Gebäudes bedeckte, so fanden sie dort gewiß viel brauchbares Material und entdeckten gleichzeitig den Steinbruch. Jetzt, da hier niemand mehr grub, verwandelte sich der Steinbruch in eine Abfallhalde, in der sich Gerümpel und alte, vom Winterregen verrostete Blechbüchsen ansammelten.

Ihre Suche war zu Ende, während meine eben begonnen hatte, aber ich fand nichts, wie der Bauer in Treesmill mir prophezeit hatte. Ich wußte nur, daß ich gestern, in einer anderen Zeit, in dem großen Gang gestanden hatte, daß ich die äußere Treppe in die Kammer hinaufgegangen war, wo der Gutsherr im Sterben lag. Jetzt waren keine Mauern, kein Gang, keine Ställe mehr zu sehen, nichts als grasbewachsene Böschungen und ein kleiner, lehmiger Pfad, der zwischen ihnen hindurchführte.

Ich hatte die Dokumente, die morgens mit der Post angekommen waren, in meine Tasche gesteckt, zog sie jetzt heraus und las sie noch einmal durch.

Bischof Grandissons Erlaß war vom August 1329 datiert. Sir Henry war Ende April oder Anfang Mai gestorben. Zweifellos stand hinter dem Versuch, ihn aus seinem Grab in der Priorei herauszuholen, das Ehepaar Ferrers, sicher war Mathilda Ferrers die treibende Kraft. Ich fragte mich, wer dem Bischof das Gerücht hinterbracht hatte und dabei an den Stolz des Geistlichen appellierte, um auf diese Weise die Gewähr zu haben, daß der Leichnam nicht untersucht würde. Wahrscheinlich Sir John Carminowe gemeinsam mit Joanne, die inzwischen sicher längst sein Bett geteilt hatte.

Ich nahm mir die Liste der Steuerzahler vor, überflog noch einmal die Namen und strich alle an, die ich in irgendwelchen

Ortsnamen auf der Autokarte wiederfand. Viele hatten der Nachwelt ihren Namen vermacht; nur Henry Champernoune, der Gutsherr, hinterließ nichts als ein paar Erdhügel, über die ich, der Eindringling in der Zeit, stolperte. Alle waren schon seit fast siebenhundert Jahren tot, auch Roger Kylmerth und Isolda Carminowe. Ihre geheimen Wünsche, ihr Ränkespiel, ihre Taten waren vergessen.

Ich wandte mich um und ging niedergeschlagen über das Feld zurück; meine Vernunft sagte mir, daß das Abenteuer wohl zu Ende sei. Aber das Gefühl wehrte sich gegen die Vernunft und zerstörte den Seelenfrieden, und ich wußte, daß ich im Guten wie im Bösen mit allem verknüpft war. Ich konnte den Gedanken nicht loswerden, daß ich nur den Schlüssel an der Tür des Labors umzudrehen brauchte, damit alles noch einmal geschah. Die gleiche Entscheidung, vor die der Mensch schon im Paradies gestellt wurde: Sollte er vom Baum der Erkenntnis essen oder nicht? Ich stieg in den Wagen und fuhr wieder nach Haus.

Nachmittags verfaßte ich für Magnus einen ausführlichen Bericht über die gestrigen Vorgänge, und ich schrieb auch, daß Vita bereits in London sei. Anschließend fuhr ich in den Ort, um den Brief einzustecken, und mietete ein Segelboot für die Zeit nach dem Wochenende, wenn Vita und die Jungen hier sein würden. Sie konnte hier zwar nicht die Schönheit der Bucht von Long Island wiederfinden oder den Luxus der Yacht, die ihr Bruder Joe gemietet hatte, aber die Geste würde ihr zumindest beweisen, daß ich mich bemühte, und auch die Jungen würden sich freuen.

An diesem Abend rief ich niemanden an und wurde auch nicht angerufen. Ich schlief schlecht, wachte wiederholt auf und lauschte in die Stille hinein. Ich dachte immerfort an Roger Kylmerth und fragte mich, ob sein Bruder wohl vor sechshundertfünfzig Jahren die Schalen gründlich ausgespült hatte. Sicher, denn Sir Henry war doch nach dem Erlaß des Bischofs sicher nicht ausgegraben worden. Oder?

Am Morgen aß ich mein Frühstück nicht im Bett, denn ich war zu unruhig. Ich trank meinen Kaffee auf den Stufen vor dem hohen Fenster der Bibliothek, als das Telefon läutete. Es war Magnus.

»Wie fühlst du dich?« fragte er sofort.

»Schlapp«, sagte ich, »ich habe schlecht geschlafen.«

»Schlafen kannst du immer noch — den ganzen Nachmittag im Innenhof oder im Heizungsraum —, dort ist es schön kühl. Du bist zu beneiden. In London vergeht man vor Hitze.«

»In Cornwall nicht«, antwortete ich, »und im Innenhof bekomme ich Platzangst. Hast du meinen Brief gekriegt?«

»Ja, darum rufe ich überhaupt an. Ich gratuliere zum dritten Trip. Mach dir nichts aus den Stunden danach. Es war schließlich dein eigener Fehler.«

»Vielleicht«, sagte ich, »aber da ist auch noch die geistige Verwirrung.«

»Ich weiß«, gab er zu. »Diese Verwirrung hat mich fasziniert. Auch der Sprung in der Zeit. Ungefähr sechs Monate oder mehr zwischen dem zweiten und dem dritten Trip. Weißt du was? Ich hätte Lust, schon in einer Woche oder so abzufahren und zu dir zu kommen, so daß wir zusammen einen Trip machen könnten.«

Zuerst gefiel mir der Einfall. Dann aber kehrte ich auf dic Erde zurück. »Ausgeschlossen! Vita wird mit den Jungen hier sein.«

»Die können wir loswerden. Schick sie auf die Scilly-Inseln oder für einen ganzen Tag zum Picknick im Wald. Dann haben wir genug Zeit.«

»Ich glaube nicht, daß das geht. Nein, bestimmt nicht.« Er kannte Vita nicht gut genug. Ich konnte mir das Theater vorstellen, das sie machen würde.

»Nun, das ist ja auch nicht unbedingt nötig«, meinte er, »aber es wäre doch lustig. Außerdem würde ich mir Isolda Carminowe gern auch mal ansehen.«

Seine leichtfertige Redeweise beruhigte mich etwas. Ich lächelte sogar. »Sie gehört Bodrugan, nicht uns«, sagte ich.

»Ja, aber wie lange«, bemerkte er. »Damals war man ja ganz schön flatterhaft. Ich begreife immer noch nicht recht, wie sie zu den übrigen steht.«

»Sie und William Ferrers sind Cousins der Champernounes«, erklärte ich.

»Und Isoldas Mann, Oliver Carminowe, der gestern nicht

am Totenbett erschien, ist der Bruder von Mathilda und Sir John?«

»Anscheinend.«

»Ich muß mir alles aufschreiben und dafür sorgen, daß mein Bibliotheksmensch weitere Einzelheiten herausfindet. Aber ich habe doch recht gehabt, als ich sagte, Joanna sei eine Zicke.« Dann fragte er mit verändertem Ton: »Du bist also zufrieden, daß die Droge wirkt und alles, was du gesehen hast, keine Halluzination war?«

»Beinahe«, antwortete ich vorsichtig.

»Beinahe? Aber beweisen das nicht allein schon die Dokumente?«

»Die Dokumente sind als Beweis wohl nützlich, aber vergiß bitte nicht, daß du sie vor mir gelesen hast. Darum besteht immer noch die Möglichkeit, daß eine telepathische Verbindung bestand. Aber lassen wir das. Wie geht es dem Affen?«

»Dem Affen?« Er schwieg einen Augenblick. »Der Affe ist tot.«

»Schöne Aussichten«, sagte ich.

»Oh, keine Sorge – es war nicht die Droge. Ich habe ihn absichtlich getötet. Ich muß an seinen Hirnzellen arbeiten. Das dauert eine Weile. Du mußt also Geduld haben.«

»Ich bin durchaus nicht ungeduldig«, antwortete ich, »nur einigermaßen erschrocken über die Gefahr, der du mein Gehirn anscheinend auch aussetzt.«

»Dein Hirn ist ganz anders. Du kannst noch viel mehr verkraften. Außerdem – denk an Isolda. Ein großartiger Ausgleich für Vita. Vielleicht findest du sogar, daß . . .«

Ich schnitt ihm das Wort ab. Ich wußte genau, was er sagen wollte. »Laß mein Gefühlsleben bitte aus dem Spiel. Das geht dich nichts an.«

»Ich wollte nur andeuten, mein Bester, daß es sehr anregend sein kann, zwischen zwei Welten zu verkehren. Das passiert täglich, auch ohne Drogen, wenn ein Mann sich eine Mätresse hält und zu Haus eine Frau hat . . . Übrigens hast du eine großartige Entdeckung gemacht, als du am Steinbruch über dem Tal von Treesmill landetest. Ich werde dafür sorgen, daß Freunde von mir, Archäologen, dort graben, sobald wir fertig sind.«

Während er sprach, fiel mir auf, daß wir eine völlig verschiedene Einstellung zu den Experimenten hatten. Seine war wissenschaftlich, vernunftgefärbt; es war ihm gleich, wer im Laufe des Unternehmens draufging, solange er mit Erfolg beweisen konnte, was er beweisen wollte. Ich hingegen war bereits im Netz der Geschichte gefangen; die Menschen, die für ihn nur Puppen aus einem vergangenen Zeitalter darstellten, waren für mich lebendig. Im Geiste sah ich plötzlich das längst zerfallene und eingesunkene Haus vor mir, auf Betonblöcken wieder aufgebaut: Eintritt zwei Schillinge, Parkplatz bei Chapel Down ...

»Hat Roger dich nie dorthin geführt?« fragte ich.

»In jenes Tal? Nein. Ich bin nur einmal von Kilmarth weggekommen, und zwar in die Priorei, wie ich dir bereits erzählte. Ich bleibe lieber auf meinem eigenen Grund und Boden. Wenn ich hinkomme, erzähle ich dir alles. Am Wochenende muß ich nach Cambridge, aber vergiß nicht, daß du den ganzen Samstag und Sonntag zur Verfügung hast. Nimm eine etwas stärkere Dosis – das kann dir nicht schaden.«

Er legte auf, bevor ich fragen konnte, unter welcher Telefonnummer er am Wochenende zu erreichen wäre. Ich hatte kaum den Hörer aufgelegt, als das Telefon wieder läutete. Es war Vita.

»Bei dir war ja entsetzlich lange besetzt«, sagte sie. »Sicher dein Professor.«

»Du hast zufällig recht.«

»Hat er dir für das Wochenende wieder etwas aufgehalst? Überarbeite dich nur nicht. Liebling.« Die Stimmung war also schlecht. Sie mußte sie an den Jungen abreagieren, ich konnte es nicht mit ihr aufnehmen.

Ich überging ihre Bemerkung und fragte: »Was hast du heute vor?«

»Nun, die Jungen gehen zum Schwimmen in den Bill's Club. Das ist dringend notwendig. In London herrscht nämlich brütende Hitze. Und wie steht's bei euch?«

»Wolkig«, sagte ich, ohne aus dem Fenster zu sehen. »Gegen Mitternacht soll ein Atlantiktief Cornwall erreichen.«

»Klingt verlockend. Ich hoffe, ihr beiden, ich meine Mrs. Collins und du, kommt gut mit dem Bettenlüften voran.«

»Wir sind dabei«, sagte ich, »und ich habe für die nächste Woche ein Segelboot gemietet, ein ziemlich großes, mit einem Bootsmann, der sich darauf versteht. Es wird den Jungen Spaß machen.«

»Und die Mama?«

»Mama wird Spaß daran haben, wenn sie genug Pillen gegen die Seekrankheit nimmt. Unter den Klippen ist eine Bucht. Man muß nur über ein paar Felder gehen. Aber Bullen gibt es nicht.«

»Liebling« — die saure Stimmung hatte sich versüßt oder war zumindest abgeklungen —, »ich glaube fast, du freust dich doch, daß wir kommen.«

»Natürlich«, sagte ich. »Warum solltest du das denn nicht glauben?«

»Wenn du mit deinem Professor zu tun hast, weiß ich nie so recht, was ich denken soll. Sowie er in der Nähe ist, scheint mit uns alles wie verhext ... Hier sind die Jungen«, fuhr sie in verändertem Ton fort, »sie wollen dir guten Tag sagen.«

Die Stimmen meiner Stiefsöhne glichen sich ebenso wie ihr Äußeres, obwohl Teddy zwölf war und Micky zehn. Jeder sagte, daß sie ihrem Vater ähnlich sähen, der, ein paar Jahre bevor ich Vita begegnete, bei einem Flugzeugunglück ums Leben gekommen war. Nach dem Foto zu urteilen, das sie mit sich herumtrugen, stimmte das. Sie hatten einen typisch germanischen Kopf mit kurzgeschorenem Haar — genau wie er und zahllose andere Amerikaner — und unschuldige blaue Augen in einem breiten Gesicht; es waren nette Jungen, aber ich hätte auch ohne sie auskommen können.

»He, Dick«, sagten beide nacheinander.

»He«, wiederholte ich, und das Wort war meiner Zunge ebenso fremd, als spräche ich Tungalesisch.

»Wie geht es euch beiden?«

»Uns geht's gut«, sagten sie.

Eine lange Pause entstand. Mehr fiel ihnen nicht ein. Mir auch nicht. »Ich freue mich, euch nächste Woche wiederzusehen«, sagte ich.

Ich hörte langes Geflüster, dann war Vita wieder am Apparat. »Sie wollen schwimmen gehen und können es nicht mehr abwarten. Ich muß fort. Paß gut auf dich auf, Liebling, und übertreib' es nicht mit Eimer und Besen.«

Ich setzte mich in die kleine Veranda, die Magnus' Mutter vor Jahren hatte bauen lassen, und blickte über die Bucht. Es war ein schöner Platz, friedlich und windgeschützt. Ich dachte schon, daß ich in den Ferien viel Zeit hier verbringen würde, nur um die Jungen nicht anschreien zu müssen; sicher würden sie Kricketschläger mitbringen und einen Ball, den sie ständig über die Mauer in das Feld dahinter schlagen würden.

»Jetzt mußt du ihn holen!«

»Nein, du bist dran, du!«

Dann Vitas Stimme hinter den Hortensienbüschen. »Na hört mal, wenn ihr euch zankt, dann wird überhaupt nicht Kricket gespielt, das ist mein Ernst«, und schließlich der Hilferuf an mich: »Tu doch etwas, Liebling, du bist der einzige erwachsene Mann hier.«

Heute wenigstens herrschte noch Ruhe in Kylmerth, während ich auf die Bucht hinaussah, über der ein Sonnenstrahl den Horizont berührte. Kylmerth . . . ich hatte das Wort ganz unbewußt so ausgesprochen, wie man es früher schrieb. Wurde die Gedankenverwirrung etwa zur Gewohnheit? Aber ich war zu müde, um mich selbst zu analysieren, darum stand ich wieder auf, wanderte ziellos auf dem Grundstück herum und beschnitt die Hecken mit einer alten Sichel, die ich im Heizungsraum gefunden hatte.

»Haben Sie den Appetit verloren?« fragte Mrs. Collins, als ich das Mittagessen mühsam beendet hatte und den Kaffee bestellte.

»Tut mir leid«, sagte ich, »das hat nichts mit Ihren Kochkünsten zu tun. Mir geht's nicht besonders.«

»Ich finde auch, Sie sehen müde aus. Das macht das Wetter. Der Himmel hat sich bezogen.«

Es war nicht das Wetter, es war nur meine Unrast, die mich zu körperlicher Tätigkeit trieb, so sinnlos sie sein mochte. Ich schlenderte über die Felder zum Meer, aber es sah genauso aus wie von der Veranda her, flach und grau. Danach mußte ich mühsam wieder hinaufsteigen. Der Tag schleppte sich hin. Ich schrieb einen Brief an meine Mutter, schilderte das Haus bis in langweilige Einzelheiten, nur um die Seiten zu füllen, und erinnerte mich dabei an die Pflichtbriefe, die ich aus der Schule schreiben mußte. »In diesem Semester bin ich in einem anderen Schlafsaal. Wir sind im ganzen fünfzehn.« Endlich um halb acht ging ich, physisch und geistig erschöpft, hinauf, warf mich angekleidet aufs Bett und war nach zehn Minuten eingeschlafen.

Der Regen weckte mich auf. Kein lautes Geräusch, nur ein Rauschen am offenen Fenster, und der Vorhang wehte. Es war stockfinster. Ich machte Licht; es war halb fünf. Ich hatte neun Stunden geschlafen. Meine Erschöpfung war vergessen, und ich spürte wilden Hunger, da ich nichts gegessen hatte.

Das war der Vorteil des Alleinlebens; ich konnte essen und schlafen, wann ich wollte. Ich ging in die Küche hinunter, briet mir Würstchen, Eier und Speck und goß eine Kanne Tee auf. Ich fühlte mich für einen neuen Tag gerüstet, aber was in aller Welt konnte ich um fünf Uhr an diesem grauen, trostlosen Morgen anfangen? Nur eins. Dann das Wochenende zur Erholung, falls ich Erholung brauchte . . .

Ich stieg ins Kellergeschoß hinab, machte Licht und pfiff vor mich hin. Bei diesem Licht sah alles viel besser aus, viel heiterer. Sogar das Labor wirkte nicht mehr wie eine Alchimistenzelle, und die Tropfen in das Arzneiglas füllen war so leicht wie Zähneputzen.

»Na, nun komm schon, Roger«, sagte ich, »zeig dich. Wie wär's mit einem kleinen Tête-à-tête?«

Ich setzte mich auf den Rand des Ausgusses und wartete. Ich wartete lange. Nichts geschah. Ich starrte weiter die Embryos in den Flaschen an, während es vor dem vergitterten Fenster allmählich heller wurde. Ich muß etwa eine halbe Stunde dort gesessen haben. Was für ein gemeiner Schwindel! Da fiel mir ein, daß Magnus mir geraten hatte, die Dosis zu erhöhen. Ich nahm den Tropfer, ließ ganz vorsichtig zwei oder drei weitere Tropfen auf meine Zunge fallen und schluckte sie hinunter. War das Einbildung, oder hatten sie diesmal einen Geschmack – bitter und ein bißchen sauer?

Ich schloß die Tür des Labors, ging durch den Gang zur alten Küche und schaltete das Licht aus, denn es war schon grau, und draußen im Innenhof erschien der erste Schein der Dämmerung. Dann hörte ich, wie die Hintertür knarrte – sie kratzte gewöhnlich über die Steinplatte – und mit einem plötzlichen Luftzug weit aufsprang. Ich hörte Schritte und eine männliche Stimme.

Um Gottes willen, dachte ich, Mrs. Collins ist aber früh gekommen – sie hatte etwas davon gesagt, daß ihr Mann den Rasen mähen wollte.

Der Mann stieß die Tür auf und zerrte einen Jungen hinter sich her. Es war nicht Mrs. Collins' Mann, es war Roger Kylmerth, und hinter ihm gingen fünf Männer mit Fackeln, und vom Innenhof fiel kein Licht des Morgens mehr herein, sondern es herrschte schwarze Nacht.

IX

Ich hatte an der ehemaligen Anrichte der alten Küche gelehnt, aber jetzt stand nur noch die steinerne Wand hinter mir, und die Küche selbst war der Wohnraum des ursprünglichen Hauses, an einem Ende der Herd und daneben die Leiter, die ins Schlafzimmer hinaufführte. Das Mädchen, das ich beim vorigen Trip hatte am Herd knien sehen, lief beim Geräusch der männlichen Schritte die Leiter herunter. Als Roger sie erblickte, rief er: »Los, verschwinde! Was wir tun und sagen, geht euch nichts an!«

Sie zögerte; der Junge, Rogers Bruder, sah ihr über die Schulter. »Hinaus mit euch!« schrie Roger, und sie wich zurück und stieg die Leiter hinauf; ich beobachtete jedoch von meinem Platz aus, daß sie sich dort oben hinkauerte, ohne von den Männern gesehen zu werden, die hinter dem Verwalter in die Küche traten.

Roger setzte sein Windlicht auf einer Bank ab und erleuchtete so den Raum. Ich erkannte den Jungen, den er festhielt – es war der Novize, der bei meinem ersten Besuch in der Priorei zur Belustigung der übrigen Mönche im Hof vor den Stallungen hatte herumlaufen müssen und später beim Gebet in der Kapelle geweint hatte.

»Ich werde ihn schon zum Reden bringen, wenn ihr es nicht könnt«, sagte Roger. »Ein Vorgeschmack des Fegefeuers wird ihm die Zunge lösen.«

Er rollte langsam seine Ärmel hoch, und sein Blick weilte unverwandt auf dem Novizen; der Junge fuhr zurück und suchte zwischen den anderen Männern Schutz, die ihn jedoch lachend vorwärtsstießen. Er war gewachsen, seit ich ihn damals gesehen hatte, aber ich erkannte ihn wieder. Sein erschreckter Blick ließ darauf schließen, daß die rauhe Behandlung, vor der er sich fürchtete, dieses Mal absolut ernst gemeint war.

Roger packte ihn an der Kutte und schleuderte ihn neben der Bank auf die Knie. »Sag uns alles, was du weißt«, befahl er, »oder ich versenge dir das Haar auf dem Kopf.«

»Ich weiß nichts«, stammelte der Novize. »Ich schwöre bei der Muttergottes ...«

»Keine Gotteslästerungen«, herrschte Roger ihn an, »oder ich stecke auch deine Kutte in Brand. Du hast lange genug den Spion gespielt, und wir wollen die Wahrheit wissen.«

Er griff nach dem Licht und hielt es dicht an den Kopf des Jungen. Dieser kauerte sich tiefer und begann zu schreien. Roger schlug ihm auf den Mund. »Los, heraus mit der Sprache«, sagte er.

Das Mädchen und ihr Bruder blickten von der Leiter aus fasziniert herunter. Die fünf Männer traten näher heran, und einer berührte das Ohr des Jungen mit dem Messer. »Soll ich ihn stechen und ihm Blut abzapfen«, fragte er, »und nachher seinen Schädel versengen, dort, wo das Fleisch besonders empfindlich ist?«

Der Novize hob flehend die Hände. »Ich sage alles, was ich weiß«, rief er, »aber es ist nichts, nichts ... nur das, was ich belauschte, als Meister Bloyou, der Gesandte des Bischofs, mit dem Prior sprach.«

Roger setzte das Windlicht wieder auf die Bank. »Und was hat er gesagt?«

Der verängstigte Novize blickte von einem zum anderen. »Daß der Bischof das Verhalten einiger Brüder mißbillige, ganz besonders das von Bruder Jean. Daß dieser gemeinsam mit anderen gegen den Willen des Priors handle und das Eigentum des Klosters in liederlicher Weise vergeude. Sie seien der Skandal des ganzen Ordens und ein verderbliches Beispiel für viele Außenstehende. Der Bischof könne nicht länger die Augen verschließen und habe Meister Bloyou Vollmacht erteilt, dem kanonischen Gesetz mit Hilfe Sir John Carminowes Geltung zu verschaffen.«

Er hielt inne, um Atem zu holen, und suchte in ihren Gesichtern nach einem Zeichen der Beruhigung, und einer der Männer – nicht der mit dem Messer – entfernte sich von der Gruppe.

»Bei Gott, es ist wahr«, murmelte er, »wie können wir es leugnen? Wir wissen recht gut, daß die Priorei und alle in ihr ein Skandal sind. Wenn die französischen Mönche dorthin zurückkehrten, wo sie hergekommen sind, wären wir sie los.«

Die anderen murmelten zustimmend, und der Mann mit dem Messer, ein hochgewachsener, ungehobelter Bursche, verlor das Interesse an dem Novizen und wandte sich an Roger.

»Trefrengy hat recht«, sagte er mürrisch. »Es leuchtet ein, daß die Leute im Tal nur gewinnen würden, wenn die Priorei ihre Pforten schlösse. Wir haben Anspruch auf das Land in der Umgebung, von dem sie sich mästen, während unser Vieh im Sumpf weiden muß.«

Roger verschränkte die Arme und stieß mit dem Fuß nach dem immer noch furchtsamen Novizen. »Wer sagt, daß die Priorei ihre Pforten schließt?« fragte er. »Nicht der Bischof in Exeter, er spricht nur für die Diözese, und er kann dem Prior zwar nahelegen, die Mönche zu bestrafen, aber weiter nichts. Der König ist der Oberlehnsherr, das wißt ihr genau, und wir alle, die wir Pächter unter Champernoune sind, wurden gerecht behandelt und erhielten obendrein Vergünstigungen von der Priorei. Mehr noch. Keiner von euch verzichtete darauf, mit den Franzosen Handel zu treiben, als ihre Schiffe in der Bucht vor Anker gingen. Ist einer unter euch, der sich nicht dank ihrer seine Keller füllen konnte?«

Niemand antwortete. Der Novize, der sich in Sicherheit glaubte, wollte fortkriechen, aber Roger packte ihn erneut und hielt ihn fest.

»Nicht so schnell«, sagte er, »ich bin noch nicht fertig mit dir. Was hat Meister Henry Bloyou dem Prior sonst noch gesagt?«

»Sonst nichts«, stammelte der Junge.

»Nichts über die Sicherheit des Königreiches selbst?«

Roger tat, als wolle er das Licht wieder von der Bank nehmen, und der Novize hob zitternd die Hände, um sich zu schützen.

»Er erwähnte Gerüchte aus dem Norden«, stotterte er, »und daß zwischen dem König und seiner Mutter Königin Isabella immer noch Unfrieden herrsche, der bald in offenen Streit ausbrechen könne. Er fragte, wer wohl im Westen des Landes dem jungen König treu bleiben würde, wenn dies geschehe, und wer sich für die Königin und ihren Liebhaber Mortimer erklären würde.«

»Das dachte ich mir«, sagte Roger. »Jetzt kriech' in eine Ecke und schweig. Wenn du außerhalb dieses Hauses ein Wort von all dem verlauten läßt, schneide ich dir die Zunge ab!«

Er wandte sich den fünf Männern zu, die ihn unsicher ansahen; bei den letzten Worten des Novizen waren sie erschrocken verstummt.

»Nun, was haltet ihr davon?« fragte Roger. »Seid ihr alle stumm?«

Der Bursche mit Namen Trefrengy schüttelte den Kopf. »Das geht uns nichts an«, sagte er. »Der König mag sich mit seiner Mutter streiten. Das ist nicht unsere Sache.«

»Ihr meint also nicht?« sagte Roger. »Nicht einmal, wenn die Königin und Mortimer weiter die Macht in Händen halten? Ich kenne einige Leute in dieser Gegend, denen das lieber wäre und die dafür belohnt würden, wenn sie sich, falls es zur Schlacht kommt, für die Königin erklärten. Ja, und die zahlen großzügig, wenn andere dasselbe tun.«

»Nicht der junge Champernoune«, sagte der Mann mit dem Messer. »Er ist unmündig und hängt noch am Rockschoß seiner Mutter. Und du, Roger, würdest nie einen Aufstand gegen einen gekrönten König riskieren – nicht in deiner Stellung.«

Er lachte spöttisch, und die anderen lachten mit, aber der Verwalter blieb ungerührt und sah einen nach dem anderen an.

»Der Sieg ist sicher, wenn rasch gehandelt wird und man die Macht schnell an sich reißt«, sagte er. »Wenn die Königin und Mortimer das vorhaben, so sind wir alle auf seiten des Gewinners, indem wir uns mit ihren Freunden gutstellen. Es könnte ja zu einer Aufteilung des großen Gutes kommen — wer weiß? Und anstatt euer Vieh im Schilf weiden zu lassen, könntet ihr dann das Hügelland nutzen.«

Der Mann mit dem Messer zuckte die Achseln. »Leicht gesagt«, bemerkte er, »aber wer sind diese Freunde, die mit ihren Versprechungen so leicht bei der Hand sind? Ich kenne keinen.«

»Sir Otto Bodrugan zum Beispiel«, antwortete Roger ruhig.

Unter den Männern erhob sich ein Gemurmel, und Henry Trefrengy, der gegen die französischen Mönche gesprochen hatte, schüttelte wieder den Kopf.

»Er ist ein guter Mann, keiner ist besser als er«, sagte er, »aber als er sich 1322 gegen die Krone wandte, verlor er und mußte für all die Mühe tausend Dukaten Strafe zahlen.«

»Vier Jahre später wurde er belohnt; die Königin ernannte ihn zum Statthalter der Insel Lundy«, antwortete Roger. »Die Ufer von Lundy eignen sich gut als Ankerplatz für Schiffe, die Männer und Waffen bringen. Dort liegen sie sicher, bis sie am Festland gebraucht werden. Bodrugan weiß, was er tut. Was ist leichter für ihn, wenn Grundbesitz in Cornwall und Devon und obendrein die Statthalterschaft von Lundy auf dem Spiel stehen, als Männer und Schiffe für die Königin zu stellen?«

Sein gewandt vorgebrachtes Argument schien Eindruck zu machen, besonders auf einen gewissen Lampetho. »Wenn es zu unserem Vorteil ist, wünsche ich ihm Erfolg und halte zu ihm, sobald die Tat vollbracht ist«, sagte er. »Aber ich geh' für niemand über den Tamar, weder für Bodrugan noch für einen anderen, das kannst du ihm sagen.«

»Du kannst es ihm selbst sagen«, entgegnete Roger. »Sein Schiff liegt unten, und er weiß, daß ich ihn hier erwarte. Ich sage euch, Freunde, Königin Isabella wird sich ihm und anderen, die wußten, zu welcher Seite sie halten mußten, erkenntlich zeigen.«

Er trat an die Leiter. »Komm herunter, Robbie«, rief er. »Nimm ein Licht, geh über das Feld und sieh, ob Sir Otto schon unterwegs ist.« Er wandte sich den anderen zu. »Ich bin bereit, mich für ihn einzusetzen, auch wenn ihr nicht wollt.«

Sein Bruder nahm eine Fackel und lief in den Hof hinter der Küche.

Henry Trefrengy, einer der vorsichtigen unter den Männern, strich sich über das Kinn. »Was gewinnst du, Roger, wenn du Bodrugans Partei ergreifst? Wird Lady Joanna mit ihrem Bruder gemeinsame Sache gegen den König machen?«

»Meine Herrin hat mit der Sache nichts zu tun«, erwiderte Roger kurz. »Sie ist nicht zu Hause, sondern weilt mit ihren Kindern und Bodrugans Frau und Familie auf ihrem anderen Gut in Trelawn. Keiner von ihnen weiß, was auf dem Spiel steht.«

»Sie wird es dir nicht danken, wenn sie davon erfährt«, sagte Trefrengy, »und Sir John Carminowe auch nicht. Jeder weiß, daß die beiden nur darauf warten, daß Sir Johns Gemahlin stirbt und sie heiraten können.«

»Sir Johns Gemahlin ist gesund und wird es wohl auch bleiben«, antwortete Roger, »und wenn die Königin Bodrugan zum Aufseher von Schloß Restormel und aller Länder des Herzogtums ernennt, wird meine Herrin das Interesse an Sir John verlieren und mehr an ihrem Bruder hängen als jetzt. Ich zweifle nicht, daß Bodrugan mich belohnt und meine Herrin mir vergibt.« Er lächelte und kratzte sich am Ohr.

»Wir alle wissen, daß du stets auf deinen Vorteil siehst«, sagte Lampetho. »Wer immer der Sieger ist, er findet dich an seiner Seite. Ob Bodrugan oder Sir John in Schloß Restormel einziehen – du stehst jedenfalls mit wohlgefülltem Beutel an der Zugbrücke.«

»Ich leugne es nicht«, sagte Roger, immer noch lächelnd. »Wenn ihr ebenso klar denken könntet wie ich, würdet ihr es genauso machen.«

Vom Hof her hörte man Schritte, und Roger ging zur Tür und riß sie auf. Otto Bodrugan stand auf der Schwelle, hinter ihm der kleine Robbie.

»Tretet ein, Sir, und willkommen«, sagte Roger. »Wir alle sind Freunde.« Bodrugan trat in die Küche, blickte sich scharf um und schien überrascht, die Männer dort zu sehen. Diese waren, durch sein plötzliches Kommen eingeschüchtert, an die Wand zurückgetreten. Sein Waffenrock war bis zum Hals hinauf geschnürt, darüber trug er ein gefüttertes Lederwams, Beutel und Dolch am Gürtel und einen pelzverbrämten Reisemantel über der Schulter. Er bildete einen deutlichen Kontrast zu den anderen in selbstgewebtem Tuch und Kapuzen, und sein selbstbewußtes Auftreten bekundete, daß er gewohnt war, Menschen zu befehlen.

»Ich freue mich sehr, euch zu sehen«, sagte er schnell und begrüßte einen nach dem anderen. »Henry Trefrengy, nicht wahr? Und Martin Penhelek. John Beddyng, dich kenne ich auch — dein Onkel ritt Anno zweiundzwanzig mit mir nach Norden. Die anderen habe ich noch nicht gesehen.«

»Geoffrey Lampetho, Sir, und sein Bruder Philipp«, sagte Roger. »Ihr Acker liegt im Tal neben Julian Polpeys Hof unterhalb der Priorei.«

»Julian ist nicht hier?«

»Er erwartet uns in Polpey.«

Bodrugans Blick fiel auf den Novizen, der immer noch neben der Bank am Boden kauerte. »Was tut der Mönch hier unter euch?«

»Er brachte uns die Nachricht, Sir«, sagte Roger. »In der Priorei ist irgend etwas los, die Brüder haben sich gegen die kanonischen Regeln vergangen. Das geht uns an sich nichts an, ist aber insofern störend, als der Bischof vor kurzem Meister Bloyou aus Exeter hergeschickt hat, um den Fall zu untersuchen.«

»Henry Bloyou? Ein enger Freund von Sir John Carminowe und Sir William Ferrers. Ist er noch in der Priorei?«

Der Novize, bestrebt, sich gefällig zu zeigen, berührte Bodrugans Knie. »Nein, Sir, er ist fort. Er ist gestern nach Exeter gefahren, aber er hat gesagt, er werde bald wiederkommen.«

»Nun steh auf, mein Junge, niemand wird dir etwas antun.« Bodrugan wandte sich an den Verwalter: »Habt ihr ihn bedroht?«

»Wir haben ihm kein Haar gekrümmt«, entgegnete Roger. »Er hat nur Angst, der Prior könnte erfahren, daß er hier war, obwohl ich ihm versichert habe, daß das nicht geschehen wird.«

Roger bedeutete Robbie, den Novizen in die obere Kammer zu bringen, und beide verschwanden die Leiter hinauf, der Novize eilig wie ein geprügelter Hund. Als sie fort waren, musterte Bodrugan, der vor dem Herd stand, alle Männer, die sich im Raum befanden.

»Was Roger euch über euren Lohn erzählt hat, weiß ich nicht«, sagte er, »aber ich verspreche euch ein besseres Leben, sobald der König sich in Gewahrsam befindet.« Alle schwiegen. »Hat Roger euch mitgeteilt, daß der größte Teil des Landes sich in wenigen Tagen zur Königin bekennen wird?« fragte er.

Henry Trefrengy, offenbar der Sprecher, fand den Mut zu antworten. »Ja, er hat es uns gesagt, aber Genaueres hat er uns nicht erklärt.«

»Es ist eine Frage der Zeit«, erwiderte Bodrugan. »Das Parlament tagt jetzt in Nottingham. Man will den König in Haft setzen – wobei natürlich in jeder Weise für seine Sicherheit gesorgt wird –, bis er mündig ist. Inzwischen wird Königin Isabella mit Unterstützung Mortimers weiterhin das Amt der Regentin bekleiden. Mortimer ist vielleicht bei einigen Leuten nicht sehr beliebt, aber er ist ein starker, tüchtiger Mann und ein guter Freund vieler Männer aus Cornwall. Ich selbst bin stolz darauf, mich zu ihnen zählen zu dürfen.«

Wieder herrschte Stille. Dann trat Geoffrey Lampetho vor. »Was sollen wir tun?« fragte er.

»Kommt mit mir nach Norden, wenn ihr wollt«, antwortete Bodrugan, »wenn nicht – und Gott weiß, daß ich euch nicht zwingen kann –, dann versprecht, daß ihr Königin Isabella die Treue schwört, wenn aus Nottingham die Nachricht eintrifft, daß wir den König in unserer Gewalt haben.«

»Das ist billig gesprochen«, sagte Roger. »Ich für meinen Teil sage frohen Herzens ja und reite mit Euch.«

»Ich auch«, sagte ein anderer, Penhelek genannt.

»Und ich auch«, rief der dritte, John Beddyng.

Nur die Brüder Lampetho und Trefrengy zögerten.

»Wir schwören Treue, wenn die Zeit kommt«, sagte

Geoffrey Lampetho, »aber wir schwören den Treueid zu Haus, nicht jenseits des Tamar.«

»Auch billig gesprochen«, erwiderte Bodrugan. »Wenn der König selbst die Macht innehätte, würden wir innerhalb von zehn Jahren Krieg mit Frankreich haben und jenseits des Kanals kämpfen. Aber wenn wir die Königin jetzt unterstützen, sichern wir den Frieden. Zu mir stehen mindestens hundert Männer meiner eigenen Länder, in Bodrugan, in Tregrehan, weiter im Westen und in Devon. Aber nun laßt uns gehen. Wir wollen sehen, wie Julian Polpey sich entschieden hat.«

Es entstand eine allgemeine Bewegung, als die Männer zur Tür gingen.

»Die Flut steigt über die Furt«, sagte Roger. »Wir müssen bei Trefrengy und Lampetho durchs Tal. Ich habe ein Pony für Euch, Sir. Robbie, hast du das Pony für Sir Otto gesattelt? Und meins auch? Beeil dich . . .« Als der Junge die Leiter herunterkam, flüsterte er ihm ins Ohr: »Bruder Jean läßt den Novizen später holen. Bis dahin behalte ihn hier. Ich weiß noch nicht, wann ich heimkomme.«

Die Männer versammelten sich im Hof vor den Stallgebäuden. Ich wußte, daß ich mitgehen mußte, denn Roger schwang sich neben Bodrugan auf sein Pony, und wo immer er hinging, mußte ich ihm folgen. Wolken jagten über den Himmel, der Wind pfiff, und das Stampfen der Ponys und das Rasseln der Geschirre klang in meinem Ohr. Nie zuvor, weder in meiner Welt noch auf den früheren Streifzügen durch die andere, hatte ich ein so starkes Gefühl der Zusammengehörigkeit gekannt. Ich war einer der ihren, und sie wußten es nicht. Dies war für mich wohl das entscheidende Erlebnis: Gebunden und dennoch frei zu sein; allein und doch mit ihnen; in meiner eigenen Zeit geboren zu sein und zugleich unerkannt in der ihren zu leben.

Sie ritten durch das an Kilmarth grenzende Gehölz, und oben auf dem Hügel folgten sie nicht der Richtung der jetzigen Straße, sondern ritten über den Gipfel und dann tief ins Tal hinab. Der Weg war so holprig und gewunden, daß die Ponys ab und zu strauchelten. Der Hang war steil, aber da ich mich körperlos fühlte, konnte ich Höhen und Tiefen nicht recht ermessen, und ich überließ mich ganz der Führung der Reiter. Plötzlich sah ich in der Dunkelheit Wasser schimmern; wir ritten fast senkrecht ins Tal und erreichten einen Holzsteg am Fluß, den die Ponys hintereinander überquerten. Danach bog der Pfad nach links ab und folgte dem Flußlauf bis zur Mündung, die sich in der Ferne zum Meer hin öffnete. Ich wußte, daß ich mich auf der anderen Seite des Tales gegenüber vom Polmear Hill befand, aber da ich mich bei Nacht in ihre Welt verirrt hatte, konnte ich die Entfernungen nicht beurteilen. Ich folgte den Ponys, den Blick unverwandt auf Roger und Bodrugan gerichtet.

Der Pfad führte uns an Bauernhäusern vorbei, wo die Brüder Lampetho absaßen; Geoffrey, der ältere, sagte, er werde später nachkommen, und wir ritten weiter bergan, immer mehr auf das Meer zu. Vor den Dünen standen weitere Bauernhäuser, und trotz der Dunkelheit sah ich den Schimmer der Wogen, deren weiße Schaumkämme sich in der Ferne brachen und am Ufer ausliefen. Jemand kam uns entgegen; man hörte bellende Hunde, Fackeln leuchteten auf, und wir befanden uns auf einem anderen, ähnlich wie in Kilmarth von Wirtschaftsgebäuden eingefaßten Hof. Während die Männer von ihren Ponys sprangen, öffnete sich die Tür des Hauptgebäudes, und ich erkannte den Mann, der auf uns zukam, um uns zu begrüßen. Er war am Tag der Audienz des Bischofs Rogers Begleiter gewesen, derselbe, der nachher mit ihm über den Dorfplatz gegangen war.

Roger saß rasch ab und stand als erster neben seinem Freund. Im schwachen Licht einer Laterne an der Haustür sah ich, wie seine Miene sich veränderte, als der Mann ihm hastig etwas ins Ohr flüsterte und dabei auf die hinteren Gebäude wies.

Bodrugan bemerkte es auch, denn als er abgestiegen war, rief er: »Was ist los, Julian? Hast du deine Meinung geändert, seit ich dich letztes Mal sah?«

Roger drehte sich um. »Schlechte Nachrichten, Sir. Aber nur für Ihr Ohr.«

Bodrugan zögerte, dann sagte er rasch: »Wie du willst«, und reichte dem Besitzer des Hauses die Hand. »Ich hatte gehofft, Julian, daß wir in Polpey Waffen und Männer mustern könnten. Mein Schiff liegt unterhalb von Kylmerth vor Anker, du mußt es gesehen haben. Es sind mehrere Leute an Bord, bereit, an Land zu gehen.«

Julian Polpey schüttelte den Kopf. »Tut mir leid, Sir Otto, sie werden nicht gebraucht, und Ihr auch nicht. Vor kaum zehn Minuten erreichte uns die Nachricht, daß der ganze Plan gescheitert ist, bevor wir an die Ausführungen gegangen sind. Ein Bote brachte die Kunde.«

Ich hörte, wie Roger dicht hinter den Leuten sagte, sie sollten wieder aufsitzen und nach Lampeto zurückreiten, er werde sehr bald bei ihnen sein. Dann übergab er die Zügel seines Ponys einem Diener und trat zu Polpey und Bodrugan, die an den Wirtschaftsgebäuden vorbei zum Haus gingen.

»Es ist Lady Carminowe«, sagte Bodrugan zu Roger; die frohe Zuversicht verließ ihn, und seine Züge wurden scharf vor Unruhe. »Sie bringt schlechte Nachricht.«

»Lady Carminowe?« rief Roger ungläubig; dann begriff er plötzlich und senkte die Stimme: »Sie meinen Lady Isolda?«

»Sie ist unterwegs nach Carminowe«, erklärte Bodrugan, »und da sie ungefähr wußte, wo ich sein konnte, hat sie ihre Reise hier in Polpey unterbrochen.«

Wir erreichten die andere Seite des Hauses. Ein geschlossener Reisewagen, ähnlich jenen, die ich am Martinstag in der Priorei gesehen hatte, stand vor dem Tor, aber dieser war viel kleiner und nur zweispännig.

Als wir näher kamen, wurde der Vorhang an einem der kleinen Fenster zurückgezogen, und Isolda lehnte sich hinaus; der dunkle Umhang, der ihren Kopf bedeckte, fiel über die Schultern herab.

»Gott sei Dank erreiche ich Euch noch rechtzeitig«, sagte sie. »Ich komme direkt aus Bockenod. John und Oliver glauben mich unterwegs nach Carminowe zu den Kindern. Eure Sache hat eine schlimme Wendung genommen, wie ich befürchtete. Bevor ich abfuhr, hörten wir, daß die Königin und Mortimer in Schloß Nottingham überfallen wurden und Gefangene sind. Der König hat die Macht in der Hand, und Mortimer soll nach London vor Gericht gebracht werden. Das ist das Ende Eurer Träume, Otto.«

Roger wechselte einen Blick mit Julian Polpey, und während dieser sich diskret in den Schatten zurückzog, beobachtete ich den Widerstreit der Gefühle in Rogers Miene. Ich konnte mir vorstellen, was er dachte. Der Ehrgeiz hatte ihn irregeführt, und er hatte eine verlorene Sache unterstützt. Nun konnte er nur noch Bodrugan mahnen, auf sein Schiff zurückzukehren, seine Männer zu entlassen und Isolda zur raschen Weiterreise zu überreden. Er selbst mußte Lampetho, Trefrengy und den übrigen seinen Frontwechsel, so gut er konnte, erklären und seine Stellung als vertrauenswürdiger Verwalter von Joanna Champernoune wieder festigen.

»Ihr kamt, obwohl man Euch entdecken konnte«, sagte Bodrugan zu Isolda. Seine Miene verriet nicht, wieviel er verloren hatte.

»Wenn ich es tat«, antwortete sie, »so wißt Ihr den Grund.«

Ich sah, wie sie einander anblickten. Roger und ich waren die einzigen Zeugen. Bodrugan verneigte sich und küßte ihr die Hand. Im gleichen Augenblick hörte ich vom Weg her das Geräusch von Rädern und dachte: Sie ist doch zu spät gekommen, um ihn zu warnen. Oliver, ihr Mann, und Sir John sind ihr nachgefahren.

Ich wunderte mich, warum sie die Räder nicht hörten, und dann sah ich, daß sie nicht mehr neben mir standen. Auch der Reisewagen war verschwunden; statt dessen kam das Postauto die Straße herauf und hielt am Tor.

Es war Morgen. Ich stand in der Einfahrt von einem kleinen Haus jenseits des Tales von Polmear Hill; ich wollte mich rasch in den Büschen verstecken, aber der Postbote war schon aus dem Wagen gestiegen und öffnete das Tor. Er hatte mich erkannt und musterte mich erstaunt. Ich folgte seinem Blick und bemerkte, daß ich vom Gürtel bis zu den Füßen durchnäßt war; offenbar war ich durch Moor und feuchte Wiesen gegangen. Meine Schuhe waren voll Wasser und beide Hosen zerrissen. Ich rang mir ein mühsames Lächeln ab.

Er machte ein ziemlich verlegenes Gesicht. »Sie sind ja schön zugerichtet«, sagte er. »Sie sind doch der Herr, der in Kilmarth wohnt, nicht wahr?«

»Ja«, antwortete ich.

»Dies hier ist Polpey, Mr. Grahams Haus. Aber ich glaube nicht, daß sie schon auf sind; es ist erst sieben Uhr. Wollen Sie Mr. Graham sprechen?«

»Um Gottes willen, nein! Ich bin früh aufgestanden, habe einen Spaziergang gemacht und muß mich verlaufen haben.«

Das war eine grobe Lüge und klang auch so. Er schien sich jedoch mit der Erklärung abzufinden.

»Ich muß diese Briefe abgeben, dann fahre ich zu Ihrem Haus hinauf«, sagte er. »Möchten Sie nicht einsteigen?«

»Danke, das nehme ich gern an.«

Er ging zum Haus, und ich stieg in den Wagen und blickte nach meiner Uhr. Er hatte recht, es war fünf nach sieben. Mrs. Collins würde erst in anderthalb Stunden kommen, und so hatte ich reichlich Zeit, zu baden und mich umzuziehen.

Ich versuchte zu überlegen, wo ich gewesen war. Offenbar war ich über die Hauptstraße auf den Hügel gegangen und dann querfeldein in den sumpfigen Talgrund hinunter. Ich hatte nicht einmal gewußt, daß dieses Haus Polpey hieß.

Zum Glück spürte ich weder Übelkeit noch Schwindel. Während ich dasaß und wartete, stellte ich fest, daß auch meine Jacke und mein Kopf naß waren, denn es regnete – wahrscheinlich hatte es schon geregnet, als ich Kilmarth vor fast anderthalb Stunden verließ. Ich fragte mich, ob ich meine Geschichte weiter ausspinnen oder alles auf sich beruhen lassen sollte. Das beste war, nichts weiter zu sagen ...

Der Postbote kam zurück und kletterte in den Wagen. »Kein besonders schöner Morgen für Ihren Spaziergang. Es hat seit Mitternacht gegossen.«

Jetzt erinnerte ich mich, daß der Regen am Schlafzimmerfenster und der wehende Vorhang mich geweckt hatten.

»Mir macht der Regen nichts aus«, sagte ich. »Ich habe in London viel zu wenig Bewegung.«

»Genau wie ich in meinem Postauto«, sagte er vergnügt. »Aber bei diesem Wetter läge ich lieber warm und gemütlich im Bett, anstatt über die sumpfigen Wiesen zu gehen. So ist das nun mal; und es wäre auch nicht gut, wenn wir alle gleich wären.«

Er hielt am Wirtshaus »Zum Schiff«, unten am Hügel, und an einem kleinen Haus in der Nähe. Als der Wagen dann schnell die Hauptstraße hinauffuhr, wollte ich nach links ins Tal zurückblicken, aber die hohe Hecke verbarg mir die Aussicht. Wer weiß, durch welchen Morast ich gewatet war. Aus meinen Schuhen quoll Wasser auf den Boden des Wagens.

Wir verließen die Hauptstraße und bogen nach Kilmarth ein.

»Sie sind nicht der einzige Frühaufsteher«, sagte er, als die Einfahrt vor dem Haus in Sicht kam. »Entweder hat irgend jemand Mrs. Collins von Polkerris mitgenommen, oder Sie haben Besuch.«

Ich sah den breiten, offenen Kofferraum des Buick, der bis obenhin vollgepackt war. Die Hupe ertönte unaufhörlich; die beiden Jungen hielten sich die Ölmäntel über die Köpfe, um sich vor dem Regen zu schützen, und rannten durch den Vorgarten zum Haus hinauf.

Schrecken und Ungläubigkeit wichen einer niederschmetternden Gewißheit.

»Das ist nicht Mrs. Collins«, sagte ich, »es sind meine Frau und die Kinder. Sie sind wohl über Nacht aus London hergekommen.«

X

Es war zu spät, um an der Garage vorbei zum Hintereingang zu fahren. Der Postbote hielt grinsend seinen Wagen an und öffnete die Tür, um mich aussteigen zu lassen. Die Kinder hatten mich ohnehin schon erspäht und winkten.

»Danke, daß Sie mich herbrachten«, sagte ich. »Auf den Empfang hätte ich allerdings verzichten können.« Ich nahm den Brief, den er mir reichte, und trat gefaßt meinem Schicksal entgegen.

»He, Dick«, riefen die Jungen und rannten die Stufen wieder hinunter. »Wir haben geläutet und geläutet, aber du hast nichts gehört. Mama ist wütend auf dich.«

»Ich bin wütend auf sie«, sagte ich. »Ich habe euch nicht erwartet.«

»Es sollte eine Überraschung sein«, sagte Teddy. »Mama sagte, so würde es mehr Spaß machen. Micky hat hinten im Wagen geschlafen, aber ich nicht. Ich habe die Autokarte gelesen.«

Die Hupe war verstummt. Vita stieg aus dem Buick, makellos wie immer, genau richtig angezogen für ein Weekend auf Long Island. Sie hatte eine neue Frisur, mehr Wellen im Haar oder sowas. Es sah ganz gut aus, aber ihr Gesicht wirkte etwas zu voll.

Die beste Form der Verteidigung ist der Angriff, dachte ich. Wir müssen es hinter uns bringen. »Du liebe Zeit«, sagte ich, »du hättest mich wenigstens darauf vorbereiten können.«

»Die Jungen ließen mir keine Ruhe. Gib ihnen die Schuld.« Wir küßten uns, traten etwas zurück und musterten uns vorsichtig — wie zwei Boxer vor dem Kampf.

»Wie lange seid ihr schon hier?« fragte ich.

»Ungefähr eine halbe Stunde. Wir sind überall herumgegangen, konnten aber nicht rein. Die Jungen läuteten zuerst, dann warfen sie sogar Erdklumpen an die Fenster. Was ist los? Du bist ja klatschnaß.«

»Ich bin früh aufgestanden und spazierengegangen«, sagte ich.

»Wie? Bei dem Regen? Du bist ja verrückt. Sieh mal, deine Hose ist zerfetzt, und in deiner Jacke ist ein großer Riß.« Sie faßte mich beim Arm, und die Jungen kamen heran und gafften. Vita mußte lachen. »Wo in aller Welt hast du dich bloß so zugerichtet?« fragte sie.

Ich schüttelte sie ab. »Kommt«, sagte ich, »wir wollen lieber auspacken. Hier macht es sich nicht so gut. Die Vordertür ist abgeschlossen. Steig ein, wir gehen inzwischen zu Fuß zum hinteren Eingang.«

Ich ging mit den Jungen voran, und sie kam im Wagen nach. Als wir vor der Hintertür standen, fiel mir ein, daß sie auch von innen verriegelt war, denn ich war durch den Hof hinausgegangen.

»Wartet hier, ich mache auf«, sagte ich und ging zum Innenhof, die Jungen hinter mir. Die Tür des Heizungsraums stand weit offen — demnach war ich hier herausgekommen, als ich Roger und den anderen Verschwörern folgte. Ich mahnte mich immer wieder, Ruhe zu bewahren und einen klaren Kopf zu behalten; wenn meine Gedanken sich jetzt verwirrten, wäre das verhängnisvoll.

»Ein komischer alter Platz. Wofür ist der?« fragte Micky.

»Um dazusitzen und sich zu sonnen, wenn die Sonne scheint«, sagte ich.

»Wenn ich Professor Lane wäre, würde ich hier ein Schwimmbecken anlegen«, meinte Teddy. Sie drängten sich hinter mir ins Haus und durch die alte Küche zur Hintertür. Ich schloß auf; Vita stand ungeduldig wartend draußen.

»Komm aus dem Regen. Ich hole mit den Jungen die Koffer herein«, sagte ich.

»Zeig uns erst mal das Haus«, erwiderte sie kläglich. »Das Gepäck kann warten. Ich möchte alles sehen. Du willst doch wohl nicht sagen, *das* da sei die Küche.«

»Natürlich nicht. Es ist eine alte Küche im Kellergeschoß. Wir benutzen diese Räume nicht.«

Die Sache war die: Ich hatte nie die Absicht gehabt, ihnen das Haus von hier aus vorzuführen. Wir hatten am falschen Ende angefangen. Wenn sie Montag angekommen wären, hätte ich sie auf der Treppe vor der Veranda erwartet, die Vorhänge zurückgezogen, die Fenster geöffnet, alles bestens vorbereitet. Die Jungen rasten schon aufgeregt die Treppe hinauf. »Wo ist unser Zimmer?« schrien sie. »Wo sollen wir schlafen?«

O Gott, dachte ich, gib mir Geduld. Vita beobachtete mich lächelnd.

»Es tut mir leid, Liebling«, sagte ich, »aber glaub mir ...«

»Glaub mir was?« sagte sie. »Ich bin genauso aufgeregt wie die beiden. Warum stellst du dich so an?«

Warum wohl? Ich dachte völlig unlogisch, wieviel besser alles organisiert wäre, wenn Roger Kylmerth als Verwalter Isolda Carminowe die Einrichtung eines Gutshauses gezeigt hätte.

»Schon gut«, sagte ich. »Kommt weiter ...«

Das erste, was Vita bemerkte, als wir die moderne Küche im Erdgeschoß betraten, waren die Überreste meiner Mahlzeit von gebratenen Spiegeleiern und Würstchen auf dem Tisch;

die ungesäuberte Pfanne stand auf einer Tischecke, und das elektrische Licht brannte.

»Nanu«, rief sie aus, »hast du dir ein warmes Frühstück gemacht, bevor du fortgingst? Das ist neu!«

»Ich hatte Hunger«, sagte ich. »Laß dich durch die Unordnung nicht stören. Mrs. Collins wird alles wegräumen. Und jetzt gehen wir weiter.«

Ich eilte an ihr vorbei ins Musikzimmer, zog die Vorhänge auf, schlug die Läden zurück und ging durch den Flur zu dem kleinen Eßzimmer und zur Bibliothek. Mein Lieblingsfenster war durch Regenschleier verhangen.

»An einem schönen Tag sieht es ganz anders aus«, sagte ich.

»Es ist wunderhübsch«, sagte Vita. »Ich hätte nicht gedacht, daß dein Professor einen so guten Geschmack hat. Noch besser wär's, wenn das Sofa an der Wand stünde und die Kissen auf der Fensterbank lägen, aber das läßt sich leicht machen.«

»So, das wäre das Erdgeschoß«, sagte ich. »Kommt nach oben.«

Ich kam mir vor wie ein Makler, der eine besonders schwierige Wohnung an den Mann zu bringen versucht. Die Jungen rasten die Treppe hinauf und liefen dann durch sämtliche Zimmer. Vita und ich folgten ihnen. Schon hatte sich alles verändert; fort waren Stille und Frieden — fort wie Roger Kylmerth, dessen seit sechshundert Jahren abgelaufenes Leben ich für kurze Zeit geteilt hatte.

Nachdem wir die Runde durch den ersten Stock beendet hatten, begann die schwere Arbeit des Kofferauspackens, und es wurde fast halb neun, bis wir fertig waren und Mrs. Collins mit dem Fahrrad kam, um die Lage wieder ins reine zu bringen. Sie begrüßte Vita und die Jungen mit aufrichtiger Freude, und alle verschwanden in der Küche. Ich ging hinauf, ließ das Badewasser einlaufen und wünschte, auf der Stelle ertrinken zu können.

Eine halbe Stunde später kam Vita ins Schlafzimmer. »Wir können Gott für sie danken«, sagte sie. »Sie ist außerordentlich tüchtig. Und sie ist mindestens sechzig. Ich kann also beruhigt sein.«

»Beruhigt? Wie meinst du das?« rief ich aus der Wanne.

»Ich hatte mir eine junge und leichtfertige Person vorgestellt, als du mich davon abhalten wolltest, herzufahren«, sagte sie. Sie kam ins Badezimmer, während ich mich abtrocknete. »Deinem Professor traue ich nicht über den Weg; aber zumindest in dieser Hinsicht bin ich zufrieden. Jetzt, da du so schön sauber bist, kannst du mir einen Kuß geben, und laß mir auch ein Bad einlaufen. Ich bin sieben Stunden lang gefahren und so müde, daß mir die ganze Welt gestohlen bleiben kann.«

Mir ging es genauso. Ihre Welt konnte mir gestohlen bleiben. Ich sah zwar zu, wie sie sich auszog und ihre Sachen auf das Bett warf, einen Morgenrock herausholte, ihre Gesichtswasser und Cremes auf den Ankleidetisch ausbreitete, ich hörte, wie sie dabei unaufhörlich plauderte, über die Fahrt hierher, den Tag in London, irgendwelche Ereignisse in New York, die geschäftlichen Angelegenheiten ihres Bruders, über ein Dutzend Dinge, die ihr Leben ausmachten – unser Leben, aber nichts von alledem interessierte mich. Es war, als hörte ich Hintergrundmusik im Radio. Ich wollte die letzte Nacht und die Dunkelheit wiederfinden, den Wind, der ins Tal hinabwehte, das Rauschen des Meeres, das sich am Ufer unterhalb des Polpey-Hofes brach, und den Ausdruck in Isoldas Augen, als sie in ihrem Wagen saß und Bodrugan ansah.

»... Und wenn sie eine Fusion vornehmen, so wird das sowieso nicht vor dem Herbst geschehen, und es würde deine Arbeit nicht beeinträchtigen.«

»Nein.«

Meine Antworten kamen automatisch, je nachdem, ob ihre Stimme sich hob oder senkte, und plötzlich fuhr sie herum, das Gesicht hinter einer Cremernaske verborgen, darüber der Turban, den sie immer beim Baden trug, und sagte: »Du hörst mir wohl überhaupt nicht zu?«

Ich fuhr zusammen: »Doch, ich habe zugehört.«

»Was hast du gehört? Worüber habe ich denn gesprochen?« fragte sie herausfordernd.

Ich räumte meine Sachen aus dem Schlafzimmerschrank, um für ihre Kleider Platz zu machen. »Du hast irgend etwas über Joes Firma gesagt«, antwortete ich, »über eine Fusion. Tut mir leid, Liebling, gleich geh' ich dir aus dem Weg.«

Sie riß mir den Bügel mit meinem besten Flanellanzug aus der Hand und schleuderte ihn zu Boden.

»Ich will ja gar nicht, daß du mir aus dem Wege gehst«, rief sie mit der schrillen Stimme, die ich so fürchtete. »Ich will, daß du dableibst und mir richtig zuhörst, anstatt herumzustehen wie ein Ölgötze. Was zum Teufel ist mit dir los? Es ist, als wärst du in einer anderen Welt.«

Sie hatte recht. Ich wußte, daß es keinen Zweck hatte, zum Gegenangriff überzugehen; ich mußte klein beigeben und die Wogen ihres berechtigten Ärgers über mich hinrollen lassen.

Ich setzte mich auf das Bett und zog sie neben mich. »Liebling, wir wollen den Tag nicht so beginnen. Du bist müde, ich bin müde; wenn wir uns streiten, sind wir nachher nur erledigt und verderben den Jungen die ganze Freude. Wenn ich unaufmerksam und zerstreut bin, mußt du es der Erschöpfung zuschreiben. Ich bin im Regen spazierengegangen, weil ich nicht schlafen konnte, und das hat mich anscheinend nicht aufgemuntert, sondern nur noch müder gemacht.«

»Es war ja auch das Dümmste, was du tun konntest ... Du hättest wissen müssen ... Und außerdem, wieso konntest du eigentlich nicht schlafen?«

»Laß das jetzt, bitte, laß das!«

Ich stand auf, nahm einen Arm voll Sachen, trug sie ins Ankleidezimmer und stieß hinter mir mit dem Fuß die Tür zu. Sie kam mir nicht nach. Ich hörte, wie sie die Wasserhähne zudrehte und ins Bad stieg, so daß das Wasser überschwappte und ins Überlaufrohr floß.

Der Morgen verging. Vita erschien nicht. Kurz vor eins öffnete ich leise die Schlafzimmertür; sie lag fest schlafend auf dem Bett. Ich schloß die Tür und aß allein mit den Jungen. Sie schwatzten darauflos, es genügte ihnen, wenn ich nur dann und wann ein »Ja« oder »Vielleicht« von mir gab, und sie waren anspruchslos wie immer, wenn Vita nicht da war. Da es unaufhörlich regnete und an ein Kricketspiel oder Baden gar nicht zu denken war, fuhr ich sie nach Fowey und ließ sie Eis, Pfefferminzbonbons, Westernhefte und Puzzlespiele kaufen.

Um vier Uhr ließ der Regen allmählich nach; es erschien ein glanzloser Himmel und eine blasse, verschleierte Sonne, aber das war genug für die Jungen. Sie stürzten an den Kai und wollten aufs Wasser hinaus. Ich war zu allem bereit, um ihnen Freude zu machen und den Augenblick der Rückkehr hinauszuschieben. Also mietete ich ein kleines Boot mit Außenbordmotor, und wir fuhren knarrend im Hafen herum. Die Jungen griffen nach vorbeitreibenden Gegenständen, während wir vorwärtsschossen, und wir wurden alle drei bis auf die Haut naß.

Gegen sechs kamen wir zu Hause an; die Kinder stürmten in die Küche und setzten sich an den Teetisch, den Mrs. Collins vorsorglich für sie gedeckt hatte. Ich wankte in die Bibliothek hinauf, um mir einen steifen Whisky einzuschenken, und begegnete einer lächelnden, neu belebten und völlig gefaßten Vita. Sie hatte alle Möbel umgestellt und die Stimmung von heute morgen zum Glück vergessen.

»Weißt du, Liebling«, sagte sie, »ich glaube, mir wird es hier gefallen. Es sieht jetzt schon fast wie ein richtiges Zimmer aus.«

Ich ließ mich mit dem Glas in der Hand in einen Sessel fallen und beobachtete durch die halbgeschlossenen Lider, wie sie im Zimmer herumschlenderte und Mrs. Collins' wohlgemeintes Hortensienarrangement neu ordnete. Von nun an wollte ich mir die Taktik zu eigen machen, alles gutzuheißen, bei Gelegenheit auch mal stumm zu bleiben, je nachdem wie der Augenblick es erforderte. Ich schlürfte schon ahnungslos meinen zweiten Whisky, als die Jungen in die Bibliothek hineinplatzten.

»He, Dick!« schrie Teddy. »Was ist das für ein schreckliches Ding?«

Er hatte das Glas mit dem Affenembryo in der Hand. Ich sprang auf. »Um Himmels willen!« rief ich, »was zum Teufel habt ihr angestellt?« Ich riß ihm das Glas weg und ging zur Tür. Erst jetzt fiel mir wieder ein, daß ich frühmorgens, nachdem ich die zweite Dosis geschluckt hatte, aus dem Labor gegangen war und den Schlüssel nicht mitgenommen, sondern in der Tür steckengelassen hatte.

»Wir haben nichts getan«, sagte Teddy gekränkt, »wir haben nur die leeren Zimmer im Keller angesehen.« Er wandte sich an Vita. »Da ist ein kleines, dunkles Zimmer voller Flaschen, genau wie das stinkige Labor in der Schule. Komm und sieh, Mama, schnell – da ist noch etwas in einem Glas, es sieht aus wie eine kleine tote Katze . . .«

Ich schoß wie der Blitz aus der Bibliothek die Treppe hinunter in den Gang, der zum Kellergeschoß führte. Die Tür des Labors stand weit offen, und das Licht brannte. Ich blickte mich rasch um. Außer dem Glas mit dem Affen hatten sie nichts angerührt. Ich schaltete das Licht aus, ging in den Flur, schloß die Tür hinter mir und steckte den Schlüssel in die Tasche. Währenddessen kamen die Jungen durch die alte Küche gelaufen, Vita dicht hinter ihnen. Sie machte ein besorgtes Gesicht.

»Was haben sie getan?« fragte sie. »Haben sie etwas kaputtgemacht?«

»Zum Glück nicht. Es war meine Schuld; ich hatte die Tür nicht abgeschlossen.«

Sie spähte über meine Schulter in den Gang. »Was ist denn darin?« fragte sie. »Was Teddy da heraufbrachte, sah einfach scheußlich aus.«

»Das kann man wohl sagen«, antwortete ich. »Dieses Haus gehört zufällig einem Professor der Biophysik, und er benutzt das kleine Zimmer dahinten als Labor. Wenn ich einen der Jungen noch einmal da unten erwische, werde ich ihn verprügeln!«

Sie schlichen murrend davon, und Vita bemerkte: »Ich muß schon sagen, es ist doch ziemlich merkwürdig, daß der Professor ein solches Labor im Hause hat, ohne sich zu vergewissern, daß es immer ordentlich abgeschlossen ist.«

»Fang bitte nicht schon wieder an«, sagte ich. »Ich bin Magnus dafür verantwortlich, und ich versichere dir, daß es nicht wieder passieren wird. Wenn du erst nächste Woche gekommen wärst anstatt heute morgen zu nachtschlafender Zeit, als niemand dich erwartete, wäre das nicht passiert.«

Sie starrte mich bestürzt an. »Aber du zitterst ja!« rief sie. »Man könnte wahrhaftig meinen, es sei Sprengstoff in dem Raum.«

»Vielleicht stimmt das auch«, sagte ich. »Nun ja, wir wollen hoffen, daß die Jungen es ein für allemal verstanden haben.«

Ich schaltete das Licht im Souterrain aus und ging hinauf. Ich zitterte tatsächlich, und das war kein Wunder. Alptraumhafte Vorstellungen verfolgten mich. Die Jungen hätten die Flaschen mit den Drogen öffnen, den Inhalt in das Arzneiglas füllen oder auch in den Ausguß schütten können. Sie hätten sogar selbst davon trinken können! Ich durfte den Schlüssel nicht aus den Augen lassen. Vielleicht sollte ich mir einen Zweitschlüssel anfertigen lassen und beide behalten; das wäre sicherer.

Vita war ins Schlafzimmer gegangen. Jetzt hörte ich das verräterische Klicken des Telefons von der Glocke im Gang her. Das hieß, daß sie vom Nebenanschluß im ersten Stock telefonierte. Ich wusch meine Hände und ging in die Bibliothek. Vom Schlafzimmer über mir hörte ich Vita reden. Es war durchaus nicht meine Angewohnheit, Telefongespräche abzuhören, aber jetzt trieb mich ein Instinkt, den Hörer abzunehmen.

»Also, ich weiß wirklich nicht, was das zu bedeuten hat«, sagte Vita. »Er hat die Jungs noch nie so angeschrien. Sie sind ganz aufgebracht. Er sieht auch nicht gerade gut aus. Große Ränder um die Augen. Er sagt, er hätte schlecht geschlafen.«

»Höchste Zeit, daß du hinfuhrst«, lautete die Antwort. Ich erkannte die affektierte Redeweise – es war ihre beste Freundin Diana. »Ein Ehemann, den man allein läßt, gerät auf Abwege, das habe ich gleich gesagt. Ich habe da so meine Erfahrungen mit Bill.«

»Ach, Bill«, sagte Vita. »Jeder weiß, daß du krankhaft eifersüchtig bist und ihn nicht aus den Augen lassen kannst. Nun, ich weiß nicht ... hoffen wir, daß das Wetter schön wird und wir alle viel ins Freie gehen können. Ich glaube, er wollte ein Boot mieten.«

»Das klingt doch recht gesund.«

»Ja ... ich hoffe nur, daß der Professor Dick nicht zu irgend etwas angestiftet hat. Ich traue diesem Mann nicht, habe ihm noch nie getraut und werde es auch nie tun. Und ich weiß, daß er mich nicht mag.«

»Ich kann mir denken, warum«, warf Diana ironisch ein.

»Ach, rede nicht so dummes Zeug. Er ist vielleicht andersrum, aber Dick bestimmt nicht. Im Gegenteil.«

»Vielleicht zieht gerade das den Professor an«, bemerkte Diana.

Ich hatte genug und legte den Hörer auf. Vita und ihre Freundin Diana schwatzten noch mindestens eine Viertelstunde, und als Vita, von weiblichem Rat gestärkt, herunterkam, erwähnte sie meine Szene von vorhin mit keinem Wort, sondern summte vergnügt, hatte eine bizarr gemusterte Schürze vorgebunden – es sah aus, als wären Äpfel und Schlangen darauf – und briet uns zum Abendessen Steaks, auf die sie Kräuterbutter häufte.

»Heute gehen wir alle früh ins Bett«, bestimmte sie, während die Jungen mit müden Augen, schweigend und unaufhörlich gähnend beim Essen saßen. Die siebenstündige Reise und die Bootsfahrt im Hafen machten sich jetzt bemerkbar. Nach dem Essen setzte Vita sich auf das Sofa in der Bibliothek und stopfte die Risse und Löcher in meinen Hosen. Ich ging zu Magnus' Schreibtisch und murmelte etwas von unbezahlten Rechnungen – in Wirklichkeit jedoch überflog ich noch einmal die Steuerliste der Gemeinde Tywardreath aus dem Jahre 1327. Dann entdeckte ich einen ungeöffneten Brief. Der Postbote hatte ihn mir am Morgen gegeben, und ich hatte ihn in meiner Aufregung über die Ankunft der drei beiseite gelegt. Er enthielt einen mit der Maschine beschriebenen Bogen von dem Studenten aus dem Britischen Museum.

»Professor Lane meint, diese Mitteilung über Sir John Carminowe könnte Sie interessieren«, schrieb er. »Er war der zweite Sohn Sir Roger Carminowes von Carminowe. Kam 1323 zum Heer. Wurde 1324 Ritter. Dann zum Großen Rat nach Westminster einberufen. Am 27. April 1331 zum Aufseher der Schlösser Tremerstone und Restormel ernannt und am 12. Oktober zum Aufseher der königlichen Forsten, Parks, Wälder, Wildgehege etc. sowie zum Aufseher des Wildbestandes in der Grafschaft Cornwall.« Auf der Rückseite des Blattes befand sich eine »Abschrift aus dem Verzeichnis der Verordnungen im fünften Regierungsjahr Eduards III.: 24. Oktober. Joanna, die Witwe unseres Lehnsmannes Henry de Champernoune, erhält gegen eine Gebühr von zehn Dukaten die Erlaubnis, von den Gefolgsleuten obigen Königs den zu heiraten, den sie zum Manne erwählt hat.«

Sir John hatte also erreicht, was er wollte, und Bodrugan hatte verloren; Joanna baute schon auf den Tod der Gemahlin Sir Johns und hielt in irgendeiner Schublade die Heiratserlaubnis bereit. Ich heftete das Papier mit der Steuerliste zusammen, stand auf und ging ans Bücherregal, denn ich erinnerte mich, dort die *Encyclopaedia Britannica* aus dem Besitz Kapitän Lanes gesehen zu haben. Ich nahm Band VIII heraus und schlug unter Eduard III. nach.

Vita rekelte sich auf dem Sofa und gähnte seufzend. »Ich weiß nicht, was du vorhast«, sagte sie, »aber ich gehe ins Bett.«

»Ich komme gleich nach«, sagte ich.

»Immer noch fleißig bei der Arbeit für deinen Professor?« fragte sie. »Nimm das Buch ans Licht, du verdirbst dir die Augen.«

Ich gab keine Antwort.

»Eduard III. (1312–1377), König von England, ältester Sohn Eduards II. und Isabellas von Frankreich, wurde am 13. November 1312 in Windsor geboren ... Am 13. Januar 1327 erkannte das Parlament ihn als König an, am 19. desselben Monats wurde er gekrönt. Während der nächsten vier Jahre regierten Isabella und ihr Geliebter Mortimer in seinem Namen, obgleich Henry, Earl of Lancaster, sein offizieller Vormund war. Im Sommer 1327 nahm er an einem erfolglosen Feldzug gegen die Schotten teil und wurde am 24. Januar 1328 in York mit Philippa verheiratet. Am 15. Juni 1330 wurde sein ältester Sohn Eduard, der Schwarze Prinz, geboren.«

Da stand nichts von einem Aufstand. Aber hier war ein Anhaltspunkt:

»Bald danach unternahm Eduard einen erfolgreichen Versuch, sich der demütigenden Abhängigkeit von seiner Mutter und Mortimer zu entledigen. Im Oktober 1330 drang er nachts durch einen unterirdischen Gang ins Schloß von Nottingham ein und nahm Mortimer gefangen. Die Hinrichtung des Günstlings am 29. November in Tyburn bewies, daß der junge König endgültig selbständig geworden war. Eduard breitete taktvoll den Schleier des Schweigens über die Beziehung seiner Mutter zu Mortimer und begegnete ihr mit aller schuldigen Ehrerbietung. Die Behauptung, er habe sie von nun an in ehrenvoller Gefangenschaft gehalten, trifft nicht zu, aber ihren politischen Einfluß hatte sie verloren.«

Ebenso verlor Bodrugan den Einfluß, den er in Cornwall besessen hatte. Sir John, der treue Gefolgsmann des Königs, bereits ein Jahr später zum Aufseher von Tremerton und Restormel ernannt, übernahm das Kommando, und Roger ging wieder auf Nummer Sicher, bewog seine Freunde im Tal, zu schweigen, und die Oktobernacht war vergessen. Ich hätte gern gewußt, was nach jener Zusammenkunft im Polpey-Hof geschehen war, als Isolda so viel aufs Spiel setzte, um ihren Geliebten zu warnen. Ob Bodrugan auf seine Güter zurückkehrte, ob er weiter darüber nachsann, was hätte werden können, und ob seine Liebste ihn wohl noch heimlich traf, wenn ihr Mann Oliver fort war? Vor kaum vierundzwanzig Stunden hatte ich neben den beiden gestanden. Vor sechs Jahrhunderten ...

Ich stellte das Buch auf das Regal zurück, schaltete das Licht aus und ging hinauf. Vita lag schon im Bett; sie hatte die Vorhänge zurückgezogen, so daß sie das Meer sehen konnte, wenn sie sich aufrichtete.

»Das Zimmer ist einfach himmlisch«, sagte sie. »Stell dir vor, wie es bei Vollmond sein wird. Liebling, ich werde mich hier wohl fühlen, ich verspreche es dir, und es ist wunderbar, wieder zusammen zu sein.«

Ich stand noch einen Augenblick am Fenster und blickte hinaus. Roger hatte in seinem Schlafquartier über der alten Küche die gleiche dunkle Weite um sich gehabt. Als ich mich umdrehte und auf das Bett zuging, fiel mir die spöttische Bemerkung ein, die Magnus gestern am Telefon geäußert hatte: »Ich wollte nur andeuten, mein Bester, daß es ganz anregend sein kann, zwischen zwei Welten zu verkehren.«

Es war aber nicht anregend – sondern außerordentlich aufreibend.

XI

Der nächste Tag war ein Sonntag. Beim Frühstück verkündete Vita, sie wolle mit den Jungen in die Kirche gehen. Das tat sie manchmal in den Ferien. »So, nun kommt, ich gebe euch fünf Minuten, um euch fertig zu machen«, erklärte sie ihren Söhnen.

»Fertig machen? Wofür?« fragten die beiden und blickten von einem Flugzeugmodell auf, das sie gerade zusammensetzten.

»Für die Kirche natürlich«, antwortete sie und rauschte wieder hinaus, taub für das Protestgeschrei, das sich prompt erhob. So reagierte Vita ihren Zorn auf mich ab. Ich berief mich auf meinen Abfall von der Kirche, blieb lange im Bett und las die Sonntagszeitung. Obwohl die Sonne in unser Zimmer schien, als wir aufwachten, und Mrs. Collins mit strahlendem Lächeln das Tablett mit Toast und Kaffee hereingebracht hatte, sah Vita zerstreut aus und sagte, sie habe eine schlaflose Nacht verbracht. Da ich wie ein Sack geschlafen hatte, bekam ich sofort Schuldgefühle und dachte, die Frage, ob man gut oder schlecht geschlafen habe, sei ein Prüfstein für eheliche Beziehungen. Wenn ein Partner nachts schlecht davonkommt, hat selbstverständlich der andere schuld, und dann ist der nächste Tag für beide ruiniert.

Ich muß zugeben, daß die Jungen mir leid taten. Sonnenschein, blauer Himmel, das Meer gleich hinter den Feldern. Sie hatten nur einen Gedanken im Kopf: hinunterlaufen und schwimmen.

»Keine Widerrede; geht und tut, was ich euch gesagt habe.« Sie wandte sich an mich. »Ich nehme an, irgendwo in der Nähe ist eine Kirche und du kannst uns wenigstens hinfahren.«

»Es gibt zwei Kirchen«, antwortete ich, »die in Fowey und die in Tywardreath. Bequemer ist es, wenn ich euch nach Tywardreath fahre.« Bei diesen Worten lächelte ich vor mich hin, denn schon der Name hatte eine besondere Bedeutung — aber nur für mich. Dann bemerkte ich: »Die ist übrigens historisch ganz interessant. Wo heute der Friedhof ist, war früher eine Priorei.«

»Hörst du Teddy«, sagte Vita, »neben der Kirche, in die wir gehen, stand früher eine Priorei. Du sagst doch immer, du interessierst dich für Geschichte. Und jetzt beeilt euch.«

Ich habe selten zwei verdrießlichere Gestalten gesehen – hängende Schultern, lange Gesichter. »Ich gehe nachher mit euch baden«, rief ich, als sie hinausgingen.

Es war mir recht, sie nach Tywardreath zu fahren. Der Morgengottesdienst würde mindestens eine Stunde dauern; ich konnte sie an der Kirche absetzen, den Wagen oberhalb von Treesmill parken und querfeldein zum Steinbruch hinübergehen. Ich wußte nicht, wann sich die nächste Gelegenheit bieten würde, diesen Ort wiederzusehen, und die grasbewachsenen Wälle übten eine unwiderstehliche Faszination auf mich aus.

Während ich Vita und die widerspenstigen Buben in den Sonntagsanzügen zur Kirche fuhr, blickte ich nach Polpey hinüber und fragte mich, was die heutigen Eigentümer wohl gesagt hätten, wenn sie anstatt des Postboten mich in den Büschen hätten herumlungern sehen, oder noch schlimmer, was geschehen wäre, wenn Roger und seine Gäste damals hineingegangen wären. Hätte man mich dann wohl beim Einbruch ins Erdgeschoß ertappt? Die Vorstellung amüsierte mich, so daß ich laut auflachte.

»Was ist denn so lustig?« fragte Vita.

»Nur das Leben, das ich führe«, antwortete ich. »Heute fahre ich euch zur Kirche, und gestern machte ich einen frühen Morgenspaziergang. Siehst du den Sumpf da unten? Da bin ich so naß geworden.«

»Das wundert mich nicht«, meinte sie. »Eine seltsame Gegend für einen Spaziergang. Was suchtest du denn dort?«

»Was ich suchte?« wiederholte ich. »Oh, ich weiß nicht. Eine Jungfrau in Bedrängnis vielleicht. Man weiß nie, wie das Glück es mit einem meint.«

Ich fuhr übermütig den engen Heckenweg nach Tywardreath hinauf. Allein die Tatsache, daß Vita von der Wahrheit nichts wußte, entzückte mich. Es war fast wie früher, wenn ich meine Mutter hinters Licht führte. Das ist wohl einer der Grundinstinkte jedes Mannes. Den Jungen ging es ganz ähnlich, und darum unterstützte ich sie auch bei den kleinen Streichen, die Vita stets mißbilligte: wenn sie zwischen den Mahlzeiten aßen oder im Bett redeten, nachdem das Licht schon ausgeschaltet worden war.

Ich setzte sie vor dem Friedhofstor ab; die Jungen machten immer noch mißmutige Gesichter.

»Was willst du tun, solange wir in der Kirche sind?« fragte Vita.

»Nur ein bißchen spazierengehen«, sagte ich.

Sie zuckte die Achseln und ging durch das Tor über den Friedhof. Dieses Achselzucken kannte ich; es bedeutete, daß meine gute Stimmung keineswegs mit der ihren harmonierte. Aber vielleicht brachte der Frühgottesdienst ihr den nötigen Trost.

Ich fuhr nach Treesmill, parkte den Wagen und wanderte zum Steinbruch. Es war ein herrlicher Morgen. Im Tal lag warmes Sonnenlicht. Ich wünschte, ich hätte mir belegte Brote mitgenommen – dann hätte ich statt der einen gestohlenen Stunde den ganzen langen Tag vor mir gehabt.

Ich ging nicht in den Steinbruch, sondern streckte mich im Gras in einer kleinen Mulde und fragte mich, wie es hier wohl bei Nacht aussehen würde unter sternbedecktem Himmel oder vielmehr, wie es früher einmal ausgesehen hatte, als das Tal unter Wasser stand. Die Szene Lorenzos und Jessicas aus dem *Kaufmann von Venedig* fiel mir ein:

»In solcher Nacht
Erstieg wohl Troilus die Mauern Trojas
Und seufzte seine Seele zu den Zelten
Der Griechen hin, wo seine Cressida
Die Nacht im Schlummer lag . . .

In solcher Nacht
Stand Dido, eine Weid' in ihrer Hand,
Am wilden Strand und winkte ihrem Liebsten
Zur Rückkehr nach Karthago.

In solcher Nacht
Las einst Medea jene Zauberkräuter,
Den Äson zu verjüngen . . .«

Zauberkräuter, das paßte. Ich war nämlich, während Vita und die Jungen sich für die Kirche zurechtmachten, ins Labor gegangen, hatte vier Maße in das Fläschchen gefüllt und dieses in meine Tasche gesteckt. Es galt, die Gelegenheit zu nutzen . . .

Es ging alles sehr schnell. Aber es war nicht Nacht, sondern Tag, und zwar ein Sommertag, nach dem westlichen Himmel zu urteilen, den ich vom Fenster in der Halle aus sehen konnte. Später Nachmittag. Ich lehnte an einer Bank am äußersten Ende des Raumes und hatte den Vorhof mit den Mauern vor mir. Zwei Kinder spielten im Hof, Mädchen im Alter von etwa acht und zehn Jahren — es war wegen der engen Mieder und den knöchellangen Röcken schwer zu sagen —, aber das lange, über den Rücken fallende blonde Haar und die Ähnlichkeit der feinen Gesichter ließen vermuten, daß es sich um die Töchter von Isolda handelte. Nur sie konnte zwei solche Kinder geboren haben, und ich erinnerte mich, daß Roger bei der Audienz des Bischofs zu seinem Gefährten Polpey gesagt hatte, sie habe erwachsene Stiefsöhne und zwei eigene Töchter.

Die beiden Mädchen spielten auf einem für sie vorgezeichneten Viereck so etwas wie Schach, mit Figuren, die aussahen wie gepunktete Kegel. Während sie diese herumschoben, stritten sie sich heftig darüber, wer als nächste drankommen sollte. Die Jüngste ergriff eine hölzerne Figur und verbarg sie in ihrem Rock, worauf es wieder Geschrei und Schläge gab und die beiden sich in die Haare gerieten. Plötzlich erschien Roger im Hof; er kam aus der Halle, in der er gestanden und sie beobachtet hatte. Er hockte sich nieder und nahm beide Mädchen bei der Hand.

»Wißt ihr, was geschieht, wenn junge Damen schimpfen?« fragte er. »Ihre Zungen werden schwarz und rollen sich in der Kehle zusammen, so daß sie ersticken. Meiner Schwester ist das einmal passiert, und sie wäre gestorben, wenn ich nicht rechtzeitig gekommen wäre und ihr die Zunge wieder herausgezogen hätte. Macht den Mund auf!«

Die Kinder rissen erschrocken den Mund auf und streckten die Zunge heraus. Roger berührte sie mit den Fingerspitzen und bewegte sie hin und her.

»Wir wollen zu Gott beten, daß das hilft«, sagte er, »aber vielleicht hält es nicht an, wenn ihr nicht artig werdet. So, nun macht den Mund zu und tut ihn erst wieder auf, wenn ihr beim Essen sitzt oder etwas Freundliches sagen wollt. Joanna, du bist die ältere, du solltest Margaret beibringen, wie sie sich zu benehmen hat und daß man keinen Mann unter dem Rock versteckt.« Er zog den Kegel aus dem Rock der Jüngeren und setzte die Figur auf die Fliesen. »So, jetzt spielt weiter, ich passe auf, daß ihr die Regeln einhaltet.«

Er erhob sich und stellte sich breitbeinig hin, so daß sie die Kegel um ihn herumschieben mußten; sie taten es zuerst zögernd, dann mit wachsendem Zutrauen und bald mit schallendem Gelächter, wenn er schwankte und stolpernd die Kegel umwarf, so daß sie mit seiner Hilfe wieder aufgestellt werden mußten. Jetzt rief eine Frau – vermutlich das Kindermädchen – von einem Torbogen hinter der Halle, und sie hoben die Kegel auf und überreichten sie feierlich Roger, der versprach, am nächsten Tag wieder mit ihnen zu spielen. Er empfahl dem Kindermädchen, sich später die Zungen der Kinder anzusehen und ihm zu sagen, ob sie etwa schwarz würden.

Er stellte die Figuren neben den Eingang und ging in die Halle, während die Kinder mit dem Mädchen im Hause verschwanden. Mir schien, als hätte er zum erstenmal menschliche Züge gezeigt. Er hatte seine Rolle als kühl berechnender und wahrscheinlich auch bestechlicher Verwalter einen Augenblick lang abgelegt und zugleich damit die Ironie, die grausame Gleichgültigkeit, die ich bisher in all seinen Handlungen wahrgenommen hatte.

Er stand im Gang und lauschte. Außer uns beiden war niemand da, und als ich mich umsah, bemerkte ich, daß das Haus sich seit jenem Maitag, als Henry Champernoune gestorben war, irgendwie verändert hatte. Es wirkte nicht richtig bewohnt, sondern nur unregelmäßig benutzt. Man hörte kein Hundebellen und keine Diener. Die Dame des Hauses, Joanna Champernoune, mußte demnach mit ihren Kindern woanders wohnen, vielleicht auf jenem anderen Gut, Trelawn, das der Verwalter an jenem Abend des mißlungenen Aufstands in der Küche von Kilmarth erwähnt hatte.

Roger ging ans Fenster, durch das die späte Sonne hereinschien, und blickte hinaus. Plötzlich drückte er sich flach gegen die Wand, als könne ihn von draußen jemand sehen. Ich trat neugierig neben ihn und erriet sogleich den Grund für seine Vorsicht. Unter dem Fenster stand eine Bank, auf der zwei Menschen saßen: Isolda und Otto Bodrugan. Ein Mauervorsprung verbarg sie vor fremden Blicken. Man konnte sie nur von diesem Fenster aus beobachten. Bodrugan hielt Isoldas Hand, betrachtete ihre Finger, küßte sie und lächelte verliebt.

Ich stand am Fenster und betrachtete das Paar seltsam aufgewühlt. Nicht weil ich jetzt auch den Spion spielte, sondern weil ich fühlte, daß die Beziehung zwischen den beiden, so leidenschaftlich sie zu anderer Zeit sein möchte, in diesem Augenblick völlig unschuldig war, arglos und beseligend — eine Beziehung, wie ich sie niemals erfahren würde. Plötzlich ließ Bodrugan Isoldas Hände in ihren Schoß sinken.

»Laß mich noch eine Nacht bleiben und nicht an Bord schlafen«, sagte er. »Die Flut könnte gefährlich werden, und vielleicht läuft mein Schiff auf Grund, wenn ich jetzt die Segel hisse.«

»Nicht, wenn du den richtigen Zeitpunkt wählst«, antwortete sie. »Je länger du hierbleibst, desto gefährlicher für uns beide. Du weißt, wie schnell sich Gerüchte verbreiten. Daß du mit dem Schiff herkamst, das jeder kennt, war unvorsichtig genug.«

»Es ist nichts dabei«, erwiderte er. »Ich ankere oft in dieser Bucht, wenn ich hier zu tun habe oder zum Fischen nach Chapel Point fahre. Es war reiner Zufall, daß du ebenfalls herkamst.«

»Nein, du weißt es sehr wohl. Der Verwalter hat dir meinen Brief gebracht, in dem ich schrieb, daß ich hier sein würde.«

»Roger ist ein zuverlässiger Bote«, antwortete er. »Meine Frau ist mit den Kindern in Trelawn, und meine Schwester Joanna ist bei ihnen. Ich mußte es wagen.«

»Ja, dieses eine Mal. Aber nicht zwei Nächte hintereinander. Auch traue ich dem Verwalter nicht so wie du, und du kennst meine Gründe.«

»Du meinst Henrys Tod?« Er runzelte die Stirn. »Ich glaube immer noch, daß du ungerecht urteilst. Henry war ein sterbender Mann. Das wußten wir alle. Wenn jene Arzneien ihn mit Joannas Wissen schmerzlos einschläferten, warum sollten wir das nicht gutheißen?«

»Es war leichtfertig und mit Absicht getan«, sagte sie. »Es tut mir leid, Otto, aber ich kann Joanna das nicht verzeihen, obwohl sie deine Schwester ist. Den Verwalter und seinen Komplizen, den Mönch, hat sie zweifellos gut bezahlt.«

Ich sah Roger an. Er stand immer noch im dunklen Winkel am Fenster, wo er ebensogut hören konnte wie ich, und sein Augenausdruck verriet, daß ihm die Worte kaum behagten.

»Der Mönch ist immer noch in der Priorei«, fuhr Isolda fort, »und sein Einfluß wächst mit jedem Tag. Der Prior ist wie Wachs in seinen Händen, und seine Herde tut, was Bruder Jean befiehlt.«

»Von mir aus«, erwiderte Bodrugan, »mich geht es nichts an.«

»Es könnte dich aber etwas angehen, wenn Margaret seinen medizinischen Künsten ebenso vertraut wie Joanna. Weißt du, ob er deine Familie in der letzten Zeit behandelt hat?«

»Ich habe nichts dergleichen gehört«, antwortete er. »Ich war, wie du weißt, in Lundy, und Margaret findet sowohl die Insel als auch Bodrugan zu windig und zieht Trelawn vor.« Er stand auf und ging auf dem Pfad vor ihr hin und her. Das sorglose Tändeln war vorbei, denn nun bedrängten sie wieder häusliche Probleme. Ich fühlte mit ihnen. »Margaret ist eine echte Champernoune wie der arme Henry«, sagte er. »Ein Priester oder Mönch könnten sie zur Abstinenz oder zu unablässigem Gebet überreden, wenn sie wollten. Ich werde aufpassen müssen.«

Isolda erhob sich ebenfalls, trat an Bodrugan heran, legte ihm die Hände auf die Schultern und sah zu ihm auf. Ich hätte sie beide berühren können, wenn ich mich aus dem Fenster gelehnt hätte. Sie waren wohl etwas kleiner als die Menschen unserer Zeit, aber er war breit gebaut und kräftig, hatte einen schönen Kopf und lächelte gewinnend, während sie die Zartheit einer Porzellanfigur besaß und ihre beiden Töchter kaum an Größe übertraf. Sie hielten einander umschlungen und küßten sich, und wieder überkam mich diese eigentümliche Unruhe, das Gefühl, endgültig etwas verpaßt zu haben, etwas, was ich in meiner Zeit nie finden könnte . . .

»Paß ein bißchen auf!« sagte Isolda. »Joanna ist ihrem Ziel, also der Heirat mit John, immer noch nicht näher gekommen und hat sich infolgedessen zu ihrem Nachteil verändert. Sie könnte seiner Frau den gleichen Dienst erweisen wie damals ihrem Mann.«

»Das würde sie nicht wagen, und John auch nicht«, antwortete Bodrugan.

»Sie wagt alles, wenn sie etwas erreichen will. Auch dir würde sie etwas antun, wenn du ihr im Wege stündest. Sie hat nur den einen Gedanken, John als Aufseher von Restormel und Statthalter von Cornwall zu sehen und sich selbst als seine Frau. Dann könnte sie endlich als Lady Carminowe die Gebieterin der Provinz spielen.«

»Wenn es so kommt, kann ich es auch nicht verhindern«, wandte Bodrugan ein.

»Als ihr Bruder könntest du wenigstens dafür sorgen, daß der Mönch mit seinen Gifttränken nicht unaufhörlich in ihrer Nähe ist!«

»Joanna war schon immer sehr eigensinnig. Sie tat stets, was ihr beliebte. Ich kann sie nicht ständig bewachen. Vielleicht gebe ich Roger einen Wink.«

»Dem Verwalter? Der ist ebenso mit dem Mönch im Bunde wie sie«, erwiderte Isolda verächtlich. »Ich warne dich noch einmal, Otto, traue ihm nicht. Weder im Hinblick auf sie noch auf uns. Noch hält er unsere Verabredungen geheim — aber nur, weil es ihm in den Plan paßt.«

Wieder sah ich Roger an, und ich merkte, wie seine Miene sich verdüsterte. Ich wünschte, jemand würde ihn fortrufen, so daß er die beiden nicht länger belauschen konnte. Es mußte ihn ja gegen Isolda aufbringen, wenn sie sich so deutlich und abfällig über ihn äußerte.

»Im vergangenen Oktober hielt er zu mir, und er wird es wieder tun«, sagte Bodrugan.

»Er hielt zu dir, weil er hoffte, damit etwas zu gewinnen«, antwortete Isolda. »Jetzt kannst du nur noch wenig für ihn tun. Warum sollte er also seine Stellung gefährden? Wenn er vor Joanna ein Wort verlauten läßt und diese es Oliver weitersagt, sind wir verloren.«

»Oliver ist in London.«

»Ja, heute vielleicht. Aber die Bosheit findet stets ihren Weg. Morgen nach Bere oder Bockenod. Am nächsten Tag nach Tregest oder Carminowe. Oliver ist es völlig gleich, ob ich lebe oder sterbe, er hat überall, wo er hinkommt, Frauen, aber eine treulose Ehefrau ist für seinen Stolz untragbar. Das weiß ich. – Wie spät ist es?« fragte sie dann.

»Dem Stand der Sonne nach bald sechs«, antwortete er. »Warum?«

»Die Kinder müßten sich mit Alice auf den Weg machen«, sagte sie. »Möglicherweise kommen sie her und suchen mich, und sie dürfen dich hier auf keinen Fall sehen.«

»Roger ist bei ihnen. Er wird schon darauf achten, daß sie uns allein lassen.«

»Aber ich muß ihnen gute Nacht sagen, eher reiten sie nicht fort.«

Sie ging, und gleichzeitig schlüpfte der Verwalter aus dem dunklen Winkel hervor und eilte durch die Halle. Ich folgte ihm verwundert. Also wohnten sie nicht im Haus, sondern irgendwo anders, in Bockenod vielleicht. Aber bis dahin wäre es ein ziemlich langer Ritt für einen Spätnachmittag gewesen, und die Kinder wären kaum vor Einbruch der Dämmerung angekommen.

Wir eilten zu den Ställen. Dort sattelte Rogers Bruder Robbie die Ponys, half den kleinen Mädchen aufsteigen und lachte und scherzte mit dem Kindermädchen, das hoch zu Roß saß und Mühe hatte, das Tier zu bändigen.

»Es wird schon ruhig gehen, wenn ihr beide auf ihm sitzt«, rief Roger. »Robbie wird dich warmhalten. Vor dir oder hinter dir? Sag, was dir lieber ist. Ihm ist es gleich, nicht wahr, Robbie?«

Das Mädchen, eine Bauerntochter mit glühenden Wangen, gluckste vergnügt, meinte aber, sie könne ebenso gut alleine reiten. Roger gab stirnrunzelnd ein Zeichen, und das Gekicher hörte auf, als Isolda im Hof erschien. Er trat an ihre Seite, den Kopf ehrerbietig gesenkt.

»Die Kinder sind ganz sicher bei Robbie«, sagte er. »Aber wenn es Euch lieber ist, kann ich sie auch begleiten.«

»Es ist mir lieber«, antwortete sie kurz. »Danke.«

Er verneigte sich, und sie ging zu den Kindern, die auf ihren Ponys saßen und sie mühelos bändigten.

»Ich bleibe noch ein bißchen hier und komme später nach«, sagte sie zu ihnen und küßte sie. »Schlagt nicht unterwegs auf die Ponys ein, damit sie schneller laufen. Und tut, was Alice euch sagt.«

»Wir tun, was *er* sagt«, erwiderte die Jüngste und deutete mit ihrer kleinen Peitsche auf Roger, »sonst verdreht er uns die Zungen, um zu sehen, ob sie schwarz werden.«

»Das kann ich mir denken«, antwortete Isolda. »Er weiß, wie man Leute zum Schweigen bringt.«

Der Verwalter lächelte etwas gezwungen, aber sie sah ihn nicht an. Dann nahm er die Zügel der Ponys, führte die Tiere über den Hof und bedeutete Robbie, ihm mit dem Kindermädchen zu folgen. Isolda ging bis zum Tor mit; hier schwankte ich zwischen Gehorsam und Neigung, mußte aber dem Zwang nachgeben und hinter Rogers kleiner Gruppe hergehen. Mein Verlangen trieb mich, Isolda anzusehen, als sie allein stehenblieb und den Kindern nachwinkte, ohne etwas von meiner Nähe zu ahnen.

Ich wußte, daß ich sie nicht berühren durfte. Ich wußte, daß sie dann noch nicht einmal einen Lufthauch empfinden würde, denn in ihrer Welt hatte ich nie existiert und konnte es auch nicht mehr. Sie lebte, und ich war ein körperloser Schatten. Wenn ich mir die Freude gewährte, ihre Wange zu streicheln, so wäre auch das nur Illusion — ich würde sie nicht spüren, und sie würde sich augenblicklich in Nichts auflösen. Mir blieben dann nur die Qualen der Schwindelanfälle, der Übelkeit und der üblichen Gewissensbisse. Zum Glück wurde mir die Entscheidung erspart. Sie winkte noch einmal, blickte mir in die Augen und durch mich hindurch, drehte sich um und kehrte zum Haus zurück.

Ich folgte der Reitergruppe über das Feld. Isolda und Bodrugan würden noch ein paar Stunden allein bleiben. Vielleicht würden sie miteinander schlafen. Ich wünschte es ihnen.

Ich hatte das Gefühl, daß ihre Zeit ablief, ebenso wie die meine.

Der Pfad führte bergab zur Furt, wo der Mühlbach, der sich durch das Tal wand, auf das Salzwasser der Bucht traf. Jetzt bei Ebbe konnten wir die Furt durchqueren. Roger überließ den Kindern die Zügel, gab den Ponys einen Klaps aufs Hinterteil und trieb sie im Galopp durch das aufspritzende Wasser, so daß die Kinder vor Vergnügen schrien. Dasselbe tat er mit dem Pony, auf dem Robbie und Alice saßen. Alice kreischte so laut, daß man es zu beiden Seiten des Tales hören mußte. Ich wollte ihnen gerade folgen, als Roger etwas herüberschrie – wenigstens glaubte ich, daß er es sei. Ich drehte mich um und wollte sehen, was los war. Hinter mir hatte ein wutschnaubender Autofahrer seinen kleinen Wagen scharf gebremst.

»Warum kaufen Sie sich kein Hörgerät?« brüllte er und riß das Steuer herum, wobei er fast in den Graben gefahren wäre. Das Auto sauste kurz darauf an mir vorbei, ich blinzelte ihm nach und konnte erkennen, wie die drei Leute auf dem Rücksitz mich empört anstarrten.

Die Zeit hatte ihr Recht allzu schnell wieder gefordert. Ich stand mitten auf der Treesmill-Straße unten im Tal und lehnte mich über die niedrige Brücke, die über den Sumpf führte. Es wäre um Haaresbreite schiefgegangen, und die ganze Gesellschaft und ich wären im Straßengraben gelandet. Ich konnte mich nicht mehr entschuldigen, denn der Wagen war schon hinter dem Hügel verschwunden. Eine Weile stand ich still und wartete auf eine Reaktion, aber es kam keine. Mein Herz klopfte zwar rascher als gewöhnlich, aber das war nur natürlich und auf den Schreck zurückzuführen. Ich war noch einmal davongekommen. Der Fahrer konnte nichts dafür, es war allein meine Schuld.

Ich ging hinauf zu der Wegbiegung, an der ich meinen Wagen stehengelassen hatte, und blieb noch eine Weile sitzen, weil ich Angst vor Komplikationen hatte. Solange mein Verstand nicht vollkommen klar arbeitete, konnte ich nicht vor der Kirche erscheinen. Noch sah ich Roger und die Kinder klar vor mir – aber sie gehörten zu jener anderen, verschwundenen Welt. Anstelle des Hauses über den Sandbänken lag wieder der alte Steinbruch da, grasbewachsen und leer bis auf den Ginster und die Blechbüchsen. Bodrugan und Isolda liebten sich nicht mehr. Ich befand mich wieder in der Gegenwart.

Ich starrte ungläubig auf meine Uhr. Die Zeiger deuteten auf halb zwei. Der Morgengottesdienst in der St.-Andreas-Kirche war seit anderthalb Stunden zu Ende.

Ich ließ schuldbewußt den Motor an. Die Droge hatte mich getäuscht und die Zeit unglaublich in die Länge gezogen. Ich konnte doch unmöglich länger als eine halbe Stunde in jenem Haus gestanden haben, und der Gang bis zur Furt hatte höchstens zehn Minuten gedauert! Die ganze Episode war mir außerordentlich kurz vorgekommen. Als ich den Hang hinauffuhr, machte ich mir über die Wirkung der Droge mehr Gedanken als über die Aussicht, Vita schon wieder mit einer unglaubwürdigen Ausrede gegenüberzutreten. Warum die Verlangsamung der Zeit? fragte ich mich. Dabei fiel mir ein, daß ich niemals auf meine Uhr sah, wenn ich in der Vergangenheit weilte, ich empfand kein Bedürfnis danach. Darum konnte ich nicht feststellen, wie die Zeit verstrich. Jene Sonne war nicht meine Sonne, und jener Himmel nicht der meinige. Es gab keine Kontrolle, keine Möglichkeit, die Wirkungsdauer der Droge zu ermessen. Wie immer, wenn etwas schiefging, gab ich Magnus die Schuld. Er hätte mich darauf hinweisen müssen.

Ich fuhr zur Kirche, aber natürlich war niemand mehr da. Vita hatte sicher voll Ärger mit den Jungen gewartet und dann jemand gebeten, sie heimzufahren. Oder sie hatte ein Taxi genommen.

Ich fuhr nach Kilmarth und versuchte, mir eine bessere Erklärung auszudenken als die Geschichte vom Verlaufen oder von der stehengebliebenen Uhr. Benzin? Hätte mir das Benzin ausgehen können? Ein geplatzter Reifen? Wie wäre es damit? Ach, zum Teufel, dachte ich ...

Ich bog in die Einfahrt und hielt vor dem Haus, dann ging ich durch den Vorgarten, die Treppe hinauf und in den Flur. Die Tür zum Eßzimmer war geschlossen. Mrs. Collins erschien mit ängstlichem Gesicht in der Küchentür.

»Ich glaube, die anderen sind schon fertig«, sagte sie entschuldigend, »aber ich habe das Essen warmgehalten. Es ist nichts verdorben. Hatten Sie eine Panne?«

»Ja«, sagte ich dankbar.

Ich öffnete die Eßzimmertür. Die Jungen räumten ab, Vita trank ihren Kaffee.

»Dieser verfluchte Wagen ...«, setzte ich an, während die Jungen sich umdrehten, mich anstarrten und nicht wußten, ob sie kichern oder sich verdrücken sollten. Teddy bewies plötzlich Taktgefühl; er nahm das volle Tablett, sah Micky an, und beide verließen eiligst das Zimmer.

»Liebling«, begann ich noch einmal, »es tut mir furchtbar leid. Ich hätte wirklich vorsichtiger sein sollen. Du kannst dir gar nicht vorstellen ...«

»Ich kann es mir sehr gut vorstellen«, unterbrach sie mich kühl. »Ich fürchte, ich habe deine Sonntagspläne völlig durcheinandergebracht.«

Ihre Ironie traf mich nicht. Ich zögerte und überlegte, ob ich weiterreden und meine großartige Geschichte von der Panne vortragen sollte.

»Der Pfarrer war sehr liebenswürdig«, fuhr sie fort. »Sein Sohn hat uns heimgefahren. Als wir dann ankamen, gab Mrs. Collins mir dies.« Sie deutete auf ein Telegramm, das neben ihrem Teller lag. »Sie sagte, es sei kurz nach unserer Abfahrt angekommen. Ich dachte, es müßte etwas Wichtiges sein und öffnete es. Natürlich von deinem Professor.«

»Ich wünsche dir für das Wochenende einen guten Trip«, stand da. »Hoffe, dein Mädchen erscheint wieder. Werde an dich denken. Grüße, Magnus.«

Ich las es zweimal, dann sah ich zu Vita hinüber, aber sie ging bereits in die Bibliothek, Wolken von Zigarettenrauch hinter sich lassend. Mrs. Collins kam herein und brachte mir einen großen Teller mit heißem Roastbeef.

XII

Wenn Magnus einen Skandal heraufbeschwören wollte, so hätte er keine günstigere Zeit wählen können, aber ich sprach ihn frei. Er glaubte, Vita sei noch in London und ich allein. Dennoch war seine Formulierung nicht gerade glücklich – eher katastrophal. Vita mußte augenblicklich damit die Vorstellung verbinden, wie ich mich, bewaffnet mit Rasierzeug und Zahnbürste, aus dem Haus stahl, um auf den Scilly-Inseln ein leichtes Mädchen zu treffen. Meine Unschuld war schwer zu beweisen. Ich ging Vita nach.

»Hör mal zu«, sagte ich und schloß sorgfältig die Flügeltür zwischen den beiden Räumen, damit Mrs. Collins mich nicht hören konnte. »Dieses Telegramm ist nur ein Scherz – Magnus wollte mir einen Schabernack spielen. Mach dich nicht lächerlich, indem du es ernst nimmst.«

Sie drehte sich um und stand in der klassischen Pose der empörten Ehefrau vor mir, eine Hand an der Hüfte, in der anderen die Zigarette. Die Augen in ihrem erstarrten Gesicht waren ganz schmal geworden.

»Der Professor und seine Witze interessieren mich nicht«, sagte sie. »Ihr scheint euch gut zu amüsieren, und du denkst dabei überhaupt nicht mehr an mich, was mir nun allmählich gleichgültig geworden ist. Wenn das Telegramm ein Witz sein soll, dann gratuliere ich euch beiden. Jetzt geh lieber und iß, bevor alles kalt wird.«

Sie griff nach der Sonntagszeitung und tat, als lese sie darin. Ich riß sie ihr fort. »O nein, bitte nicht so«, sagte ich. »Du hörst mir jetzt zu.« Ich nahm ihr auch die Zigarette aus der Hand und drückte sie im Aschenbecher aus. Dann packte ich sie bei den Handgelenken und drehte sie zu mir.

»Du weißt, daß Magnus mein ältester Freund ist«, sagte ich. »Außerdem hat er uns sein Haus unentgeltlich zur Verfügung gestellt und Mrs. Collins obendrein. Als Dank habe ich hier und da allerlei Forschungsarbeiten in Verbindung mit seiner Tätigkeit für ihn übernommen. In dem Telegramm hat er mir ganz einfach auf seine Art Glück wünschen wollen.«

Meine Worte machten auf sie gar keinen Eindruck. Ihr Gesicht blieb eiskalt. »Du bist kein Wissenschaftler«, sagte sie. »Was für Forschungsarbeiten kannst du für ihn übernehmen? Und wohin bist du gegangen?«

Ich ließ ihre Handgelenke los und seufzte, als stünde ich vor einem hartnäckig begriffsstutzigen Kind und sei am Ende meiner Geduld.

»Ich bin nirgends hingegangen«, beharrte ich, wobei ich das »nirgends« betonte. »Ich wollte nur an der Küste entlangfahren und ein oder zwei Orte aufsuchen, die mich zufällig interessieren.«

»Das klingt durchaus einleuchtend«, sagte sie. »Warum hält der Professor hier nicht ein Teach-in ab, mit dir als erstem Assistenten? Das solltest du mal vorschlagen. Ich wäre euch natürlich im Wege und würde mich aus dem Staube machen. Aber die Jungen würde er wahrscheinlich gern hierbehalten.«

»Um Himmels willen«, sagte ich, indem ich die Tür zum Eßzimmer öffnete, »du benimmst dich genau wie die betrogene Ehefrau in den Zeitungswitzen. Das einfachste wäre doch, Magnus gleich morgen früh anzurufen und ihm zu sagen, daß du dich scheiden lassen willst, weil du mich im Verdacht hast, ein Techtelmechtel mit einer Fischerstochter zu haben. Er wird sich bestimmt totlachen!«

Ich ging ins Eßzimmer und setzte mich an den Tisch. Die Soße war schon kalt. Ich goß Bier in einen Krug, um den Braten hinunterzuspülen, bevor ich mich über die Apfeltorte hermachte. Mrs. Collins brachte taktvoll und schweigend den Kaffee herein und verschwand schnell wieder. Die Jungen standen unschlüssig auf dem Weg vor dem Haus und traten nach Kieselsteinen. Ich stand auf und ging ans Fenster.

»Ich gehe später mit euch baden«, rief ich. Ihre Gesichter hellten sich sogleich auf, und sie liefen zur Veranda hinauf. »Später«, wiederholte ich. »Laß mich meinen Kaffee trinken und Vita fragen, was sie vorhat.« Ihre Freude erlosch. Mama würde sich gewiß nicht in Bewegung setzen und vermutlich den ganzen Plan vereiteln. »Keine Angst, ich verspreche es euch.«

Dann ging ich in die Bibliothek. Vita lag mit geschlossenen Augen auf dem Sofa. Ich kniete neben ihr nieder und küßte sie. »Komm, sei nicht so ein Dickkopf«, sagte ich. »Für mich gibt es auf der Welt nur ein Mädchen, das weißt du. Ich kann jetzt nicht mit dir nach oben gehen, um es dir zu beweisen, weil ich den Jungen versprochen habe, mit ihnen schwimmen zu gehen, und du willst doch nicht, daß wir ihnen den Tag verderben, nicht wahr?«

Sie öffnete die Augen. »Du hast es wenigstens fertiggebracht, mir meinen zu verderben!«

»Unsinn! Und mein verpatztes Wochenende mit der Fischerstochter? Soll ich dir sagen, was ich mit ihr vorhatte? Eine Striptease-Show in Newquay. Und jetzt sei still.« Ich gab ihr noch einen herzhaften Kuß. Sie reagierte kaum, stieß mich aber wenigstens nicht zurück.

»Ich wünschte, ich könnte dich verstehen«, sagte sie.

»Sei froh, daß du das nicht kannst. Männer können Frauen, die sie verstehen, nicht ertragen. Das wäre furchtbar eintönig. Komm mit zum Baden. Unter den Klippen liegt ein schöner, völlig leerer Strand. Es ist glühend heiß und wird nicht regnen.«

Sie öffnete beide Augen. »Was hast du denn eigentlich heute morgen getan, während wir in der Kirche waren?«

»Ich bin in einem verlassenen Steinbruch, eine Meile vom Dorf entfernt, herumgegangen. Er hat etwas mit der ehemaligen Priorei zu tun, und Magnus und ich sind beide an der Stätte interessiert. Dann bekam ich den Wagen nicht in Gang, weil ich ziemlich ungeschickt in einem Graben geparkt hatte.«

»Es ist mir neu, daß dein Professor nicht nur Naturwissenschaftler, sondern auch Historiker ist.«

»Das klingt schon besser, wie? Es ist doch etwas anderes als die Embryos in den Flaschen. Ich unterstütze ihn dabei.«

»Du unterstützt ihn bei allem, darum nützt er dich auch aus.«

»Ich bin von Natur aus schon immer hilfsbereit gewesen. Und nun komm, die Jungen können es nicht mehr abwarten. Geh und mach dich schön in deinem Bikini, aber zieh etwas drüber, sonst regen sich die Kühe auf.«

»Die Kühe?« schrie sie fast. »Ich gehe über kein Feld mit Kühen. Nein, besten Dank.«

»Es sind zahme Kühe«, sagte ich, »sie werden mit einem bestimmten Gras gefüttert, so daß sie nur ganz langsam gehen können. Cornwall ist berühmt dafür.«

Offenbar glaubte sie mir. Ob sie mir auch die Geschichte mit dem Steinbruch glaubte, blieb dahingestellt. Für den Augenblick hatte ich sie besänftigt. Man mußte die Sache auf sich beruhen lassen . . .

Wir verbrachten einen langen, faulen Nachmittag am Strand. Nach dem Baden, als die Jungen noch vergeblich nach Garnelen jagten, streckten wir uns beide auf dem gelben Sand aus und ließen ihn durch unsere Finger rinnen. Es herrschte Frieden.

»Hast du dir schon Gedanken über die Zukunft gemacht?« fragte sie plötzlich.

»Die Zukunft?« wiederholte ich. Ich hatte über die Bucht hinausgestarrt und mich gefragt, ob Bodrugan wohl nach dem Abschied von Isolda in jener Nacht noch mit der Flut hinausgesegelt war. Er hatte Chapel Point erwähnt. Früher war Kapitän Lane mit uns von Fowey über die Bucht gesegelt und hatte uns Chapel Point gezeigt, das an der Hafenseite der nächsten Stadt ins Meer hineinragte. Bodrugans Haus mußte irgendwo ganz in der Nähe gestanden haben. Vielleicht existierte der Name noch. Dann mußte ich ihn auf der Autokarte finden.

»Ja«, sagte ich, »das habe ich. Wenn es morgen schön ist, gehen wir segeln. Du kannst wirklich nicht seekrank werden, wenn es so ruhig bleibt wie heute. Wir segeln über die Bucht und ankern drüben vor dem Festland. Wir nehmen das Mittagessen mit.«

»Fein. Aber ich meine nicht die nahe Zukunft, ich meine die fernere.«

»Ach das? Nein, Liebling, ehrlich gesagt, nein. Ich hatte soviel damit zu tun, mich hier einzuleben. Wir wollen nichts übereilen.«

»Das ist ja alles ganz schön und gut«, sagte sie, »aber Joe kann nicht ewig warten. Ich glaube, er hofft, bald von uns zu hören.«

»Ich weiß. Aber ich muß ganz mit mir im reinen sein. Für

dich ist es leicht. Es ist deine Heimat. Aber es ist nicht meine. Du weißt, alte Bäume . . .«

»Aber deine Stellung in London hast du doch schon aufgegeben. Also gibt es nichts zu bedenken.«

Was die praktische Seite anbelangte, hatte sie recht.

»Du mußt irgend etwas tun«, fuhr sie fort, »sei es in England oder in den Vereinigten Staaten. Und Joes Angebot abzulehnen, solange dir niemand hier etwas Vergleichbares in Aussicht gestellt hat, wäre verrückt. Ich gebe allerdings zu, daß ich voreingenommen bin«, sagte sie und legte ihre Hand in meine, »und wäre glücklich, wenn ich zu Hause leben könnte. Aber nur, wenn du es auch willst.«

Ich wollte nicht, das war der Haken. Und ich wollte auch keine ähnliche Arbeit, weder eine literarische Agentur noch einen Verlag in London. Es war das Ende eines Weges, das Ende einer Epoche in meinem Leben. Ich konnte nicht für die Zukunft planen. Noch nicht.

»Sprich nicht weiter davon, Liebling«, sagte ich. »Wir wollen jeden Augenblick so nehmen, wie er kommt. Heute, morgen . . . Ich werde bald ernsthaft darüber nachdenken, das verspreche ich dir.«

Sie seufzte, ließ meine Hand los und suchte in der Tasche ihres Bademantels nach einer Zigarette. »Wie du meinst«, sagte sie, und die leichte Hebung der letzten Silbe bewies, daß sie ganz und gar nicht zufrieden war. »Aber gib mir nicht die Schuld, wenn Joe dich auf dem trockenen läßt.«

Die Jungen kamen mit ihren Trophäen angelaufen und zeigten uns Seesterne, Muscheln und einen riesigen toten Krebs, der bereits stank. Der Augenblick der Wahrheit war vorbei. Es war Zeit, die Badeutensilien wieder einzusammeln und an den Aufbruch zu denken. Während ich hinter den anderen herging, blickte ich noch einmal auf die Bucht zurück. Die Küste zeichnete sich deutlich ab, und die weißen Häuser am Rand von Chapel Point, etwa zwölf Kilometer vor mir, lagen in der Abendsonne. Was Isolda wohl machte? Gewiß war sie den Kindern später nachgeritten, als Bodrugan fortgesegelt war. Aber wohin? Nach Bockenod, wo der Bruder ihres Mannes, der selbstgefällige Sir John, wohnte? Das war zu weit. Irgendein Glied fehlte noch in meiner Kette. Sie hatte einen anderen Namen erwähnt, der mit Tre anfing. Ich mußte auf der Karte nachsehen. Die Schwierigkeit bestand darin, daß der Name jedes zweiten Bauernhauses in Cornwall mit Tre begann. Welches Gut war es gewesen? Wo hatten Isolda und ihre beiden Töchter in jener Nacht geschlafen?

»Ich kann mir nicht vorstellen, daß ich das noch oft schaffe«, klagte Vita. »Mein Gott, was für ein Aufstieg! Das erinnert ja an die Skihänge von Vermont. Gib mir deinen Arm.«

Sie hatten die Furt unterhalb der Mühle überschritten und waren nach rechts abgebogen. Dann hatte ich sie nicht mehr gesehen, weil das Auto mich beinahe überfahren hätte. Und Roger war zu Fuß. Bei Flut konnte man die Furt nicht mehr passieren. Ich versuchte mich zu erinnern, ob unterhalb der Mühle ein Boot gelegen hatte, mit dem er hätte übersetzen können.

»Nach so viel Bewegung und frischer Luft müßte ich heute nacht gut schlafen«, meinte Vita.

»Ja«, sagte ich.

Ja, es hatte ein Boot dagelegen. Hoch hinaufgezogen und im Trockenen über der Bucht. Bei Hochwasser diente es wohl dazu, Leute nach Treesmill überzusetzen.

»Dir ist es völlig gleich, was für eine Nacht ich verbringe und ob ich jetzt tot oder lebendig bin«, bemerkte Vita. »Oder?«

Ich blieb stehen und starrte sie an. »Es tut mir leid, Liebling«, sagte ich, »natürlich ist es mir nicht gleich.« Warum kam sie bloß so plötzlich auf die Geschichte mit der schlaflosen Nacht zurück?

»Du warst in Gedanken meilenweit fort – das spüre ich immer.«

»Höchstens sechs Kilometer«, antwortete ich. »Wenn du es wirklich wissen willst, ich dachte gerade an zwei Kinder, die ich heute morgen auf Ponys reiten sah. Ich möchte wissen, wohin sie ritten.«

»Ponys?« fragte sie im Weitergehen und stützte sich auf meinen Arm. »Das ist der vernünftigste Gedanke, den du bisher gehabt hast. Die Jungen reiten so gern. Vielleicht waren die Ponys gemietet?«

»Das bezweifle ich. Ich könnte mir denken, daß sie von irgendeinem Hof kamen.«

»Du könntest dich immerhin erkundigen. Hübsche Kinder?«

»Reizend. Zwei kleine Mädchen, eine junge Frau, die aussah, als könnte sie das Kindermädchen sein, und zwei Männer.«

»Und sie saßen alle auf Ponys?«

»Der eine Mann ging zu Fuß und führte die Ponys der Kinder am Zügel.«

»Dann muß es eine Reitschule sein«, sagte sie. »Frag doch mal nach. So hätten die Jungen außer Schwimmen und Segeln noch etwas zu tun.«

»Ja«, sagte ich.

Wie bequem wäre es, wenn ich Roger aus der Vergangenheit herrufen und ihm befehlen könnte, zwei der Ponys von Kilmarth für Teddy und Micky zu satteln und die Kinder mit Robbie zu einem Galopp über den Strand hinauszuschicken! Roger würde ausgezeichnet mit Vita umgehen können. Er würde ihren flüchtigsten Launen gehorchen. Ein wenig Saft vom Bilsenkraut, von Bruder Jean in der Priorei bereitet, und wenn sie noch nicht einmal dann schlafen konnte ... Ich lächelte.

»Was war das für ein Witz?«

»Es ist kein Witz.« Ich deutete auf den welkenden Fingerhut, dessen Purpur die Hecke rings um die Koppeln unterhalb von Kilmarth überragte. »Wenn du einen Herzanfall hast, kein Problem. Digitalis bedeutet Fingerhut. Du brauchst es mir nur zu sagen, und ich presse die Samen aus.«

»Vielen Dank. Das Labor deines Professors ist gewiß voll davon, abgesehen von anderen giftigen Säften und Gott weiß was für schrecklichen Mixturen.«

Wie recht sie hatte. Aber ich mußte sie von diesem Thema abbringen. »Da sind wir«, sagte ich. »Durch das Tor geht's in den Garten. Ich mixe dir einen tüchtigen kühlen Drink und den Jungen auch. Dann mache ich mich ans Abendessen. Eine ordentliche Portion kaltes Rindfleisch mit Salat.«

Immer fröhlich. Meine Gefälligkeit mußte die Erinnerung an den verdorbenen Morgen vertreiben. Aufmerksamer Gatte, lächelnder Stiefvater; das alles bis zur Schlafenszeit und auch danach.

Glücklicherweise erledigte sich das Danach von selbst. Das Baden, der lange Aufstieg und die frische Luft von Cornwall hatten das ihre getan. Vita, die schon beim Fernsehspiel unaufhörlich gähnte, lag vor zehn Uhr im Bett und schlief fest, als ich mich eine Stunde später leise neben sie legte. Der Himmel ließ darauf schließen, daß es morgen schön sein würde und wir nach Chapel Point segeln konnten. Bodrugan existierte noch. Ich hatte es nach dem Abendessen auf der Karte gefunden.

Die Brise war gerade stark genug, um uns aus Fowey hinauszutreiben. Tom, unser Bootsmann, ein kräftiger Bursche mit offenem Lächeln, machte sich an den Segeln zu schaffen, wobei die Jungen ihm halfen oder ihn vielmehr behinderten, während ich das Ruder bediente. Ich verstand gerade genug davon, um das Boot nicht kentern zu lassen, aber das wußten weder Vita noch die Jungen, und sie waren von meiner scheinbaren Tüchtigkeit ziemlich beeindruckt. Bald hatten wir achtern Makrelenangeln angebracht, und die Jungen zogen sie mit aufgeregtem Geschrei herein, sobald sie nur das leiseste Zerren wahrnahmen, das Flutwellen oder Holzstücke verursachten. Vita streckte sich neben mir aus. Die Jeans standen ihr gut – sie hatte wie alle Amerikanerinnen eine glänzende Figur – und ebenso der rote Pullover.

»Himmlisch«, sagte sie, schmiegte sich an mich und lehnte den Kopf an meine Schulter. »Das hast du gut gemacht. Dieses Mal bekommst du ein Lob. Das Wasser könnte nicht ruhiger sein.«

Leider blieb es nicht lange so himmlisch. Ich erinnerte mich von früher, daß nach der Boje bei Cannis und Gribbin Head der Westwind heftig die Flut peitschte, und unser Boot schoß rasch dahin – eine Freude für den Rudergänger, der mit ganzem Herzen bei der Sache war –, legte sich dabei aber so schräg, daß der Passagier an der Leeseite nur wenige Zentimeter über der Wasserfläche saß. In diesem Falle war der Passagier Vita.

»Wäre es nicht besser, wenn du den Mann dort steuern ließest?« fragte sie nervös, nachdem das Boot dreimal zu stark gewippt hatte — das war meine Schuld, ich steuerte zu dicht am Wind —, und dabei an der Leeseite unter Wasser kam.

»Durchaus nicht«, sagte ich vergnügt. »Kriech unter dem Mast durch, und setz dich auf die Windseite.«

Sie kroch vorsichtig herüber und stieß sich dabei heftig den Kopf am Mast. Während ich mich vorbeugte und ihr half, ihren Knöchel von einem Seil freizumachen, wobei ich die Pinne aus den Augen ließ, rauschte eine Sturzwelle über den Bug, so daß wir alle völlig durchnäßt wurden.

»Ein Tropfen Salzwasser kann nicht schaden«, schrie ich, aber die Jungen, die sich an die Reling der Windseite klammerten, waren nicht so ganz überzeugt, duckten sich und suchten in der kleinen Kabine Schutz. Sie war so niedrig, daß die beiden sich auf dem winzigen Raum wie Bucklige zusammenkauern mußten und mit jedem Satz des stark bewegten Bootes auf- und niederflogen.

»Nette frische Brise«, sagte Captain Tom und grinste über das ganze Gesicht, »wir werden in Null Komma nichts dort sein.«

Ich bleckte die Zähne, um die gleiche Zuversicht zu bekunden, aber die drei mir zugewandten bleichen Gesichter sahen nicht gerade begeistert aus. Ich hatte beinahe den Eindruck, daß niemand die Meinung des Captains teilte.

Er bot mir eine Zigarette an, aber schon nach drei Zügen schmeckte sie mir nicht mehr, und ich warf sie heimlich über Bord, als Tom nicht herblickte. Er zündete sich eine ganz besonders unangenehm stinkende Pfeife an.

»Die Dame würde die Bewegung weniger bemerken, wenn sie vorn am Bug säße«, meinte er dann, »und die Jungs ebenso.«

Ich sah die Kinder an. Das Boot lag jetzt ziemlich ruhig, aber sie saßen in der dunklen Kabine zusammengepfercht und fühlten jeden Stoß; Mickys Gesicht verzog sich unheilverkündend, Vita starrte mit glasigen Augen fasziniert auf Toms Ölmantel, der an einem Haken neben der Kabinentür hing und wie ein Gehenkter hin und her schaukelte.

Tom und ich wechselten einen verständnisinnigen Blick, und während er die Ruderpinne übernahm und seine Pfeife ausklopfte, schleuste ich die Familie von der Kabine zum Bug, wo Vita und ihr Jüngster sich augenblicklich übergaben. Teddy hielt durch, wahrscheinlich, weil er den Kopf abwandte.

»Bald sind wir unterhalb von Black Head«, sagte Tom, »da spüren Sie nichts mehr.«

Sein Griff an die Ruderpinne wirkte wie ein Zauber. Vielleicht war es aber auch reine Glückssache. Die ruckartigen Stöße gingen in ein sanftes Schwanken über, die weißen Gesichter bekamen wieder Farbe, Zähne hörten auf zu klappern. Bald wurden die von Mrs. Collins gebackenen Fleischpasteten aus dem Korb geholt, aus den Servietten gewickelt, und wir alle – sogar Vita – fielen gierig darüber her. Kurz darauf warfen wir auf der Westseite von Chapel Point Anker. In der Luft und auf dem Meer herrschte Ruhe, und die Sonne brannte auf uns nieder.

»Ziemlich auffallend«, bemerkte Vita, die ihren Pullover auszog, zusammenrollte und unter ihren Kopf schob. »Sobald Tom am Steuer war, bewegte das Boot sich kaum, und der Wind ließ nach.«

»Das stimmt nicht ganz«, antwortete ich. »Wir näherten uns der Küste, das ist alles.«

»Eins steht fest«, sagte sie, »er wird uns nach Hause steuern.«

Tom half den Jungen in das Beiboot. Sie hatten Badehosen an und Handtücher unter dem Arm. Tom trug die Angelruten, die bereits mit Ködern versehen waren.

»Wenn Sie mit Ihrer Gattin an Bord bleiben wollen, Sir, dann kann ich so lange auf die Jungs aufpassen«, sagte er. »Der Strand ist zum Schwimmen ganz sicher.«

Ich wollte nicht mit meiner Gattin an Bord bleiben. Ich wollte über die Felsen klettern und Bodrugan suchen.

Vita richtete sich auf, nahm ihre dunkle Brille ab und sah sich um. Die Flut stieg, und der Strand sah verlockend aus, aber ich bemerkte mit Erleichterung, daß er im Moment von mehreren Kühen mit Beschlag belegt war. Die Tiere trotteten herum und verunzierten das Gras in der üblichen Weise.

»Ich bleibe an Bord«, sagte Vita fest, »und wenn ich baden will, springe ich vom Boot ins Wasser.«

Ich gähnte – die sofortige Reaktion auf Schuldgefühle. »Ich will mir ein bißchen die Füße vertreten«, sagte ich. »Nach den Pasteten ist es ohnehin noch zu früh zum Baden.«

»Wie du willst. Hier ist es herrlich. Die weißen Häuser da drüben sehen wunderhübsch aus, wie in Italien.«

Ich ließ sie bei ihrer Meinung und stieg mit den anderen ins Beiboot. »Setzen Sie mich da drüben links an der Ecke ab«, sagte ich zu Tom.

»Was hast du vor?« fragte Teddy.

»Spazierengehen«, erwiderte ich.

»Dürfen wir im Boot bleiben und Makrelen fischen?«

»Natürlich, das ist eine gute Idee.«

Ich sprang neben den Kühen an Land und war nun ganz frei.

Die Jungen waren ebenfalls froh, daß sie mich loswurden. Ich blieb stehen und sah, wie sie weiterruderten. Vita winkte vom Segelboot herüber. Ich drehte mich um und stieg bergauf.

Der Pfad verlief parallel zu einem Bach und wand sich dann an einer Hütte vorbei, hinter der das Meer außer Sicht kam. Von dort ging ich den Hang hinauf bis vor ein Tor zwischen alten Mauern und entdeckte die Ruinen einer Mühle. Ich trat durch das Tor und stand nun auf dem ehemaligen Bodrugan-Hof; links ein großer Teich, der wahrscheinlich den Mühlbach gespeist hatte, rechts das freundliche, mit Schiefer bedeckte Bauernhaus, vielleicht aus dem frühen achtzehnten Jahrhundert, das Kilmarth erstaunlich ähnlich sah, und daneben aus Stein gemauerte Scheunen viel älteren Ursprungs; sie hatten gewiß schon im vierzehnten Jahrhundert zu Ottos Besitz gehört. Zwei Kinder spielten unter den Fenstern des Bauernhauses, aber sie beachteten mich nicht, und so wagte ich mich weiter über die Wiese und betrat dann eine Scheune mit steilem Dach.

Sie diente vermutlich schon seit Jahrhunderten als Kornkammer, aber vor sechshundert Jahren hatten hier vielleicht der Speisesaal und andere Räume gelegen, während die lange, niedrige Scheune auf der anderen Seite des Weges die Kapelle gewesen sein könnte. Es war ein weiträumiger Besitz, viel größer als das Gelände des ehemaligen Gutshauses der Champernounes, und ich begriff, daß Joanna, die hier als eine

Bodrugan geboren und erzogen wurde, ihr neues Haus als armseligen Tausch empfinden mußte, als sie Henry Champernoune geheiratet hatte.

Ich verließ die Scheune, folgte den niedrigen Mauern, die den ganzen Hof umschlossen, und als ich zu den Hügeln aufstieg, öffnete sich wieder der Blick aufs Meer. Hier an der höchsten Stelle des Ackers war ein Erdhügel, auf dem sicher einst ein Hauptturm oder ein Vorposten gestanden hatte, der die Bucht beherrschte. Wie oft war Otto wohl fortgeritten und hatte von dem Turm aus zu den fernen Klippen hinübergesehen, die sich nach der Bucht von Tywardreath hin allmählich senkten; dort lag das Mündungsgebiet mit seinen engen Wasserarmen, von denen der erste ins Lampetho-Tal führte, der zweite bis an die Mauern der Priorei und der dritte nach Treesmill und zum Champernoune-Hof. An klaren Tagen konnte er all dies überblicken, vielleicht sogar das niedrige Haus von Kilmarth und das kleine Gehölz dahinter. Leider hatte ich das Fläschchen nicht dabei . . .

Ich ging langsam zum Strand zurück, erhitzt und müde. Merkwürdig, jetzt fiel es mir schwerer, meiner Familie gegenüberzutreten, als wenn ich tatsächlich eine Reise in die Zeit unternommen hätte. Ich fühlte mich matt und unzufrieden, und mich beschlich eine seltsame Furcht. Die Einbildungskraft genügt nicht; ich sehnte mich nach der lebendigen Erfahrung, die mir heute versagt blieb, weil ich die Droge nicht mitgenommen hatte. Auf dieser alten Stätte über den Klippen oder im Hof selbst hätten sich Szenen abgespielt, die ich nun nie erleben würde, und ich empfand bittere Enttäuschung.

Die Kühe waren fort. Die Jungen saßen auf dem Segelboot und tranken Tee. Ihre Badehosen lagen auf dem Mast zum Trocknen aus. Vita stand am Bug und fotografierte. Alle waren zufrieden und glücklich, nur ich blieb Außenseiter.

Ich hatte meine Badehose untergezogen; jetzt streifte ich die andere Hose ab und ging ins Wasser. Nach dem Spaziergang wirkte es zuerst kalt. Auf der Oberfläche trieb Seegras – die Blumen der ertrunkenen Ophelia. Ich drehte mich auf den Rücken und blickte in den Himmel, immer noch seltsam niedergeschlagen, beinahe in Weltuntergangsstimmung. Es würde mich ungeheure Mühe kosten, auf die Begrüßung der Familie einzugehen, zu schwatzen, zu lächeln und zu scherzen wie die anderen.

Tom hatte mich entdeckt und ruderte das kleine Boot ans Ufer, um meine Sachen zu holen. Ich schwamm zum Segelboot, und es gelang mir mit Hilfe eines Seiles und der helfenden Hände von Vita und der Jungen, mich an Bord zu hieven.

»Sieh mal, drei Makrelen«, rief Micky. »Mama sagt, sie will sie uns zum Abendbrot braten. Wir haben auch eine Menge Muscheln gefunden.«

Vita kam mit einem Rest Tee in der Thermosflasche. »Du siehst ganz erledigt aus«, sagte sie. »Bist du weit gegangen?«

»Nein. Nur über die Felder. Da oben hat früher mal irgendein Schloß gestanden, aber es ist nichts davon übriggeblieben.«

»Du hättest im Boot bleiben sollen«, sagte sie. »Das Baden war herrlich. Hier, trockne dich mit dem Handtuch ab. Du zitterst ja. Hoffentlich hast du dich nicht erkältet. Du hättest nicht ins kalte Wasser gehen dürfen, nachdem du so geschwitzt hattest.«

Micky drückte mir einen Pfannkuchen in die Hand, der entsetzlich fade schmeckte, und ich trank den lauwarmen Tee. Tom stieg an Bord und brachte meine Sachen, bald wurde der Anker gelichtet, und Tom nahm seinen Platz am Ruder ein. Ich zog mir einen Pullover über, setzte mich an den Bug, und Vita kam zu mir.

Die kurzen Wellen in der Mitte der Bucht trieben sie jedoch in die Kabine, wo sie sich Toms Ölmantel umschlug, während ich auf das ferne, hinter einem Baumgürtel verborgene Kilmarth starrte. Bodrugan hatte es damals deutlicher sehen können, wenn er sein Schiff zur Flußmündung steuerte, die damals den Strand einnahm, und Roger konnte ihm von den Feldern aus ein Zeichen geben, wenn alles in Ordnung war. Ich fragte mich, wer wohl unruhiger war – Bodrugan, wenn er um das hügelige Festland in die Bucht segelte und wußte, daß Isolda im leeren Haus hinter der niedrigen Mauer auf ihn wartete, oder Isolda, wenn sie die Mastspitze auftauchen sah und das erste dunkle Segel in Sicht kam. Jetzt fuhren wir an der Boje von Cannis vorbei, die Sonne achtern, steuerten auf den Hafen zu und erreichten ihn zur Freude der Jungen genau im gleichen Augenblick, als ein großer Dampfer mit zwei Schleppdampfern an der Seite seewärts schwamm.

»Können wir morgen wiederkommen?« riefen sie, während ich Tom auszahlte und ihm für die Fahrt dankte.

»Mal sehen«, sagte ich – die stereotype, für die Jugend gewiß aufreizende Formel der Erwachsenen. Was sehen? hätten sie wohl am liebsten gefragt. Ob deine Laune danach ist und in der Welt der Großen wieder Frieden herrscht? Ob sie einen schönen Tag haben würden, hing vom Waffenstillstand zwischen mir und ihrer Mutter ab.

Als wir in Kilmarth ankamen, mußte ich zunächst Magnus' Anruf zuvorkommen. Ich schlich in die Bibliothek, um einen günstigen Augenblick abzuwarten, aber die Jungen kamen herein und schalteten das Fernsehgerät ein, so daß ich ins Schlafzimmer hinaufging. Vita war unten in der Küche und bereitete das Abendessen. Jetzt oder nie. Ich wählte seine Nummer, und er meldete sich sofort.

»Hör zu«, sagte ich rasch, »ich kann nicht lange reden. Das Schlimmste ist passiert. Vita und die Jungen sind am Samstagmorgen unerwartet angekommen. Sie haben mich beinahe in flagranti erwischt. Verstehst du? Und dein Telegramm rief eine Katastrophe hervor. Vita hat es geöffnet. Seitdem ist die Lage mehr als gespannt.«

»O je . . .«, sagte Magnus im Ton einer alten Dame, die sich durch nichts mehr erschüttern läßt.

»Nicht o je – es ist eine verdammte Sauerei!« fuhr ich ihn an. »Und das Ende aller Trips. Das ist dir doch wohl klar?«

»Beruhige dich, mein Bester, beruhige dich. Du sagst, sie ist angekommen und hat dich tatsächlich unterwegs erwischt?«

»Nein, ich kam gerade von einem Trip zurück. Um sieben Uhr früh. Ich will jetzt nicht näher darauf eingehen.«

»Hat es sich gelohnt?« fragte er.

»Ich weiß nicht, was du darunter verstehst«, sagte ich. »Es ging um einen bevorstehenden Aufstand gegen die Krone. Otto Bodrugan war dabei und Roger natürlich auch. Ich schreibe dir morgen ausführlich, auch über den Trip vom Sonntag.«

»Also hast du es doch noch einmal gewagt, trotz der Familie? Großartig!«

»Nur weil sie zur Kirche gegangen sind und ich deshalb entwischen konnte. Aber das Zeitproblem, Magnus, das kann ich mir nicht erklären. Der Trip schien mir nur eine halbe Stunde oder vierzig Minuten zu dauern. In Wirklichkeit aber war ich ungefähr zweieinhalb Stunden ›fort‹.«

»Wieviel hast du genommen?«

»Genausoviel wie Freitag nacht, ein paar Tropfen mehr als auf den ersten Reisen.«

»Aha.«

Er schwieg eine Weile und dachte über meine Worte nach.

»Nun«, fragte ich, »was bedeutet das?«

»Ich bin nicht ganz sicher. Das muß ich erst untersuchen. Mach dir keine Sorgen, in diesem Stadium kann es nicht schlimm sein. Wie fühlst du dich?«

»Nun ja ... körperlich recht gut, wir waren den ganzen Tag segeln. Aber es ist furchtbar anstrengend, Magnus.«

»Ich werde sehen, wie es diese Woche geht, und versuche dann zu kommen. In ein paar Tagen habe ich die Ergebnisse vom Labor, und wir können uns darüber unterhalten. Inzwischen sei vorsichtig mit den Trips.«

»Magnus ...«

Er hatte aufgelegt, und das war mir auch recht, denn mir schien, als hörte ich Vita die Treppe heraufkommen. Dieses Mal war ich erleichtert bei dem Gedanken, Magnus wiederzusehen, obwohl es gewiß Schwierigkeiten mit Vita geben würde. Außerdem machte mir die Droge Sorge. Diese Niedergeschlagenheit, diese düsteren Ahnungen konnten durchaus eine Nebenwirkung sein.

Ich betrachtete mich im Badezimmer im Rasierspiegel. Mein rechtes Auge sah merkwürdig blutunterlaufen aus, und über das Weiße lief ein schwacher roter Streifen. Vielleicht ein geplatztes Blutgefäß, was nichts zu bedeuten hatte, aber ich konnte mich nicht erinnern, so etwas schon früher einmal gehabt zu haben. Ich hoffte, Vita würde es nicht bemerken.

Das Abendessen verlief ohne Störungen; die Jungen schwatzten zufrieden über den Tag und ließen sich die selbstgefangenen Makrelen schmecken (meiner Meinung nach der fadeste Fisch, den es gibt, aber ich verdarb ihnen nicht die Freude). Als wir abräumten, läutete das Telefon.

»Ich nehme ab«, sagte Vita rasch, »vielleicht ist es für mich.«

Magnus konnte es wenigstens nicht sein. Wir hatten das Geschirr in die Spülmaschine gestellt, als Vita in die Küche zurückkam. Den Gesichtsausdruck kannte ich. Entschlossen, herausfordernd.

»Das waren Bill und Diana«, sagte sie.

»O ja?«

Die Jungens verschwanden in die Bibliothek zum Fernsehen. Ich schenkte uns Kaffee ein.

»Sie fliegen von Exeter nach Dublin«, sagte sie. »Jetzt sind sie in Exeter.« Noch bevor ich eine passende Antwort finden konnte, fügte sie hastig hinzu: »Sie sind ganz versessen darauf, das Haus zu sehen, darum habe ich vorgeschlagen, daß sie ihren Flug zwei Tage verschieben, morgen zum Mittagessen kommen und über Nacht hierbleiben. Sie waren begeistert von der Idee.«

Ich setzte meine Kaffeetasse ab, ohne auch nur daran genippt zu haben, und ließ mich in den Küchenstuhl fallen: »O mein Gott!« Mehr konnte ich nicht hervorbringen.

XIII

Es gibt im Leben wohl kaum eine schlimmere Anspannung als das Warten auf unerwünschte Gäste. Ich hatte nach meinem ersten Seufzer der Verzweiflung keinen Widerstand mehr geleistet, aber wir verbrachten die Stunden bis zum Schlafengehen in verschiedenen Zimmern. Vita blieb mit den Jungen in der Bibliothek vor dem Fernsehschirm, und ich hörte im Musikzimmer Sibelius.

Jetzt, am folgenden Morgen, saß Vita vor dem französischen Fenster des Musikzimmers und wartete auf das Geräusch der Hupe, während ich, von einem Gin mit Mineralwasser bereits leicht angesäuselt, im Zimmer auf und ab ging, den Blick auf die Uhr, und mich fragte, was wohl schlimmer sei – diese Aussicht auf den schrecklichen Augenblick, da der Wagen in die Einfahrt bog, oder das eigentliche Theater, nachdem die Gäste eingetroffen waren – Jacken über Stühle geworfen, klickende Kameras, laute, unaufhörlich redende Stimmen, der Geruch von Bills unvermeidlicher Zigarre. Vielleicht aber war die eigentliche Schlacht besser als das entnervende Warten.

»Da kommen sie«, schrien die Jungen und stürmten die Treppe hinunter. Ich trat an die Fenstertür, als ginge ich meiner Hinrichtung entgegen.

Vita war eine glänzende Gastgeberin: Kilmarth verwandelte sich augenblicklich in eine amerikanische Botschaft im Ausland. Es fehlte nur noch die Flagge. Das von der hilfreichen und strahlenden Mrs. Collins hereingetragene Essen prangte auf dem Tisch. Der Whisky floß in Strömen, Zigarettenrauch hing in der Luft; wir aßen um zwei und standen um halb vier vom Tisch auf. Die Jungen, mit dem Versprechen vertröstet, daß wir später mit ihnen baden gehen würden, verschwanden im Obstgarten, um Kricket zu spielen. Die Damen, mit gleichförmigen dunklen Brillen maskiert, zogen ihre Liegestühle außer Hörweite und widmeten sich dem Klatsch. Bill und ich installierten uns im Innenhof, um – so hoffte ich wenigstens – zu schlafen, aber der Schlaf wurde ständig unterbrochen, denn wie alle Diplomaten hörte Bill gern seine eigene Stimme. Er hielt Reden über Außenpolitik und Innenpolitik und berührte dann mit kunstvoller Beiläufigkeit und offensichtlich auf Dianas Anweisung meine Zukunftspläne.

»Ich habe gehört, du willst Joes Partner werden«, sagte er. »Das finde ich großartig.«

»Es ist noch nicht abgemacht«, antwortete ich. »Wir müssen noch alles genau besprechen.«

»Oh, natürlich, so was kann man nicht im Handumdrehen entscheiden, aber was für eine Chance! Sein Verlagshaus ist jetzt ganz obenauf, und du würdest es nie bereuen. Besonders, da du hier eigentlich nichts zu verlieren hast. Keine besonderen Bindungen.«

Ich gab keine Antwort, entschlossen, mich nicht in eine langwierige Diskussion verwickeln zu lassen. »Vita kann dir natürlich überall ein Zuhause schaffen«, fuhr er fort. »Darauf versteht sie sich. Mit einer Wohnung in New York und einem Wochenendhäuschen auf dem Lande würdet ihr zusammen ein schönes Leben führen, und zwischendurch bietet sich gewiß noch reichlich Gelegenheit zum Reisen.«

Ich brummte nur und schob den alten Panamahut von Kapitän Lane über mein rechtes Auge, das immer noch blutunterlaufen war. Vita hatte es seltsamerweise noch gar nicht bemerkt.

»Denk nicht, daß ich mich einmischen möchte«, bemerkte er, »aber du weißt ja, wie die Mädchen reden. Vita ist deinetwegen beunruhigt. Sie hat Diana gesagt, du seist gar nicht begeistert von der Idee, in die Staaten zu gehen, und sie kann sich nicht erklären, warum. Frauen vermuten immer gleich das Schlimmste.« Dann begann er eine lange, nach meinem Empfinden etwas zu komplizierte Geschichte von einem Mädchen in Madrid, das er dort kennengelernt hatte, während Diana mit ihren Eltern auf die Bahamas reiste. »Sie war erst neunzehn«, sagte er. »Ich war ganz verrückt nach ihr. Aber wir wußten natürlich beide, daß es nicht weitergehen konnte. Sie arbeitete dort an der Botschaft, und Diana sollte gleich nach den Ferien nach London zurückkommen. Ich war so vernarrt in die Kleine, daß mir zumute war, als müßte ich mir die Kehle durchschneiden, als wir Abschied nahmen. Aber ich habe es überlebt, und sie auch, und seitdem habe ich sie nicht mehr gesehen.«

Ich zündete mir eine Zigarette an, um die Rauchwolken von seiner verdammten Zigarre zu bekämpfen. »Wenn du meinst, ich hätte irgendwo ein Mädchen, dann irrst du dich«, sagte ich.

»Na schön«, sagte er, »schon gut. Ich würde es dir nicht übelnehmen, wenn du eines hättest, solange du es vor Vita geheimhieltest.«

Eine lange Pause entstand, während der er sich, wie ich vermutete, eine andere Taktik überlegte, aber er kam wohl zu dem Schluß, daß Diskretion das gescheiteste sei, denn er sagte unvermittelt: »Wollten die Jungs nicht schwimmen gehen?«

Wir standen auf, um unsere Frauen zu suchen. Ihre Unterhaltung war offenbar noch in vollem Gange. Diana war eine jener überreifen Blondinen, von denen es heißt, sie seien auf Partys sehr amüsant und zu Hause Tigerinnen. Ich hatte keinerlei Verlangen, sie im Hinblick auf eine dieser Eigenschaften auf die Probe zu stellen. Vita sagte, sie sei eine sehr treue Freundin, und ich glaubte ihr. Als wir auftauchten, wurde die Konferenz abgebrochen, und Diana schaltete den zweiten Gang ein, ihre unvermeidliche Taktik beim Herannahen männlicher Gesellschaft.

»Du bist schön braun, Dick«, sagte sie. »Das steht dir. Bill wird vom ersten Sonnenstrahl krebsrot.«

»Seeluft«, antwortete ich, »nicht synthetisch wie deine Bräune.«

Sie hatte eine Flasche Sonnenöl neben sich stehen, mit dem sie ihre lilienweißen Beine eingeschmiert hatte.

»Wir gehen zum Baden an den Strand«, sagte Bill. »Komm, steh auf, Mops, und werde ein bißchen von deinem überflüssigen Fett los.«

Es folgten die üblichen Schäkereien, ganz im Ton verheirateter Ehepaare in Gegenwart von ihresgleichen. Liebende tun das nie, dachte ich; sie spielen ihr Spiel im Verborgenen, und darum ist es auch so viel reizvoller.

Mit Handtüchern und Schnorcheln machten wir uns auf die lange Wanderung an den Strand. Es herrschte Ebbe, und um ins Wasser zu kommen, mußte man sich seinen Weg durch Seegras und Felsbrocken bahnen. Das war für unsere Gäste ein ganz neues Erlebnis, aber sie nahmen es mit Humor, planschten an den seichten Stellen herum und bewiesen wieder einmal meinen Lieblingsgrundsatz: Es ist immer leichter, Gäste – auch unwillkommene – draußen zu unterhalten.

Der eigentliche Prüfstein der Geselligkeit würde der kommende Abend sein, und er wurde es. Bill hatte eine Flasche Bourbon-Whisky mitgebracht (ein Gastgeschenk für uns), und ich holte Eis aus dem Kühlschrank. Der Muscadet, den wir zum Abendessen tranken, ergab zusammen mit dem Bourbon eine ziemlich starke Mischung, und während in der Küche das Geschirrwasser ablief, begaben wir uns nach dem Essen ziemlich angeheitert ins Musikzimmer. Über mein blutunterlaufenes Auge brauchte ich mir keine Gedanken zu machen. Bills Augen waren beide so geschwollen, als käme er von einem Boxkampf, und unsere Frauen waren erhitzt wie Bardamen in einer anrüchigen Hafenkneipe.

Ich ging zum Grammophon und legte einen Haufen Schallplatten zurecht – es kam nicht so sehr darauf an, was es war, solange das Geräusch nur seinen Zweck erfüllte und die Gesellschaft zum Schweigen brachte. Vita trank im allgemeinen mäßig, aber wenn sie ein Glas zuviel geleert hatte, empfand ich sie als peinlich. Ihre Stimme wurde abwechselnd schrill und wieder honigsüß. An diesem Abend galt der süße Ton Bill, der sich durchaus nicht abgeneigt zeigte und sich neben ihr auf dem Sofa rekelte, während Diana neben sich auf das andere Sofa wies und mich mit vielsagendem Lächeln dorthin zog.

Ich bemerkte mit Widerwillen, daß die beiden Frauen dieses Manöver vorher ausgeheckt hatten und daß die Partner getauscht werden sollten – wobei es allerdings nie zum »Letzten« kam. Es langweilte mich unsäglich. Ich wollte ins Bett gehen, und zwar allein.

»Erzähl mir was«, bat Diana so dicht an meinem Ohr, daß ich meinen Kopf abwenden mußte. »Ich möchte etwas von deinem hochinteressanten Freund Professor Lane erfahren.«

»Einen ausführlichen Bericht über seine Tätigkeit?« fragte ich. »Vor ein paar Jahren stand in der Zeitschrift für Biochemiker ein sehr instruktiver Artikel über einige Gesichtspunkte seiner Arbeit. Den mußt du mal lesen.«

»Sei nicht so blöd. Du weißt ganz genau, daß ich kein Wort davon verstehen würde. Ich möchte wissen, wie er als Mann ist. Was für Hobbys er hat und wer seine Freunde sind.«

Hobbys . . . Ich dachte über das Wort nach. Es beschwor das Bild eines zerstreuten alten Trottels mit einem Schmetterlingsnetz herauf.

»Ich glaube nicht, daß er außer seiner Arbeit Hobbys hat«, sagte ich. »Er hört gern Musik, besonders Kirchenmusik, gregorianischen Gesang und einstimmige Chöre.«

»Und das verbindet euch, die Liebe zur Musik?«

»So fing es an. Wir saßen eines Abends in King's College, als Weihnachtslieder vorgetragen wurden, zufällig in der gleichen Reihe.«

In Wirklichkeit waren wir nicht wegen der Weihnachtslieder hingegangen, sondern um einen Chorknaben mit einer Aureole von goldenem Haar anzustarren, der wie ein kleiner Engel aussah. Aber obwohl wir uns zufällig getroffen hatten, sahen wir uns von nun an häufig. Nicht daß ich an Chorknaben besonderen Gefallen hatte, aber die Verbindung der heiligen Unschuld mit gregorianischen Chorälen empfanden wir als Zwanzigjährige ästhetisch so reizvoll, daß wir noch einige Tage danach ganz bezaubert waren.

»Teddy hat mir erzählt, im Kellergeschoß sei ein abgeschlossener Raum voller Affenköpfe. Wie herrlich gruselig.«

»Es handelt sich nur um einen Affenkopf, um es genau zu sagen«, erwiderte ich, »und andere Körperteile in Spiritus. Höchst giftig, man darf sie nicht anrühren.«

»Hörst du, Bill?« fragte Vita auf dem anderen Sofa. Ich sah mit Widerwillen, daß er seinen Arm um sie gelegt hatte und sie ihren Kopf an seine Schulter lehnte. »Dieses Haus ist auf Dynamit gebaut. Eine falsche Bewegung, und wir fahren zum Himmel.«

»Irgendeine Bewegung?« erkundigte sich Bill mit einem komplizenhaften Augenzwinkern zu mir herüber. »Was geschieht, wenn wir ein bißchen näher zusammenrücken? Wenn das Dynamit uns beide ins obere Stockwerk schleudert, soll es mir recht sein, aber ich frage Dick doch lieber erst um Erlaubnis.«

»Dick bleibt hier«, sagte Diana, »und wenn der Affenkopf explodiert, dann könnt ihr beide hinauffahren, und Dick und ich lassen uns nach unten fallen. So sind denn alle zufrieden, aber in verschiedenen Welten. Nicht wahr, Dick?«

»Gewiß«, sagte ich zustimmend. »Ich habe ohnehin genug von dieser Welt. Wenn ihr euch zu dritt oben im Schlafzimmer zusammentun wollt, nur zu, und amüsiert euch gut. Ein Viertel Bourbon ist noch in der Flasche, der ist für euch. Ich gehe ins Bett.«

Ich stand auf und ging hinaus. Jetzt, da ich die Vierergruppierung verlassen hatte, würde die Petting-Party automatisch zu Ende sein, und sie würden alle drei noch lange dasitzen und feierlich über meine verschiedenen Charakterzüge diskutieren, und wie sehr ich mich verändert hätte, was mit mir zu tun sei und was die Zukunft bringe.

Ich zog mich aus, hielt meinen Kopf unter kaltes Wasser, riß die Vorhänge zurück, legte mich ins Bett und schlief sofort ein.

Der Mond weckte mich. Er schien durch einen Spalt zwischen den Vorhängen, die Vita zugezogen hatte, und sandte einen Lichtstrahl auf mein Kissen. Sie lag auf ihrer Seite im Bett und schnarchte, was selten vorkam, mit geöffnetem Mund — das mußte das letzte Viertel Whisky gewesen sein. Ich sah nach der Uhr: Es war halb vier. Ich stand auf, ging ins Ankleidezimmer und zog mir Jeans und einen Pullover an.

Oben auf der Treppe blieb ich stehen und horchte an der Tür des Gästezimmers. Kein Laut. Stille auch im Flur, neben dem die Jungen schliefen. Ich ging nach unten, hinten herum ins Kellergeschoß und zum Labor. Ich war völlig nüchtern, kühl und gesammelt, weder in Hochstimmung noch niedergeschlagen; nie im Leben hatte ich mich normaler gefühlt. Ich war entschlossen, einen Trip zu machen, das war alles. Jetzt hieß es, vier Maße ins Fläschchen gießen, den Wagen aus der Garage holen, ins Tal von Treesmill hinunterrollen, parken und zum Steinbruch gehen. Der Mond schien hell; wenn er am westlichen Himmel verblaßte, würde die Dämmerung hereinbrechen. Und sollte die Zeit mir ein Schnippchen schlagen und die Reise bis zum Frühstück dauern — was tat das schon? Ich würde nach Hause fahren, wenn mir danach zumute war, und Vita und ihre Freundin mochten tun, was sie wollten.

In einer Nacht wie dieser . . . eine Verabredung mit wem? Die heutige Welt schlief, und meine Welt erwachte erst, wenn die Droge mich in ihre Gewalt bekam. Ich kam die Straße nach Treesmill hinunter. Mondlicht überflutete das Tal und schimmerte auf den grauen Dächern der Nerzfarm. Ich parkte den Wagen dicht am Graben, kletterte über das Tor zum Feld und suchte meinen Weg zu der Grube neben dem Steinbruch, denn hier hatte einst die Eingangshalle gelegen. Dort im Dunkeln neben einem Baumstumpf schluckte ich den Inhalt des Fläschchens. Zuerst geschah nichts, ich bemerkte nur ein Summen in den Ohren, das ich noch nie zuvor gehört hatte. Ich lehnte mich an die Böschung und wartete.

Etwas rührte sich in der Hecke, vielleicht ein Kaninchen, und das Summen in meinen Ohren wurde stärker. Ein Stück rostiges Wellblech hinter mir im Steinbruch klapperte und fiel herunter. Das Summen erfüllte nun alles, es wurde ein Teil der Welt um mich her, und das Geräusch übertrug sich auf das Geklapper der Fensterrahmen in der großen Halle und das Heulen des Sturmes. Regen strömte vom grauen Himmel und schlug gegen die Pergamentscheiben, und als ich vortrat und hinausblickte, sah ich, daß das Wasser in der Bucht unten hoch aufwogte und die Flut in kurzen Wellen hereintrieb. Die Bäume drüben an den Hängen bogen sich in geschlossener Front, Herbstblätter flogen, vom Wind gepeitscht, und ein Schwarm Stare flatterte, zu einem schreienden Haufen zusammengedrängt, nach Norden und verschwand. Ich war nicht allein. Roger stand neben mir, er spähte ebenfalls mit besorgter Miene in die Bucht hinab, und wenn ein Windstoß den Fensterrahmen erschütterte, befestigte er ihn wieder, schüttelte den Kopf und murmelte: »Gott gebe, daß er sich bei diesem Wetter nicht hierher wagt.«

Ich sah mich um und entdeckte, daß man die Halle mit einem Vorhang unterteilt hatte; hinter ihm hörte ich Stimmen. Ich folgte Roger, der den Vorhang beiseite zog. Einen Augenblick meinte ich, die Zeit hätte mich wieder getäuscht und mich in eine Vergangenheit geführt, die ich bereits erlebt hatte, denn an einer Wand befand sich ein Strohsack, und es lag ein Kranker darauf. Joanna saß am Fußende und der Mönch Jean neben dem Kopfkissen. Als ich näher kam, erkannte ich jedoch, daß der Kranke nicht ihr Mann war, sondern dessen Patenkind Henry Bodrugan, Ottos ältester Sohn und Joannas Neffe. Sir John Carminowe hielt sich vorsichtig im Hintergrund, ein Taschentuch über dem Mund. Der junge Mann hatte offenbar hohes Fieber und versuchte mehrmals, sich aufzurichten. Er rief nach seinem Vater, während der Mönch ihm den Schweiß von der Stirn wischte und ihn ins Kissen zurückschob.

»Wir können ihn unmöglich hierlassen; die Diener sind in Trelawn, es ist niemand da, der für ihn sorgen kann«, sagte

Joanna. »Und selbst wenn wir ihn hinüberbringen wollten, so könnten wir das bei einem solchen Unwetter nicht vor Einbruch der Dunkelheit tun. Aber unter Eurem Dach in Bockenod wäre er in einer Stunde.«

»Das wage ich nicht«, antwortete Sir John. »Sollten es wirklich die Pocken sein, wie der Mönch befürchtet – meine Familie hat sie noch nicht gehabt. Uns bleibt nichts anderes übrig, als ihn in Rogers Obhut hierzulassen.«

Seine Augen blickten ängstlich über das Taschentuch hinweg auf Roger. Was für eine jämmerliche Figur mußte er vor Joanna machen, wenn er sich so vor der Ansteckung fürchtete. Fort war das siegesgewisse Gebaren, das ich bei der Audienz des Bischofs an ihm beobachtet hatte. Er hatte zugenommen, und sein Haar ergraute. Roger neigte, respektvoll wie immer, den Kopf, aber der spöttische Blick in seinen niedergeschlagenen Augen entging mir nicht.

»Ich bin bereit, zu tun, was meine Herrin befiehlt«, sagte er. »Ich hatte als Kind die Pocken, mein Vater starb daran. Der Neffe meiner Herrin ist jung und stark, der müßte es überstehen. Auch sind wir uns über die Krankheit noch nicht im klaren. Manches Fieber fängt so an. Er könnte in vierundzwanzig Stunden wieder völlig gesund sein.«

Joanna stand auf und trat ans Bett. Sie trug immer noch den Witwenschleier, und ich erinnerte mich an die Nachschrift des Studenten vom British Museum zu dem Freibrief vom Oktober 1331: »Joanna, die Witwe unseres Lehnsmannes Henry de Champernoune, erhält gegen eine Gebühr von zehn Dukaten die Erlaubnis, von den Gefolgsleuten obigen Königs den zu heiraten, den sie zum Manne erwählt hat.« Wenn Sir John immer noch ihr Auserwählter war, so hatte die Heirat noch nicht stattgefunden ...

»Wir können es nur hoffen«, sagte sie langsam, »aber ich bin derselben Ansicht wie der Mönch. Otto und ich hatten als Kinder die Pocken. Wenn wir eine Nachricht nach Bodrugan schickten, würde Otto selbst kommen und ihn holen.« Sie wandte sich an Roger: »Wie steht die Flut?« fragte sie. »Ist die Furt überschwemmt?«

»Sie liegt seit einer Stunde oder mehr unter Wasser, Herrin«, antwortete er, »und die Flut steigt weiter an. Es ist unmöglich, die Furt zu überschreiten, bevor Ebbe eintritt, sonst würde ich selbst nach Bodrugan reiten und Sir Otto benachrichtigen.«

»Dann können wir nichts tun, als Henry deiner Pflege zu überlassen, obwohl keine Diener im Haus sind«, sagte sie, und zu Sir John gewandt: »Ich komme mit Euch nach Bockenod, reite bei Tagesanbruch weiter nach Trelawn und sage Margaret Bescheid. Sie müßte am Bett ihres Sohnes sein.«

Der Mönch hatte, obgleich er sich um den jungen Henry bemühte, jedes Wort mit angehört. »Es gibt noch eine andere Möglichkeit, Herrin«, erklärte er. »Das Gästezimmer in der Priorei steht leer, und weder ich noch die anderen Mönche fürchten die Pocken. Henry Bodrugan wäre unter unserem Dach besser aufgehoben als hier, und ich werde Tag und Nacht für ihn sorgen.«

Ich sah die erleichterten Mienen Sir Johns und Joannas. So waren sie jeder Verantwortung enthoben, was immer auch geschehen mochte.

»Das hätten wir schon früher beschließen sollen«, sagte Joanna, »dann wären wir schon seit Stunden unterwegs, bevor der Sturm losbrach. Was meint Ihr, John? Ist das nicht die einzige Lösung?«

»Es scheint so«, sagte er hastig, »das heißt, wenn der Verwalter ihn zur Priorei bringen kann. Wir wagen nicht, ihn mitzunehmen, um uns nicht anzustecken.«

»Wer fürchtet sich?« sagte Joanna lachend. »Ihr selbst? Ihr könnt doch nebenherreiten, mit dem Taschentuch vor dem Gesicht, so, wie Ihr es jetzt haltet? Kommt, wir haben lange genug verweilt.«

Sobald die Sache entschieden war, hatte sie keinen Gedanken mehr für ihren Neffen, sondern ging zur Tür, die Sir John öffnete. Er wurde von der Gewalt des Sturmes zurückgeschleudert.

»Ich rate Euch«, sagte sie ironisch, »fahrt lieber trotz des kranken Jungen bequem mit mir im Wagen, anstatt den Wind im Rücken zu haben, wenn wir den Hang hinaufkommen.«

»Ich fürchte nicht für mich selbst«, setzte er an, und als er den Verwalter dicht hinter sich sah, fügte er hinzu: »Ihr versteht, meine Frau ist von zarter Gesundheit, und meine Söhne auch. Die Gefahr wäre zu groß.«

»Zu groß, wahrhaftig, Sir John. Ihr zeigt Umsicht.«

Zum Teufel mit deiner Umsicht, dachte ich, und Roger dachte, seinem Gesicht nach zu urteilen, dasselbe.

Der Wagen wurde vorgefahren, und wir geleiteten die Witwe durch den brausenden Sturm in den Hof, während Sir John sein Pferd bestieg. Dann kehrten wir noch einmal in die Halle zurück. Der Mönch breitete Decken über den halb bewußtlosen Henry.

»Sie warten draußen«, sagte Roger. »Wir können den Strohsack gemeinsam tragen. Aber jetzt, da wir allein sind – was hältst du von seiner Aussicht auf Heilung?«

Der Mönch zuckte die Achseln. »Wie du selbst sagtest, er ist jung und stark, aber ich habe erlebt, daß Schwächlinge durchkamen und kräftige Männer starben. Laß ihn in meiner Pflege in der Priorei, und ich werde es mit bestimmten Arzneien versuchen.«

»Aber diesmal paß auf, was du tust«, mahnte Roger. »Wenn es dir nicht gelingt, mußt du dich vor seinem Vater verantworten, und dann kann nicht einmal der Prior dich schützen.«

Der Mönch lächelte. »Nach allem, was ich höre, wird Sir Otto es schwer genug haben, sich selber zu schützen«, erwiderte er. »Weißt du, daß Sir Oliver Carminowe letzte Nacht in Bockenod lag und heute bei Tagesanbruch fortgeritten ist, ohne den Dienern zu sagen, wohin? Wenn er heimlich an der Küste entlanggeritten ist, so hat er nur ein Ziel: den Liebhaber seiner Gemahlin umzubringen.«

»Das soll er nur versuchen«, spottete Roger. »Bodrugan ist der bessere Fechter.«

Wieder zuckte der Mönch die Achseln. »Möglich, aber Oliver Carminowe benutzte andere Methoden, als er seine Feinde in Schottland bekämpfte. Wenn Bodrugan in einen Hinterhalt gerät, steht es schlecht für ihn.«

Der Verwalter bedeutete ihn zu schweigen, da der junge Henry die Augen öffnete. »Wo ist mein Vater?« fragte er. »Wohin bringt ihr mich?«

»Euer Vater ist zu Hause, Sir«, sagte Roger. »Wir lassen ihn holen. Er wird morgen zu Euch kommen. Diese Nacht werdet Ihr in der Obhut Bruder Jeans in der Priorei schlafen. Und dann, wenn Ihr Euch kräftiger fühlt und Euer Vater es so will, könnt Ihr entweder nach Bodrugan oder nach Trelawn gebracht werden.«

Der Junge blickte verwirrt von einem zum anderen. »Ich möchte nicht in der Priorei bleiben«, sagte er. »Ich möchte lieber heute noch nach Hause.«

»Das ist nicht möglich, Sir«, erwiderte Roger sanft. »Es geht ein mächtiger Sturm, und die Pferde kommen nicht weit. Meine Herrin erwartet Euch in ihrem Wagen und bringt Euch in die Priorei. In einer halben Stunde seid Ihr im Gästezimmer wohlgeborgen im Bett.«

Sie trugen ihn, während er noch schwach protestierte, auf dem Strohsack hinaus zum Wagen und streckten ihn der Länge nach zu Füßen seiner Tante aus. Der Mönch stieg neben ihm ein. Joanna sah durch das offene Fenster ihren Verwalter an. Der Schleier war ihr vom Gesicht geglitten, und ich bemerkte, daß ihre Züge, seit ich sie das letzte Mal gesehen hatte, noch gröber geworden waren. Ihr Mund schien erschlafft, und unter den vorstehenden Augen bildeten sich Tränensäcke.

Sie lehnte sich dicht ans Fenster, so daß ihr Neffe sie nicht hören konnte. »Es heißt, daß es zwischen Sir Oliver und meinem Bruder Streit geben wird«, sagte sie leise. »Ob Sir Oliver in der Nähe ist, weiß ich nicht. Aber aus diesem Grunde möchte ich fort, und zwar rasch.«

»Wie Ihr wünscht, Mylady«, antwortete der Verwalter.

»Weder Sir John noch ich wünschen uns an diesem Streit zu beteiligen. Es ist nicht unsere Sache. Wenn sie handgemein werden, so weiß mein Bruder sich schon zu wehren. Ich aber gebiete dir in aller Strenge, zu keinem zu halten, sondern dich einzig mit meinen Angelegenheiten zu befassen. Hast du verstanden?«

»Sehr wohl, Mylady.«

Sie nickte kurz, dann wandte sie sich dem jungen Henry zu, der zu ihren Füßen lag. Roger gab dem Kutscher ein Zeichen, und das schwere Gefährt fuhr den schlammigen Weg zur Priorei hinauf, gefolgt von Sir John zu Pferde und einem Knecht. Beide Reiter beugten sich, von Wind und Regen gepeitscht, tief im Sattel. Als sie den höchsten Punkt des Hügels erreicht hatten und dann außer Sicht kamen, ging Roger durch den Torbogen in den Hof und rief nach Robbie. Sein Bruder kam sofort heraus und führte ein Pony am Zügel; das wirre Haar hing ihm ins Gesicht.

»Reite wie der Teufel nach Tregest«, sagte Roger, »und mahne Lady Isolda, im Hause zu bleiben. Bodrugan sollte heute abend mit dem Schiff herüberkommen, aber in diesem Sturm wird er sich nicht hinauswagen. Ob Sir Oliver bei ihr ist oder nicht – und ich bezweifle es –, sie muß diese Nachricht unbedingt erhalten.«

Der Junge sprang auf sein Pony und jagte über das Feld, aber in östlicher Richtung, an unserer Seite des Tales entlang, und ich erinnerte mich, daß Roger gesagt hatte, die Furt sei wegen der Sturmflut nicht passierbar. So mußte er den Fluß wohl weiter oben im Tal überqueren, wenn Tregest auf der anderen Seite lag. Der Name sagte mir nichts. Auf der heutigen Landkarte war Tregest nicht eingezeichnet.

Roger ging hinaus zum Hang über der Bucht. Hier wehte der Wind ihn fast um, aber er kämpfte sich im strömenden Regen zum Fluß vor und schlug den holprigen Pfad ein, der zum Kai nach unten führte. Sein Gesicht war angstvoll, ja verstört, ganz anders als seine sonst so beherrschte Miene, und während er hinunterlief, blickte er immer wieder zum Fluß hinüber, dorthin, wo dieser in die weite Bucht einmündete. Wieder beschlich mich eine dunkle Ahnung, wie damals, als ich vom Ausflug über die Bucht zurückkehrte, und ich spürte, daß auch Roger sie empfand. Uns verband eine gemeinsame Angst und Unruhe.

Am Kai war es wegen der Hügel hinter uns ein wenig geschützter, aber der Fluß war aufgewühlt; kurze steile Wellen jagten sich und trugen auf dem Kamm herbstliches Strandgut mit, grüne Zweige, Baumstämme und Seegras, die zum Kai hintrieben, während ein Schwarm schreiender Möwen mit ausgestreckten Flügeln gegen den Wind ankämpfte.

Wir entdeckten das Schiff wohl gleichzeitig, da wir unverwandt aufs Meer hinausblickten; aber es war nicht mehr das tüchtige Schiff, das ich an einem Sommernachmittag bewundert hatte, als es vor Anker lag. Es schwankte wie betrunken, mit gebrochenem Mast, die Rahen hingen auf Deck, und die Segel fielen schlaff herab wie Leichentücher. Das Ruder war offensichtlich gebrochen, denn das Schiff schaukelte ziellos, dem Sturm und der Flut preisgegeben, mit der Breitseite voran, und der Bug war den Sandbänken zugewandt, auf denen die Wogen sich brachen. Ich konnte nicht sehen, wie viele Männer sich an Bord befanden, aber es waren zumindest drei. Sie mühten sich, ein kleines Boot vom Deck herabzulassen, aber das Gefährt hatte sich in dem Gewirr von Segeln und Rahen verfangen. Roger hielt die hohlen Hände vor den Mund und rief, aber die Männer konnten ihn im Sturmgeheul nicht hören. Er sprang auf die Kaimauer und winkte mit den Armen, bis einer der Seeleute — es war gewiß Otto Bodrugan — ihn sah; er winkte ebenfalls und deutete auf das Ufer.

»An diese Seite vom Kanal!« schrie Roger, »hierher!« Aber seine Stimme verlor sich im Wind. Sie hörten ihn nicht, denn sie waren immer noch mit dem Boot beschäftigt.

Bodrugan kannte den Kanal gewiß gut, und wenn sie das kleinere Boot seeklar machten, konnten sie leicht ans Ufer gelangen, trotz der Sturzwellen, die sich an den Sandbänken zu beiden Seiten brachen. Es war nicht wie das mit Felsen durchsetzte, gefährliche offene Meer, und obwohl der Fluß dort, wo das Schiff hintrieb, am breitesten war, konnte es schlimmstenfalls auf Grund laufen, und dann mußte man die Ebbe abwarten.

Plötzlich wurde mir klar, warum Roger sich so besorgt zeigte und bemüht war, Bodrugan und seine Leute an unsere Uferseite zu lenken. Drüben auf dem Hügel kam eine Reiterschar heran, etwa zwölf Mann stark. Sie war jedoch hinter einer Baumgruppe auf der Anhöhe verborgen, und die Männer an Bord bemerkten sie nicht.

Roger schrie und winkte unaufhörlich, aber die anderen meinten offensichtlich, er wolle sie mit seinen Gebärden ermuntern, und erwiderten mit ähnlichen Gesten.

Als das Schiff in den Kanal hineintrieb, gelang es ihnen, das Beiboot an einer Seite herabzulassen, und gleich darauf sprangen alle drei Männer hinein. Sie hatten am Bug des Schiffes und am Heck des Beibootes ein Tau befestigt, und während zwei der Männer sich über die Ruder beugten, kauerte der dritte, Bodrugan, am Heck und hielt das Tau, um das Schiff in die gleiche Richtung zu ziehen.

Sie waren völlig in ihre Arbeit vertieft, so daß sie Roger nicht mehr beachteten, und während sie sich langsam der Küste näherten, sah ich, wie die Reiter auf dem Hügel hinter der Baumgruppe von den Pferden stiegen. Sie machten sich die Deckung zunutze und krochen zur Bucht hin, wo der Boden steil abfiel und eine sandige Landzunge bildete. Roger schrie noch einmal und winkte verzweifelt mit den Armen, und ich vergaß, daß ich nur ein Phantom war, und tat es ihm gleich, geräuschlos und als Verbündeter machtloser als jeder Zuschauer bei einem Fußballspiel, der die Verlierer aufmuntern will. Während das kleine Boot ans Ufer trieb, krochen die Feinde, hinter den Bäumen verborgen, auf die Landzunge zu.

Plötzlich lief das Schiff auf Grund, das Tau löste sich, Bodrugan verlor das Gleichgewicht, stolperte und wurde zwischen seine Männer geschleudert. Das kleine Boot schlug um und warf alle drei ins Wasser. Sie waren jedoch dem Ufer so nahe, daß der Fluß an dieser Stelle nicht mehr sehr tief sein konnte, und Bodrugan hatte als erster Boden unter den Füßen. Das Wasser reichte ihm bis an die Brust, während die anderen sich noch neben ihm abmühten. Bodrugan beantwortete Rogers warnende Rufe mit einem triumphierenden Schrei.

Es war sein letzter. Schon waren die Feinde über ihm und seinen Begleitern, so daß diese keine Zeit hatten, sich umzudrehen und zu verteidigen. Zwölf gegen drei – und bevor der Regen, der jetzt schwerer niederprasselte als vorher, sie vor unseren Blicken verbarg, sah ich noch mit Abscheu und Entsetzen, daß sie ihre Opfer nicht an Land zogen, um sie dort mit Schwert oder Dolch zu töten, sondern brutal ihre Gesichter unter Wasser drückten. Einer rührte sich bereits nicht mehr, der andere wehrte sich noch, und acht Männer mußten

Bodrugan hinunterzwingen. Roger lief am Fluß entlang zur Mühle, fluchend und keuchend, aber ich wußte, daß es vergeblich war, denn bevor er Hilfe fand, war alles vorbei.

Wir kamen an die Furt unterhalb der Mühle; dort strömte das Wasser, genau wie Joanna gesagt hatte, rasch und tief und erreichte fast die Tür der nahe liegenden Schmiede. Wieder legte Roger die Hände an den Mund.

»Rob Rosgof«, schrie er, »Rob Rosgof!« In der Tür erschien der verängstigte Schmied, neben ihm seine Frau.

Roger deutete zum Flußufer hinunter, aber der Mann winkte abwehrend mit beiden Händen, schüttelte den Kopf und wies mit dem Daumen auf den Hügel hinter sich. Die Pantomime bedeutete, daß er die Szene beobachtet hatte, aber nichts tun konnte, und er zog seine Frau mit sich in die Schmiede hinein und verriegelte die Tür. Roger wandte sich verzweifelt der Mühle zu, und die drei Mönche, die offenbar in der Mühle arbeiteten, kamen ihm auf den Hof entgegen.

»Bodrugan und seine Leute sind an Land getrieben worden«, rief Roger. »Das Schiff ist auf Grund gelaufen, und man hat sie hinterrücks überfallen, um sie zu töten. Gegen ein Dutzend Schwerbewaffnete sind alle drei verloren.« In seinem Gesicht kämpften Wut, Kummer und das Bewußtsein der eigenen Machtlosigkeit.

»Wo sind Lady Champernoune und Sir Carminowe?« fragte einer der Mönche. »Ihr Wagen stand am Nachmittag vor dem Haus.«

»Ihr Neffe, Bodrugans Sohn, ist krank«, antwortete Roger. »Sie haben ihn in die Priorei gebracht, und sie selbst sind jetzt unterwegs nach Bockenod. Ich habe Robbie nach Tregest geschickt, damit er die Leute dort warnt, und ich bete zu Gott, daß keiner von ihnen sich hinauswagt, denn auch sie wären in Lebensgefahr.«

Wir standen am Mühlhof, unschlüssig, ob wir gehen oder bleiben sollten, und blickten unablässig zum Fluß hinüber, wo die Sandbänke über der Mündung das gestrandete Schiff und den Schauplatz des grausigen Geschehens verbargen.

»Wer war der Anführer der Bande?« fragte der Mönch. »Bodrugan hatte früher Feinde, aber das ist lange her, da die Herrschaft des Königs jetzt gesichert ist.«

»Sir Oliver Carminowe, wer sonst?« antwortete Roger »Sie kämpften im Aufstand von zweiundzwanzig auf verschiedenen Seiten, aber heute mordet er aus anderem Grund.«

Kein Laut, nur der Wind, das Rauschen des Flusses im Tal und die Schreie der dicht über ihnen hingleitenden Möwen. Einer der Mönche deutete auf die Bucht und rief: »Sie haben das Boot flottgemacht und kommen mit der Flut heran!«

Es waren aber nur die Überreste des Bootes — Planken der Bootswand, die dort als Wrackgut schwammen und sich in der Strömung drehten. Es war etwas darauf gebunden, das hier und da aus dem Wasser tauchte, verschwand und wieder auftauchte. Wir liefen hinunter und warteten an der Bucht, wo die Strömung Treibholz und allerhand Abfälle mit sich trug. Vor uns hoben und senkten sich die Planken auf der Flut und mit ihnen der undefinierbare Gegenstand. Jetzt hörten wir Schreie vom anderen Ufer, die Reiter kamen heran, ihr Führer an der Spitze. Sie galoppierten den Weg zur Schmiede hinunter, brachten ihre Pferde zum Stehen und sahen uns schweigend zu.

Während Roger und die Mönche in den Fluß wateten, um die Planken ans Ufer zu ziehen, rief der Anführer der Reiter: »Ein Geburtstagspaket für meine Frau, Roger Kylmerth! Sieh zu, daß sie es erhält, und grüß sie von mir, und wenn sie damit fertig ist, sag ihr, daß ich sie in Carminowe erwarte.«

Er lachte laut auf, und seine Männer stimmten ein, dann lenkten sie ihre Pferde den Hügel hinauf und ritten fort.

Roger zog mit Hilfe eines Mönchs die Planke an Land, die anderen bekreuzigten sich und beteten, und einer kniete am Ufer nieder. An Bodrugan war keine Messerwunde zu sehen, keine Spur der Gewalt. Das Wasser strömte ihm aus dem Mund, und seine Augen standen weit offen. Sie hatten ihn ertränkt, bevor sie ihn an der Planke festschnallten.

Roger löste das Tau und trug ihn in seinen Armen zur Mühle. Das Wasser troff ihm aus dem Haar. »Barmherziger Gott«, murmelte er, »wie soll ich es ihr sagen?«

Das war nicht notwendig. Als wir uns der Mühle zuwandten, sahen wir Robbie und Isolda auf ihren Ponys heranreiten; Isoldas Haare hingen in nassen Strähnen auf die Schultern hinab, und ihr Umhang flatterte im Wind. Robbie erkannte mit einem Blick, was geschehen war, fiel ihr in die Zügel und wollte das Pony zurückführen, aber sie sprang rasch ab und eilte den Hang herunter auf uns zu.

»Oh, mein Geliebter«, rief sie, »o nein ... nein ... nein!« Ihre Stimme, anfangs noch klar und fest, verlor sich in einem einzigen Schrei.

Roger legte seine Last auf den Boden und lief ihr entgegegen, und ich mit ihm. Als wir ihre ausgestreckten Hände faßten, entglitt sie unserem Griff und fiel hin, und anstatt ihren Umhang in den Händen zu halten, kroch ich zwischen Strohballen herum, die an einer Wellblechhütte nahe der Straße zum Treesmill-Hof aufgestapelt waren.

XIV

Ich lag und wartete, daß Schwindel und Übelkeit aufhörten. Ich wußte, daß ich es durchstehen mußte, und je ruhiger ich mich verhielt, desto rascher wäre es vorbei. Es wurde schon hell, und ich war wach genug, um nach meiner Uhr zu sehen. Wenn ich mir eine Viertelstunde Zeit ließ, ohne mich zu rühren, mußte alles gutgehen. Selbst wenn die Leute auf dem Treesmill-Hof schon aufgestanden waren, würde vermutlich niemand über die Straße zu diesem Schuppen kommen, der dicht an der Mauer eines alten Obstgartens im Tal stand; der Bach wenige Meter weiter war der letzte Überrest der einst von den Gezeiten bestimmten Flußmündung.

Mein Herz klopfte schwer, beruhigte sich jedoch allmählich, und der gefürchtete Schwindelanfall verlief glimpflicher als damals am Steinbruch bei meiner Begegnung mit dem Arzt.

Fünf, zehn, fünfzehn Minuten ... Ich stand etwas unsicher auf, verließ den Garten und ging ganz langsam den Hang hinauf. Bis jetzt war alles in Ordnung. Ich stieg in den Wagen und blieb noch fünf Minuten sitzen, dann ließ ich den Motor an und fuhr vorsichtig nach Kilmarth zurück. Mir blieb reichlich Zeit, den Wagen in die Garage zu bringen und das

Fläschchen im Labor einzuschließen; danach war es wohl am gescheitesten, sofort ins Bett zu gehen und noch ein bißchen auszuruhen.

Ich sagte mir, daß ich nichts mehr hatte tun können. Roger würde Isolda nach Tregest zurückbringen, und die Leiche des armen Bodrugan war bei den Mönchen gut aufgehoben. Irgend jemand mußte Joanna in Bockenod benachrichtigen; Roger würde gewiß dafür sorgen. Ich empfand jetzt Achtung, ja sogar Zuneigung für ihn. Bodrugans grausamer Tod rührte ihn offensichtlich, und wir hatten dieses Grauen gemeinsam erlebt. Jene böse Ahnung, die mich am Strand unterhalb von Chapel Point beschlichen hatte, bevor ich mit Vita und den Jungen zurücksegelte, hatte sich also bestätigt.

Ich fuhr gerade in die Garage, als ich an Vita und die Kinder dachte, und mit der Erinnerung kam das volle Bewußtsein. Ich war in der Gegenwart heimgefahren, während mein Gehirn noch in der anderen Welt weilte. Ich war heimgefahren, wußte, daß ich das Steuer in den Händen hielt und der Gegenwart angehörte, aber mein übriges Wesen war noch der Vergangenheit verhaftet und glaubte, daß Roger eben gerade mit Isolda nach Tregest ritt.

Der Schweiß brach mir aus allen Poren. Ich saß still und mit zitternden Händen im Wagen. Das durfte nicht noch einmal passieren. Ich mußte mich in Gewalt bekommen. Es war sechs Uhr früh. Vita, die Jungen und unsere leidigen Gäste lagen oben im Bett und schliefen – Roger, Isolda und Bodrugan waren seit über sechshundert Jahren tot. Ich war wieder in meiner Zeit ...

Ich ging durch die Hintertür ins Haus und stellte das Fläschchen fort. Inzwischen war es ganz hell geworden, aber im Haus herrschte noch Stille. Ich schlich die Treppe hinauf in die Küche und setzte Wasser auf, um mir Tee zu machen. Eine dampfende Tasse Tee, die würde mir guttun. Das Summen des Kessels klang seltsam tröstlich. Ich setzte mich an den Tisch, und plötzlich fiel mir ein, wie viel wir alle am vergangenen Abend getrunken hatten. Die Küche roch noch nach dem Hummer, den wir verzehrt hatten; ich stand auf und öffnete das Fenster.

Während ich bereits die zweite Tasse Tee schlürfte, hörte ich die Treppe knarren und wollte eben hinunterlaufen und mich verstecken, als sich die Tür öffnete und Bill hereintrat. Er grinste blöde.

»Hallo«, sagte er, »zwei Seelen, ein Gedanke. Ich wachte auf, meinte, einen Wagen zu hören, und bekam plötzlich schrecklichen Durst. Ist das Tee, was du da trinkst?«

»Ja«, sagte ich, »du kannst auch eine Tasse haben. Ist Diana schon wach?«

»Nein«, antwortete er, »und wie ich meine Frau kenne, wird sie nach einer Zecherei auch nicht so bald zu sich kommen. Wir hatten allesamt ganz schön geladen, nicht wahr? Aber du hast uns doch nichts übelgenommen?«

»Nein.«

Ich goß ihm eine Tasse Tee ein, und er setzte sich an den Tisch. Er sah schlimm aus, und sein blaßrosa Schlafanzug paßte nicht zu seiner grauen Hautfarbe.

»Du bist angezogen«, sagte er. »Bist du schon lange auf?«

»Ja, ich war sogar draußen – ich konnte nicht schlafen.«

»Dann hörte ich also deinen Wagen die Auffahrt herauffahren?«

»Sicher«, sagte ich.

Der Tee tat mir wohl, aber er wirkte auch schweißtreibend. Ich spürte, wie mir der Schweiß über das Gesicht lief.

»Du siehst ein bißchen abgespannt aus«, bemerkte er kritisch. »Ist dir nicht gut?«

Ich zog mein Taschentuch heraus und wischte mir die Stirn ab. Wieder begann mein Herz schwer zu klopfen. Das mußte der Tee sein.

»Um die Wahrheit zu sagen«, antwortete ich, und ich hörte, wie ich die Worte undeutlich stammelte, als wäre der Tee starker Alkohol gewesen, der mich auf einmal aus dem Gleichgewicht gebracht hatte, »ich war unbemerkter Zeuge eines schrecklichen Verbrechens. Ich kann es einfach nicht vergessen.«

Er setzte seine Tasse ab und starrte mich an. »Was in aller Welt . . .«, fing er an.

»Ich hatte das Gefühl, daß ich frische Luft brauchte«, sagte ich rasch, »darum fuhr ich an einen Ort, etwa drei Meilen entfernt und nahe der Bucht, und dort sah ich, wie ein Schiff strandete. Es ging ein sehr starker Sturm, und der Mann an Bord mußte mit seiner Mannschaft in ein Beiboot steigen. Sie kamen auch ans andere Ufer, und dann passierte diese furchtbare Sache ...« Ich goß mir noch eine Tasse Tee ein, wobei meine Hände zitterten. »Diese Mörderbande, diese verdammte Mörderbande am andern Ufer – der Mann aus dem Boot kam nicht gegen sie an. Sie haben ihn nicht erstochen, sie hielten einfach seinen Kopf unter Wasser, so daß er ertrank.«

»Mein Gott!« sagte Bill. »Mein Gott, wie schrecklich! Bist du auch sicher?«

»Ja«, antwortete ich, »ich habe es selbst gesehen. Ich sah, wie der arme Kerl ertrank.« Ich stand auf und ging in der Küche hin und her.

»Und was willst du tun?« fragte er. »Wäre es nicht besser, wenn du die Polizei anriefest?«

»Die Polizei? Das geht die Polizei nichts an. Ich denke vielmehr an den Sohn des Ermordeten. Er ist krank, und jemand muß ihm und seinen Verwandten Bescheid sagen.«

»Aber Dick, es ist deine Pflicht, die Polizei zu verständigen! Ich begreife, daß du dich aus der Sache heraushalten möchtest, aber dies ist doch Mord! Und du sagst, du kennst den Mann, der ertränkt wurde, und seinen Sohn?«

Ich starrte ihn an, dann schob ich ich meine Teetasse beiseite. Es war also passiert, großer Gott, es war passiert. Die Verwirrung. Die Verwechslung der beiden Welten ... Schweiß rann mir über den ganzen Körper.

»Nein«, sagte ich, »ich kenne ihn nicht persönlich. Ich habe ihn mal gesehen. Er hatte drüben in der Bucht seine Jacht liegen, auch habe ich gehört, wie die Leute von seiner Familie redeten. Du hast recht, ich will nicht in die Sache hineingezogen werden. Und außerdem war ich nicht der einzige Zeuge. Es hat noch jemand zugesehen, und ich bin überzeugt, der wird es melden – das heißt, er hat es sicher schon getan.«

»Hast du mit ihm gesprochen?« fragte Bill.

»Nein«, sagte ich, »nein, er hat mich nicht gesehen.«

»Na, ich weiß nicht«, sagte Bill. »Ich finde doch, du müßtest die Polizei anrufen. Soll ich es für dich tun?«

»Nein, auf keinen Fall. Und, Bill, kein Wort davon zu Diana oder Vita. Das mußt du mir schwören.«

Er sah sehr besorgt aus. »Ich verstehe. Es würde sie schrecklich aufregen. Mein Gott, das muß ja ein furchtbarer Schock für dich gewesen sein.«

»Nun, es geht«, sagte ich. »Es geht.« Ich setzte mich wieder an den Küchentisch.

»Hier, möchtest du noch etwas Tee?« fragte er.

»Nein, ich möchte nichts.«

»Das beweist mal wieder, was ich immer sage, Dick. Die Verbrecherquote steigt unaufhaltsam in jedem zivilisierten Land der Welt. Die Behörden müssen endlich energische Maßnahmen ergreifen. Wer käme darauf, daß so etwas hier passieren könnte, in einem so abgelegenen Ort von Cornwall? Eine Räuberbande, sagst du? Hast du irgendeine Idee, woher sie kamen? Waren sie aus dieser Gegend?«

Ich schüttelte den Kopf. »Nein, das glaube ich nicht. Ich habe keine Ahnung, wer sie waren.«

»Und du bist ganz sicher, daß jener andere es auch gesehen hat und es der Polizei melden wird?«

»Ja, ich sah, wie er weglief. Er lief direkt zum nächsten Bauernhaus. Sie haben ja hier alle ein Telefon.«

»Ich hoffe, du behältst recht«, sagte er.

Wir saßen eine Weile schweigend da. Er seufzte und schüttelte den Kopf. »Was für ein Erlebnis für dich. Was für ein verdammt schreckliches Erlebnis.«

Ich steckte meine Hände in die Taschen, damit er nicht sah, wie sie zitterten. »Hör zu, Bill«, sagte ich, »ich gehe jetzt nach oben und lege mich hin. Ich will nicht, daß Vita erfährt, daß ich überhaupt draußen gewesen bin. Und auch Diana nicht. Ich möchte, daß das ganz unter uns bleibt. Weder du noch ich können im Augenblick etwas tun. Ich möchte, daß du es vergißt.«

»Okay. Ich werde nichts sagen. Aber vergessen kann ich es nicht. Und ich werde mir daraufhin die Nachrichten anhören. Übrigens müssen wir nach dem Frühstück fort, wenn wir das Flugzeug in Exeter erreichen wollen. Ist dir das recht?«

»Natürlich. Es tut mir nur leid, daß ich dir den Morgen verdorben habe.«

»Mein lieber Dick, mir tut es für dich leid. Ja, ich sollte auch nach oben gehen und noch ein bißchen schlafen. Mach dir nicht die Mühe, aufzustehen und auf Wiedersehen zu sagen. Du kannst immer deinen Kater als Entschuldigung anführen.« Er lächelte und reichte mir die Hand. »Es war schön gestern, und vielen Dank für alles. Ich hoffe nur, es passiert nun nichts mehr, was euch die Ferien verderben könnte. Ich schreibe euch aus Irland.«

»Danke, Bill«, sagte ich, »vielen Dank.«

Ich ging nach oben, zog mich im Ankleidezimmer aus und erbrach heftig in die Toilette. Das Geräusch mußte Vita wohl geweckt haben, denn ich hörte sie vom Schlafzimmer her rufen.

»Bist du's? Was ist los?«

»Zu viel Muscadet auf den Bourbon«, sagte ich. »Tut mir leid, ich kann kaum stehen. Ich lege mich hier auf das Sofa. Es ist noch ziemlich früh – ungefähr halb sieben.«

Ich schloß die Tür und warf mich auf die Couch. Ich war wieder in die heutige Welt zurückgekehrt, aber wer konnte wissen, wie lange es dauern würde? Eins stand fest: Sobald Bill und Diana abgereist waren, mußte ich Magnus anrufen.

Mit dem Unbewußten ist es eine eigene Sache. Ich war tief erschrocken über die totale Verwirrung, in der ich Bill beinahe noch die Wahrheit über das Experiment selbst anvertraut hätte; aber fünf Minuten nachdem ich mich hingelegt hatte, schlief ich ein und träumte seltsamerweise nicht von Bodrugan und seinem furchtbaren Schicksal, sondern von einem Kricketspiel in Stonyhurst, bei dem eins der Mannschaftsmitglieder einen Kricketball an den Kopf bekam und vierundzwanzig Stunden danach an Hirnblutung starb. An diesen Vorfall hatte ich mindestens fünfundzwanzig Jahre lang nicht mehr gedacht.

Als ich kurz nach neun aufwachte, war mein Kopf – abgesehen von einem echten Katzenjammer – vollständig klar, aber mein rechtes Auge war noch stärker blutunterlaufen als zuvor. Ich badete, rasierte mich und hörte, wie unsere Gäste im Nebenzimmer rumorten. Ich wartete, bis Bill und Diana hinuntergingen, dann rief ich Magnus an. Kein Glück. Er war nicht zu Hause. Ich hinterließ eine Nachricht bei seiner Sekretärin an der Universität und bat, ihm auszurichten, ich müsse ihn dringend sprechen, er solle auf jeden Fall warten, bis ich ihn anriefe. Dann steckte ich den Kopf durch das Fenster des Ankleidezimmers über dem Innenhof und rief Teddy zu, er möge mir eine Tasse Kaffee heraufbringen. Ich wollte unseren Gästen fünf Minuten vor ihrer Abfahrt gute Reise wünschen – aber keine Minute früher.

»Was ist mit deinem Auge los? Bist du hingefallen?« fragte mein ältester Stiefsohn, als er den Kaffee brachte. »Nein«, sagte ich, »ich glaube, das ist eine Nachwirkung vom Wind am Montag.«

»Du warst schon früh auf«, sagte er. »Ich habe gehört, wie du mit Bill in der Küche redetest.«

»Ich machte Tee«, sagte ich. »Wir hatten beide gestern zu viel getrunken.«

»Daher wohl auch der Streifen überm Auge, und nicht vom Meer«, sagte er, und dabei sah er seiner Mutter, wenn sie mal einen besonders lichten Moment hatte, so ähnlich, daß ich wegschauen mußte. Mir fiel ein, daß sein Zimmer über der Küche lag und daß er unsere Unterhaltung mit angehört haben konnte.

»Worüber haben wir eigentlich noch gesprochen?« fragte ich, bevor er hinausging.

»Wie soll ich das wissen? Meinst du, ich reiße die Planken aus dem Fußboden, um euch zu belauschen?«

Nein, dachte ich, aber deine Mutter vielleicht, wenn sie um sechs Uhr morgens ihren Mann und ihren Gast reden hört.

Ich zog mich fertig an, trank meinen Kaffee und erschien gerade rechtzeitig oben auf der Treppe, um Bill die Koffer hinuntertragen zu helfen. Er grüßte mich mit verständnisinnigem, fragendem Blick – die Frauen standen unten im Flur – und murmelte: »Hast du ein wenig geschlafen?«

»Ja, mir geht es ganz gut.« Ich sah, wie er mein Auge anstarrte. »Ich weiß«, sagte ich und legte die Hand darüber, »das kann ich mir auch nicht erklären. Es muß der Bourbon gewesen sein. Übrigens hat Teddy uns heute morgen gehört.«

»Ich weiß«, antwortete er, »er hat es Vita erzählt. Aber es ist alles in Ordnung. Keine Sorge.« Er klopfte mir auf die Schulter, und wir stapften die Treppe hinunter.

»Himmel!« schrie Vita, »was hast du mit deinem Auge gemacht?«

»Eine Bourbon-Allergie, durch Salzwasser verschlimmert. Das geht vielen Leuten so.«

Beide Frauen bestanden darauf, mich zu untersuchen, und empfahlen mir die verschiedensten Arzneien.

»Das kann aber nicht der Bourbon gewesen sein«, meinte Diana. »Ich will dir nicht zu nahe treten, aber ich habe es gestern gleich bei unserer Ankunft bemerkt. Ich fragte mich: Was hat Dick bloß an seinem Auge?«

»Du hast mir nichts davon gesagt«, meinte Vita.

Ich hatte genug, legte den beiden meinen Arm auf die Schulter und schob sie auf die Veranda. »Ihr würdet heute morgen auch nicht bei der Schönheitskonkurrenz gewinnen«, sagte ich, »und mich hat nicht der Bourbon aufgeweckt, sondern Vitas Schnarchen. Also haltet den Mund.«

Wir mußten uns für das obligate Abschiedsfoto auf die Treppe stellen, und es war beinahe halb elf, als sie endlich abfuhren. Bill verabreichte mir einen verschwörerischen Händedruck.

»Ich hoffe, wir haben in Irland auch so schönes Wetter«, sagte er. »Ich werde die Zeitungen lesen und Wetterberichte hören, um zu wissen, wie es hier in Cornwall steht.« Er sah mich an und nickte kaum merklich. Er meinte, daß er Augen und Ohren aufhalten würde, um über das heimtückische Verbrechen zu hören.

»Schreibt uns Karten«, sagte Vita. »Ich wünschte, wir könnten mitfahren.«

»Das kannst du immer tun, wenn es dir hier zu langweilig wird«, sagte ich.

Das war sicher nicht gerade eine liebenswürdige Bemerkung, und als wir den beiden lange genug nachgewinkt hatten und uns dem Haus zuwandten, sah Vita nachdenklich aus. »Ich glaube wirklich, du wärst froh, wenn die Jungen und ich mit ihnen gefahren wären. Dann hättest du das Haus wieder für dich«, sagte sie.

»Rede keinen Unsinn.«

»Na, du hast deine Gefühle gestern abend ziemlich deutlich gezeigt, als du gleich nach dem Essen ins Bett gingst.«

»Ich ging ins Bett, weil es mich nicht sehr amüsierte, wie du dich in Bills Armen rekeltest und Diana nur darauf wartete, dasselbe bei mir zu tun. Solche Gesellschaftsspiele liegen mir nun mal nicht.«

»Gesellschaftsspiele!« sagte sie lachend. »Was für ein Blödsinn! Bill und Diana sind meine ältesten Freunde. Wo bleibt dein vielgerühmter britischer Humor?«

»Er harmoniert leider nicht mit deinem«, sagte ich. »Ich habe einen gröberen Witz. Ich lache höchstens, wenn ich dir eine Matte unter den Füßen wegziehe und du hinfällst.«

Im selben Augenblick, als wir ins Haus gingen, läutete das Telefon. Ich lief in die Bibliothek, und Vita folgte mir. Ich fürchtete, es könnte Magnus sein, und er war es auch.

»Ja?« fragte ich vorsichtig.

»Ich habe deine Nachricht erhalten«, sagte er, »aber ich bin sehr beschäftigt. Ist es jetzt nicht so günstig?«

»Nein«, sagte ich.

»Du willst sagen, Vita ist im Zimmer?«

»Ja.«

»Ich verstehe. Du brauchst nur mit Ja oder Nein zu antworten. Ist irgend etwas vorgefallen?«

»Na ja, wir hatten Besuch. Sie sind gestern angekommen und eben gerade abgefahren.«

Vita zündete sich eine Zigarette an. »Wenn es dein Professor ist — und wer sollte es sonst sein —, grüß ihn von mir.«

»Vita läßt grüßen«, sagte ich zu Magnus.

»Grüß sie ebenfalls. Frag, ob es euch passen würde, wenn ich für das Wochenende käme. Ich würde Freitagabend da sein.«

Ich atmete erleichtert auf. Magnus würde alles in die Hand nehmen. »Magnus möchte wissen, ob er Freitag für das Wochenende herkommen kann«, sagte ich zu Vita

»Natürlich«, antwortete sie, »schließlich ist es sein Haus, und dir wird es wohl mehr Spaß machen, deinen Freund zu empfangen, als du an meinen Freunden zu haben schienst.«

»Vita freut sich schon darauf«, übertrieb ich am Telefon.

»Wunderbar. Welchen Zug ich nehme, sage ich euch später. Jetzt zu deinem dringenden Anruf. Betrifft er die andere Welt?«

»Ja.«

»Du hast wieder einen Trip gemacht?«

»Ja.«

»Mit schlimmen Folgen?«

Ich schwieg einen Augenblick und sah zu Vita hinüber. Sie machte keine Anstalten hinauszugehen. »Um die Wahrheit zu sagen, geht es mir ziemlich scheußlich«, sagte ich. »Ich habe irgend etwas gegessen oder getrunken, was mir nicht bekommen ist. Mir war furchtbar übel, und ich habe ein seltsam blutunterlaufenes Auge. Vielleicht kommt es daher, daß wir vor dem Hummer Whisky tranken.«

»Und dazu noch der Trip – da magst du schon recht haben«, sagte er. »Und wie war's mit der Verwirrung?«

»Das auch. Ich konnte kaum klar denken, als ich aufwachte.«

»Aha. Ist dir noch etwas aufgefallen?«

Wieder sah ich zu Vita hinüber. »Nun, wir waren gestern abend allesamt ziemlich angeheitert«, erklärte ich, »und Bill und ich wachten früh auf. Ich hatte einen sehr lebhaften Alptraum gehabt und erzählte Bill heute morgen beim Tee davon.«

»Was hast du erzählt?«

Über den Alptraum! Nur das. Er war sehr deutlich. Du weißt ja, wie Alpträume sind. Mir war, als sähe ich, wie jemand von Räubern überfallen und ertränkt wurde.«

»Das geschieht dir recht«, sagte Vita, »und das hört sich mehr nach zwei Portionen Hummer an als nach dem Whisky.«

»War es einer von unseren Freunden?« fragte Magnus.

»Ja, du kennst doch den Burschen, der vor Jahren ein Boot in Chapel Point hatte und immer nach Par hinübersegelte? Der kam in meinem Traum vor. Ich träumte, daß der Sturm den Mast seines Schiffes gebrochen hatte, und als er schließlich ans Ufer kam, wurde er von einem eifersüchtigen Ehemann ermordet, der glaubte, er habe ihm Hörner aufgesetzt.«

Vita lachte. »Wenn du wissen willst, was ich darüber denke: Der Traum deutet auf ein schlechtes Gewissen hin. Du hast gedacht, ich ginge mit Bill durch, daher dein lebhafter Alptraum. Komm, laß mich mal mit deinem Professor sprechen.« Sie trat heran und nahm mir den Hörer aus der Hand. »Wie geht es dir, Magnus?« sagte sie, und ihre Stimme strahlte wohlkalkulierten Charme aus. »Ich freue mich, daß du am Wochenende kommst. Vielleicht kannst du Dick in bessere Laune versetzen. Er ist zur Zeit ziemlich trübselig.« Sie lächelte mich an. »Was mit seinem Auge los ist?« wiederholte sie. »Ich habe keine Ahnung. Er sieht aus, als hätte er beim Boxen verloren. Natürlich, ich werde mich bemühen, ihn zu beruhigen, bis du ankommst, aber er ist sehr bockig. Oh, ganz nebenbei, du wirst es mir sagen können. Meine Jungs reiten so gern, und Dick sagt, er habe am Sonntagmorgen, als wir in der Kirche waren, Kinder auf Ponys reiten sehen. Ich hätte gern gewußt, ob es in dem Dorf – wie heißt es doch noch? Ja, Tywardreath – Reitställe gibt. Weißt du nicht. Nun ja, macht nichts. Vielleicht kann Mrs. Collins es mir sagen. Wie? Moment mal, ich frage ihn . . .« Sie drehte sich nach mir um. »Er fragt, ob die Kinder die beiden kleinen Töchter eines gewissen Oliver Carminowe waren? Alte Freunde von ihm.«

»Ja, ich glaube sicher, daß sie es waren. Aber ich weiß nicht, wo sie wohnen.«

Sie sprach wieder ins Telefon: »Dick meint ja, obwohl ich nicht verstehe, woher er das wissen will, wenn er sie nicht kennt. Nun ja, wenn die Mutter hübsch ist, dann hat er sie sicher irgendwo gesehen, und darum weiß er, wer sie waren.« Sie machte eine Grimasse zu mir herüber. »Ja, tu das«, fuhr sie fort, »und wenn du sie am nächsten Wochenende sprichst, können wir sie auf einen Drink einladen, und Dick würde ihr vorgestellt werden. Also dann bis Freitag.«

Sie gab mir den Hörer zurück. Magnus lachte am anderen Ende der Leitung.

»Was soll das mit den Carminowes?« fragte ich.

»Das habe ich doch gut hingekriegt, findest du nicht auch?« entgegnete er. »Ich habe es auf jeden Fall vor, wenn wir Vita und die Jungens loswerden können. Inzwischen lasse ich meinen Burschen in London über Otto Bodrugan nachforschen. Er hat also ein scheußliches Ende gefunden, und es hat dich etwas mitgenommen?«

»Ja.«

»Roger war vermutlich auch wieder da. Hatte er seine Hand dabei im Spiel?«

»Nein.«

»Gott sei Dank. Hör zu, Dick, das ist wichtig: Auf keinen Fall noch einen Trip, es sei denn, wir machen ihn gemeinsam. Ganz gleich, wie stark die Versuchung ist. Du mußt durchhalten, wenn's auch schwerfällt. Ist das klar?«

»Ja.«

»Wie ich dir neulich schon sagte, werde ich die ersten Resultate aus dem Labor haben, wenn wir uns sehen. Aber jetzt Hände weg von der Sache. Ich muß gehen. Paß auf dich auf.«

»Ich will's versuchen«, sagte ich. »Auf Wiedersehen.«

Es war, als zerschnitte ich das einzige Band zwischen den beiden Welten.

»Kopf hoch«, sagte Vita, »in kaum drei Tagen ist er hier. Ist das nicht wunderbar? Und wie wär's, wenn du jetzt ins Badezimmer gingest und etwas für dein Auge tätest?«

Nachdem ich mein Auge gebadet hatte und Vita in der Küche verschwunden war, um Mrs. Collins zu sagen, daß Magnus zum Wochenende kommen würde, und zweifellos auch, um das Menü mit ihr zu besprechen, holte ich die Autokarte und suchte noch einmal nach Tregest. Vergeblich. Solch einen Ort gab es nicht mehr. Treesmill war eingezeichnet, das wußte ich, und Treverran, Trenadlyn, Trevenna – die letzten drei auch auf der Steuerliste für Laien –, aber sonst nichts. Vielleicht konnte Magnus die Erklärung von seinem Londoner Studenten erhalten.

Vita kam in die Bibliothek. »Ich habe Mrs. Collins nach den Carminowes gefragt«, sagte sie, »aber sie hat nie von ihnen gehört. Ist Magnus näher mit ihnen befreundet?«

Ich fuhr zusammen, als sie den Namen aussprach. Ich wußte, daß ich auf der Hut sein mußte, damit ich mich nicht wieder versprach.

»Ich glaube, er hat sie inzwischen aus den Augen verloren«, antwortete ich. »Vermutlich hat er sie eine ganze Weile nicht mehr gesehen. Er kommt nicht oft herüber.«

»Sie stehen auch nicht im Telefonbuch. Ich habe nachgesehen. Was tut Oliver Carminowe?«

»Was er tut?« wiederholte ich. »Das weiß ich wirklich nicht. Ich glaube, er war in der Armee. Hatte irgendeinen Posten bei der Regierung. Danach mußt du Magnus fragen.«

»Und seine Frau ist sehr hübsch?«

»Ja, sie war hübsch«, sagte ich, »aber ich habe nie mit ihr gesprochen.«

»Aber du hast sie gesehen, seit du hierherkamst?«

»Nur von fern. Sie kennt mich nicht.«

»War sie damals hier, da du als Student hier wohntest?«

»Möglich. Aber ich habe sie oder ihren Mann niemals kennengelernt. Ich weiß kaum etwas von ihnen.«

»Aber du wußtest genug, um die Kinder zu erkennen, als du sie neulich sahst?«

Ich bemerkte, daß ich mich verwickelte. »Liebling«, sagte ich, »was soll das alles? Magnus erwähnte ganz nebenbei Namen von Freunden und Bekannten, und dazu gehörten die Carminowes. Das ist alles. Oliver Carminowe war vorher verheiratet, und Isolda ist seine zweite Frau, und sie haben zwei Kinder. Bist du nun zufrieden?«

»Isolda?« sagte sie. »Was für ein romantischer Name.«

»Nicht romantischer als Vita«, erwiderte ich. »Können wir sie nicht in Ruhe lassen?«

»Merkwürdig, daß Mrs. Collins nie von ihnen gehört hat«, sagte sie. »Sie weiß doch sonst über alles Bescheid, was in der Gegend passiert. Aber jedenfalls hat sie mir gesagt, daß es drüben an der Straße bei Mister Barton Reitställe gibt, und ich werde mit den Leuten etwas ausmachen.«

»Großartig«, sagte ich. »Warum willst du das nicht gleich tun?«

Sie starrte mich einen Augenblick an, dann drehte sie sich um und ging hinaus. Ich holte rasch mein Taschentuch hervor und wischte mir die Stirn, auf der schon wieder Schweißperlen erschienen. Ein Glück, daß die Carminowes ausgestorben waren, sonst würde Vita garantiert irgendeinen Nachkommen zum Mittagessen einladen und dem Bedauernswerten peinliche Fragen stellen.

Zwei, fast drei Tage waren noch zu überstehen, bis Magnus mir zu Hilfe kam. Es war nicht leicht, Vita abzuspeisen, wenn man ihre Neugierde einmal geweckt hatte, und typisch für Magnus' boshaften Witz, daß er den Namen der Carminowes erwähnt hatte.

Der restliche Mittwoch verlief ohne Zwischenfall, und ich

dankte dem Himmel, daß ich mich nicht ein einziges Mal verriet. Ich empfand es als solche Erleichterung, unsere Gäste los zu sein, daß alles andere nichts mehr ausmachte. Die Jungen gingen reiten und hatten dabei sicher genug Spaß, und Vita, die vermutlich ein Stimmungstief durchmachte — eine ganz normale Reaktion infolge des Katers — war so vernünftig, nichts davon zu sagen und die Party vom vergangenen Abend mit keinem Wort mehr zu erwähnen. Wir gingen früh ins Bett und schliefen wie die Murmeltiere, und als wir am Donnerstag aufwachten, regnete es unaufhörlich. Mich kümmerte das wenig, aber Vita und die Jungen waren enttäuscht, denn sie hatten wieder einen Ausflug im Segelboot geplant.

»Ich hoffe, es regnet nicht das ganze Wochenende«, sagte Vita. »Was soll ich bloß mit den Jungen anfangen, wenn es so wird? Du willst doch gewiß nicht, daß sie den ganzen Tag im Haus herumsitzen, wenn der Professor hier ist.«

»Magnus hat sicher genug gute Ideen für sie und für uns«, sagte ich. »Und wahrscheinlich haben wir sowieso zu tun.«

»Was habt ihr zu tun? Ihr wollt euch doch wohl nicht in dem seltsamen Zimmer im Keller einschließen?«

Sie war der Wahrheit näher, als sie ahnte. »Ich weiß es noch nicht genau«, erwiderte ich ausweichend. »Er hat da eine Menge Papiere liegen, und vielleicht will er sie mit mir zusammen durchsehen. Geschichtliche Forschungsarbeiten und sowas. Ich habe dir schon von diesem neuen Hobby erzählt.«

»Das könnte Teddy interessieren und mich auch«, sagte sie. »Es wäre nett, wenn wir alle zusammen mit einem Picknick irgendeine historische Stätte besuchen würden. Wie wär's mit Tintagel? Mrs. Collins sagt, Tintagel müßte man gesehen haben«.

»Das ist wohl nicht so recht nach Magnus' Geschmack, und außerdem ist es von Touristen überlaufen. Wenn er ankommt, werden wir ja sehen, was er vorhat.«

Ich fragte mich, wie wir die drei loswerden konnten, wenn Magnus den Steinbruch sehen wollte. Nun, das war sein Problem, nicht meines.

Der Donnerstag schleppte sich hin, und ein trübseliger Spaziergang am Strand brachte mir kaum Erleichterung. Magnus hatte mir geraten, durchzuhalten, auch wenn es mich

Schweiß kostete, und am Abend wußte ich, was er damit sagen wollte. Mir hatte dieses allgemein verbreitete Ärgernis bisher fast nie zu schaffen gemacht. In der Schule hatte ich nach starken körperlichen Anstrengungen wohl geschwitzt, aber doch nicht so stark wie manche meiner Mitschüler. Aber jetzt trat mir der Schweiß nach jeder geringfügigen Bewegung aus allen Poren, zuweilen sogar, wenn ich still saß, und was das schlimmste war – er hatte einen merkwürdigen säuerlichen Geruch. Ich wünschte sehnlichst, niemand außer mir würde ihn bemerken.

Das erste Mal, als mir das auffiel, nach dem Spaziergang am Strand, dachte ich, es sei auf die sportliche Betätigung zurückzuführen, und nahm vor dem Essen ein Bad. Aber im Laufe des Abends, als Vita und die Jungen vor dem Fernsehschirm saßen und ich gemütlich im Musikzimmer Schallplatten hörte, fing es wieder an. Ein plötzliches klammes Kältegefühl, dann brach mir der Schweiß an Kopf, Nacken, in den Achselhöhlen und am übrigen Körper aus. Es dauerte vielleicht fünf Minuten, aber als der Anfall vorbei war, war mein Hemd völlig durchnäßt. Diese Nebenwirkung war offensichtlich eine neue Reaktion auf die Droge und versetzte mich in panische Angst. Ich schaltete den Plattenspieler aus und ging nach oben, um mich noch einmal zu waschen und umzuziehen, wobei ich mich fragte, was wohl geschehen würde, falls ich später, wenn ich neben Vita im Bett lag, einen weiteren Anfall erlitt.

Meine Furcht und Nervosität machten mir den Abend nicht leicht, und Vita war wieder einmal besonders gesprächig. Sie redete noch, als wir uns auszogen und dann nebeneinander im Bett lagen. Kein Bräutigam hätte in der ersten Hochzeitsnacht nervöser sein können als ich jetzt; ich zog mich ganz auf meine Seite des Bettes zurück und gähnte unentwegt, zum Zeichen, daß ich von Müdigkeit geradezu überwältigt wurde. Wir schalteten die Nachttischlampen aus; ich führte so etwas wie eine Pantomime auf und atmete schwer, als sei ich bereits halb eingeschlafen. Ich weiß nicht, ob Vita sich dadurch täuschen ließ, aber nachdem sie ein- oder zweimal versucht hatte, sich an mich zu schmiegen, worauf ich nicht reagierte, rollte sie auf ihre Seite hinüber und schlief bald.

Ich lag wach und nahm mir vor, Magnus die Hölle heiß zu

machen, wenn er kam. Übelkeit, Schwindel, Gedankenverwirrung, ein blutunterlaufenes Auge und jetzt auch noch der säuerliche Schweiß – wofür das alles? Ein kurzer Ausschnitt aus einer längst vergangenen Zeit, der keinen Einfluß mehr auf die Gegenwart hatte, in seinem oder meinem Leben keinen Zweck erfüllte und der Welt, in der wir lebten, ebensowenig nützen konnte wie ein Buch mit vergessenen Erinnerungen in einer verstaubten Schublade. So argumentierte ich bis Mitternacht und darüber hinaus, denn die Vernunft läßt uns gewöhnlich im Stich, wenn der Dämon der Schlaflosigkeit uns in den frühen Morgenstunden heimsucht. Während ich dalag und es auf dem leuchtenden Zifferblatt des Reiseweckers neben dem Bett zwei und dann drei Uhr werden sah, fiel mir ein, wie ich mich in jener anderen Welt mit nachtwandlerischer Sicherheit und der Wahrnehmungsgabe eines völlig Wachen bewegt hatte. Roger war kein verblichener Schnappschuß aus dem Album der Zeit; und selbst jetzt, in dieser »vierten Dimension«, in die ich versehentlich hineingeraten war, während Magnus sie absichtlich aufsuchte, lebte und rührte er sich, aß und schlief er unter mir in diesem Haus Kylmerth, und sein Leben vollzog sich in meiner unmittelbaren Gegenwart, so daß beide miteinander verschmolzen.

Bin ich denn meines Bruders Hüter? Kains Protestschrei vor Gott gewann plötzlich für mich neue Bedeutung, während ich zusah, wie der Uhrzeiger auf zehn nach drei rückte. Roger war mein Hüter, und ich der seinige. Es gab keine Vergangenheit, keine Gegenwart, keine Zukunft. Alles Lebendige ist ein Teil des Ganzen. Wir alle sind durch Zeit und Ewigkeit miteinander verbunden, und es würde keine Trennung mehr geben, keinen Tod ... Hier lag gewiß die entscheidende Bedeutung des Experiments: Der Tod war aufgehoben, da man sich in der Zeit bewegte. Das hatte Magnus noch nicht begriffen. Ihm diente die Droge nur dazu, irgendeine Substanz im Hirn freizusetzen, die die gelebte Vergangenheit aufspeichert. Mir bewies sie, daß die Vergangenheit noch lebte, daß wir alle an ihr teilhatten, alle Zeugen waren. Ich war Roger, ich war Bodrugan, ich war Kain – und dadurch zugleich ich selbst.

Als ich einschlief, hatte ich das Gefühl, einer ungeheuren Entdeckung entgegenzugehen.

XV

Ich wachte erst nach zehn Uhr auf, als Vita mir das Tablett mit Toast und Kaffee ans Bett brachte.

»Nanu«, sagte ich, »ich muß verschlafen haben.«

»Ja.« Sie musterte mich kritisch. »Wie fühlst du dich?«

Ich richtete mich auf. »Ausgezeichnet. Warum?«

»Du warst in der Nacht unruhig und hast stark geschwitzt. Sieh mal, deine Pyjamajacke ist immer noch feucht.«

Sie hatte recht; ich zog die Jacke aus. »Seltsam«, sagte ich. »Sei so gut und hol mir ein Handtuch.«

Sie brachte mir eins aus dem Badezimmer, und ich rieb mich ab, bevor ich mich über das Frühstück hermachte.

»Das muß etwas mit dem Marsch am Strand zu tun haben«, meinte ich.

»Das glaube ich nicht«, antwortete sie, wobei sie mich verwundert anstarrte. »Außerdem hast du hinterher gebadet. Du hast doch früher nie nach sportlichen Betätigungen so geschwitzt!«

»Nun, irgendwann passiert es dann doch. Vermutlich eine Alterserscheinung. Vielleicht gibt es auch beim Mann so etwas wie Wechseljahre, und sie überfallen mich schon jetzt.«

»Ich hoffe nicht. Wie unangenehm.«

Sie ging zum Ankleidetisch und betrachtete sich im Spiegel, als könnte sie dort die Lösung des Problems finden. »Merkwürdig«, fuhr sie fort, »Diana und mir fiel auf, daß du trotz der Sonnenbräune nicht gut aussiehst.« Plötzlich drehte sie sich um und sah mich an. »Du mußt doch selbst zugeben, daß du nicht hundertprozentig in Form bist. Ich weiß nicht, was es ist, Liebling, aber es bedrückt mich. Du bist launisch und zerstreut, als hättest du die ganze Zeit etwas auf dem Herzen. Und dann dein blutunterlaufenes Auge ...«

»Um Himmels willen«, unterbrach ich sie, »laß das bitte. Ich gebe ja zu, daß ich schlecht gelaunt war, als Bill und Diana hier waren, und ich bitte um Entschuldigung. Wir hatten zuviel getrunken, sonst nichts. Müssen wir denn für jede Stunde Rechenschaft ablegen?«

»Nun redest du schon wieder so«, sagte sie. »Immer in der Defensive. Ich hoffe, die Ankunft deines Professors bringt dich wieder ins rechte Gleis.«

»Das wird sie sicher, vorausgesetzt, daß dieses Verhör nicht auch noch am Wochenende fortgesetzt wird.«

Sie lachte, oder vielmehr, sie verzog den Mund, wie Frauen es tun, wenn sie ihren Mann verletzen wollen. »Ich würde nicht wagen, den Professor einem solchen Verhör zu unterziehen. Sein Gesundheitszustand und sein Benehmen gehen mich nichts an, aber bei dir ist das anders. Schließlich bin ich deine Frau, und ich liebe dich.«

Sie ging hinaus. Ein schöner Tagesanfang, dachte ich, während ich meinen Toast mit Butter bestrich — Vita ist beleidigt, ich werde von Schweißausbrüchen befallen, und heute abend soll Magnus ankommen.

Auf dem Tablett lag eine Karte von ihm, wie zufällig unter den Toaströster gerutscht. Ob Vita sie wohl absichtlich so versteckt hatte? Er schrieb, er wolle den Zug um vier Uhr dreißig nehmen und werde gegen zehn Uhr in St. Austell sein. Das war eine Erleichterung. Es bedeutete, daß Vita und die Jungen zu Bett gehen oder nur aus Höflichkeit zur Begrüßung aufbleiben würden, und dann konnten Magnus und ich uns in aller Ruhe allein unterhalten. Erfreut stand ich auf, badete und zog mich an, entschlossen, die morgendliche Stimmung zu heben und mich Vita und den Jungen gefällig zu zeigen.

»Magnus kommt erst nach zehn«, rief ich die Treppe hinunter, »um das Essen brauchst du dich also nicht zu kümmern. Er ißt im Zug. Was wollt ihr tun?«

»Segeln«, riefen die Jungen, die unschlüssig im Flur herumstanden — wie alle Kinder, die von sich aus mit ihrem Tag nichts anzufangen wissen.

»Kein Wind«, sagte ich mit einem raschen Blick aus dem Fenster.

»Dann miete ein Motorboot«, riet Vita, die aus der Küche herauskam.

Ich wollte ihnen den Gefallen tun, und so stachen wir mit einem Picknick-Korb und unserem Bootsmann Tom von Fowey aus in See, nicht im Segelboot, sondern in einem ehemaligen Rettungsboot, das Tom selbst mit einem knatternden

Motor ausgestattet hatte und das sich mit einer Geschwindigkeit von höchstens fünf Knoten fortbewegte. Wir fuhren vom Hafen aus ostwärts, gingen bei Lanvilet Bay vor Anker, verzehrten unseren Imbiß, badeten, genossen den Tag, und alle waren zufrieden. Auf der Rückfahrt fingen wir zur Freude Teddys und Mickys ein halbes Dutzend Makrelen, die Vita uns als Leckerbissen zum Abendessen bereiten wollte. Der Ausflug war ein voller Erfolg.

»Bitte, versprecht uns, daß wir morgen wiederkommen können«, bettelten die Jungen, aber Vita sagte nach einem Blick auf mich, das hinge vom Professor ab. Ich sah ihre enttäuschten Gesichter und verstand ihre Gefühle. Wie ärgerlich, daß man sich nach diesem bestimmt ganz langweiligen Freund des Stiefvaters richten mußte, den ja auch Mutter nicht leiden konnte – das hatten die beiden ganz instinktiv erfaßt.

»Ihr könnt mit Tom fahren, auch wenn Magnus und ich etwas anderes vorhaben«, sagte ich. Auf jeden Fall ein Ausweg für uns, dachte ich dabei, denn Vita würde den Jungen kaum erlauben, allein zu fahren, selbst wenn Tom dabei war.

Gegen sieben kamen wir in Kilmarth an, und Vita ging sofort in die Küche, um die Makrelen zu braten, während ich ein Bad nahm und mich umzog. Erst gegen zehn vor acht, als ich ins Eßzimmer ging, fand ich einen Zettel mit Mrs. Collins' Handschrift an meinem Platz. Darauf stand: »Ein Telegramm wurde telefonisch übermittelt. Der Professor fährt um halb drei in London ab, nicht um halb fünf, und kommt schon um halb acht in St. Austell an.«

Also wartete Magnus schon zwanzig Minuten am Bahnhof von St. Austell. Ich lief in die Küche.

»Sieh dir das an!« rief ich. »Ich habe es eben erst gefunden. Magnus hat einen früheren Zug genommen. Warum zum Teufel hat er nicht angerufen! Was für ein verdammtes Durcheinander!«

Vita betrachtete erschrocken die halbgebratenen Makrelen. »Dann kommt er also zum Abendessen? Liebe Zeit, ich kann ihm doch nicht so etwas vorsetzen! Ich muß sagen, das ist nicht sehr rücksichtsvoll von ihm. Gewiß ...«

»Natürlich kann Magnus Makrelen essen«, schrie ich, schon halb auf der Treppe. »Wahrscheinlich hat man ihn als Kind damit gefüttert. Und außerdem haben wir Käse und Obst. Warum regst du dich so auf?«

Ich fuhr den Wagen aus der Garage und mußte dabei selbst zugeben, daß diese Änderung der Ankunftszeit wenig Rücksicht bewies, denn Magnus hätte damit rechnen müssen, daß wir den Tag über nicht im Hause waren und deshalb seine Nachricht zu spät erhielten. Aber so war er nun einmal. Ihm hatte ein früherer Zug plötzlich mehr zugesagt, und deshalb nahm er ihn. Wenn ich zu spät ankam, um ihn abzuholen, würde er vermutlich ein Taxi nehmen und unterwegs nachlässig winkend an mir vorbeifahren.

Auf dem Weg nach St. Austell verfolgte mich das Pech. Irgendein Dummkopf hatte seinen Wagen am Straßenrand geparkt, und eine lange Autoschlange wartete, um vorbeizukommen. Es wurde halb neun, bis ich vor dem Bahnhof von St. Austell vorfuhr. Von Magnus keine Spur — ich konnte es ihm nicht übelnehmen. Der Bahnsteig war leer, und es schien überall abgeschlossen zu sein. Endlich fand ich einen Gepäckträger auf der anderen Seite des Bahnhofs. Er sah mich zerstreut an und sagte nur, der Halb-acht-Uhr-Zug sei pünktlich angekommen.

»Aber darum geht es nicht«, antwortete ich. »Ich war mit jemand verabredet, der mit diesem Zug kommen sollte, und er ist nicht hier.«

»Nun, er hat wahrscheinlich ein Taxi genommen.«

»Dann hätte er angerufen oder am Schalter eine Nachricht hinterlassen. Waren Sie hier, als der Zug einfuhr?«

»Nein. Der Schalter wird rechtzeitig für den nächsten Zug geöffnet, und der kommt erst Viertel vor zehn.«

»Das nützt mir nichts«, erwiderte ich gereizt. Der arme Kerl — es war ja nicht seine Schuld.

»Na schön«, sagte er, »ich gehe mal in den Dienstraum und sehe nach, ob Ihr Freund eine Nachricht hinterlassen hat.«

Wir gingen zum Bahnhof zurück, und er schloß die Tür des Dienstzimmers auf. Mein erster Blick fiel auf einen Koffer an der Wand; er trug ein Schild mit den Initialen M. A. L.

»Das ist sein Koffer«, sagte ich, »warum hat er den nur hiergelassen?«

Der Gepäckträger ging an den Schreibtisch und nahm einen Zettel hoch. »Der Koffer mit der Aufschrift M. A. L. wurde vom Aufseher des Sieben-Uhr-dreißig-Zuges abgegeben«, las er, »und soll einem Herrn namens Richard Young ausgehändigt werden. Sind Sie Mister Young?«

»Ja. Aber wo ist Professor Lane?«

Der Gepäckträger studierte den Zettel. »Der Eigentümer des Koffers, Professor Lane, hat dem Aufseher mitgeteilt, er habe es sich anders überlegt und beschlossen, erst in Par auszusteigen und von da aus zu Fuß zu gehen. Er sagte, Mister Young werde schon verstehen.« Er übergab mir die Notiz, und ich konnte mich selbst von ihrem Inhalt überzeugen.

»Aber ich verstehe nichts«, sagte ich, noch ungeduldiger als zuvor, »ich wußte gar nicht, daß die Züge aus London heute noch in Par halten.«

»Tun sie auch nicht«, erwiderte der Träger. »Sie halten in Bodmin Road, und wer nach Par will, steigt dort um. Das muß Ihr Freund demnach getan haben.«

»Was für ein saudummer Einfall«, fluchte ich.

»Wieso? Ist doch ein schöner Abend zum Spazierengehen. Und über den Geschmack läßt sich nicht streiten.«

Ich dankte ihm für seine Mühe, ging zum Wagen und warf den Koffer auf den Rücksitz. Warum mußte Magnus es sich in den Kopf setzen, alle unsere Vereinbarungen über den Haufen zu werfen? Das war mir unbegreiflich. Sicher war er inzwischen in Kilmarth, saß vor seiner Makrele und machte sich vor Vita und den Jungen über die ganze Sache lustig. Ich fuhr mit halsbrecherischer Geschwindigkeit zurück und kam genau halb zehn kochend vor Wut zu Hause an. Vita hatte ein ärmelloses Kleid angezogen, frisches Make-up aufgelegt und erschien im Musikzimmer, als ich die Treppe hinauflief.

»Was ist denn euch zugestoßen?« fragte sie, aber das Willkommenslächeln der Gastgeberin erlosch auf ihrem Gesicht, als sie sah, daß ich allein war. »Wo ist er?«

»Willst du etwa sagen, er ist noch nicht aufgetaucht?« rief ich.

»Aufgetaucht?« wiederholte sie verwundert. »Natürlich nicht! Du hast den Zug doch erreicht, nicht wahr?«

»Was zum Teufel ist los?« fragte ich müde. »Magnus war

nicht in St. Austell, ich fand nur seinen Koffer. Er hat durch den Bahnhofsaufseher ausrichten lassen, er werde in Par aussteigen und zu Fuß herkommen. Frag mich nicht, warum. Eine von seinen verdammten Schnapsideen. Aber inzwischen müßte er doch hier sein!«

Ich ging ins Musikzimmer und goß mir einen Drink ein; Vita kam mir nach. Die Jungen liefen hinunter und holten den Koffer.

»Also wirklich«, sagte sie, »ich habe von deinem Professor mehr Rücksicht erwartet. Zuerst nimmt er einen anderen Zug dann steigt er um, und schließlich erscheint er überhaupt nicht. Ich nehme an, er hat in Par ein Taxi gefunden und ist irgendwo essen gegangen.«

»Vielleicht«, sagte ich. »Aber warum ruft er dann nicht an und sagt Bescheid?«

»Er ist dein Freund, Liebling, nicht meiner. Du müßtest seine Gewohnheiten kennen. Nun, ich warte nicht länger, ich bin am Verhungern.«

Die ungebratene Makrele wurde für Magnus' Frühstück zurückgelegt, obwohl ich ziemlich sicher war, daß ihm Orangensaft und schwarzer Kaffee lieber waren, und Vita und ich verzehrten hastig eine Wildpastete, die sie aus London mitgebracht und im Kühlschrank vergessen hatte. Inzwischen versuchte Teddy, den Bahnhof in Par zu erreichen, aber umsonst. Es meldete sich niemand.

»Weißt du was«, sagte er, »vielleicht ist der Professor gekidnappt worden – von einer Bande, die Geheimdokumente sucht.«

»Sehr möglich«, sagte ich. »Ich gebe ihm noch eine halbe Stunde, dann rufe ich Scotland Yard an.«

»Oder er hatte einen Herzanfall, als er Polmear Hill hinaufstieg«, meinte Micky. »Mrs. Collins hat mir erzählt, ihr Großvater sei vor dreißig Jahren gestorben, als er den Bus verpaßte und zu Fuß raufgehen mußte.«

Ich schob meinen Teller beiseite und trank den letzten Tropfen Whisky aus.

»Du schwitzt ja schon wieder, Liebling«, sagte Vita. »Ich kann es dir nachfühlen. Aber meinst du nicht, es wäre ganz gut, wenn du ein frisches Hemd anzögest?«

Ich verstand ihren Wink und ging nach oben, blieb aber auf der Treppe stehen und blickte ins Gästezimmer. Warum hatte Magnus nicht angerufen und gesagt, was er vorhatte, oder wenigstens eine schriftliche Nachricht hinterlassen, anstatt dem Aufseher nur mündlich etwas auszurichten, was dieser bestimmt falsch aufgeschrieben hatte? Ich zog die Vorhänge zu und schaltete die Nachttischlampe an, so daß das Zimmer recht behaglich aussah. Magnus' Koffer stand auf dem Stuhl am Fußende des Bettes, und ich probierte den Schließhaken. Zu meiner Überraschung sprang er auf.

Magnus pflegte im Gegensatz zu mir seinen Koffer ordentlich zu packen. Ein himmelblauer Schlafanzug und ein Morgenrock aus der Bond Street lagen unter einer Schicht von Seidenpapier, daneben blaue Schlafzimmerpantoffeln im Zellophanbeutel. Ein paar Anzüge, dann Wäsche. Nun, Kilmarth war weder ein Hotel noch eine Luxuswohnung – er konnte selbst auspacken. Die einzige freundliche Geste des Gastgebers gegenüber dem Gast – oder umgekehrt? – wäre, den Schlafanzug auf das Kissen und den Morgenrock über den Stuhl zu legen.

Ich nahm beides aus dem Koffer und fand darunter einen langen, hellbraunen Umschlag, darauf stand in Schreibmaschinenschrift:

»Otto Bodrugan. Urkunde und Königlicher Erlaß, 10. Oktober, Eduard III. (1331).«

Der Student hatte also weiter nachgeforscht. Ich setzte mich auf den Bettrand und öffnete den Umschlag. Es war die Abschrift eines Dokumentes, auf dem die Namen der einzelnen Gutshöfe und Ländereien verzeichnet waren, die Otto Bodrugan zur Zeit seines Todes besaß. Dazu gehörte der Gutshof Bodrugan, für den Otto anscheinend eine Pacht an Joanna entrichtete. »Witwe Henrys de Campo Arnulphi« (das bedeutete wohl Champernoune). Es folgte ein weiterer Absatz: »Sein Sohn Henry, im Alter von etwas über zweiundzwanzig Jahren, war sein nächster Erbe; er starb drei Wochen nach seinem Vater, so daß er das oben genannte Erbe nicht in Besitz nahm und auch nicht vom Tode seines Vaters erfahren hatte. William, ebenfalls Sohn des obengenannten Otto und Bruder des genannten Henry am Morgen des letzten St. Veitsfestes zwanzig Jahre alt, ist sein nächster Erbe.«

Es war ein seltsames Gefühl, hier auf dem Bett zu sitzen und etwas zu lesen, wovon ich bereits wußte. Die Mönche in der Priorei hatten für Henry ihr Bestes oder vielmehr ihr Schlimmstes getan, und er war nicht durchgekommen. Ich war froh, daß er wenigstens nichts mehr vom Tod seines Vaters erfahren hatte.

Ich fand noch eine Liste des Eigentums, das Henry von Otto geerbt hätte, wenn er am Leben geblieben wäre. Die Liste schloß: »Westminster, 10. Okt. 1331. Befehl an den Bevollmächtigten diesseits des Trent, die ehemaligen Ländereien des verstorbenen Lehnsmannes Otto Bodrugan dem König zu übereignen.«

Der Student hatte unten auf die Seite »b. w.« gekritzelt, und als ich das Blatt umdrehte, fand ich eine aufgeklebte Notiz: »14. November 1331. – Befehl an den Bevollmächtigten diesseits des Trent, die ehemaligen Ländereien des verstorbenen Lehnsmannes John de Carminowe dem König zu übereignen. Das gleiche in bezug auf die Länder Henrys, Sohn des Otto Bodrugan.«

Demnach hatte sich Sir John trotz aller Vorsicht doch angesteckt und war ebenfalls an den Pocken gestorben, und Joanna hatte den von ihr auserwählten zweiten Mann verloren.

Ich vergaß die Gegenwart, vergaß das Durcheinander am Bahnhof, saß im Gästezimmer auf dem Bett und dachte an die andere Welt. Welchen Rat hatte Roger der enttäuschten Joanna Champernoune wohl erteilt? Der Tod der beiden Bodrugans mußte ihre Hoffnungen auf den Besitz von deren Ländereien gewaltig gesteigert haben, aber dann wendete sich das Blatt plötzlich, und der Aufseher der Schlösser Restormel und Tremerton starb. Sie tat mir beinahe leid. Sir John, der Pechvogel, hatte sich umsonst das Taschentuch vor den Mund gehalten. Wer würde nun wohl seine Stelle als Aufseher der Schlösser, Wälder und Parks von Cornwall übernehmen? Hoffentlich nicht sein Bruder Oliver, dieser kaltblütige Mörder . . .

»Was hast du jetzt vor?« rief Vita von unten herauf. Was konnte ich schon tun? Oliver war mit seiner Bande verschwunden, und es blieb Roger überlassen, sich um Isolda zu kümmern. Ich wußte immer noch nicht, was aus Isolda geworden war ...

Ich hörte, daß Vita die Treppe heraufkam, steckte hastig die Papiere in den Umschlag, stopfte ihn in meine Tasche und schloß den Koffer. Ich mußte mich wieder auf die Gegenwart umstellen. Gerade jetzt durfte ich mich nicht versprechen.

»Ich habe Magnus' Schlafanzug und seinen Morgenrock ausgepackt«, sagte ich, als sie eintrat. »Er wird ziemlich erledigt sein, wenn er ankommt.«

»Warum läßt du ihm nicht gleich das Badewasser einlaufen und richtest ihm das Tablett für den Tee morgen früh?« erwiderte sie. »Mir ist nicht aufgefallen, daß du dich gegenüber Bill und Diana als so aufmerksamer Gastgeber hervortatest.«

Ich überhörte ihren Spott und ging ins Ankleidezimmer. Von der Bibliothek unten hörte ich Stimmen aus dem Fernsehgerät. »Wird Zeit, daß die Jungs ins Bett gehen«, sagte ich matt.

»Ich habe ihnen versprochen, daß sie aufbleiben dürfen, bis der Professor kommt«, sagte Vita. »Aber ich glaube, du hast recht, es hat wenig Sinn, daß sie noch länger da herumhocken. Meinst du nicht, du solltest nach Par hinüberfahren? Vielleicht sitzt er in einem Wirtshaus und vergißt die Welt.«

»Magnus ist nicht der Typ, der in Wirtshäusern sitzt.«

»Dann hat er womöglich alte Bekannte getroffen und ißt bei ihnen statt bei uns.«

»Das ist sehr unwahrscheinlich. Und verdammt unhöflich, wenn er nicht wenigstens anruft«, antwortete ich. Wir gingen zusammen in den Flur hinunter. »Außerdem hat er, soviel ich weiß, hier in der Gegend keine Bekannten«, fügte ich dann hinzu.

»Ah«, sagte Vita plötzlich, »ich hab's! Er hat die Carminowes getroffen! Die haben doch kein Telefon. So ist es ganz bestimmt. Er hat sie in Par gesehen, und sie haben ihn zum Essen mitgenommen.«

Ich starrte sie betroffen an. Was sagte sie da? Und plötzlich begriff ich. Auf einmal wurde die Nachricht, die Magnus dem Aufseher übermittelt hatte, ganz klar und sinnvoll. »Der

Eigentümer des Koffers, Professor Lane, hat dem Aufseher mitgeteilt, er habe es sich anders überlegt und beschlossen, in Par auszusteigen und von da aus zu Fuß zu gehen. Er sagte, Mr. Young werde schon verstehen.«

Magnus war von Bodmin Road in den Personenzug nach Par umgestiegen, weil er langsamer durch das Treesmill-Tal fuhr als der Eilzug. Er wußte nach meiner Beschreibung, daß er nur am Treesmill-Hof vorbeigehen und sich links halten mußte, um den Steinbruch zu erreichen. Dann war er sicher die Straße nach Tywardreath hinauf und über die Felder gegangen, um sich das Gelände anzusehen.

»Mein Gott«, rief ich. »Wie dumm von mir! Darauf bin ich gar nicht gekommen. Natürlich. Das ist es!«

»Du meinst, er hat die Carminowes besucht?« fragte Vita.

Vermutlich war ich müde und aufgeregt. Vermutlich war ich auch erleichtert. Jedenfalls konnte ich mich nicht damit aufhalten, ihr alles zu erklären oder mir eine andere Lüge auszudenken. Das Einfachste, was ich sagen konnte, kam mir ganz von selbst über die Lippen.

»Ja«, antwortete ich, lief die Treppe hinunter und hinaus.

»Aber du weißt doch nicht, wo sie wohnen?« rief Vita.

Ich winkte nur und sprang in den Wagen, und einen Augenblick später raste ich die Einfahrt entlang zur Straße.

Inzwischen war es ganz dunkel geworden, auch der abnehmende Mond half nicht, aber ich nahm dennoch die Abkürzung am Rande des Dorfes. Unterwegs traf ich niemand. Ich parkte an der Ausweichstelle in der Nähe eines Hauses, das Hill Crest hieß. Wenn Magnus den Wagen fand, bevor ich ihn entdeckte, würde er ihn erkennen und auf mich warten. Der Gang querfeldein war mühsam. Ich stolperte über die Erdwälle und rief Magnus' Namen, sobald ich außer Hörweite des Hauses war, erhielt jedoch keine Antwort. Daraufhin suchte ich das Gelände sorgfältig ab, aber er war nirgends zu sehen. Auch auf dem unteren Weg zum Tal hinunter und beim Treesmill-Hof war niemand. Schließlich kehrte ich zum Wagen zurück. Er stand da, so, wie ich ihn verlassen hatte – leer. Ich fuhr ins Dorf und ging um den Friedhof. Die Uhr zeigte halb zwölf; ich hatte Magnus länger als eine Stunde gesucht.

Im Telefonhäuschen in der Nähe des Friseurs wählte ich die Nummer von Kilmarth. Vita meldete sich sofort. »Kein Glück?« fragte sie.

Mein Mut sank. Ich hatte gehofft, daß er inzwischen zu Hause eingetroffen sei. »Nein, keine Spur von ihm.«

»Und wie war's mit den Carminowes? Hast du ihr Haus gefunden?«

»Nein«, sagte ich. »Nein, ich glaube, da waren wir auf der falschen Spur. Es war dumm von mir. Ich habe nämlich gar keine Ahnung, wo sie wohnen.«

»Aber irgend jemand muß es doch wissen«, sagte sie. »Warum fragst du nicht die Polizei?«

»Das würde nichts nützen. Ich fahre jetzt durchs Dorf zum Bahnhof und dann langsam nach Hause. Mehr kann ich nicht tun.«

Der Bahnhof von Par schien für die Nacht geschlossen zu sein, und von Magnus war, obgleich ich zweimal um den Ort fuhr, nichts zu sehen.

Ich betete vor mich hin: »Mein Gott, gib, daß er den großen Hügel hinaufgeht!« Ich wußte genau, wie er aussehen würde. Meine Scheinwerfer würden die hohe, eckige, mit langen Schritten dahineilende Gestalt am Straßenrand erfassen, ich würde laut hupen, bis er stehenblieb, und dann sagen: »Was zum Teufel . . .«

Aber er war nicht da. Es war niemand da. Ich hielt vor Kilmarth und ging langsam zum Haus hinauf. Vita erwartete mich auf der Terrasse. Sie machte ein besorgtes Gesicht.

»Wahrscheinlich ist ihm etwas zugestoßen«, sagte sie. »Ich glaube, du solltest die Polizei anrufen.«

Ich schritt an ihr vorbei nach oben. »Ich packe seine Sachen aus«, sagte ich. »Vielleicht hat er eine Nachricht hinterlegt. Ich weiß nicht . . .«

Ich nahm seine Sachen aus dem Koffer, hängte sie in den Schrank und legte sein Rasierzeug ins Badezimmer. Dabei sagte ich mir unentwegt, ich müsse jeden Augenblick einen Wagen in der Einfahrt hören, ein Taxi, Magnus würde lachend herausspringen und Vita zu mir heraufrufen: Er ist da, er ist gekommen!

Es war keine Nachricht zu finden. Ich griff in alle Taschen. Nichts. Dann durchsuchte ich den Morgenrock, den ich schon ausgepackt hatte. Meine Hand schloß sich über einem runden Gegenstand in der linken Tasche; ich zog ihn heraus. Es war eine kleine Flasche, die ich sofort erkannte. Sie trug die Aufschrift B. Es war dieselbe, die ich ihm eine Woche vorher zugeschickt hatte, und sie war leer.

XVI

Ich steckte die Flasche und die Dokumente über Bodrugan in eine Seitentasche meines Koffers im Ankleidezimmer, schloß ihn ab und ging wieder zu Vita.

»Hast du etwas gefunden?« fragte sie.

Ich schüttelte den Kopf. Sie folgte mir ins Musikzimmer, wo ich mir einen Whisky eingoß. »Du solltest auch einen trinken«, riet ich ihr.

»Ich möchte nicht.« Sie setzte sich auf das Sofa. »Ich finde, wir müßten unbedingt die Polizei verständigen.«

»Weil Magnus es sich in den Kopf gesetzt hat, irgendwo in der Gegend herumzulaufen?« fragte ich. »Unsinn. Er weiß, was er tut. Er kennt sicher weit und breit jeden Stein.«

Die Uhr im Eßzimmer schlug zwölf. Wenn Magnus in Par ausgestiegen war, so war er jetzt viereinhalb Stunden unterwegs ...

»Du gehst jetzt ins Bett«, bestimmte ich. »Du siehst ganz erschöpft aus. Ich bleibe unten, für den Fall, daß er kommen sollte. Ich kann mich ja auf dem Sofa langmachen, wenn mir danach zumute ist. Wenn es hell wird und ich aufwache, und er ist immer noch nicht da, fahre ich wieder los und suche ihn.«

Sie sah wirklich todmüde aus; ich sagte ihr das nicht, um sie loszuwerden. Sie stand zögernd auf und ging zur Tür. Dann blickte sie sich noch einmal um.

»Irgend etwas an dieser Sache kommt mir merkwürdig vor«, sagte sie langsam. »Ich habe das Gefühl, daß du mehr weißt, als du sagst.« Ich fand keine Antwort. »Versuch ein bißchen zu schlafen«, fuhr sie fort. »Es könnte sein, daß du die Ruhe bald nötig hast.«

Ich hörte, wie sie die Schlafzimmertür schloß, streckte mich aus, die Hände unter dem Kopf gefaltet, und versuchte meine Gedanken zu sammeln. Es gab nur zwei Möglichkeiten. Die erste war, wie ich ursprünglich angenommen hatte, daß Magnus beschlossen hatte, sich den Steinbruch anzusehen und entweder den Weg verloren oder sich den Fuß verstaucht hatte. In diesem Fall würde er dort so lange warten, bis es Tag wurde. Oder aber ... die zweite Möglichkeit fürchtete ich weit mehr. Magnus hatte einen Trip gemacht. Er hatte den Inhalt von Flasche B in ein kleines Gefäß gegossen, das er bei sich trug, war in Par ausgestiegen und zu Fuß weitergegangen – zum Steinbruch, zur Kirche, irgendwohin –, hatte die Droge getrunken und gewartet, bis die Wirkung eintrat. Und dann war er für seine Handlungen nicht mehr verantwortlich. Wenn die Zeit ihn in jene Welt entführte, die wir beide kannten, würde er nicht unbedingt das gleiche erleben wie ich; es konnte alles ganz anders sein, der Zeitpunkt konnte früher oder später liegen, aber wenn er jemanden berührte, drohte ihm die gleiche Strafe wie mir: Übelkeit, Schwindel, Geistesverwirrung. Magnus hatte die Droge, soviel ich wußte, mindestens drei oder vier Monate lang nicht mehr genommen; er, der Erfinder, war nicht daran gewöhnt und besaß vielleicht nicht die gleiche Widerstandskraft wie ich, sein Versuchskaninchen, um die Folgen zu ertragen.

Ich schloß die Augen und versuchte mir vorzustellen, wie er bergauf über die Felder wanderte, die Mixtur schluckte und vor sich hinlachte. »Ich bin Dick zuvorgekommen!« Dann der Sprung zurück in die Zeit, unten die Bucht, um ihn her die Mauern des Hauses, Roger dicht neben ihm – wohin führte er ihn? Zu welcher Begegnung auf den Hügeln oder am Strand? In welchem Monat, welchem Jahr? Sah er ebenfalls, wie das schlingernde Schiff mit gebrochenem Mast in die Bucht hineintrieb, wie die Reiter drüben auf der Anhöhe erschienen und Bodrugan ertränkten? Auch wenn er all das sah, verhielt er sich vielleicht anders als ich. Ich kannte seine impulsive Natur: Möglicherweise stürzte er sich Hals über Kopf in den

Fluß und kämpfte sich zum anderen Ufer durch – aber es gab gar keinen Fluß, nur das enge Tal, Gestrüpp, Sumpf und Bäume. Dort, in jener unzugänglichen, einsamen Gegend, lag er jetzt und rief um Hilfe, und niemand hörte ihn. Ich konnte nichts tun, nicht bevor es Tag wurde.

Ich glitt in einen schlafartigen Zustand hinüber, schreckte plötzlich aus einem verwirrenden Traum auf, der sogleich verblaßte, und döste wieder ein. Im Morgengrauen fand ich wohl einen tieferen Schlaf, denn ich erinnere mich, daß ich um halb sechs nach der Uhr sah und dachte, weitere zwanzig Minuten könnten nicht schaden, und als ich dann die Augen öffnete, war es schon halb acht.

Ich machte mir eine Tasse Tee, schlich hinauf und wusch und rasierte mich. Vita war schon wach. Sie brauchte nicht zu fragen; sie wußte, daß Magnus nicht gekommen war.

»Ich fahre zum Bahnhof von Par«, sagte ich. »Sie wissen sicher, ob er die Fahrkarte abgegeben hat. Dann versuche ich von dort aus, seiner Spur nachzugehen. Irgend jemand muß ihn gesehen haben.«

»Es wäre viel einfacher, die Polizei anzurufen«, mahnte sie noch einmal.

»Wenn ich am Bahnhof nichts erfahre, gehe ich selbst zum Revier.«

»Wenn du nicht anrufst, tue ich es«, rief sie hinter mir her, als ich hinausging.

Am Bahnhof hatte ich keinen Erfolg; ein Mann, der vor dem Gebäude herumspazierte, sagte, der Schalter werde erst eine halbe Stunde später geöffnet. Ich nutzte die Zeit, um bis an die Brücke vorzugehen, die über den Bahndamm führte und von der aus ich das Tal überblicken konnte. Dies war einst das Mündungsgebiet gewesen, hier trieb Bodrugans Schiff mit gebrochenem Mast, in dieser Bucht suchten die Männer Schutz und fanden statt dessen den Tod. Selbst heute noch, im Dickicht und schilfbewachsenen Moor, konnte man den früheren Verlauf des Flusses leicht in den Windungen des Tales verfolgen. Ein Kranker oder Verletzter konnte unter jenen Büschen tagelang, ja wochenlang liegen, ohne daß man ihn entdeckte. Auch das sumpfige Gelände, auf dem der Bahnhof stand, das ausgedehnte, flache Gebiet zwischen Par und dem

Nachbardorf St. Blazey lag noch zum größten Teil brach, war menschenleer – außer den Reisenden in der Zeit, die im Geiste auf dem Deck eines Schiffes auf blauer See wandelten, während ihre Körper in Wirklichkeit durch Gestrüpp und Gräben stolperten.

Ich kehrte zum Bahnhof zurück, fand den Schalter geöffnet und erhielt auch den ersten Beweis, daß Magnus tatsächlich angekommen war. Der Beamte hatte nicht nur seine Fahrkarte, sondern erinnerte sich sogar noch an den Eigentümer. Groß, sagte er, etwas graues Haar, freundlich lächelnd, ohne Hut, mit Sportjacke, dunklen Hosen und einem Spazierstock. Nein, er habe nicht gesehen, in welche Richtung Magnus gegangen sei, nachdem er den Bahnhof verlassen hätte.

Ich stieg in den Wagen und fuhr den Hügel hinauf bis zu der Stelle, wo ein Fußweg nach links abbog. Den konnte Magnus genommen haben, und so folgte ich ihm und ging auf den Steinbruch zu. Es war warm und dunstig, ein Zeichen, daß der Tag heiß werden würde. Der Bauer, dem das Gelände gehörte, hatte sicher schon am frühen Morgen ein Tor geöffnet, denn jetzt grasten Kühe am Hang zwischen den Ginsterbüschen, und sie trotteten mir neugierig bis zum Rand des überwucherten Steinbruchs nach.

Ich suchte ihn sorgfältig ab, jeden Winkel, jede Mulde, fand aber nichts. Ich blickte über die Bahnlinie hinweg ins Tal, in das Dickicht im ehemaligen Flußbett. Es glich einem Teppich mit seidenen Fäden in allen Schattierungen von Goldgrün. Wenn Magnus dort sein sollte, konnten nur Spürhunde ihn finden.

Jetzt wußte ich, daß ich tun mußte, was schon viel eher hätte getan werden müssen: Ich mußte zur Polizei gehen wie jeder andere, dessen Gast seit mehr als zwölf Stunden vermißt wurde. Ich erinnerte mich, daß sich in Tywardreath ein Polizeirevier befand, kehrte müde wieder um und fuhr ins Dorf. Ich fühlte mich unsicher und schuldig – wie alle Menschen, die das Glück haben, außer bei geringfügigen Verkehrssünden niemals etwas mit der Polizei zu tun zu bekommen, und die Geschichte, die ich dem Beamten vortrug, klang ziemlich kleinlaut und schuldbewußt.

»Ich möchte eine Vermißtenmeldung erstatten«, sagte ich und sah dabei vor mir ein Plakat, von dem das finstere Gesicht eines Verbrechers herunterstarrte, und darunter in riesigen Buchstaben das Wort *Gesucht*. Ich nahm mich zusammen und erzählte, was am vergangenen Tag vorgefallen war.

Der Beamte war überaus freundlich und entgegenkommend.

»Ich hatte nicht das Vergnügen, Herrn Professor Lane persönlich kennenzulernen«, sagte er, »aber wir haben natürlich alle von ihm gehört. Sie müssen eine sehr unruhige Nacht verbracht haben.«

»Ja«, sagte ich.

»Bei uns liegt keine Unfallmeldung vor, aber ich werde in Liskeard und St. Austell anfragen. Möchten Sie eine Tasse Tee, Mister Young?«

Ich nahm das Angebot dankend an, während er telefonierte, denn ich spürte eine Übelkeit im Magen, wie sie Menschen überfällt, die vor einer Krankenstation warten, in der ein guter Freund oder naher Verwandter einer Notoperation unterzogen wird. Ich hatte keinen Einfluß mehr auf das Geschehen. Ich konnte nichts mehr tun. Der Beamte kam zurück.

»Keine Unfallmeldung«, sagte er. »Man benachrichtigt jetzt die Streifenwagen und die anderen Reviere. Sie fahren am besten nach Kilmarth zurück und warten, bis Sie von uns hören. Es könnte ja sein, daß Professor Lane sich nur den Fuß verstaucht hat und die Nacht auf einem Bauernhof verbrachte, obwohl die heute schon fast alle ein Telefon haben. Auf jeden Fall ist es merkwürdig, daß er Sie nicht angerufen hat, um Ihnen Bescheid zu sagen. Ich nehme an, es ist noch nie vorgekommen, daß er das Gedächtnis verlor?«

»Nein, nie. Er war vollkommen gesund, als ich vor ein paar Wochen in London mit ihm essen ging.«

»Nun, machen Sie sich keine allzu großen Sorgen«, sagte er, »sicher klärt sich am Ende alles sehr einfach auf.«

Ich ging zum Wagen, immer noch mit dem schlechten Gefühl im Magen, und fuhr zur Kirche. Offensichtlich wurde gerade eine Chorprobe abgehalten, denn ich hörte die Orgel schon von draußen. Darum setzte ich mich auf eines der Gräber nahe der Mauer am Obstgarten. Hier hatte einst der Schlafsaal der Mönche gelegen, mit dem Blick nach Süden auf die Bucht, und daneben das Gästezimmer, in dem der junge Henry Bodrugan an Pocken gestorben war. In jener anderen Zeit lag er vielleicht immer noch dort. In jener anderen Zeit mischte Bruder Jean vielleicht gerade einen Höllentrank, um der Sache ein Ende zu machen, und beauftragte dann Roger, die Mutter des Jungen, und Joanna Champernoune, dessen Tante, zu benachrichtigen. Hiobsbotschaften überall um mich her, in beiden Welten. Roger, der Mönch, der junge Bodrugan, Magnus. Wir alle waren Glieder einer ineinander verschlungenen Kette und durch Jahrhunderte miteinander verbunden.

»In solcher Nacht
Las einst Medea jene Zauberkräuter,
Den Äson zu verjüngen.«

Hier konnte Magnus gesessen und die Droge eingenommen haben. Er konnte überall dort gewesen sein, wo ich einmal war. Ich fuhr zu dem Hof, auf dem Julian Polpey vor sechshundert Jahren gewohnt und wo der Postbote mich vor einer Woche entdeckt hatte, und ging den Viehweg lang nach Lampetho. Wenn ich nachts durch den Sumpf gegangen war, mein Körper in der Gegenwart, mein Geist in der Vergangenheit, so konnte Magnus dasselbe getan haben. Selbst jetzt, da kein Wasser, keine Flut die kleine Bucht füllte, sondern schilfdurchsetzte Wiesen sich darin ausbreiteten, war der Weg mir vertraut wie eine Szene aus einem Traum. Der Weg verlief sich jedoch im Morast, und ich sah keinen Pfad mehr, keine Möglichkeit, auf die andere Seite des Tales zu gelangen. Gott allein mochte wissen, wie ich in jener Nacht hinübergekommen war, als ich Otto und den anderen Verschwörern gefolgt war. Während ich am Lampetho-Hof vorbei- und wieder zurückging, kam ein alter Mann heraus und rief seinen Hund, der bellend auf mich zulief. Er fragte, ob ich meinen Weg verloren hätte; ich verneinte und bat ihn um Entschuldigung, weil ich sein Grundstück betreten hatte.

»Sie haben nicht zufällig gestern abend jemand diesen Weg entlanggehen sehen?« fragte ich. »Einen hochgewachsenen Mann mit grauem Haar und Spazierstock?«

Er schüttelte den Kopf. »Hier kommen nicht viele Besucher her«, antwortete er. »Der Weg führt nirgends hin, nur zum Hof. Die Fremden bleiben meist am Strand von Par.«

Ich dankte ihm und ging zum Wagen. Aber ich war nicht ganz überzeugt. Vielleicht war er zwischen halb neun und neun im Hause gewesen, vielleicht lag Magnus im Sumpf hinter dem Hof ... Aber irgend jemand mußte ihn doch gesehen haben! Hatte er die Droge genommen, so mußte die Wirkung schon vor Stunden verflogen sein. Wenn er sie um halb neun oder neun geschluckt hatte, so mußte er um zehn, elf oder spätestens um Mitternacht wieder zu sich gekommen sein.

Als ich ankam, parkte ein Polizeiauto vor dem Haus, und vom Flur aus hörte ich, wie Vita sagte: »Hier ist mein Mann.«

Sie stand mit einem Polizeibeamten und einem Schutzmann im Musikzimmer.

»Wir haben leider noch nichts herausgefunden, Mister Young«, sagte der Inspektor. »Ich erhielt nur einen kleinen Hinweis, der uns vielleicht weiterbringen könnte. Man hat gestern abend zwischen neun und halb zehn einen Mann gesehen, der Ihrer Beschreibung von Professor Lane entsprach und auf dem Stonybridge-Weg oberhalb vom Treesmill am Trenadlyn-Hof vorbeiging.«

»Am Trenadlyn-Hof?« wiederholte ich, und man sah mir gewiß meine Überraschung an, denn der Inspektor fragte rasch: »Also kennen Sie den Hof?«

»Natürlich. Er liegt etwas höher als Treesmill, es ist der kleine Hof unmittelbar am Wege.«

»Ganz recht. Haben Sie eine Ahnung, warum Professor Lane gerade in diese Richtung ging?«

»Nein«, antwortete ich zögernd. »Was sollte er da? Ich hätte eher gedacht, daß er weiter unten, bei Treesmill, durchs Tal ginge.«

»Nun, man hat uns auf jeden Fall mitgeteilt, daß Professor Lane am Trenadlyn-Hof gesehen wurde«, sagte der Inspektor. »Die Frau von Mr. Richard, dem der Hof gehört, sah ihn von ihrem Fenster aus, aber ihr Bruder, der etwas weiter oben wohnt, sah niemand. Wenn Professor Lane nach Kilmarth wollte, so ist das ein langer Umweg für jemand, der nach der Bahnfahrt noch ein bißchen spazierengehen will.«

»Das finde ich auch«, pflichtete ich zögernd bei. »Professor Lane interessiert sich allerdings sehr für historische Stätten, und vielleicht war dies der Grund für seinen Spaziergang. Ich glaube, er suchte nach einem alten Gutshaus, das nach seiner Ansicht früher einmal dort gestanden hat. Aber es war keiner der Höfe, die Sie erwähnen, sonst hätte er dort vorgesprochen.«

Ich wußte jetzt, warum Magnus – und der Beschreibung nach mußte es Magnus gewesen sein – an Trenadlyn vorbei den Stonybridge-Weg gegangen war. Hier waren Isolda und Robbie nach Treesmill und zur Bucht hinuntergeritten, wo sie den ermordeten Bodrugan fanden. Es war der einzige Weg zum unbekannten Tregest, wenn die Furt bei Treesmill durch die Flut oder durch hohen Seegang unpassierbar wurde. Als Magnus am Trenadlyn-Hof vorbeiging, mußte er sich also schon in jener anderen Zeit befunden haben. Vielleicht folgte er Roger und Isolda.

Vita, die sich nicht länger beherrschen konnte, sagte impulsiv: »Liebling, diese ganzen historischen Einzelheiten haben doch nichts mit der Sache zu tun. Sei mir bitte nicht böse, daß ich mich einmische, aber ich habe den Eindruck, daß es wichtig ist.« Sie wandte sich an den Inspektor: »Ich bin überzeugt, und mein Mann war es gestern abend auch, daß der Professor alte Freunde besuchen wollte – die Carminowes. Oliver Carminowe steht nicht im Telefonbuch, aber er wohnt irgendwo dort, wo der Professor zum letztenmal gesehen wurde. Mir scheint es ganz sicher, daß er auf dem Weg zu ihnen war, und man sollte sie so bald wie möglich aufsuchen.«

Zunächst herrschte absolute Stille. Nur die Miene des Inspektors hatte sich verändert. Er sah mich nun nicht mehr teilnahmsvoll, sondern überrascht und leicht mißbilligend an.

»Stimmt das, Mister Young? Sie haben die Möglichkeit, daß Professor Lane Freunde besuchen ging, nicht erwähnt.«

Ich spürte, wie sich mein Mund zu einem schwachen Lächeln verzog. »Nein, natürlich nicht; davon kann ganz und gar nicht die Rede sein. Ich fürchte, der Professor hat meine Frau am Telefon angeführt, und ich tat dummerweise nichts, um sie über den Scherz aufzuklären. Die Carminowes gibt es nicht, sie existieren nicht.«

»Sie existieren nicht?« wiederholte Vita. »Aber du hast doch am Sonntagmorgen die Kinder auf Ponys reiten sehen, zwei kleine Mädchen mit einem Kindermädchen, du hast es mir selbst gesagt.«

»Ich weiß, aber ich kann nur wiederholen, daß es ein Scherz war.«

Sie starrte mich ungläubig an. Am Ausdruck ihrer Augen erkannte ich, daß sie dachte, ich lüge, um Magnus und mich vor einer peinlichen Situation zu bewahren. Dann zuckte sie die Achseln, warf einen raschen Blick auf den Inspektor und zündete sich eine Zigarette an. »Ein ziemlich dummer Witz«, sagte sie und fügte hinzu: »Entschuldigen Sie, Herr Inspektor.«

»Sie brauchen sich nicht zu entschuldigen, Mrs. Young«, antwortete er kühl. »Wir alle werden ab und zu mal angeführt, besonders bei der Polizei.« Er wandte sich wieder an mich. »Sind Sie dessen ganz sicher, Mister Young? Es ist Ihnen niemand bekannt, den Professor Lane nach seiner Ankunft in Par hätte besuchen können?«

»Nein, niemand«, sagte ich. »Soviel ich weiß, sind wir hier seine einzigen Freunde, und er wollte das Wochenende bei uns verbringen. Wie Sie wissen, gehört das Haus ihm. Er hatte es uns für die Sommerferien zur Verfügung gestellt. Um es ehrlich zu sagen, Herr Inspektor, habe ich mir bis heute morgen keine ernstlichen Sorgen um Professor Lane gemacht. Er kennt die Gegend schon seit seiner frühesten Jugend. Ich war ganz sicher, daß er sich nicht verirren konnte und daß er mit irgendeiner einleuchtenden Erklärung über seine Verspätung wieder auftauchen würde.«

»So«, meinte der Inspektor.

Eine Weile sagte niemand etwas, und ich gewann den Eindruck, daß er und Vita meine Äußerungen absolut unglaubwürdig fanden und daß beide annahmen, Magnus habe ein etwas anrüchiges Rendezvous gehabt und ich decke ihn. Die letzte Annahme stimmte ja auch.

»Natürlich sehe ich jetzt ein, daß ich Sie schon gestern abend hätte verständigen sollen«, sagte ich. »Professor Lane muß sich einen Knöchel verstaucht haben, wahrscheinlich hat er um Hilfe gerufen, und niemand hat ihn gehört. Nach Einbruch der

Dunkelheit kam dort oben auf dem Weg gewiß niemand mehr vorbei.«

»Nein«, bemerkte der Inspektor zustimmend, »aber die Leute von Trenadlyn und Treverran stehen morgens schon früh auf und müßten inzwischen etwas von ihm gesehen oder gehört haben, wenn ihm unterwegs etwas zugestoßen sein sollte. Vermutlich ist er zur Hauptstraße und von dort entweder nach Lostwithiel oder zurück nach Fowey gegangen.«

»Sagt Ihnen der Name Tregest etwas?« fragte ich vorsichtig.

»Tregest?« Der Inspektor überlegte einen Augenblick, dann schüttelte er den Kopf. »Nein, gar nichts. Ist es ein Ortsname?«

»Ich glaube, da oben hat einmal ein Hof dieses Namens gestanden; Professor Lane hat vielleicht im Zusammenhang mit seinen historischen Forschungen versucht, ihn zu finden.« Dann fiel mir plötzlich etwas anderes ein. »Wo liegt eigentlich Trelawn?«

»Trelawn?« wiederholte der Inspektor erstaunt. »Das ist ein Gut ein paar Kilometer von Looe, gut fünfundzwanzig Kilometer von hier entfernt. Professor Lane würde sicher nicht um neun Uhr abends noch versucht haben, ihn zu erreichen.«

»Natürlich nicht. Ich versuche nur, mich an alte Häuser von historischem Interesse zu erinnern.«

»Ja, aber Liebling«, unterbrach mich Vita, »der Inspektor sagte doch eben gerade, daß Magnus wohl kaum so weit gehen würde, ohne uns zu benachrichtigen. Ich verstehe nicht, warum er nicht angerufen hat.«

»Er rief nicht an, Mrs. Young«, warf der Inspektor ein, »weil er offenbar glaubte, Ihr Gatte würde wissen, wohin er ging.«

»Ja, aber ich wußte es nicht«, sagte ich. »Ich weiß es auch jetzt noch nicht. Ich wünsche von ganzem Herzen, ich wüßte es.«

Plötzlich läutete das Telefon. Es war ein Echo auf all unsere Gedanken. »Ich nehme ab«, sagte Vita, die der Tür am nächsten stand. Sie ging in die Bibliothek; wir standen schweigend im Musikzimmer und lauschten ihrer Stimme.

»Ja«, sagte sie kurz, »er ist hier, ich hole ihn.«

Sie kam zurück und teilte dem Inspektor mit, der Anruf sei für ihn. Wir warteten drei oder vier Minuten, die endlos schienen, während er einsilbig und mit gedämpfter Stimme antwortete. Ich sah nach der Uhr. Halb eins. Ich hätte nie gedacht, daß es schon so spät war. Als der Inspektor wiederkam, blickte er mich an, und ich fühlte instinktiv, daß etwas vorgefallen war.

»Es tut mir sehr leid, Sir«, sagte er, »es handelt sich um eine schlechte Nachricht.«

»Bitte, sprechen Sie.«

Man ist nie genügend gewappnet. Noch in den schlimmsten Augenblicken glauben wir, es würde sich doch alles zum Guten wenden. Man würde höchstens melden – so redete ich mir ein –, Magnus sei gefunden und ins Krankenhaus gebracht worden und er leide unter zeitweiligem Gedächtnisschwund.

Vita trat zu mir und nahm meine Hand.

»Eine Meldung vom Polizeirevier in Liskeard«, sagte der Inspektor. »Eine unserer Streifen hat bei Treverran am Bahndamm diesseits des Tunnels die Leiche eines Mannes entdeckt, der Professor Lane ähnlich sieht. Er scheint von einem vorbeifahrenden Zug einen Schlag gegen den Kopf erhalten zu haben, ohne daß Lokomotivführer oder Heizer ihn bemerkten. Anscheinend gelang es ihm noch, in eine kleine unbewohnte Hütte dicht über dem Bahndamm zu kriechen, bevor er zusammenbrach. Es sieht aus, als sei er schon seit ein paar Stunden tot.«

Ich stand reglos und starrte den Inspektor an. Der Schock hat eine seltsame Wirkung; er betäubt jede Gefühlsregung. Mir war, als versiege das Leben selbst und lasse nun auch mich gleich einer leeren Hülle zurück. Ich wußte nur, daß Vita meine Hand hielt.

»Ich verstehe«, sagte ich, aber es war nicht meine Stimme. »Was soll ich tun?«

»Der Wagen ist unterwegs zum Leichenschauhaus in Fowey«, sagte er. »Es ist mir sehr unangenehm, daß ich Sie in diesem Augenblick noch belästigen muß, aber ich glaube, das beste wäre, wenn wir Sie gleich dorthin mitnähmen, um den Toten zu identifizieren. Ich wünschte um Ihretwillen und für Ihre Gattin, daß es nicht Professor Lane ist, aber angesichts der Umstände kann ich Ihnen nicht viel Hoffnung machen.«

»Nein, natürlich nicht«, sagte ich.

Ich ließ Vitas Hand los und ging hinaus in das heiße Sonnenlicht. Auf dem Feld unterhalb der Wiese von Kilmarth stellten ein paar Pfadfinder Zelte auf. Ich hörte, wie sie riefen und lachten und die Pflöcke in den Boden schlugen.

XVII

Als wir das Leichenschauhaus, ein ziemlich kleines rotes Ziegelsteingebäude unweit des Bahnhofs von Fowey, erreichten, war niemand dort; der zweite Streifenwagen war also noch unterwegs. Als ich ausstieg, musterte der Inspektor mich rasch und sagte dann: »Ich würde Ihnen gern im Wirtshaus dort an der Straße eine Tasse Kaffee anbieten.«

»Danke«, sagte ich, »aber mir fehlt nichts.«

»Ich will Sie nicht überreden«, fuhr er fort, »aber es wäre wirklich vernünftig. Sie würden sich danach besser fühlen.«

Ich gab nach, und er ging mit mir in das Lokal. Wir tranken beide eine Tasse Kaffee, und ich aß ein Schinkenbrot. Währenddessen dachte ich an vergangene Zeiten, da Magnus und ich als Studenten nach Par gefahren waren, um bei seinen Eltern in Kilmarth zu wohnen. Das Brausen des Zuges in der Dunkelheit des Tunnels und plötzlich das sehnlich erwartete Eintauchen ins Licht, mit grünen Feldern zu beiden Seiten. Magnus mußte diese Fahrt als Junge in allen Ferien gemacht haben. Jetzt hatte er am Eingang des Tunnels den Tod gefunden.

Niemand würde es begreifen können. Weder die Polizei noch seine vielen Bekannten, niemand außer mir. Man würde mich fragen, wie ein Mann von seiner Intelligenz in der Dämmerung eines Sommerabends so dicht an den Gleisen entlanggehen konnte, und ich mußte behaupten, es nicht zu wissen. Aber ich wußte es. Magnus bewegte sich in einer Zeit, da es noch keine Eisenbahn gab, in einer Zeit, da unebenes Weideland und Gestrüpp den Hang bedeckten. In jener anderen Welt gab es noch keinen dunklen Tunnelschlund unter dem Hügel, keine Schienen, keine Straßen, nur das kahle Grasland, und vielleicht einen Mann auf einem Pony — der Führer von Magnus.

»Ja«, sagte ich.

Der Inspektor hatte mich gerade gefragt, ob Professor Lane Verwandte habe.

»Tut mir leid«, sagte ich, »ich habe eben nicht zugehört. Nein, Kapitän Lane und seine Frau sind schon vor mehreren Jahren gestorben, und sie hatten sonst keine Kinder. Er hat mir gegenüber auch nie andere Verwandte erwähnt.«

Er hatte sicher einen Rechtsanwalt, der seine Interessen vertrat, und eine Bank, die seine Finanzen regelte; jetzt erst fiel mir ein, daß ich nicht einmal den Namen seiner Sekretärin kannte. Unsere Beziehung, so eng und beständig sie war, blieb von Alltagssorgen und praktischen Fragen unberührt. Gewiß gab es jemand anders, der über all das Bescheid wußte.

Der Wachtmeister kam herein und teilte dem Inspektor mit, daß der zweite Streifenwagen und der Unfallwagen angekommen seien. Als wir zum Leichenschauhaus zurückgingen, murmelte der Wachtmeister dem Inspektor etwas zu, das ich nicht verstand, und dieser wandte sich an mich.

»Doktor Powell aus Fowey war zufällig im Polizeirevier von Tywardreath, als die Meldung von unserer Streife eintraf«, sagte er, »und er erklärte sich bereit, eine vorläufige Untersuchung der Leiche vorzunehmen. Der Pathologe des Untersuchungsrichters wird die eigentliche Autopsie durchführen.«

»Ja«, sagte ich. »Autopsie ... Ermittlung ... die üblichen Formalitäten.«

Der erste Mensch, den ich im Hause sah, war der Arzt, dem ich vor zehn Tagen an der Ausweichstelle begegnet war und der miterlebt hatte, wie ich von jenem Schwindelanfall zu mir kam. Ich bemerkte an seinem Blick, daß er mich sofort erkannte, aber er verriet nichts, als der Inspektor uns vorstellte.

»Es tut mir leid«, sagte er und fügte dann unvermittelt hinzu: »Wenn Sie bisher noch niemanden gesehen haben, der bei einem Unfall schlimm zugerichtet wurde — und dann noch ein Freund –, so muß ich Sie darauf vorbereiten, daß es kein schöner Anblick ist. Dieser Mann hat eine große, klaffende Wunde am Kopf.«

Er führte mich vor die Tragbahre, die man auf einem langen Tisch abgesetzt hatte. Es war Magnus, aber er sah verändert aus – irgendwie kleiner. Über dem rechten Auge befand sich eine tiefe, blutverklebte Höhlung. Das zerrissene Jackett war mit Blut bespritzt, und ein Hosenbein hing in Fetzen herab.

»Ja«, sagte ich, »das ist Professor Lane.«

Ich wandte mich ab, denn Magnus war nicht wirklich dort. Er ging immer noch über die Felder oberhalb des Treesmill-Tales und blickte sich erstaunt in einer anderen, unbekannten Welt um.

»Wenn Ihnen das ein Trost ist«, meinte der Arzt, »so kann er, nachdem er einen solchen Schlag erhalten hatte, nicht mehr lange gelebt haben. Gott weiß, wie er es fertigbrachte, noch ein paar Meter weit bis zur Hütte zu kriechen – er war aber gewiß nicht bei Bewußtsein, denn wenige Augenblicke später ist er gestorben.«

Das war durchaus kein Trost, aber ich bedankte mich trotzdem.

»Sie meinen also, er hat nicht dort gelegen und gewartet, daß jemand kam?«

»Nein, bestimmt nicht. Der Inspektor wird Ihnen gewiß alle näheren Einzelheiten mitteilen, sobald wir wissen, wie schwer seine Verletzungen waren.«

Am Ende des Tisches lag ein Spazierstock. Der Wachtmeister zeigte ihn dem Inspektor. »Den Stock fand man weiter unten auf der Böschung unweit der Hütte«, sagte er.

Der Inspektor sah mich fragend an, und ich nickte. »Ja, dies ist einer von den vielen Spazierstöcken aus seinem Besitz. Sein Vater sammelte sie; in seiner Londoner Wohnung stand ungefähr ein Dutzend.«

»Ich glaube, wir fahren Sie jetzt am besten nach Kilmarth zurück, Mister Young«, schlug der Inspektor vor. »Sie werden natürlich auf dem laufenden gehalten. Sie wissen wohl, daß man Sie bitten wird, bei der offiziellen Feststellung der Todesursache als Zeuge auszusagen.«

»Ja«, antwortete ich. Ich fragte mich, was nach der Autopsie mit Magnus' Leiche geschehen würde. Aber das war schließlich nebensächlich. Jetzt war alles nebensächlich.

Als der Inspektor mir die Hand schüttelte, sagte er, er werde wahrscheinlich am Montag vorbeikommen und mir weitere Fragen stellen, falls ich zu meinen ersten Aussagen noch etwas hinzuzufügen hätte. »Sehen Sie, Mister Young«, erklärte er, »man könnte Amnesie oder sogar Selbstmord vermuten.«

»Amnesie?« wiederholte ich. »Das ist Gedächtnisverlust, nicht wahr? Sehr unwahrscheinlich. Und Selbstmord liegt bestimmt nicht vor. Der Professor war der letzte, der so etwas getan hätte, und er hatte absolut keinen Grund dazu. Er freute sich auf das Wochenende und war bester Laune gewesen, als ich mit ihm telefonierte.«

»Nun ja, genau diese Aussage will der Untersuchungsrichter von Ihnen hören.«

Der Wachtmeister setzte mich vor dem Hause ab, und ich ging ganz langsam durch den Garten die Treppe hinauf. Ich goß mir einen dreifachen Whisky ein und warf mich im Ankleidezimmer auf das Sofa. Wahrscheinlich schlief ich kurz danach ein, denn als ich aufwachte, war es Spätnachmittag oder früher Abend, und Vita saß mit einem Buch in der Hand neben mir auf dem Stuhl. Die letzten Sonnenstrahlen fielen durch das Fenster, das nach Westen auf den Innenhof führte.

»Wie spät ist es?« fragte ich.

»Ungefähr halb sieben«, sagte sie und setzte sich zu mir auf das Sofa.

»Ich hielt es für ratsam, dich in Ruhe zu lassen«, fuhr sie fort. »Der Arzt, der dich im Leichenschauhaus sah, hat am Nachmittag angerufen und gefragt, wie es dir geht, und ich sagte, daß du schliefest. Er meinte, ich solle dich so lange wie möglich schlafen lassen, das sei das beste für dich.« Sie legte ihre Hand in meine, und es war tröstlich, mich wieder als Kind behandelt zu wissen.

»Wo hast du die Jungen hingeschickt?« fragte ich. »Es ist ungewohnt ruhig im Haus.«

»Mrs. Collins war so nett und hat sie nach Polkerris mitgenommen, wo sie den Tag bei ihr verbringen sollen. Ihr Mann wollte nach dem Mittagessen mit ihnen zum Fischen gehen und sie gegen sieben Uhr herbringen. Sie müssen jeden Augenblick kommen.«

Ich schwieg einen Augenblick. Dann sagte ich: »Dies alles darf ihnen nicht die Ferien verderben. Magnus wäre das gar nicht recht.«

»Mach dir keine Sorgen um sie oder um mich«, sagte sie. »Wir kommen schon zurecht. Mich bedrückt viel mehr, daß du einen solchen Schock erhalten hast.«

Ich war dankbar, daß sie nicht weiter auf das Thema einging und die ganze Sache nicht noch einmal zur Sprache brachte – wie das geschehen konnte, was Magnus wohl getan hatte, warum er den Zug nicht herankommen hörte, warum der Lokomotivführer ihn nicht gesehen hatte – es hätte ja doch zu nichts geführt.

»Ich müßte eigentlich mal telefonieren«, sagte ich, »die Leute an der Universität müssen es erfahren.«

»Der Inspektor kümmert sich um alles«, sagte sie. »Er kam noch einmal wieder, kurz nachdem du hinaufgegangen warst, und wollte Magnus' Koffer sehen. Ich sagte, du habest ihn gestern ausgepackt und nichts gefunden. Er fand ebenfalls nichts und ließ die Sachen im Schrank hängen.«

Ich erinnerte mich an die Flasche in meinem Koffer und an die Papiere über Bodrugan. »Was wollte er sonst noch?«

»Nichts. Er sagte nur, wir sollen alles ihm überlassen, und er werde dich am Montag anrufen.«

Ich legte den Arm um sie und zog sie zu mir herab. »Danke für alles, Liebling«, sagte ich. »Du bist mir ein großer Trost. Ich kann immer noch nicht klar denken.«

»Laß es nur«, flüsterte sie. »Ich wünschte, ich könnte mehr sagen oder tun.«

Wir hörten die Jungen in ihrem Zimmer reden. Offenbar waren sie durch den hinteren Eingang gekommen. »Ich gehe zu ihnen«, sagte Vita, »sie wollen sicher ihr Abendessen haben. Soll ich dir deines heraufbringen?«

»Nein, ich komme runter. Irgendwann muß ich mich ja doch wieder normal benehmen.«

Ich blieb noch eine Weile liegen und sah, wie das letzte Sonnenlicht durch die Bäume fiel. Dann nahm ich ein Bad und zog mich um. Trotz des Schocks und der Unruhe dieses Tages wirkte mein zuvor blutunterlaufenes Auge jetzt wieder gesund. Vielleicht war es nur ein Zufall gewesen und hatte mit der Droge nichts zu tun. Aber das würde ich nun nicht mehr klären können.

Vita gab den Jungen in der Küche das Abendessen. Während ich immer noch um Fassung rang, hörte ich sie reden.

»Na, ich wette, das war ein Verbrechen.« Teddys ziemlich schrille, nasale Stimme klang deutlich durch die offene Küchentür. »Ist doch klar, daß der Professor geheime wissenschaftliche Informationen bei sich trug. Wahrscheinlich hatten sie was mit Bakterienkrieg zu tun. Er hatte sich am Tunnel mit jemand verabredet, und der Mann, den er dort traf, war ein Spion und gab ihm eins über den Kopf. Die Polizei hier in der Gegend kommt nur nicht drauf, sie müssen die Geheimpolizei hinzuziehen.«

»Rede nicht so dummes Zeug, Teddy«, sagte Vita scharf. »Auf diese schreckliche Weise werden Gerüchte in Umlauf gesetzt. Dick würde sich furchtbar aufregen, wenn du so etwas sagtest. Ich hoffe, du erzählst Mister Collins nicht ähnliche Sachen.«

»Mister Collins hat zuerst daran gedacht«, fiel Micky ein. »Er sagte, man wüßte nie, was Wissenschaftler heutzutage anstellen, und vielleicht suchte der Professor ein Gelände für eine geheime Versuchsstation im Treesmill-Tal.«

Diese Unterhaltung bewirkte, daß ich mich augenblicklich zusammennahm. Ich dachte, wie Magnus seine Freude an diesen Vermutungen gehabt, wie er das Ganze hochgespielt, wie jede Übertreibung ihn amüsiert hätte. Ich hustete laut, ging zur Küche und hörte noch, daß Vita »Pssst . . .« machte, als ich durch die Tür kam.

Die Jungen blickten auf, und ihre kleinen Gesichter sahen plötzlich scheu und verlegen aus, wie gewöhnlich bei Kindern, wenn sie plötzlich einem trauernden Erwachsenen gegenüberstehen.

»Nun«, sagte ich, »habt ihr einen schönen Tag gehabt?«

»Ja, nicht schlecht«, murmelte Teddy errötend. »Wir sind fischen gegangen.«

»Habt ihr was gefangen?«

»Ein paar Wittlinge. Mama brät sie gerade.«

»Wenn ihr welche übrig habt, möchte ich auch was davon. Ich hatte in Fowey eine Tasse Kaffee und ein Schinkenbrot, das war alles für heute.«

Sie hatten wohl erwartet, daß ich mit gesenktem Kopf und zuckenden Schultern dastehen würde, und ihre Mienen hellten sich sichtlich auf, als ich mit der Fliegenklappe auf eine dicke Wespe am Fenster losging und sagte: »Ich hab' sie!« Später beim Essen erklärte ich: »Nächste Woche bin ich möglicherweise ein bißchen in Anspruch genommen, weil die Ermittlungen über Magnus durchgeführt werden und da muß ich Verschiedenes erledigen, aber ich werde dafür sorgen, daß ihr mit Tom segeln geht oder mit dem Motorboot rausfahren könnt – was ihr lieber wollt.«

»Oh, vielen Dank«, sagte Teddy; Micky, der bemerkte, daß das Thema Magnus jetzt nicht mehr tabu war, schwieg einen Augenblick, den Mund voll Wittling, und fragte dann altklug: »Wird die Lebensgeschichte des Professors heute abend im Fernsehen gezeigt?«

»Ich glaube nicht«, antwortete ich, »es ist ja nicht wie bei einem Pop-Sänger oder einem bekannten Politiker.«

»Schade«, meinte er. »Aber wir werden trotzdem anstellen, für alle Fälle.«

Zur großen Enttäuschung der beiden Jungen und auch Vitas, wie ich glaube, und zu meiner eigenen Erleichterung kam nichts. Ich wußte, daß die nächsten Tage genug Trubel bringen würden, wenn die Presse sich erst einmal der Geschichte bemächtigt hätte, und so kam es auch. Das Telefon läutete bereits am nächsten Morgen, obwohl Sonntag war, und hörte den ganzen Tag nicht mehr auf. Vita und ich konnten kaum den Hörer aus der Hand legen. Schließlich zogen wir den Anschluß heraus und setzten uns in den Innenhof, wo die Reporter, die am Eingang läuteten, uns nicht sehen konnten.

Am nächsten Morgen fuhr Vita mit den Jungen nach Par zum Einkaufen und überließ mich den Briefen, die ich noch nicht geöffnet hatte. Sie hatten nichts mit dem Unglück zu tun. Schließlich zog ich den untersten aus dem kleinen Haufen hervor und spürte einen merkwürdigen Stich im Herzen, als ich sah, daß er mit Bleistift in Magnus' Schrift an mich adressiert war und den Poststempel von Exeter trug. Ich riß ihn auf.

»Lieber Dick«, stand da, »ich schreibe Dir dies im Zug, und es wird wahrscheinlich unleserlich sein. Wenn ich am Bahnhof von Exeter einen Briefkasten finde, stecke ich den Brief ein. Vermutlich brauche ich Dir überhaupt nicht zu schreiben, und wenn Du dies am Samstag morgen erhältst, haben wir gewiß schon einen aufregenden Abend zusammen verbracht, dem viele weitere folgen werden. Aber ich schreibe aus Sicherheitsgründen, für den Fall, daß ich vor lauter Übermut im Zug einen Herzschlag bekomme. Ich bin ziemlich sicher, daß wir einer äußerst wichtigen Entdeckung über das Gehirn auf der Spur sind. Um es kurz und für Laien verständlich auszudrücken: Die chemischen Vorgänge in den Hirnzellen, die zuständig sind für das Gedächtnis und alles, was wir von Kindheit an getan haben, sind wiederholbar, lassen sich, wenn ich so sagen darf, in diesen Zellen zurückschalten. Der Inhalt der Zellen wird durch unsere Erbmasse, das Vermächtnis der Eltern, Großeltern und älterer Ahnen bis zurück in Urzeiten bestimmt. Daß ich ein Genie bin und Du ein Faulpelz, hängt einzig von den Anweisungen ab, die uns von diesen Zellen übermittelt und dann durch verschiedene andere Zellen im ganzen Körper weitergegeben werden. Aber abgesehen von unseren besonderen Merkmalen speichern jene Zellen, mit denen ich mich beschäftigt habe – ich nenne sie das Erinnerungszentrum –, nicht allein unsere eigenen Erinnerungen, sondern auch Gewohnheiten früherer, ererbter Hirnstrukturen. Diese Gewohnheiten würden uns, wenn sie sich dem Bewußtsein erschlössen, befähigen, vergangenes Geschehen wahrzunehmen, nicht, weil irgendein Ahne eine bestimmte Szene erlebte, sondern weil durch ein Medium – in diesem Fall eine Droge – die ererbten älteren Erinnerungsmuster durchbrechen und unser Erleben bestimmen. Welche Folgerungen sich damit vom Gesichtspunkt des Historikers verbinden, geht mich nichts an, vom biologischen Gesichtspunkt aus aber ist die potentielle Nutzung des bisher nicht erschlossenen Vorfahren-Hirns ungeheuer interessant und eröffnet ungeahnte Möglichkeiten.

Ich gebe zu, daß die Droge gefährlich ist und eine Überdosis tödlich wirken kann. Sollte sie gewissenlosen Menschen in die Hände fallen, so könnte sie in unserer ohnehin schon geplagten Welt noch mehr Unheil anrichten. Darum, mein Lieber, vernichte alles, was Du in Blaubarts Zimmer findest, falls mir etwas zustoßen sollte. Meine Mitarbeiter hier in London, die von der Tragweite meiner Entdeckung nichts wissen, haben entsprechende Anweisungen und sind unbedingt zuverlässig. Sollte ich Dich nicht wiedersehen, so vergiß das Ganze. Wenn wir uns heute abend wie verabredet treffen und zusammen hinausgehen und vielleicht sogar, wie ich hoffe, einen Trip machen, so möchte ich mir die schöne Isolda ansehen, die nach den Dokumenten (oben in meinem Koffer) zu urteilen, ihren Geliebten verlor, wie Du mir erzähltest, und nun dringend Trost braucht. Bei dieser Gelegenheit werden wir sehen, ob Roger Kylmerth ihr Trost spenden kann. Mir bleibt keine Zeit, noch mehr zu schreiben, der Zug fährt in Exeter ein. Auf bald in dieser Welt, in der anderen oder im künftigen Leben! Magnus.«

Wenn wir am Freitag nicht segeln gegangen wären, hätte ich die telefonische Nachricht, daß er den früheren Zug nehmen wollte, rechtzeitig gefunden . . . Wenn ich vom Bahnhof St. Austell nicht nach Haus, sondern direkt zum Steinbruch gefahren wäre . . . Zu viele »Wenn«, und keines davon konnte jetzt noch helfen. Auch dieser Brief hätte mich eigentlich schon am Samstagmorgen anstatt erst heute am Montag erreichen müssen. Aber das hätte ebenfalls nichts genützt, denn Magnus hatte nicht geschrieben, was er vorhatte. Vielleicht hatte er, als er ihn einsteckte, noch nicht einmal einen bestimmten Entschluß gefaßt. Der Brief war eine Vorsichtsmaßnahme, wie er sagte, falls irgend etwas schiefging. Ich las ihn noch zweimal durch, dann hielt ich das Feuerzeug daran und sah zu, wie er verbrannte.

Ich ging ins Kellergeschoß und durch die alte Küche ins Labor. Seit Mittwoch früh nach meiner Rückkehr vom Steinbruch, als Bill herunterkam und ich in der Küche Tee machte, hatte ich es nicht mehr betreten. Die Gläser und Flaschen, der Affenkopf, die Katzenembryos und die Pilzgewächse hatten seit dem ersten Experiment ihr bedrohliches Aussehen eingebüßt. Jetzt, da ihr Meister für immer fort war, schienen sie mir nutzlos wie Requisiten eines Taschenspielers. Kein Zauberstab würde sie wieder zum Leben erwecken, keine kundige Hand die Säfte aus ihnen pressen, die Knochen sammeln und sie im brodelnden Kessel zur Gärung bringen.

Ich nahm die Gläser mit den verschiedenen Flüssigkeiten herunter und entleerte sie in den Ausguß. Dann spülte ich sie aus und stellte sie wieder auf das Regal. Nun suchte ich einen alten Sack, den ich im Kesselraum gesehen hatte, öffnete auch die übrigen Gläser und Flaschen mit den Embryos und dem Affenkopf und tat alles zusammen in den Sack, nachdem ich die Flüssigkeiten ebenfalls in den Ausguß geschüttet hatte, wobei ich darauf achtete, daß nichts davon an meine Hände kam. Dasselbe tat ich mit den Pilzen. Es blieben nur zwei kleine Flaschen, Flasche A mit dem Rest der Droge, die ich benutzt hatte, und die unberührte Flasche C. Flasche B hatte ich Magnus geschickt, und sie lag jetzt leer in meinem Koffer. Beide Flaschen steckte ich in meine Tasche, ohne sie zu leeren. Dann trat ich an die Tür und horchte. Mrs. Collins ging zwischen Küche und Speisekammer hin und her.

Ich schwang den Sack über die Schulter, schloß das Labor ab, schlich durch die Hintertür, kletterte in den Küchengarten hinter den Stallgebäuden und stieg von da in den Wald oberhalb von Kilmarth. Wo das Gestrüpp am dichtesten war, unter kraftlos wucherndem Lorbeer, Rhododendronbüschen, die seit Jahren nicht mehr geblüht hatten, abgebrochenen Zweigen toter Bäume, Brombeeren, Brennesseln und angefaulten Blättern suchte ich mir einen toten Zweig, kratzte ein Loch in die feuchte, modrige Erde und leerte den Sack hinein. Den Affenkopf zerschmetterte ich mit einem verwitterten Stein, so daß man ihn nicht mehr identifizieren konnte. Die Embryos glitten dazwischen, undefinierbare Gegenstände wie klebrige Eingeweide von Fischen, die man den Möwen vorwirft. Das Ganze deckte ich mit den faulen Blättern vieler Jahre, mit brauner Erde und einem Haufen Nesseln zu. Dabei kam mir der Satz »Asche zu Asche, Staub zu Staub« in den Sinn, und mir war, als begrübe ich Magnus und sein gesamtes Lebenswerk.

Danach kehrte ich durch das Kellergeschoß und über die kleine Seitentreppe ins Haus zurück und umging so Mrs. Collins, aber sie hörte mich wohl kommen, denn sie rief: »Sind Sie es, Sir?«

»Ja«, sagte ich.

»Ich habe Sie überall gesucht und konnte Sie nicht finden. Der Inspektor aus Liskeard hat angerufen.«

»Ich war im Garten«, erklärte ich. »Ich rufe zurück.«

Ich ging ins Ankleidezimmer hinauf und legte die mit A und C etikettierten Flaschen zu der leeren Flasche B in meinen Koffer, schloß ihn ab, befestigte den Schlüssel an meinem Bund, wusch mir die Hände und ging in die Bibliothek. Dann rief ich das Polizeirevier von St. Austell an.

»Tut mir leid, Herr Inspektor«, sagte ich, als ich ihn an der Leitung hatte, »ich war im Garten, als Sie anriefen.«

»Macht nichts, Mister Young. Ich dachte, Sie würden gern die neuesten Nachrichten erfahren. Nun, wir sind ein bißchen vorangekommen. Es scheint eindeutig erwiesen, daß ein Güterzug das Unglück verursacht hat. Er kam ungefähr zehn vor zehn durch den Tunnel. Der Lokomotivführer sah vor dem Tunnel niemand im Umkreis des Bahndamms, aber diese Güterzüge sind oft ziemlich lang, und dieser hatte hinten keinen Bremser, so daß niemand beobachten konnte, daß jemand auf die Schienen zuging und von den vorbeirollenden Waggons getroffen wurde.«

»Das leuchtet mir ein«, sagte ich, »und Sie meinen, so sei es geschehen?«

»Nun ja, alles läßt darauf schließen. Offenbar ist Professor Lane auf dem Pfad neben dem Trenadlyn-Hof weitergegangen, aber bevor er die Hauptstraße erreichte, bog er ab und hielt auf den Bahndamm zu. Wenn man durch den Drahtzaun kriecht und über eine Böschung hinaufklettert, gelangt man auf die Schienen, aber das Geräusch des Güterzuges ist dabei nicht zu überhören. Natürlich, es war dunkel, aber am Eingang des Tunnels befindet sich ein Signal, und ein Güterzug ist alles andere als leise, ganz abgesehen von der Dampfpfeife der Lokomotive, die routinemäßig betätigt wird, bevor der Zug in den Tunnel einfährt.«

Ja, aber vor sechshundert Jahren gab es weder Signale noch Drahtzäune, Bahndämme oder Dampfpfeifen ...

»Sie wollen also sagen, man müßte blind oder stocktaub gewesen sein, um den Zug nicht im Tal heraufkommen zu hören, selbst aus der Ferne?«

»Ja, Mister Young. Natürlich kann man neben dem Bahndamm stehen, wenn der Zug vorbeifährt – zu beiden Seiten der Schienen ist genug Platz –, und es scheint, daß Professor Lane dies tat. Wir fanden Spuren auf dem Boden, wo er ausglitt, und oben auf der Böschung, wo er sich bis zur Hütte schleppte.«

Ich dachte einen Augenblick nach und sagte dann: »Könnte ich die Stelle wohl selbst besichtigen?«

»Genau das wollte ich vorschlagen, aber ich war nicht sicher, was Sie davon halten würden. Es könnte nützlich sein, nicht nur für Sie, sondern auch für uns.«

»Dann bin ich jederzeit bereit, wenn es Ihnen paßt.«

»Wollen wir sagen, um halb zwölf vor dem Polizeirevier in Tywardreath?«

Es war schon elf. Ich holte gerade den Wagen aus der Garage, als Vita mit den Jungen im Buick in die Einfahrt bog. Sie kletterten heraus, Körbe mit Einkäufen in der Hand.

»Wohin fährst du?« fragte Vita.

»Der Inspektor möchte, daß ich die Stelle neben dem Tunnel besichtige, wo man Magnus gefunden hat«, sagte ich. »Sie meinen, sie wüßten jetzt, wie es geschah – es war ein Güterzug, der kurz vor zehn Uhr vorbeifuhr. Der Lokomotivführer war offenbar schon im Tunnel, als Magnus gegen einen der hinteren Waggons lief und dabei tödlich verletzt wurde.«

»Nun geht schon und bringt Mrs. Collins die Sachen«, befahl Vita den Jungen, die uns nicht von der Seite wichen. Als sie außer Hörweite waren, fuhr sie fort: »Aber warum sollte Magnus denn neben den Schienen stehen? Das ist mir unbegreiflich. Weißt du, was die Leute sagen werden? Ich habe es in einem Laden gehört, und mir war dabei furchtbar zumute ... daß es Selbstmord war.«

»Völliger Unsinn«, sagte ich.

»Ja, ich weiß ... Aber wenn einer so bekannt ist und ihm

ein Unglück zustößt, gibt es immer Gerede. Und Wissenschaftler hält man sowieso für merkwürdig und verschroben.«

»Das sind wir doch alle, ehemalige Verleger, Polizisten, alle ohne Ausnahme. Warte nicht mit dem Mittagessen, ich weiß nicht, wann ich zurückkomme.«

Der Inspektor führte mich an die Stelle, die er mir am Telefon beschrieben hatte. Unterwegs erzählte er, sie hätten zu dem Dienstältesten von Magnus' Mitarbeitern Kontakt aufgenommen, und dieser habe sich das Unglück ebensowenig erklären können.

»Er war natürlich sehr erschüttert«, fuhr der Inspektor fort. »Er wußte, daß der Professor das Wochenende mit Ihnen zusammen verbringen wollte und sich darauf freute. Im übrigen stimmt er völlig mit Ihnen überein und meint, der Professor sei vollkommen gesund und in bester Stimmung gewesen. Von seinem Interesse für historische Stätten schien er nichts zu wissen, aber er gab zu, daß es ein privates Hobby gewesen sein könnte.«

Wir folgten der Treesmill-Straße und bogen am Stonybridge-Weg rechts ein, fuhren an Trenadlyn und Treverran vorbei und parkten oben neben einem Tor, das auf ein Feld führte.

»Was wir nicht ganz verstehen«, bemerkte der Inspektor, »ist, warum Professor Lane, wenn ihn der Treverran-Hof interessierte, nicht dort anrief, anstatt über diese Felder oberhalb des Hofes zu wandern.«

Ich blickte mich rasch um. Treverran lag links von uns, aber in einer Senke im Tal, und unterhalb verlief der Bahndamm; hinter ihm fiel das Gelände ab. Die Bodenbeschaffenheit hatte sich seit Jahrhunderten nicht verändert, aber unter dem Treverran-Hof floß einst ein breiter Bach, mehr schon ein Fluß, der bei herbstlichem Hochwasser das niedrig gelegene Gelände überschwemmte, bevor er in die Bucht von Treesmill mündete.

»Ist da eigentlich immer noch ein Fluß?« fragte ich und deutete auf den Talgrund.

»Immer noch?« wiederholte der Inspektor erstaunt. »Am Fuß des Hügels unter der Bahnlinie verläuft ein Graben, ein ziemlich schlammiger Bach, und der Boden ist sumpfig.«

Wir gingen über das Feld. Der Bahndamm kam in Sicht, und gleich rechts neben uns öffnete sich der unheilvolle Tunnel.

»Vielleicht gab es hier einmal einen Weg, der ins Tal hinabführte, und eine Furt, über die man auf die andere Seite des Baches gelangte«, sagte ich.

»Möglich«, erwiderte der Inspektor. »Aber jetzt sieht man nichts mehr davon.«

Magnus wollte den Bach durchwaten. Magnus folgte einem Reiter, der durch die Furt ritt. Darum ging er sehr rasch. Und es war kein Sommerabend bei hereinbrechender Dämmerung: Es war Herbst, der Sturm tobte, und Regenschauer gingen über den Hügeln nieder . . .

Wir stiegen zum Eisenbahndamm dicht am Tunnel hinab. Etwas weiter links unter der Bahnlinie befand sich ein Torweg, der von einem Feld auf das andere führte. Dort standen Kühe, die vor den Fliegen Schutz suchten.

»Sehen Sie«, erklärte der Inspektor, »die Bauern oder andere Leute brauchen gar nicht über die Schienen zu klettern, um auf das andere Feld zu gelangen. Sie können durch den Torweg gehen, wo das Vieh jetzt steht.«

»Ja, aber vielleicht hat der Professor ihn gar nicht bemerkt, da er sich weiter oben auf dem Feld befand. So nahm er den kürzeren Weg über den Damm.«

»Wie? Den kürzeren Weg, wo er über den Damm hinaufklettern, durch den Draht kriechen und die Böschung zu den Schienen hinaufsteigen mußte?« fragte der Inspektor. »Und das obendrein noch im Dunkeln? Das würde ich gewiß nicht versuchen.«

Genau das taten wir nun im Tageslicht. Er führte, und ich ging ihm nach. Er zeigte mir die unbenutzte, mit Efeu bewachsene Hütte ein paar Meter oberhalb des Dammes.

»Das Gestrüpp ist zertreten, weil wir gestern hier waren«, erklärte er, »aber Professor Lanes Spuren waren dort, wo er sich zur Hütte hinschleppte, deutlich genug, und da er nur noch halb bei Bewußtsein gewesen sein kann, beweist das eine fast übermenschliche Anstrengung und großen Mut.«

In welcher Welt hatte Magnus sich befunden, in der Gegenwart oder in der Vergangenheit? War der Güterzug in den

Tunnel hineingefahren, ohne daß er ihn bemerkte, während er den Damm hinaufkroch? Wollte er gerade über die Schienen gehen, als die Lokomotive bereits im Tunnel war – vor seinen Augen lag nur eine Wiese, die sich bis an den Bach hinabsenkte –, und wurde er so von dem ausschwenkenden Waggon getroffen? Jedenfalls war es in beiden Welten der Gnadenstoß. Er konnte nicht gewußt haben, was ihn traf. Dann folgte er nur noch dem Selbsterhaltungstrieb und schleppte sich zur Hütte, wo ihm Gott hoffentlich die Gnade des Vergessens schenkte, so daß er sich nicht plötzlich seiner Einsamkeit und des nahenden Todes bewußt wurde.

Wir standen da und starrten auf die leere Hütte, und der Inspektor machte mich auf die Stelle am Boden aufmerksam, wo Magnus gestorben war. Die Hütte wirkte völlig unpersönlich, war ohne Atmosphäre – wie ein verlassener Geräteschuppen.

»Sie wurde seit Jahren nicht mehr benutzt«, sagte er. »Die Leute, die auf dem Bahndamm arbeiteten, machten sich hier Tee und aßen ihre Frühstücksbrote. Jetzt benutzen sie die andere Hütte weiter unten, aber auch nur selten.«

Wir kehrten auf demselben Weg zurück und krochen durch den schadhaften Drahtzaun. Ich blickte zu den Hügeln hinüber. Einige waren dicht bewaldet. Links stand ein Gehöft mit einem kleineren Haus dahinter und weiter nördlich eine Häusergruppe. Ich fragte nach ihren Namen. Der Hof hieß Colwith, das kleinere Haus war einst ein Schulgebäude gewesen. Das dritte, von hier aus kaum erkennbar, war wieder ein Hof, Strickstenton genannt.

»Wir stehen hier an der Grenze von drei Gemeinden«, sagte der Inspektor. »Tywardreath, St. Sampson oder Golant und Lanlivery. Mister Kendall von Pelyn ist einer der reichsten Landbesitzer der Gegend. Pelyn ist ein schönes altes Gutshaus, das Sie interessieren würde; es liegt gleich unterhalb der Hauptstraße auf dem Weg nach Lostwithiel und gehört schon seit Jahrhunderten derselben Familie.«

»Seit wie vielen Jahrhunderten?«

»Nun, Sie wissen ja, Mister Young, ich bin kein Fachmann. Vielleicht vier?«

Tregest konnte sich laut Gesetz nicht in Pelyn geändert haben. Aber irgendwo in der Nähe war Magnus hinter Roger hergegangen, der ihn zu Oliver Carminowes Haus führte, ob es nun ein Gutshaus oder nur ein Bauernhof war.

»Herr Inspektor«, sagte ich, »selbst jetzt, nachdem Sie mir alles gezeigt haben, glaube ich, daß Professor Lane die Quelle des Flusses irgendwo im Tal suchte und auf die andere Seite hinüberwollte.«

»Aber wozu, Mister Young?« Er sah mich an, nicht unfreundlich, aber eindeutig neugierig und bemüht, meinen Standpunkt zu begreifen.

»Wenn einen die Vergangenheit nicht losläßt, ob man nun Historiker, Archäologe oder Denkmalspfleger ist, so ist das wie ein Fieber; man findet keine Ruhe, bis man ein bestimmtes Problem gelöst hat. Ich glaube, daß Professor Lane ein Ziel verfolgte, und darum beschloß er, in Par anstatt in St. Austell auszusteigen. Er wollte aus irgendeinem Grund, den wir wahrscheinlich nie erfahren werden, trotz des Bahndamms ins Tal hinuntergehen.«

»Und stand hier, als der Zug vorbeifuhr, und lief dann einfach in den Waggon hinein?«

»Ich weiß es nicht. Er hatte ein gutes Gehör und gute Augen, er liebte das Leben. Er ist gewiß nicht absichtlich hineingelaufen.«

»Ich hoffe in Professor Lanes Interesse, daß Sie den Untersuchungsrichter davon überzeugen können. Mich haben Sie beinahe überzeugt.«

»Beinahe?« fragte ich.

»Ich bin Polizist, Mister Young, und irgendwo fehlt ein Glied in der Beweiskette. Aber ich glaube wie Sie, daß wir es wahrscheinlich niemals finden werden.«

Wir gingen den gleichen Weg zurück durchs Tor und den Hang hinauf. Im Wagen fragte ich ihn, ob er ungefähr wisse, wann die Todesursache offiziell festgestellt werden solle.

»Genau kann ich es Ihnen nicht sagen. Das hängt von verschiedenen Umständen ab. Der Untersuchungsrichter wird sich bemühen, die Sache zu beschleunigen, aber vielleicht dauert es doch noch zehn oder vierzehn Tage, vor allem, da angesichts der ungewöhnlichen Todesumstände Geschworene berufen werden müssen. Außerdem ist unser Pathologe im Urlaub, und der Untersuchungsrichter hat Doktor Powell damit beauftragt, die Autopsie vorzunehmen, da er die Leiche ja bereits untersucht hat. Doktor Powell war dazu bereit. Seinen Befund müssen wir im Laufe des Tages erhalten.«

Ich dachte, wie oft Magnus Tiere, Vögel und Pflanzen seziert und wie sehr ich seine kühle, sachliche Einstellung bewundert hatte. Er wollte einmal, daß ich zusah, wie er die Organe eines frischgeschlachteten Schweines ausnahm. Ich hielt es fünf Minuten aus, dann wurde mir schlecht. Wenn Magnus jetzt seziert werden mußte, so war ich froh, daß Dr. Powell es übernahm.

Als wir vor dem Polizeirevier ankamen, trat der Wachtmeister gerade heraus. Er sagte etwas zu dem Inspektor, der sich sogleich an mich wandte.

»Wir haben Professor Lanes Kleidung und seine Sachen untersucht und möchten sie Ihnen übergehen, wenn Sie bereit sind, die Verantwortung dafür zu übernehmen.«

»Gewiß«, erwiderte ich. »Ich bezweifle, daß irgend jemand anders sie haben will. Ich hoffe auch von seinem Anwalt zu hören, wer immer das sein mag.«

Der Wachtmeister brachte nach ein paar Minuten ein in braunes Papier gewickeltes Paket. Die Brieftasche lag obenauf und ebenso ein Taschenbuch, das er gewiß mitgebracht hatte, um es im Zug zu lesen: *Erfahrungen eines irischen Friedensrichters* von Somerville und Ross. Ich konnte mir kaum ein Buch vorstellen, das weniger zu einer plötzlichen Hirnstörung führte oder einen Selbstmordversuch ermutigte.

»Ich hoffe, Sie haben den Titel des Buches für den Untersuchungsrichter notiert«, bemerkte ich.

Er bejahte ganz ernsthaft. Ich wußte, daß ich das Paket niemals öffnen würde, aber ich war froh, die Brieftasche und den Stock zu haben.

Müde und niedergeschlagen fuhr ich nach Kilmarth zurück; ich war der Lösung keineswegs näher gekommen. Bevor ich von der Hauptstraße abbog, hielt ich oben auf dem Polmear Hill an, um einen Wagen vorbeizulassen. Ich erkannte den Fahrer – es war Dr. Powell. Er fuhr auf den Grasstreifen auf der Seite, und ich tat dasselbe. Dann stieg er aus und trat an mein Fenster.

»Nun, hat der Inspektor Ihnen gesagt, daß ich die Autopsie durchführe?« fragte er.

»Ja.«

»Mein Bericht geht an den Untersuchungsrichter«, fuhr er fort, »und Sie werden zu gegebener Zeit davon erfahren. Aber inoffiziell kann ich Ihnen bereits mitteilen, daß Professor Lane an der Kopfverletzung gestorben ist, die eine starke Gehirnblutung verursachte. Außerdem erhielt er weitere Verletzungen durch den Sturz; es besteht kein Zweifel, daß er geradewegs in einen der Waggons des Güterzuges gelaufen ist.«

»Danke«, sagte ich. »Es ist sehr gütig von Ihnen, daß Sie es mir persönlich sagen.«

»Nun, Sie waren sein Freund und sind daher unmittelbar betroffen. Nur eins noch. Ich mußte den Inhalt seines Magens analysieren lassen. Eine reine Routinesache. Ich kann die Geschworenen und den Untersuchungsrichter beruhigen: Er hatte zur Zeit des Unfalls überhaupt keinen Alkohol im Magen.«

»Aha«, sagte ich, »das dachte ich mir.«

»Nun, das wär's«, schloß er. »Wir sehen uns dann vor Gericht.«

Er kehrte zu seinem Wagen zurück, und ich fuhr langsam die Einfahrt hinunter. Magnus trank tagsüber nur wenig. Vielleicht hatte er sich im Zug einen Gin mit Tonic oder eine Tasse Tee bestellt. Aber das würde aus der Analyse hervorgehen. Und was sonst?

Vita und die Jungen saßen schon beim Essen. Im Laufe des Morgens waren zahlreiche Anrufe gekommen, darunter einer von Magnus' Anwalt, einem gewissen Mister Dench, und von Bill und Diana aus Irland, die die Nachricht im Radio gehört hatten.

»Das nimmt kein Ende«, sagte Vita. »Hat der Inspektor etwas über die Ermittlung gesagt?«

»Ja, sie wird wahrscheinlich erst in zehn oder vierzehn Tagen stattfinden«, sagte ich.

»Das werden schöne Ferien für uns«, seufzte sie.

Die Jungen gingen hinaus, um sich den nächsten Gang in der Küche zu holen, und Vita wandte sich mit ängstlicher

Miene an mich. »Ich habe vor ihnen nichts gesagt«, flüsterte sie, »aber Bill war über die Nachricht entsetzt, nicht weil es an sich schon ein tragischer Unfall ist, sondern weil er meinte, daß irgend etwas Schreckliches dahinterstecke. Er drückte sich nicht genauer aus, aber er sagte, du wüßtest, was er meine.«

Ich legte Messer und Gabel hin. »Was hat Bill gesagt?«

»Er tat ziemlich geheimnisvoll. Aber stimmt es, daß du ihm von irgendeiner Räuberbande in der Gegend erzählt hast, die Leute überfiel? Er hoffte, daß du es der Polizei mitgeteilt hast.«

Das hatte gerade noch gefehlt. Bills ungeschickter und unangebrachter Versuch zu helfen konnte uns nur in Schwierigkeiten bringen.

»Er ist verrückt«, sagte ich kurz. »Ich hab' ihm nie so etwas erzählt.«

»Oh, nun ja . . .«, und dann fügte sie, immer noch besorgt, hinzu: »Ich hoffe, du hast dem Inspektor wirklich alles gesagt, was du weißt.«

Die Jungen kamen ins Eßzimmer, und wir beendeten schweigend die Mahlzeit. Danach brachte ich das Paket, die Brieftasche und den Spazierstock hinauf ins Gästezimmer. Sie gehörten dorthin, zu den übrigen Sachen, die im Schrank hingen. Den Stock wollte ich selbst benutzen, er war der letzte Gegenstand, den Magnus in Händen gehalten hatte.

Ich dachte an die Sammlung von Stöcken in seiner Wohnung; darunter befanden sich ein Gewehrstock, ein Schwertstock, einer mit einem Teleskop am Ende und ein anderer mit einem Griff in Form eines Vogelkopfes. Dieser war vergleichsweise einfach; auf dem üblichen Silberknauf waren die Initialen Kapitän Lanes eingraviert. Er war der Urheber jener Familienmanie für Spazierstöcke, und ich erinnerte mich noch dunkel, daß er mir diesen hier schon vor langer Zeit gezeigt hatte, als ich in Kilmarth zu Besuch war. Er hatte einen versteckten Mechanismus, aber leider wußte ich nicht mehr, worum es sich dabei handelte. Vielleicht löste sich eine Feder, wenn man den Knauf herunterdrückte. Ich versuchte es; nichts geschah. Ich versuchte es noch einmal, drehte den Knauf und hörte ein Klicken. Nun schraubte ich den Knauf ab und fand darunter einen winzigen silbernen Meßbecher, gerade groß genug für einen halben Schluck Schnaps oder eine andere Flüssigkeit. Magnus hatte den Becher ausgewischt, wahrscheinlich mit einer Papierserviette, die er fortgeworfen oder vergraben hatte, als er seinen letzten Spaziergang antrat. Ich wußte, was der Becher enthalten hatte.

XVIII

Der Anwalt, Herbert Dench, rief nachmittags noch einmal an und sagte, wie erschüttert er über den plötzlichen Tod seines Mandanten gewesen sei. Ich teilte ihm mit, daß die Ermittlung wahrscheinlich erst in zehn oder vierzehn Tagen durchgeführt werde, und schlug vor, er solle alle Vorbereitungen für die Beerdigung mir überlassen und erst morgens am Tag der Einäscherung kommen. Zu meiner großen Erleichterung war es ihm recht, denn ich hatte den Eindruck, daß er genau das war, was Vita einen »stocksteifen Gesellen« nannte, und wenn wir Glück hatten, besaß er genug Takt, um noch mit einem Nachmittagszug zurückzufahren. Dann fiel er uns nur ein paar Stunden zur Last.

»Ich würde Ihre Zeit sonst nicht in Anspruch nehmen, Mister Young«, sagte er, »und tue es nur aus Achtung vor dem verstorbenen Professor Lane, angesichts der unglücklichen Todesumstände und weil Sie im Testament bedacht sind.«

»Ach«, sagte ich erschrocken, »ich wußte gar nicht ...«, und hoffte, daß es nur die Spazierstöcke sein würden.

»Aber das möchte ich lieber nicht am Telefon mit Ihnen besprechen«, fügte er hinzu.

Erst als ich den Hörer aufgelegt hatte, wurde mir klar, daß ich mich in einer ziemlich peinlichen Lage befand; ich wohnte einer mündlichen Vereinbarung gemäß unentgeltlich in Magnus' Haus. Vielleicht wollte der Anwalt uns so bald wie möglich hinaussetzen, möglicherweise gleich nach dem Ermittlungsverfahren. Der Gedanke war niederschmetternd. Das konnte er doch wohl nicht tun! Ich war natürlich gern bereit,

Miete zu zahlen, aber vielleicht hatte er irgendeinen Einwand und meinte, das Haus müsse abgeschlossen und vor dem Verkauf Maklern übergeben werden. Ich war ohnehin schon deprimiert genug, und die Aussicht auf einen plötzlichen Umzug würde die Situation nur noch verschlimmern.

Den übrigen Nachmittag verbrachte ich am Telefon und ordnete die Beerdigung an, nachdem ich zunächst bei der Polizei angefragt hatte, ob ich den Termin schon festsetzen könne. Anschließend rief ich den Anwalt an, um ihm über die von mir unternommenen Schritte zu berichten. All dies schien mit Magnus gar nichts mehr zu tun zu haben. Die Verrichtungen des Bestattungsinstituts, jene mit dem Tod verbundene Betriebsamkeit, bis die Leiche den Flammen übergeben wurde, betraf nicht jenen Mann, der mein Freund gewesen war. Mir kam es so vor, als sei er ein Teil der anderen Welt geworden, der Welt von Roger und Isolda.

Als ich die Anrufe beendet hatte, kam Vita in die Bibliothek. Ich saß auf Magnus' Schreibtisch am Fenster und blickte hinaus auf das Meer.

»Liebling, ich habe mir etwas überlegt«, sagte sie, trat dicht hinter mich und legte mir die Hände auf die Schultern. »Meinst du nicht auch, daß es ratsam ist, nach dem Ermittlungsverfahren abzureisen? Es wäre doch etwas peinlich, wenn wir weiter hier wohnten, und traurig für dich, und außerdem hat die Sache doch eigentlich ihren Sinn verloren.«

»Welchen Sinn?«

»Nun, daß uns das Haus unentgeltlich zur Verfügung stand. Ich empfinde uns als Eindringlinge, die eigentlich kein Recht mehr haben, hier zu sein. Es wäre viel vernünftiger, wenn wir die restlichen Ferien woanders verbrächten. Es ist ja erst Anfang August. Bill sagte mir am Telefon, wie schön es in Irland ist; sie haben ein reizendes Hotel in Connemara gefunden, ein altes Schloß oder so etwas, mit privaten Fischereigründen.«

»Das kann ich mir vorstellen. Zwanzig Guineas für die Nacht und von deinen Landsleuten übervölkert.«

»Sei nicht so ungerecht! Er wollte uns nur helfen. Er hielt es für selbstverständlich, daß du von hier fort wolltest.«

»Ich will aber nicht«, sagte ich, »es sei denn, der Anwalt wirft uns raus. Das wäre etwas anderes.«

Ich sagte ihr, daß die Einäscherung für den Donnerstag vorgesehen sei und daß Dench herüberkommen würde und vielleicht auch einige von Magnus' Mitarbeitern. Die Aussicht auf Gäste zum Mittag- oder Abendessen und vielleicht sogar für die Nacht lenkte sie von dem Irland-Plan ab. Aber es stellte sich heraus, daß uns das Schlimmste erspart blieb, denn nur Dench und Magnus' dienstältester Assistent, John Willis, kamen am Mittwoch mit einem Nachtzug zur Einäscherung; sie nahmen unsere Einladung zum Mittagessen an und wollten dann mit dem Nachtzug nach London zurückkehren. Die Jungen wurden für den Donnerstag unter Aufsicht des stets gefälligen Tom zum Fischen hinausgeschickt.

Ich erinnere mich kaum noch an die Einäscherungszeremonie. Ich weiß nur, daß ich dachte, Magnus hätte sicher eine einfachere Methode erfunden. Er hätte die Toten mit Hilfe von Chemikalien anstatt durch Feuer aus der Welt geschafft. Die beiden anderen Trauergäste, Herbert Dench und John Willis, sahen ganz anders aus, als ich sie mir vorgestellt hatte. Der Anwalt war dick und leutselig, aß reichlich zu Mittag und ergötzte uns, während wir das Totenmahl verzehrten, mit Geschichten über Hindufrauen, die auf dem Scheiterhaufen, wo der Leichnam ihres Mannes verbrannt wurde, freiwillig den Feuertod suchten. Er war in Indien geboren und schwor, als Kind selbst eine solche Opferung gesehen zu haben.

John Willis war ein kleiner, mausgrauer Mann mit aufmerksamen Augen hinter einer Hornbrille; er hätte gut hinter einen Bankschalter gepaßt. Ich konnte ihn mir nicht neben Magnus vorstellen, wie er lebendigen Affen aufwartete oder ihre Hirnzellen sezierte. Er äußerte kaum ein Wort. Aber das machte nichts, denn der Anwalt sprach genug für alle.

Nach dem Mittagessen gingen wir durch die Bibliothek, und Dench bückte sich nach seiner Aktentasche, um uns in aller Förmlichkeit das Testament vorzulesen, in dem John Willis offenbar ebenso wie ich bedacht worden war. Vita wollte sich taktvoll zurückziehen, aber der Anwalt bat sie zu bleiben.

»Das ist nicht nötig, Mrs. Young«, sagte er fröhlich, »es ist ganz kurz und sachlich.«

Er hatte recht – bis auf die Sprache des Gesetzes. Magnus hatte das gesamte flüssige Vermögen, das er zur Zeit seines Todes besaß, seinem College zur Förderung der Biophysik vermacht. Seine Wohnung und seine persönliche Habe sollten verkauft werden und das Geld ebenfalls dem College zukommen, ausgenommen seine Bibliothek, die er John Willis aus Dankbarkeit für zehn Jahre beruflicher Mitarbeit und persönlicher Freundschaft hinterließ. Kilmarth mit allem, was darin war, vermachte er mir zu eigenem Gebrauch oder anderweitiger Verwendung, zur Erinnerung an die Jahre der Freundschaft seit unserer Studentenzeit; er schrieb dazu, die einstigen Bewohner dieses Hauses hätten es so gewünscht. Das war alles.

»Ich nehme an«, schloß der Anwalt lächelnd, »daß er mit den früheren Bewohnern seine Eltern meinte, Fregattenkapitän Lane und Mrs. Lane, die Sie gekannt haben, soviel ich weiß.«

»Ja«, sagte ich noch ganz benommen, »ja, ich hatte die beiden sehr gern.«

»Nun, das wär's. Es ist ein schönes Haus. Ich hoffe, Sie werden hier sehr glücklich sein.«

Ich sah Vita an. Sie zündete sich eine Zigarette an – wie immer eine Gebärde der Abwehr im Augenblick eines plötzlichen Schocks. »Wie . . . wie außerordentlich großzügig vom Professor«, sagte sie. »Ich weiß gar nicht, was ich sagen soll. Natürlich bleibt es Dick überlassen, ob er es behalten will oder nicht. Unsere Zukunftspläne sind zur Zeit recht unbestimmt.«

Einen Augenblick herrschte verlegenes Schweigen, während Dench uns beide abwechselnd ansah.

»Natürlich«, meinte er, »Sie müssen das erst alles gemeinsam besprechen. Aber Sie wissen sicher, daß das Haus und alles, was es enthält, für die gerichtliche Bestätigung des Testamentes geschätzt werden müssen. Ich würde es daher gern einmal ansehen, wenn ich Ihnen damit nicht zu viele Umstände mache.«

»Aber natürlich nicht.«

Wir standen auf, und Vita bemerkte: »Der Professor hatte ein Labor im Kellergeschoß, einen höchst unheimlichen Raum – so schilderten ihn wenigstens meine Söhne. Ich nehme an, die Sachen darin gehörten nicht zum Haus und sollten seinem Labor in London übergeben werden? Vielleicht weiß Mister Willis, was darin ist?«

Sie machte ein völlig unschuldiges Gesicht, aber ich hatte den Eindruck, daß sie das Labor absichtlich erwähnte, um endlich zu erfahren, was es enthielt.

»Ein Labor?« fragte der Anwalt, und an Willis gewandt: »Hat der Professor hier gearbeitet?«

Der kleine mausgraue Mann blinzelte hinter seiner Hornbrille. »Das bezweifle ich sehr«, erwiderte er schüchtern, »und wenn, so waren diese Versuche gewiß ohne wissenschaftliche Bedeutung und hatten mit seiner Tätigkeit in London nichts zu tun. Vielleicht machte er hier ein paar Versuche, um sich an Regentagen zu amüsieren – mehr war es sicher nicht, denn er hätte es mir gegenüber erwähnt.«

Braver Mann. Wenn er etwas wußte, so würde er jedenfalls nichts verraten. Ich sah, daß Vita gerade sagen wollte, ich hätte ihr erzählt, das Labor enthalte Gegenstände von unschätzbarem Wert, also kam ich ihr zuvor und machte den Vorschlag, daß wir zuerst das Labor besichtigten, bevor wir durch das übrige Haus gingen.

»Kommen Sie«, sagte ich zu Willis, »Sie sind der Fachmann. Zu Kapitän Lanes Zeiten war der Raum eine alte Waschküche, und Magnus bewahrte Flaschen und Gläser darin auf.«

Er sah mich an, schwieg aber. Wir stiegen ins Kellergeschoß hinunter, und ich öffnete die Tür.

»Das ist es«, sagte ich. »Nicht sehr aufregend. Nichts als eine Reihe alter Gläser, ganz wie ich Ihnen sagte.«

Vitas Gesicht war sehenswert, als sie sich umblickte. Staunen, Ungläubigkeit und dann ein rascher, fragender Blick auf mich. Kein Affenkopf, kein Katzenembryo, nur leere Flaschen. Sie bewies erstaunliche Geistesgegenwart und äußerte sich nicht dazu.

»Nun ja«, meinte der Anwalt, »der Schätzer wird für jedes

Glas höchstens ein paar Pennys ansetzen. Was meinen Sie, Mister Willis?«

Der Biophysiker lächelte kurz. »Ich nehme an, Professor Lanes Mutter hatte hier eingemachte Früchte und Winterobst aufbewahrt.«

»Das nannte man eine Vorratskammer, nicht wahr?« meinte der Anwalt lachend. »Das Dienstmädchen machte in der Vorratskammer für das ganze Jahr Obst und Gemüse ein. Sehen Sie die Haken in der Decke? Wahrscheinlich hängten sie hier auch Fleisch auf. Mächtige Schinkenseiten. Nun, Mrs. Young, dies ist wohl eher Ihr Reich als das Ihres Mannes. Ich würde empfehlen, eine elektrische Waschmaschine in die Ecke zu stellen, damit Sie sich die Wäscherechnungen sparen. Die ist zunächst teuer, aber in ein paar Jahren zahlt sie sich aus, besonders bei einer jungen Familie.«

Er wandte sich lachend um, und wir folgten ihm in den Flur. Ich schloß die Tür hinter mir ab. Willis, der ein bißchen langsamer hinterherkam, bückte sich und hob etwas vom Boden auf. Es war das Etikett von einem der Gläser. Er reichte es mir wortlos, und ich steckte es in meine Tasche. Wir besichtigten das übrige Haus, und Dench kam auf den großartigen Einfall, wir sollten das Haus, falls wir es als Kapitalanlage benutzen wollten, in mehrere Wohnungen für Sommergäste aufteilen und die Schlafzimmerseite mit dem Blick auf das Meer uns vorbehalten. Diese Idee erläuterte er Vita, während wir durch den Garten wanderten. Ich sah, daß Willis nach seiner Uhr blickte.

»Sie müssen allmählich genug von uns haben«, bemerkte er. »Ich habe Dench auf dem Weg hierher gesagt, wir würden beim Bezirksrevier in Liskeard vorsprechen und die Fragen beantworten, die die Polizei uns stellen möchte. Wenn Sie ein Taxi riefen, könnten wir gleich rüberfahren.«

»Ich fahre Sie selbst hin«, sagte ich zu ihm, »aber warten Sie noch, ich möchte Ihnen etwas zeigen.« Ich ging hinauf und kam wenige Minuten später mit dem Spazierstock zurück. »Dies hier lag neben Magnus' Leiche. Er gehört zu den anderen in seiner Londoner Wohnung. Meinen Sie, man wird ihn mir lassen?«

»Gewiß«, sagte er, »und auch die anderen Stöcke. Ich freue mich, daß Sie das Haus bekommen haben, und hoffe, nebenbei gesagt, daß Sie es nicht verkaufen.«

»Ich habe nicht die Absicht.«

Vita und Dench waren ein Stück hinter uns.

»Ich schlage vor, daß wir bei der Untersuchung am besten so ziemlich dasselbe sagen«, bemerkte Willis ruhig. »Magnus war ein begeisterter Spaziergänger, und wenn er sich nach den Stunden im Zug Bewegung verschaffen wollte, so war das typisch für ihn.«

Ich war einverstanden.

»Übrigens, ein guter Bekannter von mir, ein Student, hat für Magnus im Britischen Museum und im Staatsarchiv über historische Fragen nachgeschlagen. Soll er weitermachen?«

Ich zögerte. »Es könnte nützlich sein. Ja ... Wenn er etwas herausfindet, sagen Sie ihm, er möchte es mir schicken.«

Jetzt bemerkte ich zum erstenmal einen Ausdruck der Verlorenheit, der Leere hinter der Hornbrille.

»Und was haben Sie selbst vor?« fragte ich.

»Ich nehme an, ich werde genauso weiterarbeiten«, antwortete er. »Ich möchte versuchen, Magnus' Tätigkeit fortzuführen. Aber das wird nicht leicht sein. Als Chef und Kollege ist er unersetzbar. Sie verstehen das sicher.«

»Ja, gewiß.«

Die anderen kamen heran, und zwischen Willis und mir fiel kein weiteres Wort. Nach einer Tasse Tee, die niemand gewünscht hatte, zu der Vita uns aber überredete, fand Willis, es sei Zeit, nach Liskeard zu fahren. Ich wußte jetzt, warum Magnus ihn zum Vorgesetzten seiner Mitarbeitergruppe bestimmt hatte. Ganz abgesehen von seiner beruflichen Kompetenz verbargen sich hinter der mausgrauen Erscheinung Treue und Verschwiegenheit.

Als wir im Auto saßen, fragte Dench, ob wir wohl einen Teil der Strecke fahren könnten, die Magnus am Freitagabend zurückgelegt hatte. Ich fuhr sie auf dem Stonybridge-Weg am Treverran-Hof vorbei vor das Tor oben auf dem Hügel und deutete auf den Tunnel.

»Unglaublich«, murmelte Dench, »ganz unglaublich. Und obendrein war es dunkel. Das gefällt mir nicht.«

»Wie meinen Sie das?« fragte ich.

»Nun, wenn ich es nicht begreife, werden der Untersuchungsrichter und die Geschworenen es auch nicht begreifen. Sie müssen etwas dahinter vermuten.«

»Aber was?«

»Vielleicht irgendeinen Zwang, diesen Tunnel zu erreichen. Wir wissen, was weiter geschah, nachdem er dort angelangt war.«

»Ich bin anderer Meinung«, erklärte Willis. »Wie Sie sagen, war es damals dunkel oder fast dunkel. Da konnte man von hier aus weder den Tunnel noch den Bahndamm sehen. Ich glaube vielmehr, er hatte die Absicht, ins Tal hinunterzugehen, vielleicht, um sich das Bauernhaus von der anderen Seite anzusehen, und als er unten am Feld angelangt war, versperrte die Eisenbahnüberführung ihm die Aussicht. Er kletterte die Böschung hinauf, um die Gegend zu überblicken, und wurde vom Zug getroffen.«

»Möglich, aber es ist doch seltsam, wie er so etwas tun konnte.«

»Seltsam für den gewöhnlichen Menschen«, sagte Willis, »aber nicht für Professor Lane. Er war im wahrsten Sinne des Wortes ein Entdecker.«

Nachdem ich sie wohlbehalten vor dem Polizeirevier abgesetzt hatte, kehrte ich nach Hause zurück. Nach Hause ... Das Wort hatte jetzt eine neue Bedeutung. Es war jetzt mein Heim. Das Haus gehörte mir, wie es vorher Magnus gehört hatte. Die Anspannung, die den ganzen Tag auf mir gelastet hatte, begann zu weichen und zugleich meine niedergeschlagene Stimmung. Magnus war tot; ich würde ihn nie wiedersehen, nie wieder seine Stimme hören, mich an seiner Gesellschaft freuen oder seine Gegenwart als beruhigenden Fixpunkt in meinem Leben betrachten könnnen, aber das Band zwischen uns würde trotzdem nie zerreißen, denn das Heim, das einst ihm gehört hatte, war jetzt meines. Darum konnte ich ihn nicht verlieren. Ich blieb nicht allein.

Ich fuhr an Boconnoc, dem ehemaligen Bockenod, vorbei und dachte an den armen Sir John Carminowe, der, bereits mit den gefürchteten Pocken infiziert, in jener stürmischen Oktobernacht des Jahres 1331 neben Joanna Champernounes roh gezimmertem Wagen hergeritten war und einen Monat später sterben sollte, nachdem er seine Stellung als Aufseher der Schlösser Restormel und Tremerton kaum sieben Monate hatte genießen können. Hinter Lostwithiel nahm ich den Weg nach Treesmill, um mir die Gehöfte auf der anderen Seite des Tales hinter dem Bahndamm genauer anzusehen. Strickstenton lag auf der linken Seite des engen Weges. Sicher ein sehr altes Gemäuer, das man in einer Broschüre für Touristen als »pittoresk« bezeichnen würde. Das dazugehörige Weideland senkte sich bis an einen Wald.

Sobald ich vom Haus aus nicht mehr gesehen werden konnte, stieg ich aus dem Wagen und blickte zur anderen Seite des Tales hinüber. Der Tunnel war deutlich zu sehen, und während ich dort stand, kam ein Zug wie eine böse Schlange mit gelbem Kopf heran und schlängelte sich unterhalb von Treverran ins Tal. Der Güterzug, der Magnus erfaßt hatte, war aus der entgegengesetzten Richtung gekommen, den Hang hinaufgeklettert und im Tunnel verschwunden, ein Reptil, das in die Unterwelt tauchte, während Magnus, der es weder gehört noch gesehen hatte, sich sterbend zu der Hütte schleppte. Ich fuhr den gewundenen Pfad hinab und bemerkte die Abzweigung, die vermutlich am Colwith-Hof vorbei ins Tal und zum Überrest des ehemaligen Flusses hinabführte. Irgendwann einmal, bevor die Eisenbahnlinie sich in das Gelände hineingrub, hatte es hier gewiß einen Weg gegeben, der von Groß-Treverran durch das Tal nach Klein-Treverran führte. Jeder der beiden Höfe konnte das Tregest der Carminowes sein.

Ich fuhr zur Telefonzelle von Tywardreath und wählte die Nummer von Kilmarth. Vita meldete sich.

»Liebling, ich finde es ziemlich unhöflich, Dench und Willis allein in Liskeard zu lassen, darum werde ich hier ein bißchen spazierengehen, bis sie im Polizeirevier fertig sind, und dann mit ihnen zu Abend essen.«

»Na ja, wenn es sein muß. Aber komm nicht so spät. Du brauchst nicht auf den Zug zu warten.«

»Wahrscheinlich nicht. Es hängt davon ab, wieviel wir noch zu besprechen haben.«

»Na schön, ich erwarte dich.«

Ich legte auf und kehrte zum Wagen zurück. Dann fuhr ich wieder nach Treesmill und nahm die Abzweigung nach Colwith. Der Pfad führte, genau wie ich es vermutet hatte, am Hof vorbei, wurde dann abschüssiger und verlief sich schließlich an einem kleinen Bach am Fuß des Hanges. Links, hinter einem Viehgatter, befand sich der Eingang nach Klein-Treverran. Die Häuser waren nicht zu sehen, aber auf einem Schild stand: »W. P. Kelly. Holzarbeiter.«

Ich parkte den Wagen außer Sichtweite auf dem Feld, dicht neben einer Baumreihe und nur wenige hundert Meter vom Bahndamm entfernt.

Ein Blick auf die Uhr: Es war kurz nach fünf. Ich öffnete den Kofferraum und holte den Spazierstock heraus, in den ich, bevor ich ihn Willis zeigte, im Ankleidezimmer die letzten Tropfen aus Flasche A gefüllt hatte.

XIX

Es schneite. Sanfte Flocken fielen vom Himmel, und die Welt um mich her war plötzlich weiß: kein saftiges grünes Sommergras mehr, keine Bäume, nur ein unablässig rieselnder Schnee, der die Hügel einhüllte. Ich sah keine Bauernhäuser in der Nähe, nur dort, wo ich stand, den schwarzen, etwa sieben Meter breiten Fluß und den Schnee, der zu beiden Seiten am Ufer hinaufgeweht worden war und ins Wasser glitt, wenn die Masse sich unter dem eigenen Gewicht senkte und die braune Erde darunter freigab. Es war bitterkalt, aber windstill. Die Ruhe schien um so tödlicher, als auch der Fluß hinter mir völlig geräuschlos dahinfloß, und die gestutzten Weiden und Erlen sahen aus wie stumme Gestalten mit ausgestreckten Armen, grotesk und formlos unter der Schneelast, die sie auf ihren Gliedern trugen. Die Flocken wirbelten von einem leichentuchartigen Himmel, der am Horizont mit dem weißen Land darunter verschmolz.

Mein Geist, gewöhnlich ganz klar, wenn ich die Droge genommen hatte, war verwirrt; ich hatte etwas Ähnliches wie jenen Herbsttag vom letztenmal erwartet, als Bodrugan ertränkt wurde und Roger die triefende Leiche zu Isolda trug. Jetzt war ich allein, ohne Führer; nur am Fluß zu meinen Füßen erkannte ich, daß ich mich im Tal befand.

Ich folgte ihm stromaufwärts, wobei ich mich vorwärts tastete wie ein Blinder, und mein Instinkt sagte mir, daß der Wasserlauf irgendwo schmaler werden mußte, die Ufer sich zusammendrängen würden und ich eine Brücke oder eine Furt finden mußte, die mich auf die andere Seite führte. Nie hatte ich mich hilfloser oder verlorener gefühlt. In dieser anderen Welt berechnete man die Zeit tagsüber nach dem Stand der Sonne am Himmel und nachts nach den Sternen, aber jetzt, in der Stille und im Schnee, fand ich keinen Anhaltspunkt, um zu beurteilen, ob es Morgen oder Nachmittag war. Ich war verloren, nicht in der Gegenwart mit den vertrauten Merkmalen der Landschaft und der beruhigenden Nähe meines Wagens, sondern in der Vergangenheit.

Ein Geräusch durchbrach die Stille. Ein Klatschen im Fluß vor mir, und als ich vorwärts lief, sah ich einen Otter vom Ufer hinabtauchen und stromaufwärts schwimmen. Hinter ihm her jagte ein Hund, und dann ein zweiter, und bald darauf bellten und heulten etwa sechs Hunde am Ufer und tappten ins Wasser dem Otter nach. Jemand rief etwas, ein anderer nahm den Ruf auf, und jetzt liefen mehrere Männer auf den Fluß zu. Schreiend und lachend hetzten sie die Hunde auf das Tier. Zwei von ihnen stiegen ins Wasser hinab und hieben mit Stöcken darauf ein, und der dritte, der eine lange Peitsche hielt, knallte damit in der Luft und stachelte einen der Hunde an, der am Ufer gekauert hatte und jetzt seinen Gefährten nachschwamm.

Ich trat näher, um sie zu beobachten, und sah, daß der Fluß sich etwa hundert Meter vor mir verengte, während er sich zur Linken seeartig verbreitete. Auf diesem Miniatursee hatte sich eine dünne Eisschicht gebildet.

Männer und Hunde trieben den Otter in den schmalen Flußarm, der den See speiste, und gleich darauf waren sie über ihm; die Meute kläffte, und die Männer schwangen ihre

Knüppel. Die Hunde tappten mühsam umher, während das Eis unter ihnen nachgab; bald färbte das Wasser sich scharlachrot, und Blut spritzte auf die dünne weiße Schicht über dem schwarzen Wasser, als der Otter, von gierig zuschnappenden Kiefern gepackt, auf das Eis gezerrt und in Stücke gerissen wurde.

Der See war wohl nicht sehr tief, denn die Männer, die die Hunde aufhetzten, schritten darüber hin, ohne auf die Sprünge zu achten, die plötzlich im Eis entstanden. An der Spitze ging der Mann mit der langen Peitsche, der seine Gefährten durch seinen hohen Wuchs überragte und sich auch durch die Kleidung von ihnen unterschied. Er trug einen wattierten, bis zum Kinn hinaufgeknöpften Überrock und eine hohe spitze Bibermütze.

»Treibt sie ans Ufer!« schrie er. »Lieber verliere ich euch alle als einen von meinen Hunden!« Dabei bückte er sich über der kläffenden Meute, hob die Überreste des Otters auf und schleuderte sie über den See an das schneebedeckte Ufer. Die Hunde, die sich so plötzlich ihrer Beute beraubt sahen, liefen und rutschten über das Eis, um sie zu apportieren, während die Männer, weniger behende als die Hunde und durch ihre Kleidung behindert, fluchend und schreiend durch das einbrechende Eis stapften.

Die Szene war brutal und makaber zugleich. Der Mann mit der Pelzmütze wandte sich, sobald er seine Hunde in Sicherheit wußte, seinen Gefährten zu. Er selbst war zwar auch bis an die Hüften naß, aber er trug wenigstens Stiefel, während einige seiner Knechte — denn dafür hielt ich sie — ihre Schuhe im Schnee verloren hatten und mit frierenden Händen vergeblich nach ihnen suchten. Ihr Herr gewann, immer noch lachend, das Ufer, nahm die Mütze ab, um die Schneeflocken abzuschütteln, und setzte sie wieder auf. Jetzt erkannte ich das hochrote Gesicht und das lange Kinn, obgleich er etwa zehn Meter von mir entfernt stand. Es war Oliver Carminowe.

Er starrte wie gebannt in meine Richtung. Zwar sagte mir die Vernunft, daß er mich nicht sehen konnte, da ich in seiner Welt nicht existierte, aber wie er so dastand, reglos, den Kopf mir zugewandt, ohne seine unwillig murmelnden Knechte zu beachten, kam in mir ein seltsam unbehagliches Gefühl, beinahe Furcht auf.

»Wenn du mit mir reden willst, so komm herüber und sag's«, rief er plötzlich. Ich lief, vor Schreck, mich entdeckt zu wissen, auf den Rand des Sees zu, aber dann sah ich zu meiner Erleichterung Roger neben mir, der nun gleichsam mein Wortführer und mein Beschützer wurde. Wie lange er dort gestanden hatte, wußte ich nicht. Er mußte am Ufer hinter mir hergegangen sein.

»Seid gegrüßt, Sir Oliver!« rief er. »Die Strömung geht schulterhoch über Treesmill und auch auf Eurer Seite des Tales, wie mir Rob Rosgofs Witwe bei der Fähre sagte. Ich möchte wissen, wie es Euch und Lady Isolda geht.«

»Uns geht es recht gut«, antwortete Oliver, »wir haben genügend Vorräte für den Fall, daß der strenge Winter noch länger anhalten sollte, was Gott verhüte. Vielleicht ändert sich der Wind in ein oder zwei Tagen und bringt Regen. Wenn der Weg dann nicht überschwemmt ist, gehen wir zurück nach Carminowe. Meine Dame sitzt den halben Tag lang grollend in ihrem Zimmer und leistet mir kaum Gesellschaft.« Er sprach mit verächtlichem Ton und beobachtete dabei Roger, der näher ans Ufer trat. »Ob sie mit mir nach Carminowe geht, ist ihre Sache«, fuhr er fort. »Meine Töchter wenigstens gehorchen meinem Willen. Joanna ist John Petyt von Ardeva versprochen; sie ist zwar noch ein Kind, putzt und ziert sich aber vor dem Spiegel, als sei sie schon eine vierzehnjährige Braut und reif für ihren stämmigen Ehemann. Das magst du ihrer Patentante, Lady Champernoune, mit meinen Empfehlungen ausrichten. Sie wünscht sich gewiß ein ähnliches Glück, bevor allzu viele Jahre verstreichen.« Er lachte schallend. Dann fügte er hinzu, indem er auf die Jagdhunde deutete, die unter den Bäumen die Reste ihrer Beute vertilgten: »Wenn du dich nicht fürchtest, dort auf der morschen Planke über den Fluß zu gehen, so gebe ich dir eine Otterpfote, die du Lady Champernoune mit besten Grüßen übergeben kannst. Vielleicht erinnert sie sie daran, daß ihr Bruder Otto einst ebenso naß und leblos war, und sie kann sie als Andenken in Trelawn an die Wand nageln. Die andere Pfote werde ich meiner eigenen

Dame zum gleichen Zweck überreichen, falls die Hunde sie noch nicht gefressen haben.«

Er drehte sich um, schritt auf die Baumgruppe zu und pfiff seinen Hunden, während Roger am Flußufer bis zu dem schlüpfrigen Steg aus langen, zusammengebundenen Stämmen ging, der stellenweise ins Wasser gerutscht war. Oliver Carminowe und seine Leute sahen zu, wie er die morsche Brücke betrat; als sie unter seinem Gewicht einbrach, so daß er ausglitt, stürzte und bis über die Hüften durchnäßt wurde, brüllten sie einstimmig vor Lachen und erwarteten, daß er umkehren und sich ans Ufer flüchten würde. Aber er schritt weiter und erreichte das andere Ufer, während ich trockenen Fußes hinter ihm herging. Er trat geradewegs auf Carminowe zu, der mit der Peitsche in der Hand dastand: »Ich will die Otterpfote gern überreichen, wenn Ihr sie mir gebt.«

Ich dachte, er werde einen Peitschenhieb über das Gesicht erhalten, und sicher war er selbst auch darauf gefaßt, aber Carminowe lächelte nur, schwang die Peitsche gegen die Hunde, vertrieb sie von dem zerfetzten Otter, zog ein Messer aus seinem Gürtel und schnitt die zwei übriggebliebenen Pfoten ab.

»Du hast mehr Mumm in den Knochen als mein Verwalter in Carminowe«, bemerkte er. »Dafür achte ich dich immerhin. Hier, nimm die Pfote, und hänge sie in deiner Küche in Kylmerth zwischen den silbernen Töpfen und Schalen auf, die du sicher aus der Priorei gestohlen hast. Aber zuerst komm mit uns, und mache Lady Carminowe deine Aufwartung. Vielleicht hat sie doch von Zeit zu Zeit lieber einen Mann um sich als das zahme Eichhörnchen, mit dem sie sich tagelang beschäftigt.«

Roger steckte die Pfote schweigend in die Tasche, und wir bahnten uns mühsam den Weg bergan durch den Schnee. Ich hatte jedes Gefühl für die Richtung verloren und wußte nur, daß der Fluß hinter uns war und daß es weiter schneite.

Der Weg führte zwischen hohen Schneewällen zu einem Haus, das sich eng an den Hügel schmiegte. Carminowe stieß, während die Knechte langsam hinter uns herkamen, die Tür auf, und wir traten in einen Gang, wo wir von den Haushunden, die sich schwanzwedelnd um ihren Herrn drängten, und von den beiden Kindern Joanna und Margaret begrüßt wurden, die ich zuletzt an einem Sommernachmittag auf Ponys über die Furt bei Treesmill hatte reiten sehen. Ein drittes Mädchen, etwas älter als die beiden, etwa sechzehn Jahre alt – ich hielt sie für eine von Carminowes Töchter aus erster Ehe –, stand lächelnd am Herd. Sie küßte Sir Oliver nicht, sondern schmollte reizend und ein wenig ungeduldig, als sie sah, daß er nicht allein kam.

»Mein Mündel Sybell, die meinen Kindern bessere Manieren beibringen wird als ihre Mutter«, sagte Carminowe.

Der Verwalter verbeugte sich und wandte sich zu den beiden Kindern; diese küßten zuerst ihren Vater und gingen dann auf Roger zu, um ihn zu begrüßen. Joanna, die ältere, war gewachsen, und man spürte die ersten Anzeichen jungmädchenhafter Allüren, wie ihr Vater gesagt hatte, denn sie errötete, schüttelte das lange Haar aus den Augen und kicherte, aber die jüngere, der noch ein paar Jahre blieben, bis auch sie für den Heiratsmarkt heranreifte, streckte Roger ihre kleine Hand entgegen und gab ihm einen Klaps auf das Knie.

»Du hast mir das letzte Mal ein neues Pony versprochen und eine Peitsche, wie dein Bruder Robbie sie hat«, sagte sie. »Mit einem Mann, der nicht Wort hält, will ich nichts zu tun haben.«

»Das Pony erwartet Euch und die Peitsche dazu, sobald der Schnee geschmolzen ist und Alice Euch durch das Tal hinüberbringt«, erwiderte Roger ernst.

»Alice ist nicht mehr bei uns«, antwortete das Kind. »Wir haben jetzt die hier, die paßt auf uns auf.« Sie wies verächtlich auf das Mündel Sybell. »Und sie ist zu groß, um hinter dir oder Robbie im Damensattel zu reiten.«

Während sie sprach, sah sie ihrer Mutter ähnlich, daß ich sie deswegen liebgewann, und Roger mußte die Ähnlichkeit auch bemerkt haben, denn er lächelte und strich ihr über das Haar, aber der Vater befahl dem Kind gereizt, den Mund zu halten, sonst werde sie ohne Abendessen zu Bett geschickt.

»Hier, trockne dich am Feuer«, sagte er barsch zu Roger und stieß die Hunde beiseite. »Und du, Joanna, sag deiner Mutter, der Verwalter sei von Tywardreath herübergekommen und bringe Nachricht von seiner Herrin, falls sie so gnädig ist, ihn einzulassen.«

Er nahm die Otterpfote aus dem Überrock und ließ sie vor Sybell hin und her baumeln. »Wollen wir sie Isolda geben, oder willst du sie tragen, um dich warm zu halten?« fragte er neckend. »Sie ist bald trocken und pelzig und weich in deinem Rock, gut wie eine Männerhand an einem kalten Abend.«

Sie schrie affektiert auf und wich zurück, und er verfolgte sie lachend. Ich sah Rogers Gesicht an, daß er die Beziehung zwischen Vormund und Mündel durchschaute. Der Schnee blieb vielleicht noch tage- oder wochenlang auf den Hügeln; aber im Augenblick zog den Herrn des Hauses wohl kaum etwas nach Carminowe.

»Meine Mutter wünscht dich zu sehen, Roger«, sagte Joanna, die eben zurückgekehrt war, und wir gingen durch einen Flur in ihr Zimmer.

Isolda stand am Fenster und blickte in den Schnee hinaus; zu ihren Füßen saß ein rotes Eichhörnchen mit einer kleinen Glocke um den Hals und griff mit den Pfoten nach ihrem Kleid. Als wir eintraten, drehte sie sich um und starrte uns an; mir erschien sie so schön wie zuvor, aber ich mußte doch feststellen, daß sie viel magerer und blasser geworden war und über der Stirn eine weiße Strähne das goldene Haar durchzog.

»Ich freue mich, dich zu sehen, Roger«, sagte sie. »Zwischen unseren Häusern hat es in der letzten Zeit wenig Verbindung gegeben, und wir sind, wie du wohl weißt, selten hier in Tregest. Wie geht es meiner Base? Bringst du Nachricht von ihr?«

Ihre Stimme, die früher einen klaren, vollen, beinahe trotzigen Klang hatte, war heute flach und tonlos. Sie bemerkte, daß Roger sie persönlich sprechen wollte, und bat ihre Tochter Joanna, sie allein zu lassen.

»Ich bringe keine Nachricht, Mylady«, sagte Roger ruhig. »Die Familie war in Trelawn, als ich zum letztenmal von ihr hörte. Ich komme, um Euch meine Aufwartung zu machen; Rob Rosgofs Witwe hat mir gesagt, daß Ihr hier seid und es Euch nicht gutgeht.«

»Ich bin so wohl, wie ich von nun an sein kann«, antwortete sie, »und ob hier oder in Carminowe – die Tage bleiben sich gleich.«

»Das ist nicht wohl gesprochen, Mylady«, antwortete Roger. »Ihr hattet einst mehr Mut.«

»Einst ja, aber damals war ich jünger ... Ich kam und ging, wie es mir beliebte, denn Sir Oliver war viel öfter in Westminster. Jetzt – vielleicht aus Bosheit, weil er Sir Johns Stellung als Aufseher der königlichen Wälder und Parks in Cornwall nicht erhielt, wie er gehofft hatte – vergeudet er seine Zeit mit Frauen. Seine gegenwärtige Geliebte ist kaum mehr als ein Kind. Hast du Sybell gesehen?«

»Ja, Mylady.«

»Sie ist wirklich sein Mündel. Wenn ich sterbe, würde es beiden sehr gelegen kommen, denn er könnte sie heiraten und rechtmäßig zur Herrin von Carminowe machen.«

Sie bückte sich, hob das zahme Eichhörnchen auf, lächelte zum erstenmal, seit wir das kleine Zimmer betreten hatten, das spärlich ausgestattet war wie die Zelle einer Nonne, und sagte: »Dies ist jetzt mein Vertrauter. Er frißt mir die Haselnüsse aus der Hand und sieht mich mit seinen glänzenden Augen immer so klug an.« Wieder ernst geworden, fuhr sie fort: »Du weißt, daß ich sowohl hier als auch in Carminowe wie eine Gefangene gehalten werde. Ich kann nicht einmal meinem Bruder Sir William Ferrers in Bere Nachricht senden. Seine Frau hat ihm gesagt, ich hätte den Verstand verloren und sei gefährlich. Sie glauben es alle. Ja, körperlich war ich wohl krank, und ich habe gelitten, aber darum bin ich bisher noch nicht verrückt geworden.«

Roger ging leise an die Tür, öffnete und horchte. Aus dem Gang hörte man immer noch Gelächter; dort amüsierte man sich weiter über die Otterpfote. Roger schloß die Tür.

»Ob Sir William es glaubt oder nicht, weiß ich nicht«, sagte er, »aber über Eure Krankheit wird seit Monaten geredet. Darum bin ich gekommen, Mylady, um zu erfahren, ob es eine Lüge ist oder nicht, und jetzt weiß ich, daß man Lügen verbreitet.«

Während Isolda mit dem Eichhörnchen im Arm dastand,

glich sie ihrer jüngeren Tochter Margaret. Sie sah den Verwalter lange an und erwog gewiß seine Vertrauenswürdigkeit.

»Ich habe dich einst nicht gemocht«, sagte sie. »Du hattest ein allzu scharfes Auge, blicktest stets nach deinem Vorteil, und da es dir besser paßte, einer Frau anstatt einem Mann zu dienen, ließest du meinen Vetter Henry Champernoune sterben.«

»Mylady, er war todkrank und wäre ohnehin wenige Wochen später gestorben.«

»Vielleicht, aber die Art, wie er starb, deutete auf unziemliche Eile. Ich habe daraus eines gelernt — mich vor Kräutertränken zu hüten, die ein französischer Mönch gebraut hat. Sir Oliver wird mich auf andere Weise loszuwerden versuchen, durch einen Dolch oder indem er mich erdrosselt. Er wird nicht warten, bis die Natur meinem Leben ein Ende macht.« Sie setzte das Eichhörnchen auf den Boden, trat ans Fenster und blickte wieder in den fallenden Schnee. »Aber bevor es dazu kommt, gehe ich lieber selbst hinaus und sterbe. Wenn alles so verschneit ist wie jetzt, werde ich rascher erfrieren. Wie wär's damit, Roger? Trag mich in einem Sack über deiner Schulter fort, und wirf mich irgendwo über den Rand einer Klippe — ich wäre dir dankbar dafür.«

Das war scherzhaft gemeint, aber es klang doch bitter. Roger trat neben sie ans Fenster, starrte ebenfalls in den dichtverhangenen Himmel hinauf und spitzte die Lippen zu einem geräuschlosen Pfeifen.

»Wenn Ihr den Mut hättet, Mylady, ließe es sich machen«, sagte er.

»Wenn ich den Mut hätte und du die Mittel«, entgegnete sie.

Sie sahen einander an, denn plötzlich hatten sie denselben Gedanken, und sie sagte rasch: »Wenn ich von hier fortliefe zu meinem Bruder nach Bere, so würde Sir Oliver nicht wagen, mir zu folgen, denn er könnte seine Lügen über meine Geisteskrankheit nicht mehr aufrechterhalten. Aber bei diesem Wetter sind die Wege unpassierbar. Bis Devon würde ich es nicht schaffen.«

»Nicht gleich«, meinte er, »aber wenn der Schnee geschmolzen ist.«

»Wo würdest du mich verbergen?« fragte sie. »Er braucht nur durch das Tal zu gehen und im Gutshaus der Champernounes bei Treesmill nach mir zu suchen.«

»Das mag er ruhig tun«, antwortete Roger. »Er würde es verriegelt und leer finden, denn meine Herrin ist in Trelawn. Aber es gäbe andere Verstecke, wenn Ihr Euch mir anvertrauen wolltet.«

»Und das wäre?«

»Mein eigenes Haus, Kylmerth. Robbie und meine Schwester Bess sind dort. Es ist nur ein einfaches Bauernhaus, aber Ihr seid willkommen, bis das Wetter besser wird.«

Sie schwieg eine Weile; ich sah ihr an, daß sie immer noch an seiner Aufrichtigkeit zweifelte.

»Ich muß mich entscheiden«, sagte sie. »Hierbleiben, als Gefangene, den Launen eines Mannes preisgegeben, der es kaum abwarten kann, eine Frau loszuwerden, die ein ständiger Vorwurf und obendrein eine Last für ihn ist, oder mich einer Gastfreundschaft anvertrauen, die du mir verweigern kannst, wenn es dir einfällt.«

»Es wird mir nicht einfallen«, antwortete er, »und sie wird Euch niemals verweigert, bis Ihr selbst sie aufgebt.«

Sie sah wieder in den Schnee und den langsam dunkler werdenden Himmel hinaus, der schlechteres Wetter und die nahende triste Winternacht ankündigte.

»Ich bin bereit«, sagte sie, öffnete eine Truhe an der Wand und zog einen Mantel mit Kapuze, einen wollenen Rock und ein paar Lederschuhe heraus, die sie sonst sicher nur beim Reiten getragen hatte.

»Meine Tochter Joanna, die mir schon über den Kopf wächst, ist vor einer Woche aus diesem Fenster geklettert, weil sie mit Margaret gewettet hatte, sie sei nicht zu fett geworden. Ich bin ganz gewiß dünn genug. Was sagst du nun? Fehlt es mir jetzt noch an Mut?«

»Es hat Euch nie daran gefehlt, Mylady«, antwortete er, »nur der Sporn, um ihn anzutreiben und das Wagnis zu unternehmen. Ihr kennt den Wald unterhalb Eures Weidelandes?«

»Ich glaube ja«, sagte sie. »Damals, als ich noch frei war, bin ich dort oft geritten.«

»Dann verriegelt Eure Tür, sobald ich hinausgegangen bin, steigt aus dem Fenster und geht zum Wald. Ich werde darauf achten, daß der Weg frei ist und alle im Haus sind, und Sir Oliver sagen, Ihr hättet mich entlassen und wünschtet allein zu sein.«

»Und die Kinder? Joanna wird Sybell nachäffen, wie sie es in den letzten Wochen unentwegt tat, aber Margaret ...« Sie verstummte, und ihr Mut verließ sie. »Wenn ich Margaret verliere, habe ich nichts mehr.«

»Nur Euren Lebenswillen«, sagte er. »Wenn Ihr Euch den bewahrt, so bewahrt Ihr Euch alles. Auch Eure Kinder.«

»Geh rasch, bevor ich meinen Entschluß ändere«, sagte sie.

Ich hörte, wie sie hinter uns die Türe verriegelte; nun sah ich Roger an und fragte mich, ob er sich bewußt war, was er getan hatte, als er sie drängte, ihr Leben und ihre Zukunft bei einer Eskapade zu riskieren, die unweigerlich fehlschlagen mußte. Im Hause war es still geworden, und bis auf die beiden Kinder und die Hunde befand sich niemand im Gang. Joanna drehte und wendete sich vor dem Spiegel; ihr langes Haar war in Zöpfen geflochten, und sie hatte eine Schleife darum gebunden, die ich kurz zuvor noch in Sybells Haar gesehen hatte. Margaret saß rittlings auf einer Bank, die Pelzmütze ihres Vaters auf dem Kopf und seine lange Peitsche in der Hand. Als wir eintraten, sah sie Roger streng an.

»Hör gut zu«, sagte sie. »Ich muß mit einer Bank vorliebnehmen und mit geborgter Peitsche. Ich erinnere dich nicht noch einmal an dein Versäumnis, mein Herr.«

»Das braucht Ihr auch nicht«, antwortete er. »Ich kenne meine Pflicht. Wo ist Euer Vater?«

»Er ist oben«, antwortete das Kind. »Er hat sich in den Finger geschnitten, als er die Otterpfote abtrennte, und Sybell verbindet ihn.«

»Er wird es dir nicht danken, wenn du ihn störst«, sagte Joanna. »Er schläft gern vor dem Abendessen, und Sybell singt ihm vor. So schläft er rascher ein und wacht mit größerem Appetit auf. So sagt er wenigstens.«

»Ich bezweifle es nicht«, meinte Roger. »In diesem Falle dankt bitte Sir Oliver in meinem Namen und wünscht ihm gute Nacht. Eure Mutter ist müde und möchte niemanden sehen. Werdet Ihr es ihm so sagen?«

»Vielleicht«, erwiderte Joanna, »wenn wir es nicht vergessen.«

»Ich werde es ausrichten«, versicherte Margaret, »und ich werde ihn auch aufwecken, wenn er bis sechs Uhr nicht herunterkommt. Gestern abend haben wir erst um sieben gegessen, und ich mag nicht, wenn es so spät wird.«

Roger wünschte beiden gute Nacht, ging hinaus und schloß die Tür leise hinter sich. Er schlich hinter das Haus und lauschte. Aus der Küche kamen Geräusche, aber Fenster und Türen waren geschlossen und die Fensterläden verriegelt. In den Wirtschaftsgebäuden heulten die Hunde. In einer halben Stunde oder früher würde es dunkel werden; das Gehölz unter dem Feld war in Schnee gehüllt und nur noch undeutlich zu erkennen, und die Hügel gegenüber wirkten unter dem grauen Himmel kahl und trostlos. Die Spuren, die wir beim Aufstieg zum Haus hinterlassen hatten, waren fast zugeschneit, aber daneben sah man frische Fußstapfen, dicht hintereinander wie die eines Kindes, das einer Tänzerin gleich auf den Zehenspitzen läuft. Roger deckte sie mit langen Schritten zu und wühlte den Schnee auf, während er rasch auf das Gehölz zueilte. Wenn jemand hinaustrat, bevor es dunkel wurde, so würde er nur Rogers Spuren sehen, und auch die würden nach einer Stunde verwischt sein.

Isolda wartete mit dem zahmen Eichhörnchen auf dem Arm am Waldrand auf uns; sie hatte ihren Mantel umgeschlagen und die Kapuze unter dem Kinn befestigt. Aber ihr langes Gewand, das sie mit dem Gürtel zu raffen versuchte, glitt immer wieder bis unter die Knöchel und hing völlig durchnäßt um ihre Füße. Sie lächelte, wie ihre Tochter Margaret lächeln würde, wenn man ihr für ein bestandenes Abenteuer ein Pony in Aussicht gestellt hätte. Auf Isolda aber wartete nur trostlose Ungewißheit.

»Ich habe meinem Kopfkissen ein Nachthemd übergezogen und Decken darauf gehäuft«, sagte sie. »Das könnte sie eine Weile täuschen, wenn sie die Tür einbrechen sollten.«

»Gebt mir Eure Hand«, sagte er. »Eure Röcke laßt ruhig

nachschleifen. Bess wird zu Hause warme Kleider für Euch finden.«

Sie legte lächelnd ihre Hand in die seine. Mir war, als fühlte ich sie auch in meiner Hand, als führten wir Isolda gemeinsam durch den Schnee – er war nicht mehr ein Verwalter im Dienst einer anderen Frau und ich nicht mehr ein Geist aus einer späteren Welt; wir beide waren Männer, die ein Ziel und eine Liebe hatten – eine Liebe, die weder er noch ich jemals gestehen würden.

Als wir an den Fluß und die morsche Brücke kamen, die halbzerbrochen mitten im Strom lag, sagte er: »Ihr müßt mir vertrauen, daß ich Euch hinübertragen kann, wie ich Eure Tochter tragen würde.«

»Aber wenn du mich fallen läßt, so werde ich dir im Gegensatz zu Margaret keine Ohrfeige geben«, antwortete sie.

Er lachte und trug sie sicher ans andere Ufer, wobei er noch einmal bis zur Hüfte durchnäßt wurde. Wir gingen unter den niedrigen, schneeverhangenen Bäumen weiter, und die Stille um uns her war nicht mehr bedrohlich wie zuvor, als wir gekommen waren, sondern anheimelnd wie durch einen Zauber und eine seltsame Erregung.

»Im Tal bei Treverran liegt der Schnee noch höher«, sagte er, »und wenn Ric Treverran uns sieht, wird er vielleicht nicht den Mund halten. Seid Ihr stark genug, den Hang bis zum oberen Weg hinaufzusteigen? Dort erwartet mich Robbie mit den Ponys. Ihr sollt entscheiden, hinter wem Ihr reiten mögt. Ich bin der Vorsichtigere.«

»Dann reite ich mit Robbie«, sagte sie. »Heute abend lasse ich alle Vorsicht fahren, und zwar auf immer.«

Wir bogen nach links ab, um aus dem Tal emporzusteigen, und ließen den Fluß hinter uns. Der Schnee reichte meinem Begleiter bei jedem Schritt bis über die Knie und erschwerte das Vorwärtskommen.

»Wartet«, sagte er und ließ ihre Hand los, »vielleicht liegt vor dem Weg eine Schneewehe.« Er kämpfte sich vorwärts und schob den Schnee mit beiden Händen beiseite. Ich blieb mit Isolda allein und konnte einen Augenblick das kleine, blasse, entschlossene Gesicht unter der Kapuze betrachten.

»Alles in Ordnung«, rief Roger, »hier ist der Schnee fester. Ich komme und hole Euch.«

Ich sah, wie er sich umdrehte und auf uns zukam, wobei er sich den Hang hinuntergleiten ließ, und plötzlich schien mir, als ob sich dort zwei Männer bewegten und beide ihre Hände ausstreckten. Das mußte Robbie sein, der die Stimme seines Bruders gehört hatte und vom oberen Weg heruntergekommen war.

Mein Instinkt gebot mir, mich nicht zu rühren, sondern sie allein weitergehen zu lassen. Isolda verließ mich, und ich verlor sie, Roger und den dritten Schatten in einem plötzlichen Schneewirbel aus den Augen. Ich stand zitternd da, den Drahtzaun zwischen mir und dem Bahndamm, und es war nicht Schnee, der mir den Hügel gegenüber verbarg, sondern die graue Zeltwand über den Waggons des Güterzuges, der durch den Tunnel brauste.

XX

Der Selbsterhaltungstrieb ist allen Lebewesen gemeinsam; er verbindet uns vielleicht mit jenem Urhirn, das nach Magnus' Worten einen Teil unseres Erbes bildet. Mir übermittelte er ein Alarmsignal, ohne das ich auf die gleiche Weise den Tod gefunden hätte wie Magnus. Ich weiß noch, daß ich gleichsam blind von der Böschung herunterstolperte und in jenem Torweg Schutz suchte, wo das Vieh gestanden hatte. Dann hörte ich die Waggons über mir ins Tal rumpeln und zwängte mich durch eine Hecke und fand mich auf einem Feld hinter Klein-Treverran, dem Haus des Holzarbeiters, wieder. Von hier war es nicht weit zu dem Feld, wo ich meinen Wagen abgestellt hatte.

Ich spürte weder Übelkeit noch Schwindel — das Signal zum Erwachen hatte mir das erspart und mir das Leben gerettet, aber während ich zusammengekauert und noch am ganzen Leibe zitternd hinter dem Steuerrad saß, fragte ich mich, ob es wohl eine Doppeltragödie gegeben hätte, wenn Magnus und ich am Freitagabend gemeinsam losgegangen wären. Oder hätten wir beide überlebt? Das ließ sich nicht mehr feststellen; die Gelegenheit, zusammen jene andere Welt zu erleben, war uns nun für immer versagt. Aber ich wußte, was niemand anders je erfahren würde: warum er gestorben war. Er hatte die Hand ausgestreckt, um Isolda im Schnee weiterzuhelfen. Wenn sein Selbsterhaltungstrieb ihn gewarnt hatte, so hatte er diese Warnung im Gegensatz zu mir nicht beachtet und größeren Mut bewiesen als ich.

Als ich den Motor anlaufen ließ, war es halb acht, und während ich über den überschwemmten Weg fuhr, wußte ich immer noch nicht, wie weit ich im Laufe meines Ausflugs in die andere Welt gegangen und welcher Hof oder welches Gelände nun Tregest gewesen war. Nun kam es auch nicht mehr darauf an. Isolda war an jenem Winterabend im Jahre 1332 oder 1333 in Richtung Kylmerth entflohen; ob sie es erreichte, würde ich vielleicht noch feststellen können. Nicht heute, nicht morgen, aber eines Tages ... Jetzt galt es, meine Kraft und meine Geistesgegenwart für das Ermittlungsverfahren zu erhalten und vor allem mich vor Nachwirkungen der Droge zu hüten. Es wäre nicht gut, wenn ich mit blutunterlaufenen Augen und unerklärlichen Schweißausbrüchen vor Gericht erschien, besonders wenn Dr. Powells durchdringender und mißtrauischer Blick auf mir ruhte.

Als ich gegen halb neun zu Hause ankam, nachdem ich oben auf dem Hügel geparkt hatte, um noch etwas Zeit verstreichen zu lassen, hatte ich keinen Appetit und rief Vita zu, wir hätten bereits im Hotel von Liskeard gegessen, ich sei todmüde und wolle zu Bett gehen. Sie und die Jungen aßen in der Küche, und ich ging gleich hinauf, ohne sie zu stören, und versteckte den Spazierstock im Schrank des Ankleidezimmers.

Ich lag im Bett, die Hände hinter dem Kopf verschränkt, und malte mir aus, wie Robbie und seine Schwester Bess den unerwarteten Besuch empfingen. Zuerst einmal warme Kleidung für Isolda und ein Essen vor dem rauchenden Herd; den beiden Halbwüchsigen verschlug Isoldas Gegenwart gewiß die Sprache; Roger spielte den Gastgeber. Dann tastete

Isolda sich die Leiter hinauf zur Strohmatratze, und von dort hörte sie das unruhige Vieh im Stall unter sich. Vielleicht schlief sie infolge der Erschöpfung rasch ein, wahrscheinlich aber ließen die fremde Umgebung und der Gedanke an ihre Kinder sie nicht so bald Ruhe finden.

Ich schloß die Augen und versuchte, mir die dunkle und kalte Dachkammer vorzustellen. Sie lag gewiß dort, wo sich heute das kleine hintere Schlafzimmer über dem Kellergeschoß befand, das früher Mrs. Lanes Köchin bewohnt hatte und in dem man heute leere Koffer und Kartons aufbewahrte. Wie nah war Isolda in der Küche dort unten gewesen und wie unerreichbar!

»Liebling . . .«

Vita beugte sich über mich, aber mir war, als stünde Isolda neben mir, und als ich sie auf das Bett zog, hielt ich nicht meine eigene lebendige Frau in den Armen, sondern den Geist, den ich begehrte, obgleich ich in Wirklichkeit genau wußte, daß sie meine Gefühle niemals erwidern konnte.

Als ich die Augen öffnete – denn ich war wohl eine Weile eingeschlafen –, saß Vita auf dem Stuhl vor dem Frisiertisch und schmierte sich Creme ins Gesicht.

»Nun«, sagte sie lächelnd und sah mich im Spiegel an, »wenn du deine Erbschaft auf diese Weise feierst, habe ich nichts dagegen.«

Mit dem turbanähnlich um den Kopf geschlungenen Handtuch und der Creme-Maske sah sie aus wie ein Clown, und plötzlich stieß diese Marionettenwelt, in der ich mich wieder befand, mich ab. Ich wollte nichts mehr damit zu tun haben – nie mehr. Ich stand auf und sagte: »Ich schlafe im Ankleidezimmer!«

Sie starrte mich aus ihrer seltsam unwirklichen Maske an. »Was ist denn los? Was habe ich getan?« fragte sie.

»Nichts. Aber ich möchte allein schlafen.«

Ich ging durch das Bad ins Ankleidezimmer, und sie kam mir nach; ihr albernes Nachthemd flatterte hinter ihr her – ein grotesker Widerspruch zu dem feierlichen Turban. Zum erstenmal fiel mir auf, daß ihre Hände mit den gelackten Fingernägeln wie Klauen aussahen.

»Ich glaube nicht, daß du dich noch mit den Männern getroffen hast«, sagte sie. »Du hast sie bestimmt in Liskeard abgesetzt und dann in irgendeinem Wirtshaus getrunken. Stimmt's?«

»Nein.«

»Aber irgend etwas ist doch vorgefallen. Du bist woanders gewesen. Du sagst mir nicht die Wahrheit; alles, was du sagst und tust, ist eine einzige Lüge. Den Anwalt und Willis hast du im Hinblick auf das Labor belogen und die Polizei im Hinblick auf den Tod des Professors. Was in aller Welt steckt nur dahinter? Habt ihr einen geheimen Pakt geschlossen? Weil er sich umbringen wollte und du die ganze Zeit davon wußtest?«

Ich legte ihr meine Hände auf die Schultern und schob sie aus dem Zimmer. »Ich habe nicht getrunken. Von einem Selbstmord kann nicht die Rede sein. Magnus hat einen Unfall gehabt. Er lief in einen Güterzug, der gerade durch den Tunnel fuhr. Ich stand vor einer Stunde am Bahndamm, und mir wäre beinahe dasselbe passiert. Das ist die Wahrheit, und wenn du mir nicht glaubst, tut es mir leid. Ich kann dich schließlich nicht dazu zwingen.«

Sie taumelte gegen die Badezimmertür, und als sie sich umdrehte und mich ansah, bemerkte ich einen neuen Ausdruck in ihrem Gesicht, nicht Ärger, sondern Staunen und Abscheu.

»Du bist wieder hingegangen und hast dagestanden«, rief sie, »an der Stelle, wo er gestorben ist! Du bist absichtlich hingegangen und hast zugesehen, wie ein Zug vorbeifuhr, der auch dich getötet haben könnte?«

»Ja.«

»Dann will ich dir sagen, was ich denke. Es ist nicht normal, es ist krankhaft, und das schlimmste daran ist, daß du es nach einem solchen Erlebnis noch fertigbrachtest, hierherzukommen und mit mir zu schlafen. Das kann ich dir nie verzeihen und nie vergessen. Schlaf in Gottes Namen im Ankleidezimmer. Es ist mir lieber.«

Sie schlug die Badezimmertür zu, und ich spürte, daß dies nicht eine ihrer impulsiven Gesten war, sondern etwas Grundsätzliches, das ihrem innersten, zutiefst verletzten Gefühl entsprang. Ich verstand sie, ja achtete sie sogar dafür, und ich hatte Mitleid mit ihr, aber ich konnte ihr nicht helfen.

Am nächsten Morgen begrüßten wir uns nicht wie ein Ehepaar nach einem Streit, sondern wie Fremde, die durch die Umstände gezwungen sind, unter einem Dach zu wohnen: Wir zogen uns an, aßen, gingen von einem Zimmer ins andere, machten Pläne für den Tag und scherzten mit den Kindern – mit ihren Kindern, nicht meinen. Das machte die Trennung noch deutlicher. Ich fühlte, wie unglücklich Vita war, ich bemerkte jeden Seufzer, jeden schleppenden Schritt, den matten Ton ihrer Stimme. Die Jungen spürten den Stimmungswechsel instinktiv und beobachteten uns mit lauerndem Blick.

»Stimmt es, daß der Professor dir das Haus vermacht hat?« fragte Teddy vorsichtig, als er mich einmal allein antraf.

»Ja«, sagte ich. »Ich hatte nicht damit gerechnet. Es war sehr freundlich von ihm.«

»Heißt das, daß wir jede Ferien hierherkommen?«

»Ich weiß nicht. Das hängt von Vita ab.«

Er spielte mit den Gegenständen auf dem Tisch herum, hob sie auf, legte sie wieder hin und trat dann zerstreut gegen die Stuhlbeine.

»Ich glaube, Mama gefällt es hier nicht«, sagte er.

»Und dir?«

»Es geht«, antwortete er achselzuckend.

Gestern nach dem Fischen mit Tom helle Begeisterung – heute, da zwischen den Erwachsenen Streit in der Luft lag, Apathie und Unsicherheit. Natürlich meine Schuld. Was immer in diesem Haus geschah, war meine Schuld. Ich konnte es ihm nicht erklären und ihn nicht um Verzeihung bitten.

»Laß nur«, sagte ich, »das wird sich finden. Wahrscheinlich verbringt ihr die Weihnachtsferien in New York.«

»Au fein! Großartig!« schrie er, lief auf die Terrasse und rief Micky. »Dick sagt, in den nächsten Weihnachtsferien sind wir vielleicht zu Hause!«

Das Freudengeschrei seines kleinen Bruders offenbarte mir ihre wahre Einstellung gegenüber Cornwall, England, Europa und zweifellos auch ihrem Stiefvater.

Irgendwie brachten wir das Wochenende hinter uns, obwohl das Wetter umschlug, wodurch alles noch schwieriger wurde.

Die Jungen spielten im Kellergeschoß Tischtennis; ich hörte, wie der Ball unten an die Wände prallte, Vita schrieb einen zehnseitigen Brief an Bill und Diana in Irland, und ich sah Magnus' Bücher durch, von den Seemannsgeschichten Kapitän Lanes bis zu den von Magnus selbst ausgesuchten Bänden, und berührte alle mit Besitzerstolz. Der dritte Band der *Geschichte der Gemeinden der Grafschaft Cornwall* von L bis N — die anderen Bände waren nicht zu finden — stand hinter der *Geschichte der Windjammer.* Ich zog ihn heraus und überflog den Index. Ich entdeckte Lanlivery, und in dem betreffenden Kapitel nahm Schloß Restormel einen Ehrenplatz ein. Der arme Sir John; seine Amtszeit von sieben Monaten war nicht einmal erwähnt. In der Absicht, es später einmal ganz durchzulesen, wollte ich das Buch gerade an seinen Platz zurückstellen, als ein paar Zeilen unten auf der Seite mich stutzig machten: »Der Gutshof Steckstenton oder Strickstenton, ursprünglich Tregesteynton, gehörte den Carminowes von Boconnoc, ging von ihnen auf die Courtenays über und später schließlich auf Angehörige der Familie Pitt. Das Gut Strickstenton ist Eigentum von N. Kendall, Esquire.« Tregesteynton . . . die Carminowes von Boconnoc. Endlich hatte ich es gefunden, aber zu spät. Hätte ich oder hätten vielmehr wir beide es früher gewußt, so hätte Magnus weiter unten bei Treesmill durch das Tal gehen können und wäre nicht gestorben. Das ehemalige Gutshaus hatte gewiß unterhalb des gegenwärtigen Bauernhauses gestanden. Mit anderen Worten: Als ich am vergangenen Donnerstag »in der Vergangenheit« dort herumging, mußten die jetzigen Besitzer mich gesehen haben.

Strickstenton . . . Eins war sicher: Ich konnte den Namen vor Gericht erwähnen, wenn der Untersuchungsrichter mich fragte.

Das Ermittlungsverfahren wurde für den Freitagmorgen angesetzt — früher als erwartet. Dench und Willis würden wie zuvor mit dem Nachtzug kommen und nach den Verhandlungen zurückfahren. Während ich mich Freitag früh rasierte und mich glücklich pries, daß mir die Nebenwirkungen der Droge Schweißausbrüche und blutunterlaufene Augen, diesmal erspart geblieben waren und die letzten Tage trotz der Entfremdung von Vita vergleichsweise friedlich verlaufen waren, fiel plötzlich der Rasierapparat ins Waschbecken. Ich wollte ihn aufheben, aber meine Finger versagten; sie waren taub, wie von einem geheimnisvollen Krampf befallen. Ich hatte kein Gefühl darin, empfand keinen Schmerz — sie gehorchten mir einfach nicht. Ich sagte mir, das seien die Nerven angesichts der bevorstehenden Aussage vor Gericht, aber später beim Frühstück, als ich, ohne noch an den Vorfall zu denken, meine Tasse heben wollte, glitt sie mir aus der Hand. Ich verschüttete den Kaffee, und die Tasse zerbrach auf dem Tablett.

Wir frühstückten im Eßzimmer, damit ich rechtzeitig zum Gericht kam, und Vita saß mir gegenüber.

»Entschuldige«, sagte ich, »wie konnte ich nur so ungeschickt sein.«

Sie starrte auf meine bebende Hand; das Zittern schien vom Handgelenk in den Ellbogen hinaufzusteigen, und ich konnte es nicht bezwingen. Darum steckte ich die Hand in die Tasche und hielt sie dicht an meinen Körper, bis der Krampf aufhörte.

»Was ist los?« fragte Vita. »Deine Hand zittert ja.«

»Es ist ein Krampf«, sagte ich. »Ich habe wohl in der Nacht daraufgelegen.«

»Hauche sie an oder streck die Finger aus, damit das Blut wieder zirkuliert«, riet sie.

Sie trocknete das Tablett und reichte mir eine neue Tasse Kaffee. Ich hielt sie mit der linken Hand, aber der Appetit war mir vergangen. Wie sollte ich mit einer zitternden und unbrauchbaren Hand den Wagen fahren? Vita hatte ich gesagt, ich wolle lieber allein am Verfahren teilnehmen, denn sie hatte ja keinen Grund mitzukommen, aber als die Zeit der Abfahrt kam, konnte ich meine Hand immer noch nicht gebrauchen.

»Du mußt mich doch nach St. Austell fahren«, sagte ich. »Ich habe immer noch diesen infernalischen Krampf in der rechten Hand.«

Die Wärme und das Mitgefühl, das sie mir noch vor einer Woche entgegengebracht hätte, kamen nicht mehr auf. »Natürlich fahre ich dich hin«, antwortete sie, »aber es ist etwas merkwürdig, daß du plötzlich so einen Krampf bekommst, oder? Das hast du doch früher nie gehabt. Am besten läßt du die Hand in der Tasche, sonst meint der Untersuchungsrichter, du hättest getrunken.«

Diese Bemerkung war keineswegs geeignet, mich zu beruhigen, und das Gefühl, so zusammengesunken als Fahrgast neben Vita zu sitzen anstatt selbst zu steuern, beeinträchtigte meine Selbstsicherheit. Ich fühlte mich schwach, frustriert und konnte mich nicht mehr an die Angaben erinnern, die ich so sorgfältig für den Untersuchungsrichter einstudiert hatte.

Als wir vor dem Weißen Hirsch ankamen und Dench und Willis begrüßten, entschuldigte sich Vita unnötigerweise für ihre Anwesenheit, indem sie sagte: »Dick ist nicht ganz in Form. Also mußte ich Chauffeur spielen!« Damit wurde die ganze dumme Geschichte noch einmal aufgerührt. Es blieb wenig Zeit für eine Unterhaltung, als ich mit den anderen in das Gebäude ging, in dem das Ermittlungsverfahren stattfinden sollte. Ich kam mir vor wie ein Gezeichneter; der Vorsitzende, im Privatleben zweifellos ein sanftmütiger Mann, erschien mir wie der Richter eines Strafgerichts, und die Geschworenen, als seien sie allesamt darin geübt, Angeklagte für schuldig zu befinden.

Die Verhandlungen begannen mit den Aussagen der Polizei über den Fund der Leiche. Die Darstellung war schlicht genug, aber während ich zuhörte, dachte ich, wie seltsam diese Geschichte einen Nichteingeweihten wohl anmutete; man mußte geradezu Verdacht schöpfen, daß dieser Mensch den Verstand verloren hatte und sich selbst zerstören wollte. Danach wurde Dr. Powell aufgerufen. Er verlas seinen Befund mit klarer und völlig sachlicher Stimme.

»Es war die wohlerhaltene Leiche eines etwa fünfundvierzigjährigen Mannes. Als ich sie am Samstag, dem dritten August, um ein Uhr mittags zum erstenmal untersuchte, war der Tod vierzehn Stunden vorher eingetreten. Die am nächsten Tag durchgeführte Autopsie ergab oberflächliche Prellungen und Schürfungen an den Knien und an der Brust, tiefere und gefährlichere Quetschungen an Oberarm und Schulter sowie starke Verletzungen der Kopfhaut an der rechten Seite des Schädels. Darunter wurde ein Bruch der rechten Scheitelpartie, verbunden mit Hirnverletzungen und Blutungen aus der rechten mittleren Hirnhautarterie, festgestellt. Der Magen enthielt ungefähr 500 Gramm Nahrung und Flüssigkeit, eine anschließende Analyse erbrachte nichts Abnormes und keinen alkoholischen Inhalt. Auch die Blutproben waren einwandfrei und Herz, Lungen, Leber und Nieren normal und gesund. Meiner Meinung nach trat der Tod auf Grund einer Hirnblutung infolge eines starken Schlages auf den Kopf ein.«

Ich entspannte mich in meinem Stuhl, die Last fiel für einen Augenblick von mir ab, und ich fragte mich, ob es John Willis ebenso ging oder ob er keinen Grund zur Besorgnis gehabt hatte.

Danach fragte der Vorsitzende Dr. Powell, ob die Hirnverletzungen auf eine heftige Berührung mit einem vorbeifahrenden Fahrzeug wie etwa dem Waggon eines Güterzuges in Zusammenhang gebracht werden könnten.

»Ja, gewiß«, lautete die Antwort. »Ein ziemlich wichtiger Punkt ist, daß der Tod nicht sofort eintrat. Professor Lane hatte die Kraft, sich noch ein paar Meter weit bis zur Hütte zu schleppen. Der Schlag auf den Kopf genügte, um eine schwere Gehirnerschütterung zu verursachen, aber der Tod durch Gehirnblutung trat erst fünf oder zehn Minuten später ein.«

»Danke, Doktor Powell«, sagte der Untersuchungsrichter, und dann hörte ich, wie er meinen Namen aufrief. Ich erhob mich, wobei ich mich fragte, ob ich mit der rechten Hand in der Tasche nicht allzu nachlässig wirkte oder ob es niemand bemerkte.

»Mister Young«, sagte der Untersuchungsrichter, »ich habe Ihre Aussage hier vorliegen und möchte sie den Geschworenen vorlesen. Wenn Sie irgend etwas berichtigen wollen, dann unterbrechen Sie mich bitte.«

Bei den Erklärungen, die er nun vorlas, blieb ich völlig teilnahmslos und kalt, als hätte ich mir um das versäumte Abendessen damals mehr Gedanken gemacht als um die Sicherheit meines Gastes. Die Geschworenen mußten den Eindruck erhalten, ich sei ein Taugenichts, der sich die Morgenstunden mit einem Kissen hinter dem Ohr und einer Flasche Whisky vertrieb.

»Mister Young«, sagte der Untersuchungsrichter, nachdem er die Lesung beendet hatte, »es ist Ihnen nicht eingefallen, noch am Freitag abend Kontakt mit der Polizei aufzunehmen. Warum?«

»Ich hielt es für unnötig«, antwortete ich. »Ich glaubte immer noch ganz fest, daß Professor Lane auftauchen würde.«

»Waren Sie denn nicht überrascht, daß er in Par ausgestiegen war und zu Fuß ging, anstatt sich, wie vereinbart, in St. Austell mit Ihnen zu treffen?«

»Doch, ich war durchaus überrascht, aber das entsprach ganz seinem Charakter. Wenn er ein bestimmte Ziel vor sich sah, so verfolgte er es auch bis zum Ende. Zeit und Pünktlichkeit waren ihm dann gleichgültig.«

»Und was für ein Ziel verfolgte Professor Lane Ihrer Ansicht nach an jenem Abend?«

»Er interessierte sich für die historische Entwicklung der Umgebung und für ehemalige Gutshäuser. Wir hatten vor, uns am Wochenende ein paar davon anzusehen. Als er nicht kam, vermutete ich, daß er beschlossen hatte, einen Spaziergang in ein bestimmtes Gebiet zu machen, von dem er mir erzählt hatte.«

Ich meinte, ich würde jetzt unter den Geschworenen eine Regung der Neugierde wahrnehmen, aber sie blieben ungerührt.

»Vielleicht erzählen Sie uns davon«, sagte der Untersuchungsrichter.

»Ja, gern«, antwortete ich. Mein Selbstvertrauen kehrte zurück, und ich segnete heimlich die *Geschichte der Gemeinden Cornwalls.* »Ich glaube jetzt – damals wußte ich es noch nicht –, daß er die Lage des ehemaligen Gutshauses Strickstenton in der Gemeinde Lanlivery ausfindig machen wollte. Dieser Besitz gehörte einst der Familie Courtenay« – wegen Vita vermied ich vorsichtig den Namen Carminowe –, »der auch Treverran gehörte. Die kürzeste Verbindung zwischen diesen Häusern führte durch das Tal oberhalb des heutigen Treverran-Hofes und durch den Wald nach Strickstenton.«

Der Untersuchungsrichter bat um eine Karte des Landesvermessungsamtes, die er sorgfältig studierte. »Ich verstehe, Mister Young«, sagte er, »aber da gibt es doch gewiß einen Fußgängertunnel unter dem Bahndamm, den Professor Lane lieber genommen hätte, anstatt die Schienen zu überqueren.«

»Ja, aber er hatte keine Karte, und vielleicht wußte er nichts von dem Durchgang.«

»Darum kletterte er einfach über die Schienen, obwohl es inzwischen ziemlich dunkel war und ein Güterzug im Tal heraufkam?«

»Ich glaube nicht, daß ihm die Dunkelheit etwas ausmachte. Und den Zug hörte er offensichtlich nicht – er war so vertieft in sein Suchen.«

»So vertieft, daß er absichtlich durch den Draht kroch und die steile Böschung hinabstieg, während der Zug schon vorbeifuhr?«

»Ich glaube nicht, daß er die Böschung hinunterging. Er glitt aus und fiel hin. Vergessen Sie nicht, daß es damals schneite.«

Ich bemerkte, wie der Untersuchungsrichter und die Geschworenen mich erstaunt anstarrten. »Verzeihen Sie, Mister Young, habe ich recht verstanden? Sagten Sie, es schneite?«

Es dauerte einen Augenblick, bis ich mich faßte, und ich spürte, wie mir auf der Stirn Schweiß ausbrach. »Es tut mir leid«, sagte ich, »das war mißverständlich. Ich wollte eigentlich sagen, daß Professor Lane sich ganz besonders für die klimatischen Verhältnisse im Mittelalter interessierte; nach seiner Theorie waren die Winter damals viel härter als heute. Bevor der Eisenbahntunnel am Hang angelegt wurde, senkte sich der Boden gleichmäßig bis zur Talsohle hin, und dort lagen einst im Winter schwere Schneewehen, die die Verbindung zwischen Treverran und Strickstenton ganz unterbrachen. Ich glaube, er beschäftigte sich – natürlich mehr vom wissenschaftlichen als vom historischen Gesichtspunkt – so intensiv mit dem Gefälle des ehemaligen Geländes und wie es sich durch den Schneefall veränderte, daß er darüber alles um sich her vergaß.«

Immer noch starrten ungläubige Gesichter mich an, und ich sah, wie ein Mann seinen Nachbarn anstieß, als wolle er sagen, daß entweder ich Unsinn rede und verrückt geworden oder der Professor nicht ganz richtig im Kopf gewesen sei.

»Danke, Mister Young, das wär's«, schloß der Untersuchungsrichter. Ich setzte mich schweißüberströmt; ein starkes Zittern lief vom Ellbogen bis zum Handgelenk durch meinen Arm.

John Willis wurde aufgerufen. Er bezeugte ebenfalls, daß der verstorbene Professor bei bester Gesundheit und guter Stimmung gewesen sei, als er ihn vor dem Wochenende gesehen hatte. Er habe sich mit einer für sein Land sehr wichtigen Arbeit befaßt, über die er, Willis, nicht sprechen dürfe, aber diese Arbeit habe natürlich in keinem Zusammenhang mit seinem Besuch in Cornwall gestanden, der ja rein privaten Charakter gehabt, und seinem Hobby, der Geschichte, gegolten habe.

»Ich muß hinzufügen«, sagte er, »daß ich im Hinblick auf die Todesumstände völlig mit Mister Young übereinstimme. Ich bin weder Altertumsforscher noch Historiker, aber zweifellos arbeitete Professor Lane an einer Theorie über das Ausmaß der Schneefälle in vergangenen Jahrhunderten.« Dann dozierte er drei Minuten lang in einer derart unverständlichen Fachsprache, daß weder ich noch irgendeiner der Anwesenden ihm zu folgen vermochten. Magnus selbst hätte ihn nicht überbieten können, wenn er nach einem üppigen Abendessen einen jener Artikel aus obskuren wissenschaftlichen Zeitschriften verulkt hätte.

»Danke, Mister Willis«, murmelte der Untersuchungsrichter, als Willis geendet hatte. »Sehr interessant. Wir sind Ihnen für Ihre Mitteilungen sehr dankbar.«

Die Beweisaufnahme war damit abgeschlossen. Er faßte die Ergebnisse zusammen und erklärte, er finde trotz der ungewöhnlichen Umstände keinen Grund zu der Annahme, daß Professor Lane absichtlich auf den Bahndamm gegangen sei, als der Zug herankam. Das Urteil lautete auf Tod infolge eines Unglücksfalls, mit dem Zusatz, daß die britischen Eisenbahngesellschaften im Westen des Landes wohl daran täten, die Drahtzäune und Gefahrenhinweise an den Bahnlinien sorgfältig zu überprüfen.

Es war überstanden. Herbert Dench lächelte mir zu, als wir hinausgingen, und sagte: »Sehr zufriedenstellend für alle Beteiligten. Ich schlage vor, daß wir im Weißen Hirsch feiern.

Ich muß Ihnen sagen, ich fürchtete ein ganz anderes Urteil, und dazu wäre es sicher auch gekommen, wenn Sie und Willis nicht über Professor Lanes eigenartige Beschäftigung mit den Winterverhältnissen berichtet hätten. Ich erinnere mich an einen ähnlichen Fall im Himalaja . . .« Er erzählte uns, während wir ins Hotel gingen, von einem Wissenschaftler, der drei Wochen in unglaublicher Höhe und unter schrecklichen Bedingungen gelebt hatte, um den Einfluß der Atmosphäre auf bestimmte Bakterien zu erforschen. Ich sah zwar keine Beziehung zwischen den beiden Fällen, war aber dankbar für die Atempause, und als wir an unserem Ziel ankamen, ging ich sofort zur Bar und trank mir in aller Stille einen kleinen Schwips an. Niemand bemerkte es, und außerdem hörte das Zittern in meiner Hand sogleich auf. Vielleicht waren es doch nur die Nerven gewesen.

»Nun, wir wollen Sie nicht länger davon abhalten, Ihr hübsches neues Zuhause zu genießen«, sagte der Anwalt nach einem kurzen, aber sehr fröhlichen Mittagessen. »Willis und ich gehen zu Fuß zum Bahnhof.«

Während wir uns der Tür näherten, sagte ich zu Willis: »Ich kann Ihnen gar nicht genug für Ihre Aussage danken. Magnus hätte das eine glänzende Show genannt.«

»Sie hat gewirkt«, gab er zu, »obwohl Sie mich ein bißchen aus der Fassung brachten. Auf Schnee war ich nicht vorbereitet. Aber das beweist wieder mal, was mein Chef immer sagte: ›Der Laie nimmt alles hin, wenn es mit der notwendigen Autorität vorgetragen wird‹.« Er blinzelte mir hinter seiner Brille zu und fragte ruhig: »Sie haben die Marmeladengläser vermutlich verschwinden lassen? Es ist nichts mehr übrig, das Ihnen oder irgend jemand anders schaden könnte?«

»Alles unter den Überresten vieler Jahre begraben.«

»Gut«, sagte er, »wir wollen nicht noch mehr Unheil erleben.«

Er zögerte, als wolle er noch etwas hinzufügen, aber der Anwalt wartete mit Vita am Hoteleingang, und die Gelegenheit war verpaßt. Wir verabschiedeten uns. Während wir zum Parkplatz gingen, bemerkte Vita mit echt weiblicher Diplomatie: »Ich habe bemerkt, daß deine Hand sofort ruhig wurde, als du in der Bar saßest. Aber wie dem auch sei – ich möchte trotzdem fahren.«

»Gern«, sagte ich, stülpte mir den Hut auf den Kopf und beschloß, im Wagen zu schlafen. Aber ich schaffte es nicht, denn ich mußte pausenlos an etwas Bestimmtes denken: Ich hatte Willis belogen, Flasche A und B waren leer, aber Flasche C existierte noch; sie lag in meinem Koffer im Ankleidezimmer.

XXI

Die gute Laune nach der fröhlichen Tafelrunde im Weißen Hirsch verflog schnell. Sie wich einer gereizten Stimmung, und ich war fest entschlossen, mich wieder als Herr des Hauses zu behaupten. Die Ermittlungen waren vorbei, und trotz meines dummen Versprechers – oder vielleicht gerade deshalb – war Magnus' Namen makellos geblieben. Die Polizei gab sich zufrieden, die Neugier der Einheimischen würde mit der Zeit nachlassen, und ich hatte nichts mehr zu befürchten außer der Einmischung meiner Frau. Dem mußte abgeholfen werden, und zwar so rasch wie möglich. Die Jungen waren zum Reiten gegangen. Ich suchte Vita und fand sie schließlich mit einem Meßband in der Hand auf dem Treppenabsatz vor dem Zimmer der Jungen.

»Weißt du, der Anwalt hat recht gehabt«, sagte sie. »Du könntest das Haus in sechs kleine Wohnungen oder sogar mehr aufteilen, wenn du auch das Kellergeschoß umbaust ... Wir könnten uns das Geld von Joe leihen.« Sie rollte das Meßband zusammen und lächelte. »Oder hast du eine bessere Idee? Der Professor hat dir kein Geld vermacht, um das Haus zu unterhalten, und du hast keine Arbeit, es sei denn, wir gehen nach Amerika, und Joe gibt dir eine. Wie wär's also zur Abwechslung mit dem praktischen Denken?«

Ich drehte mich um und ging ins Musikzimmer hinunter. Wie erwartet, folgte sie mir. Ich pflanzte mich vor dem Kamin auf – seit undenklichen Zeiten der Platz des Hausherrn –

und sagte: »Daß wir uns nur recht verstehen. Dies ist mein Haus, und was ich damit vorhabe, ist meine Sache. Ich will weder von dir noch von Rechtsanwälten, Freunden oder anderen Leuten irgendwelche Ratschläge. Ich beabsichtige, hier zu wohnen, und wenn dir nichts daran liegt, hier mit mir zu leben, dann mußt du allein weitersehen ...«

Vita zündete sich eine Zigarette an und blies den Rauch hastig in die Luft. Sie war sehr blaß geworden. »Ist das der Entscheidungskampf? Ein Ultimatum?« fragte sie.

»Nenn es, wie du willst«, sagte ich. »Ich möchte nur die Dinge klarstellen. Magnus hat mir dieses Haus hinterlassen, und ich will mir hier mein Leben einrichten – unser Leben, wenn ihr bei mir bleiben wollt. Deutlicher kann ich mich nicht ausdrücken.«

»Du meinst, du hast den Gedanken an den Direktorenposten, den Joe dir in New York angeboten hat, ganz aufgegeben?«

»Ich habe diesen Gedanken niemals gehabt, du hattest ihn für mich.«

»Und wie stellst du dir das vor? Wovon sollen wir leben?«

»Ich habe keine Ahnung«, sagte ich, »und im Augenblick ist es mir gleichgültig. Nachdem ich über zwanzig Jahre in einem Verlag gearbeitet habe, kenne ich mich in meinem Fach aus und werde vielleicht selbst Schriftsteller. Ich könnte zunächst mal die Geschichte dieses Hauses schreiben.«

»Ach du liebe Zeit!« antwortete sie lachend und drückte ihre angerauchte Zigarette im nächsten Aschenbecher aus. »Nun, das würde dich wenigstens beschäftigen. Und was soll ich inzwischen tun? Einem Handarbeitsverein im Dorf beitreten oder so was?«

»Du könntest dasselbe tun wie alle Frauen, nämlich dich anpassen.«

»Liebling, als ich bereit war, dich zu heiraten und in England zu wohnen, hattest du einen durchaus lohnenden Posten in London. Du hast ihn ohne Grund aufgegeben, und jetzt willst du dich hier am Ende der Welt niederlassen, wo wir keine Menschenseele kennen und im Umkreis von zweihundert Kilometern keine Freunde haben? Das ist einfach lächerlich.«

Wir befanden uns in einer Sackgasse, und es störte mich,

daß sie mich Liebling nannte, obgleich der Augenblick so gar nicht danach angetan war. Die ganze Situation langweilte mich ohnehin bereits; ich hatte gesagt, was ich zu sagen hatte, und Streit führte ja doch zu nichts. Außerdem wünschte ich sehnlichst, ins Ankleidezimmer hinaufzugehen und Flasche C zu untersuchen. Wenn ich mich recht entsann, sah sie etwas anders aus als die Flaschen A und B. Vielleicht hätte ich sie Willis mitgeben sollen, damit er sie an den Laboraffen ausprobierte; aber wenn ich ihn ins Vertrauen zog, würde er sie mir womöglich nie wieder zurückschicken.

»Warum nimmst du nicht dein Meßband, läßt dir ein paar hübsche Ideen für Vorhänge und Teppiche einfallen und fragst Bill und Diana in Irland, was sie dazu sagen?«

Das war nicht ironisch gemeint. Sie konnte an Magnus' Einrichtung und seinem Junggesellenstil ändern, was sie wollte, soweit sie sich in vernünftigen Grenzen hielt. Zimmer neu einrichten war ihre Lieblingsbeschäftigung, in die sie sich stundenlang vertiefen konnte.

Mein Friedensangebot scheiterte. Ihre Augen füllten sich mit Tränen, und sie sagte: »Du weißt, ich würde überall hinziehen, wenn ich nur wüßte, daß du mich noch liebst.«

Ärgerliche Äußerungen kann ich jederzeit ertragen und mit bestem Gewissen Schlag für Schlag zurückgeben. Aber nicht Kummer und Tränen. Ich öffnete die Arme, und sie kam sogleich, klammerte sich an mich und suchte Trost wie ein verletztes Kind.

»Du hast dich in den letzten Wochen sehr verändert«, sagte sie. »Ich erkenne dich kaum noch.«

»Ich habe mich nicht verändert«, sagte ich, »ich liebe dich. Natürlich liebe ich dich.«

Die Wahrheit zu gestehen, nicht nur sich selbst, sondern auch anderen, ist ungeheuer schwer. Ich liebte Vita wegen der gemeinsam verbrachten Monate und Jahre, wegen des Auf und Ab im Eheleben, das eintönig, aufreibend, aber auch wunderbar und unentbehrlich sein kann. Ich hatte gelernt, mich mit ihren Fehlern abzufinden – und sie sich mit meinen. Oft waren die Beleidigungen, die wir uns im Streit entgegenschleuderten, nicht ernst gemeint. Oft ließen wir die zärtlichen Worte ungesagt, da wir uns schon zu sehr aneinander gewöhnt hatten.

Das schlimmste aber war, daß irgendein Kern nie angetastet wurde, er hatte bis heute geschlummert und wartete darauf, erschlossen zu werden. Die Geheimnisse meiner gefährlichen neuen Welt konnte ich weder mit ihr noch mit jemand anders teilen. Magnus ja . . . aber Magnus war ein Mann, und er war tot. Vita war keine streitbare Medea, mit der ich die Zauberkräuter pflücken konnte. Und hoffentlich würde ich nicht zu ihrem Jason . . .

»Liebling«, sagte ich, »hab' bitte Geduld mit mir. Das ist sicher nur eine Übergangsphase, kein Scheideweg. Ich kann einfach nicht in die Zukunft sehen. Es ist, als stünde man am Ufer, wenn die Flut steigt, und warte darauf, daß man hineintauchen kann. Ich kann es dir nicht besser erklären.«

»Ich tauche, wohin du willst, wenn du mich nur mitnimmst«, antwortete sie.

»Ich weiß«, sagte ich, »ich weiß . . .«

Sie wischte sich die Augen und schneuzte sich, und das verweinte Gesicht wirkte seltsam rührend, so daß ich noch verlegener wurde.

»Wie spät ist es? Ich muß die Jungen abholen«, sagte sie.

»Wir fahren zusammen hin«, antwortete ich, froh, einen Vorwand gefunden zu haben, um das Bündnis zu festigen und mich nicht allein in ihren, sondern auch in meinen Augen zu rechtfertigen. Endlich kam eine fröhliche Stimmung auf, die durch Groll und unausgesprochene Bitterkeit so belastete Atmosphäre war gereinigt, und wir fühlten uns wieder entspannt und locker — fast wie sonst. In dieser Nacht kehrte ich nicht ohne Bedauern aus meiner freiwilligen Verbannung ins gemeinsame Schlafzimmer zurück, denn ich hielt es für diplomatischer; außerdem war die Couch im Ankleideraum ziemlich hart.

Das Wetter wurde schön, und das Wochenende verging bei Segelpartien und Picknicks gemeinsam mit den Jungen. Während ich meine Rolle als Ehemann, Stiefvater und Hausherr wieder auf mich nahm, plante ich insgeheim schon für die kommende Woche. Ich mußte einen Tag für mich haben. Vita selbst verhalf mir nichts ahnend zu der Gelegenheit.

»Wußtest du, daß Mrs. Collins eine Tochter in Bude hat?« fragte sie am Montagmorgen. »Ich habe ihr gesagt, wir würden sie irgendwann in dieser Woche hinbringen, bei ihrer Tochter absetzen und später am Nachmittag wieder abholen. Wie wär's damit? Die Jungen möchten es gern und ich auch.«

Ich tat, als sei ich von dem Plan nicht so begeistert. »Bei dem schrecklichen Verkehr«, wandte ich ein, »sind die Straßen bestimmt verstopft, und Bude ist voller Touristen.«

»Uns stört das nicht«, sagte Vita. »Wir können ja früh losfahren, es sind nur achtzig Kilometer.«

Ich setzte die Miene des hartbedrängten Familienvaters auf, der mit seiner Arbeit im Rückstand ist und nie Zeit findet, sie zu erledigen. »Wenn ihr nichts dagegen habt, wäre es mir lieber, wenn ihr mich zu Hause laßt. Bude reizt mich überhaupt nicht an einem Augustnachmittag.«

»Okay ... okay ... Wir werden uns auch ohne dich amüsieren.«

Wir einigten uns auf den Mittwoch. An diesem Tag kam kein Lieferant; das paßte mir gut. Wenn sie um halb elf fuhren und Mrs. Collins um fünf Uhr abholten, würden sie erst um sieben wieder hier sein.

Der Mittwochmorgen brach zum Glück strahlend an; ich brachte die drei kurz nach halb zehn zum Buick, im Bewußtsein, jetzt mindestens acht Stunden vor mir zu haben, Stunden für Experimente und zur Entspannung. Ich ging ins Ankleidezimmer und nahm Flasche C aus dem Koffer. Es war die gleiche Flüssigkeit, oder sie sah wenigstens so aus, aber unten am Boden lag ein bräunlicher Satz wie bei Hustensaft, den man nach dem Winter fortgestellt und vergessen hat, bis das kalte Wetter wiederkommt. Ich drehte den Verschluß ab und roch am Inhalt: Er war so farb- und geruchlos wie abgestandenes Wasser. Ich goß für meinen zukünftigen Gebrauch vier Maße in den kleinen Becher oben im Spazierstock, schraubte ihn zu und füllte eine weitere Dosis in das Arzneiglas, das immer noch in der alten Waschküche auf einem Regal neben den Gläsern stand.

Es war ein seltsames Gefühl, wieder einmal zu wissen, daß das ganze Haus oben leer und die gegenwärtigen Bewohner nicht da waren, während in den dunklen Winkeln schon die Leute meiner geheimen Welt warteten.

Nachdem ich die Dosis genommen hatte, setzte ich mich in die alte Küche, erwartungsvoll und gespannt wie ein Theaterbesucher, der eben in die Loge geschlüpft ist, bevor sich der Vorhang zum dritten Akt des Stückes hebt.

Aber es geschah nichts. Die Zeit verharrte hartnäckig: Mittwochmorgen, Mitte August; ich hätte ebenso einen Schluck vom Wasserhahn in der Küche trinken können, denn mehr bewirkte Flasche C nicht. Um zwölf ging ich wieder ins Labor und goß noch ein paar Tropfen ins Arzneiglas. Das hatte schon einmal geholfen, und zwar ohne unangenehme Folgen.

Ich kehrte in den Innenhof zurück und blieb bis nach eins dort, aber da immer noch nichts geschah, ging ich hinauf und aß etwas. Das heißt also, daß der Inhalt von Flasche C seine Kraft eingebüßt oder Magnus die wichtigsten Bestandteile fortgelassen hatte. Flasche C war wertlos. Wenn das stimmte, hatte ich meinen letzten Trip bereits hinter mir. Der Vorhang hatte sich vor meinem Gang im Schneetreiben über den Treesmill-Fluß gehoben und war nach dem dritten Akt am Eisenbahntunnel gefallen. Ich war am Ende der Reise angelangt.

Dieser Gedanke war so vernichtend, daß ich mich wie betäubt fühlte. Ich hatte nicht nur Magnus, sondern auch die andere Welt verloren. Sie lag dicht neben mir, aber unerreichbar. Die Leute jener Welt würden sich in ihrer Zeit, aber ohne mich fortbewegen, ich mußte meinen eigenen Weg gehen und Gott weiß was für einen eintönigen Alltag auf mich nehmen. Das Band zwischen den Jahrhunderten war zerrissen.

Ich ging noch einmal ins Kellergeschoß und in den Innenhof, in der Hoffnung, durch die Berührung der Steinfliesen und Mauern werde irgendeine Kraft auf mich übergehen, Roger werde durch die Tür des Heizungsraums treten oder Robbie mit einem Pony am Zügel hinter den Ställen auftauchen. Ich wußte, daß sie da waren, auch Isolda, die darauf wartete, daß der Schnee schmolz. Das Haus war nicht von Toten, sondern von Lebenden bewohnt; ich war der rastlose Wanderer, ich war das Gespenst.

Der Drang, sie alle zu sehen, zu hören und unter ihnen einherzuwandeln, wurde so stark, daß ich es kaum noch ertragen konnte; es war, als hätte ein riesiges Feuer mein Gehirn in

Brand gesetzt. Ich fand keine Ruhe. Es war mir nicht möglich, irgendeine Arbeit im Haus oder Garten zu beginnen. Der Tag war verloren, und die ersehnten Zauberstunden verstrichen ungenutzt.

Ich holte den Wagen heraus und fuhr nach Tywardreath; der Anblick der behäbigen Dorfkirche erschien mir wie ein Hohn. Sie hatte kein Recht, in ihrer gegenwärtigen Form dazustehen. Ich wollte sie wegfegen, so daß nur das südliche Schiff und die Kapelle der Priorei übrigblieben, das heißt die Mauern der Priorei, die den Friedhof umfaßten. Ich fuhr zu der Ausweichstelle bei Treesmill, wendete, parkte den Wagen und dachte, am Steinbruch würde wenigstens die Erinnerung an das einst Gesehene die Leere in mir aufheben.

Ich stand neben meinem Wagen und wollte mir gerade eine Zigarette anzünden; aber sie hatte meine Lippen noch nicht berührt, als mich ein Schock von Kopf bis Fuß durchfuhr, als sei ich auf ein elektrisch geladenes Kabel getreten. Dies war kein ruhiger Übergang von der Gegenwart in die Vergangenheit, sondern eine Schmerzempfindung. Blitze zuckten vor meinen Augen, und in meinen Ohren donnerte es. »Es ist vorbei«, dachte ich, »ich sterbe«. Aber die Blitze verblaßten, der Donner verklang, und ich sah oben auf dem Hügel, wo ich stand, eine Menschenmenge, die sich zu einem Gebäude hinter dem Weg drängte. Von Tywardreath kamen immer mehr Männer, Frauen und Kinder. Alle strebten auf das unregelmäßige Gebäude mit bleiverglasten Fenstern und einer kleinen Kapelle zu. Ich hatte dieses Dorf schon einmal gesehen, am Martinstag, aber vom Dorfplatz hinter den Mauern der Priorei aus. Heute gab es keine Stände, keine fahrenden Musikanten, keine geschlachteten Tiere. Die Luft war frisch und kalt, die Gräben von Schnee umsäumt, der im Laufe der Wochen grau und hart geworden war. Kleine Pfützen auf der Straße hatten sich in eisbedeckte Krater verwandelt, und die Äcker dahinter waren rissig und hartgefroren. Männer, Frauen und Kinder hatten sich zum Schutz vor der Kälte vermummt und in Kapuzen gehüllt, und ihre Gesichter wirkten scharf wie Vogelköpfe. Es herrschte keine heitere, vergnügte Stimmung; die Menschenmenge wirkte raubgierig, auf ein Schauspiel erpicht, das auch böse ausgehen konnte. Ich trat näher an das Gebäude heran und bemerkte neben dem Eingang der Kapelle einen bedeckten Reisewagen und mehrere Diener. Ich erkannte das Wappen der Champernounes und auch ihre Knechte; Roger stand mit verschränkten Armen in der Vorhalle der Kapelle.

Die Tür des Hauptgebäudes öffnete sich, und ein Mann, besser gekleidet als die übrigen, die sich an der Straße drängten, trat mit einem Gefährten heraus. Ich kannte sie beide, denn ich hatte sie zum letztenmal in jener Nacht gesehen, als Bodrugan sie überredete, sich am Aufstand gegen den König zu beteiligen. Es waren Julian Polpey und Henry Trefrengy. Sie bahnten sich ihren Weg durch die Menge.

»Gott behüte mich vor der Bosheit einer Frau«, sagte Polpey. »Roger hat sein Amt zehn Jahre lang versehen, und jetzt wird er ohne Erklärung entlassen, und Phil Hornwynk wird zum Verwalter ernannt ...«

»Der junge William wird ihn schon wieder einsetzen, wenn er mündig wird«, antwortete Trefrengy. »Er hat Sinn für Gerechtigkeit wie sein Vater. Aber ich habe schon seit einem Jahr oder länger das Gefühl gehabt, daß sich etwas ändern würde. Die Wahrheit ist ganz einfach, daß sie nicht nur keinen Ehemann, sondern überhaupt keinen Mann hat, und Roger hat es satt und will sich zu nichts mehr verpflichten.«

»Dem grünt der Hafer woanders.«

Geoffrey Lampetho aus dem Tal, der die letzten Worte geäußert hatte, schob sich durch die Gaffer und trat zu den beiden. »Es heißt, er beherberge eine Frau unter seinem Dach. Du müßtest es wissen, Trefrengy, du bist sein Nachbar.«

»Ich weiß nichts«, antwortete Trefrengy kurz. »Roger tut, was er für richtig hält. Bei so schlechtem Wetter würde wohl jeder Christ einem Fremden Obdach gewähren.«

Lampetho lachte und stieß ihm mit dem Ellbogen in die Seite. »Gut gesagt, aber du kannst es nicht leugnen«, sagte er. »Warum käme Lady Champernoune sonst von Trelawn hierher, trotz der schlechten Wege, wenn sie der anderen nicht nachspüren wollte? Ich war hier im Lehnshof, bevor du kamst, um meine Pacht zu zahlen, und sie saß drinnen, als Hornwynk kassierte. Alle Schminke der Welt könnte ihren bösen Blick nicht verbergen; daß sie Roger entläßt, wird nicht ihre letzte schlimme Tat sein. Inzwischen amüsiert man das Volk. Bleibst du hier, um dir das Vergnügen anzusehen?«

Julian Polpey schüttelte angewidert den Kopf. »Nein, ich nicht«, antwortete er. »Warum sollten wir in Tywardreath uns fremde Bräuche aufzwingen lassen, die uns zu Barbaren machen? Lady Champernoune muß krank im Gemüt sein, daß sie an so etwas denkt. Ich gehe nach Haus.«

Er drehte sich um und verschwand in der Menge, die sich jetzt nicht nur auf dem Hügel vor dem Haus und der Kapelle, sondern auch auf der Straße nach Treesmill drängte. Alle hatten die gleichen, seltsam erwartungsvollen Gesichter, halb mürrisch, halb gierig, und Geoffrey Lampetho, der seinen Gefährten darauf aufmerksam machte, lachte wieder.

»Krank im Gemüt vielleicht, aber es beruhigt ihr Gewissen, daß eine andere Witwe ihr als Prügelknabe dienen kann, und so bereitet sie uns eine schöne Volksbelustigung. Die Masse hat nichts lieber als eine öffentliche Buße.«

Er wandte wie alle anderen den Kopf zum Tal hin. Henry Trefrengy drängte sich an den Knechten der Champernounes vorbei zum Eingang der Kapelle, wo Roger stand. Ich folgte ihm.

»Es tut mir leid, daß es so kam«, sagte er. »Keine Dankbarkeit, keine Belohnung. Zehn Jahre deines Lebens vergeudet.«

»Nicht vergeudet«, antwortete Roger kurz. »William ist im Juli volljährig und wird heiraten. Dann verlieren seine Mutter und der Mönch ihren Einfluß. Du weißt, daß der Bischof von Exeter den Mönch ausgewiesen hat; er muß zurück in die Abtei von Angers, in die er schon vor einem Jahr hätte heimkehren sollen.«

»Gott sei gelobt!« rief Trefrengy. »Die Priorei ist durch ihn verpestet, und die Gemeinde auch. Sieh dir die Leute da an . . .«

Roger starrte über Trefrengys Kopf hinweg auf die glotzende Masse. »Ich mag als Verwalter hart gewesen sein, aber die Witwe Rob Rosgofs zu verhöhnen, das war mehr, als ich ertragen konnte«, sagte er. »Ich wandte mich dagegen, und das war ein weiterer Grund für meine Entlassung. An alldem ist der Mönch schuld, der der Gier und der Eitelkeit meiner Herrin Genüge tun will.«

Der Eingang der Kapelle verdunkelte sich, und die kleine, zierliche Gestalt Jean de Merals erschien im Torbogen. Er legte Roger die Hand auf die Schulter.

»Früher warst du nicht so zimperlich«, sagte er. »Hast du jene Abende im Keller der Priorei und in deinem eigenen Haus vergessen? Damals, mein Freund, lehrte ich dich mehr als Philosophie.«

»Nimm deine Hand fort«, erwiderte Roger barsch. »Ich habe mich von dir und deinen Brüdern losgesagt, als ihr den jungen Henry Bodrugan unter dem Dach der Priorei sterben ließet, obwohl ihr ihn hättet retten können.«

Der Mönch lächelte. »Und jetzt beherbergst du, um dein Mitgefühl mit den Toten zu zeigen, ein ehebrecherisches Weib unter deinem Dach?« fragte er. »Wir alle sind Heuchler, mein Freund. Ich warne dich, meine Herrin weiß, wer jene Reisende ist, darum kam sie hierher nach Tywardreath. Sobald die Sache mit Rosgofs Witwe beigelegt ist, will sie Lady Isolda ein paar Vorschläge unterbreiten.«

»Die, so Gott will, eines Tages aus der Chronik der Priorei gestrichen werden und auf dein Haupt zurückfallen, zu deiner ewigen Schande«, sagte Trefrengy.

»Du vergißt«, murmelte der Mönch, »ich bin ein Zugvogel, und in wenigen Tagen bin ich nach Frankreich entflogen.«

In der Menge entstand plötzlich eine Bewegung, und in der Tür des angrenzenden Gebäudes erschien ein Mann. Er war beleibt, rotgesichtig und hielt eine Urkunde in der Hand. Neben ihm stand, von Kopf bis Fuß in einen Mantel gehüllt, Joanna Champernoune.

Der Mann, den ich für Hornwynk, den neuen Verwalter, hielt, trat vor, um zur Menge zu sprechen, und entrollte das Dokument in seiner Hand.

»Ihr guten Leute von Tywardreath«, rief er. »Ob Freie, Erbpächter oder Leibeigene — jene von euch, die dem Lehnshof Pacht zahlen, haben dies heute getan. Und da der Hof Tywardreath einst Lady Isolda Cardinham von Cardinham gehörte, die ihn dem Großvater unseres verstorbenen Herrn verkaufte, haben wir beschlossen, hier einen Brauch einzuführen, der seit der Eroberung durch die Normannen auf dem Gutshof von Cardinham geübt wurde.« Er schwieg einen

Augenblick, um seinen Worten Nachdruck zu verleihen. »Dieser Brauch besteht darin, daß jede Witwe eines Lehnsmannes, die vom Pfad der Tugend abgekommen ist, entweder ihrer Länder verlustig geht oder vor dem Herrn und dem Verwalter des Gutshofes in angemessener Weise Buße tut. Heute muß vor Lady Joanna Champernoune, die den minderjährigen Gutsherrn William vertritt, und mir, Philip Hornwynk, dem Verwalter, Mary, die Witwe Robert Rosgofs, solche Buße tun, wenn sie ihre Länder zurückerhalten will.«

Ein Murmeln ertönte unter den Zuschauern, ein seltsames Gemisch aus Erregung und Neugierde, und von der Straße nach Treesmill hörte man plötzlich Geschrei.

»Sie wird nicht vor Lady Joanna hintreten«, meinte Trefrengy. »Mary Rosgof hat einen Sohn zu Haus, der lieber zehnmal sein Ackerland opfern würde als seine Mutter der Schande preisgeben.«

»Du irrst dich«, antwortete der Mönch. »Er weiß, daß ihre Schande sich in sechs Monaten bezahlt macht, wenn sie von einem Bastard entbunden wird, denn dann kann er beide vor die Tür setzen und das Land selbst behalten.«

»So hast du ihn dazu überredet und ihn bestochen«, sagte Roger.

Die Rufe und das Geschrei wurden lauter, und während die Leute vorwärtsdrängten, sah ich, wie sich eine Prozession von Treesmill her langsam den Hang hinaufbewegte. Burschen jagten peitschenschwingend voran. Hinter ihnen schritten fünf Männer, und in ihrer Mitte konnte ich eine Frau erblicken. Die Gruppe kam näher, und das Gelächter der Zuschauer steigerte sich zu Jubelgeschrei, denn die Frau schwankte auf ihrem Reittier und wäre beinahe heruntergefallen, wenn nicht einer der Männer, der in der anderen Hand eine Heugabel schwang, sie festgehalten hätte. Sie ritt nicht auf einem Pony, sondern auf einem großen schwarzen Schaf, dessen Hörner mit Trauerflor bebändert waren, und die Burschen zu beiden Seiten hatten dem Tier einen Halfter angelegt, um es zu führen. Verängstigt durch die vielen Menschen, bockte und stolperte es und versuchte vergeblich, seine Reiterin abzuwerfen. Die Frau war passend zu ihrem Reittier in einen schwarzen Schleier gehüllt, und ihre Hände waren mit Lederriemen gebunden. Ich sah, wie ihre Finger sich in die dicke, dunkle Wolle am Hals des Schafes krallten.

Der Zug näherte sich dem Lehnshof. Als er vor Hornwynk und Joanna zum Stehen kam und die Männer den Halfter losließen, zog der Mann mit der Heugabel der Reiterin den Trauerschleier vom Gesicht, um sie den Leuten zu zeigen. Sie konnte nicht älter als fünfunddreißig sein. Ihre Augen waren angstvoll aufgerissen wie die des Tieres, auf dem sie ritt; das schwarze, von roher Hand beschnittene Haar stand stoppelgleich am Kopf. Das Spottgelächter verstummte, als die zitternde Frau vor Joanna den Kopf neigte.

»Mary Rosgof, gestehst du deinen Fehltritt?« rief Hornwynk.

»Ja, ich gestehe in aller Demut«, antwortete sie leise.

»Sprich lauter, damit alle dich hören, und sag, worum es geht«, rief er.

Das blasse Gesicht der Unglückseligen errötete; sie hob den Kopf und sah zu Joanna hinüber.

»Ich lag bei einem anderen Mann, nachdem mein Mann vor kaum sechs Monaten gestorben war, und verlor so das Ackerland, das ich für meinen Sohn verwaltete. Ich flehe meine Herrin und das Gericht des Gutshauses um Nachsicht an und bitte, mir das Land zurückzugeben, da ich meine Unkeuschheit beichte ... Sollte ich ein niedriggeborenes Kind zur Welt bringen, so wird mein Sohn das Land in Besitz nehmen und damit tun, was er will.«

Joanna winkte den neuen Verwalter heran; dieser beugte sich nieder, und sie flüsterte ihm etwas ins Ohr. Danach wandte er sich wieder an die Büßerin.

»Meine gnädige Herrin kann deinen Fehltritt nicht verzeihen, denn er ist verabscheuungswürdig in den Augen aller Menschen. Aber da du ihn vor dem Gericht des Gutshauses und dieser Gemeinde selbst eingestanden hast, wird sie dir in ihrer großen Huld das verwirkte Land zurückgeben, das du von ihr gepachtet hast.«

Die Frau neigte den Kopf, murmelte ein Dankeswort und fragte dann mit tränennassen Augen, ob sie noch weiter Buße tun müsse.

»Ja«, entgegnete der Verwalter. »Steige von dem Schaf, das dich in deiner Schande hierhertrug, krieche auf den Knien zur Kapelle, und beichte deine Sünde vor dem Altar. Bruder Jean wird dir die Beichte abnehmen.«

Die beiden Männer, die das Schaf hielten, zogen die Frau von seinem Rücken herab, zwangen sie in die Knie, und sie schleppte sich, von ihren Röcken behindert, zur Kapelle. Zugleich erhob sich in der Menge ein Stöhnen, als könnte diese Erniedrigung eigene Schuldgefühle besänftigen. Der Mönch wartete, bis sie dicht an ihn herangekrochen war, dann ging er in die Kapelle voraus, und sie folgte ihm. Ihre Begleiter ließen auf ein Zeichen Hornwynks das Schaf los, worauf es erschrocken zwischen den Menschen herumlief, die nach allen Seiten auseinanderstoben und es dann mit hysterischem Gelächter nach Treesmill hinuntertrieben, wobei sie es mit Schneeklumpen und Stöcken bewarfen, mit allem, was sie finden konnten. Jetzt war die Spannung plötzlich gelöst, alle lachten und scherzten wie in Festtagslaune, denn der ganze Vorfall bildete eine willkommene Abwechslung zwischen dem Winter und der beginnenden Fastenzeit. Bald hatten die Massen sich verlaufen, und vor dem Lehnshof standen nur noch Joanna, Hornwynk, Roger und Trefrengy.

»So, das wär's«, sagte Joanna. »Sag meinen Knechten, ich sei zur Abfahrt bereit. Hier in Tywardreath hält mich nichts mehr außer einer Angelegenheit, die ich auf dem Heimweg erledigen kann.«

Der Verwalter ging den Pfad hinab, um das Zeichen zur Abfahrt zu geben, und die Knechte öffneten den bereitstehenden Wagen. Joanna blieb einen Augenblick stehen und blickte Roger an.

»Die Leute waren zufrieden, auch wenn es dir nicht paßte«, sagte sie, »und sie werden ihre Pacht in Zukunft nur um so bereitwilliger zahlen. Der Brauch hat seine Vorteile, da er Furcht einflößt; vielleicht übernehmen ihn auch andere Gutsherren.«

»Gott behüte!« antwortete Roger.

Geoffrey Lampetho hatte mit seiner Bemerkung über die Schminke auf Joannas Gesicht recht gehabt; möglicherweise war die Luft im Lehnshof dumpf gewesen, jedenfalls lief nun die Farbe in Strömen über ihre fetten rotbraunen Wangen. Sie schien um gut zehn Jahre gealtert, seit ich sie zum letztenmal gesehen hatte. Der Glanz ihrer braunen Augen war erloschen, und sie wirkten hart wie Achat.

Sie streckte die Hand aus und berührte Roger am Arm. »Komm«, sagte sie, »wir kennen einander lange genug und brauchen keine Lügen und Ausflüchte ... Ich bringe Lady Isolda Nachricht von ihrem Bruder Sir William Ferrers, und ich habe ihm versprochen, sie ihr selbst zu überreichen. Wenn du mir jetzt das Tor verriegelst, kann ich auf dem Gutshof fünfzig Männer zusammenrufen, daß sie es einbrechen.«

»Und ich hier und in Fowey ebenfalls fünfzig, um ihnen Widerstand zu leisten«, antwortete Roger. »Aber Ihr mögt mir nach Kylmerth folgen, wenn Ihr wünscht, und um eine Unterredung bitten. Ob sie Euch gewährt wird, kann ich allerdings nicht sagen.«

Joanna lächelte. »O ja, das wird sie gewiß«, sagte sie, hob ihre Röcke und rauschte, gefolgt von Bruder Jean, zum Wagen. Einst hatte Roger ihr in das wartende Gefährt geholfen, heute versah der neue Verwalter Hornwynk, glühend vor Selbstzufriedenheit und mit tiefen Bücklingen, diesen Dienst. Roger ging unterdessen zum Tor hinter der Kapelle, wo er sein Pony angebunden hatte, sprang auf, drückte dem Tier die Fersen in die Weichen und ritt fort. Der Wagen, in dem Joanna und der Mönch saßen, rumpelte hinter ihm her, und die wenigen Nachzügler der Menge auf dem Berg blickten ihm nach, wie er den vereisten Weg in Richtung zum Dorfplatz fuhr. Von der Kapelle her ertönte eine Glocke, und ich begann zu laufen, aus Furcht, Roger und den Wagen aus den Augen zu verlieren. Mein Herz klopfte schwer, in meinen Ohren summte es. Ich sah, wie der Wagen stehenblieb; das Fenster wurde herabgedreht, und Joanna blickte heraus und winkte mir zu. Ich stolperte atemlos auf sie zu, während das Summen in meinen Ohren zu einem Brausen anschwoll. Dann verstummte es, ich stand schwankend da, die Uhr der St.-Andreas-Kirche schlug sieben, und vor mir auf der Straße stand der Buick. Vita winkte aus dem Fenster, und die Jungen und Mrs. Collins starrten mich verwundert an.

XXII

Sie redeten alle zugleich, und die Jungen lachten. Ich hörte, wie Micky sagte: »Wir sahen dich den Hügel hinunterlaufen, du sahst so komisch aus ...« Teddy fiel ein: »Mama winkte und rief dir zu, aber du hast gar nichts gehört, du gucktest woandershin.« Vita blickte mich durch das offene Fenster an. »Du steigst am besten ein«, sagte sie, »du kannst ja kaum stehen.« Mrs. Collins, rot vor Aufregung, öffnete mir auf der anderen Seite die Tür. Ich gehorchte mechanisch und vergaß, neben Mrs. Collins eingeklemmt, meinen eigenen Wagen, den ich an der Ausweichstelle geparkt hatte.

Wir fuhren am Dorfrand vorbei nach Polmear.

»Gut, daß wir diese Straße genommen haben«, sagte Vita. »Mrs. Collins sagte, hier würden wir schneller vorankommen als über Blazey und Par.«

Ich konnte mich durchaus nicht erinnern, wo sie gewesen waren und was sie getan hatten; das Summen in meinen Ohren hatte zwar aufgehört, aber mein Herz klopfte noch stark, und ich fühlte mich einem Schwindel nahe.

»Bude war Klasse«, sagte Teddy. »Wir hatten Bretter zum Wellenreiten, aber Mama erlaubte uns nicht, ins tiefe Wasser hinauszuschwimmen. Und erst die Brandung – riesengroße Wellen, viel schöner als hier. Du hättest mitkommen sollen.«

Bude. Ach so, ja, sie hatten den Tag in Bude verbracht, und ich war allein zu Hause geblieben. Aber warum war ich nur in Tywardreath herumgewandert? Als wir am Armenhaus unten am Hang vorbeifuhren, sah ich ins Tal nach Polpey hinüber und erinnerte mich, daß Julian das abscheuliche Schauspiel nicht abgewartet hatte, sondern nach Hause gegangen war. Lampetho hingegen hatte wie die anderen das Schaf mit Steinen beworfen.

Das war jetzt aus und vorbei. Mrs. Collins hatte Vita wohl gebeten, sie möge sie auf dem Polkerris Hill absetzen, denn als nächstes bemerkte ich, daß sie verschwunden und Vita in Kilmarth vorgefahren war.

»Ihr lauft ins Haus«, befahl sie den Jungen mit scharfer Stimme, »hängt eure Badehosen auf die Leine, und deckt den

Tisch.« Als sie fort waren, wandte sie sich an mich: »Kannst du es schaffen?«

»Was?« Ich war noch ganz benommen und verstand sie nicht.

»Die Stufen hinauf«, sagte sie. »Du schwanktest, als wir eben ankamen. Es war mir furchtbar peinlich vor Mrs. Collins und den Jungen. Wieviel hast du denn getrunken?«

»Getrunken?« wiederholte ich. »Ich habe gar nichts getrunken.«

»Um Himmels willen«, sagte sie, »lüg doch nicht schon wieder. Es war ein langer Tag, und ich bin müde. Komm, ich helfe dir hinauf.«

Vielleicht war das die beste Lösung. Vielleicht war es besser, wenn sie glaubte, ich hätte im Wirtshaus gesessen. Ich stieg unsicher aus dem Wagen und war froh, daß Vita mir den Arm reichte, um mich zu stützen, so daß ich durch den Garten ins Haus gelangen konnte.

»Es wird schon gehen«, sagte ich. »Ich setze mich in die Bibliothek.«

»Mir wäre es lieber, wenn du gleich ins Bett gingest. Die Jungen haben dich noch nie so gesehen. Es muß ihnen ja auffallen.«

»Ich will nicht ins Bett, ich will nur in der Bibliothek sitzen und die Tür schließen. Sie brauchen ja nicht hereinzukommen.«

»Na gut, wenn du unbedingt willst . . .« Sie zuckte verärgert die Achseln. »Ich werde ihnen sagen, daß wir in der Küche essen. Aber komm um Gottes willen nicht herunter – ich bringe dir später etwas zu essen.«

Ich hörte, wie sie in die Küche ging und die Tür hinter sich zuschlug, ließ mich auf einen Stuhl fallen und schloß die Augen. Eine seltsame Lethargie überfiel mich, und ich wollte schlafen. Vita hatte recht gehabt, ich hätte ins Bett gehen sollen, aber ich fand nicht einmal mehr die Kraft zum Aufstehen. Wenn ich hier in der Stille ganz ruhig sitzen blieb, würde das Gefühl der Erschöpfung, der Leere bald vergehen. Wenn die Jungen ein Fernsehprogramm ansehen wollten, hatten sie Pech gehabt; ich wollte es morgen wieder gutmachen und sie zum Segeln mitnehmen. Ich mußte auch Vita entschädigen; diese Geschichte warf uns wieder zurück, und die ganze Versöhnung mußte mühselig noch einmal von vorn erkämpft werden.

Ich fuhr aus dem Schlaf hoch und fand das Zimmer dunkel. Meine Armbanduhr zeigte auf halb zehn. Ich hatte ungefähr zwei Stunden geschlafen, fühlte mich wieder recht normal und hatte Hunger. Als ich durch das Eßzimmer in den Gang trat, vernahm ich Schallplattenmusik aus dem Musikzimmer, aber die Tür war geschlossen. Sie mußten schon lange mit dem Essen fertig sein, denn in der Küche brannte kein Licht mehr. Ich suchte im Kühlschrank nach Eiern und Speck und hatte gerade die Pfanne auf den Herd gesetzt, als ich hörte, wie sich im Kellergeschoß jemand rührte. Ich stieg die Hintertreppe hinauf, da ich dachte, es sei einer der Jungen, der mir vielleicht sagen wollte, wie es um Mamas Laune bestellt war.

»Teddy, Micky!« rief ich.

Niemand antwortete. Die Schritte waren deutlich zu hören; sie kamen durch die alte Küche auf den Heizungsraum zu. Ich ging wieder hinunter und wollte Licht machen, aber der Schalter war nicht an seinem Platz, ich konnte ihn nicht finden und tastete mich an den Wänden entlang in die alte Küche. Die Schritte bewegten sich jetzt in Richtung auf den Innenhof. Dort hörte ich jemanden stampfen; er holte Wasser aus dem zugedeckten und nie benutzten Brunnen an der Hausecke. Jetzt näherten sich weitere Schritte, nicht vom Innenhof, sondern von der Treppe her, und als ich mich umsah, war die Treppe fort, und die Schritte kamen von der Leiter, die in die Dachkammer führte. Es war nicht mehr dunkel, sondern grau und trüb wie an einem Winternachmittag. Eine Frau kam mit einer brennenden Kerze in der Hand die Leiter herab. Wieder begann das Summen in meinen Ohren, heftige Donnerschläge folgten, und die Droge wirkte von neuem, obwohl ich keine zweite Dosis eingenommen hatte. Ich wollte das jetzt nicht, ich fürchtete mich, es bedeutete, daß Vergangenheit und Gegenwart sich mischten, denn vorn im Haus, ganz in meiner Nähe, in meiner Zeit, waren Vita und die Jungen.

Die Frau schritt an mir vorbei und schützte die Kerze vor der Zugluft. Es war Isolda. Ich drückte mich dicht an die

Wand und hielt den Atem an; gewiß mußte sie sich auflösen, wenn ich mich bewegte; sie war sicher nur ein Produkt der Einbildung, ein Nachklang von den Vorgängen des Nachmittags. Sie stellte die Kerze auf eine Bank, zündete eine andere daneben an und summte dabei leise vor sich hin, das Bruchstück eines seltsam zärtlichen Liedes. Gleichzeitig hörte ich den Plattenspieler aus dem Musikzimmer im Erdgeschoß.

»Robbie«, rief sie sanft, »Robbie, bist du da?«

Der Junge kam durch den niedrigen Torbogen aus dem Hof und stellte den Eimer auf den Küchenboden.

»Friert es noch?« fragte sie.

»Ja, und es friert auch weiter, bis der Vollmond vorbei ist. Ihr müßt noch ein paar Tage bleiben, wenn Ihr uns so lange ertragen könnt.«

»Ertragen?« sagte sie lächelnd. »Ich habe Freude an euch und bin gern hier. Ich wünschte, meine Kinder wären ebenso artig wie du und Bess und hörten auch immer so gut auf mich wie ihr auf euren Bruder Roger.«

»Wir gehorchen nur aus Respekt vor Euch«, antwortete er. »Bevor Ihr kamt, gab es harte Worte und Schläge mit dem Gürtel.« Er schüttelte lachend das dichte Haar aus den Augen, hob den Eimer und goß das Wasser in einen Krug auf dem Tisch. »Seitdem essen wir auch so gut«, fügte er hinzu. »Jeden Tag Fleisch anstatt gesalzenen Fisch, und das Schwein, das ich gestern geschlachtet habe, wäre bis nach der Fastenzeit im Stall geblieben, wenn Ihr nicht unseren Tisch beehrtet. Bess und ich möchten am liebsten, daß Ihr immer bei uns bleibt und uns auch dann nicht verlaßt, wenn das Wetter besser wird.«

»Aha, ich verstehe«, bemerkte Isolda scherzend. »Ihr wollt mich nicht um meinetwillen hier behalten, sondern weil ihr so angenehmer lebt.«

Er runzelte die Stirn, da er offenbar nicht verstand, was sie meinte. »Nein, das ist nicht wahr«, sagte er dann. »Als Ihr ankamt, dachten wir zuerst, Ihr würdet die große Dame spielen und wir könnten es Euch nie recht machen, aber so war es nun nicht. Es ist, als gehörtet Ihr zu uns. Bess liebt Euch, und ich liebe Euch auch. Und Roger, na, Gott weiß, daß er schon seit über zwei Jahren Euer Loblied singt.«

Er errötete plötzlich, als habe er zuviel gesagt, und sie legte ihm die Hand auf den Arm.

»Lieber Robbie«, sagte sie sanft, »ich habe dich und Bess auch lieb und werde die herzliche Aufnahme, die ich in den vergangenen Wochen bei euch gefunden habe, nie vergessen.«

Wieder ertönten Schritte. Ich hob den Kopf und lauschte zum oberen Stockwerk hinauf, aber es war nur das Mädchen, das die Leiter herunterkam, sichtlich viel sauberer, als ich sie das erstemal gesehen hatte; das lange Haar war glatt gekämmt, das Gesicht sauber gewaschen.

»Ich höre Roger durch den Wald reiten«, rief sie. »Versorge du das Pony, wenn er hier ist, Robbie, ich decke inzwischen den Tisch.«

Der Junge ging in den Hof, und seine Schwester schüttete frischen Torf und Farnkraut im Herd auf. Der Farn fing sogleich Feuer und flammte auf; lange Flammenzungen huschten über die rauchgeschwärzten Wände hin, und als Bess sich umdrehte und Isolda zulächelte, wußte ich, wie es im Winter Abend für Abend bei ihnen zuging, wenn die vier am Tisch saßen, vor sich die flackernden Kerzen.

»Da kommt dein Bruder«, sagte Isolda, und sie trat in die Tür, als er in den Hof ritt, sich vom Pony schwang und Robbie die Zügel zuwarf. Es war noch nicht dunkel. Der Hof, viel ausgedehnter als der heutige Platz zwischen Haus und Nebengebäuden, reichte bis zur Mauer, so daß ich durch das offene Tor die Felder sehen konnte, die sich ans Meer hinabsenkten, und dahinter die weite Fläche der Bucht. Der Schlamm im Hof war fest gefroren, die Luft war beißend kalt, und die Bäume des Gehölzes hoben sich schwarz und kahl vor dem Himmel ab. Robbie führte das Pony in den Schuppen neben dem Kuhstall, während Roger durch den Hof auf Isolda zuging.

»Du bringst schlechte Nachricht«, sagte sie. »Ich sehe es deinem Gesicht an.«

»Meine Herrin weiß, daß Ihr hier seid«, erklärte Roger. »Sie ist auf dem Weg hierher und bringt Euch Nachricht von Eurem Bruder. Wenn Ihr es wünscht, kann ich den Wagen oben auf dem Hügel umkehren lassen. Robbie und ich werden mit den Knechten leicht fertig.«

»Jetzt vielleicht«, antwortete sie, »aber später könnten sie euch und dem Haus Unglück bringen. Und das möchte ich um nichts in der Welt.«

»Lieber soll das Haus dem Erdboden gleichgemacht werden, als daß ich zuließe, daß Euch ein Leid geschieht«, sagte er.

Er blickte auf sie herab, und ich spürte, daß seine Beziehung zu ihr, infolge ihrer Nähe und der gegenseitigen Zuneigung vergangener Tage, einen Punkt erreicht hatte, da seine Liebe nicht länger bezwungen werden und im verborgenen glühen konnte, sondern aufflammen oder aber ganz erlöschen mußte.

»Ich weiß, Roger«, sagte sie, »aber alle weiteren Leiden, die mir auf meinem Weg bestimmt sind, kann ich allein tragen. Wenn ich über zwei Häuser, das meines Mannes und das Otto Bodrugans, Schande gebracht habe – und das wird man sicher in künftigen Jahren von mir sagen –, so möchte ich dir nicht dasselbe antun.«

»Schande?« Er breitete die Hände aus und blickte auf die niedrigen Mauern, die den Hof einfaßten, und das strohgedeckte Haus. »Dies war meines Vaters Hof, und er wird Robbie gehören, wenn ich sterbe. Hättet Ihr nur eine Nacht statt fünfzehn Nächte hier Zuflucht gesucht, so wäre unserm Haus damit für Jahrhunderte Gnade genug gewährt.«

Sie spürte wohl die Tiefe des Gefühls, ja die Leidenschaft in seiner Stimme, denn plötzlich glitt ein Schatten über ihr Gesicht, als mahnte eine innere Stimme sie zur Vorsicht und riefe ihr zu: So weit und nicht weiter. Sie trat an das offene Tor, legte die Hand darauf und blickte über die Felder auf die Bucht hinaus.

»Fünfzehn Nächte«, wiederholte sie, »und jeden Abend, seit ich hier bin, habe ich über das Meer nach Chapel Point hingesehen und mich erinnert, wie sein Schiff dort unterhalb von Bodrugan vor Anker lag. Durch diese Bucht segelte er, wenn er zu mir kam. Ein Teil von mir ist an jenem Tag, als sie ihn ertränkten, mit ihm gestorben. Roger, ich glaube, du weißt das.«

Ich fragte mich, was Roger sich wohl erträumt und ob er sich in seiner Phantasie ein gemeinsames Leben vorgestellt hatte – keine Ehe, keine heftige Liebschaft, nur einen Zustand wissender Vertrautheit, an der außer ihnen niemand teilhaben sollte. Dieser Traum war nun zerbrochen, als sie Bodrugans Namen aussprach.

»Ja, ich habe es immer gewußt. Und wenn ich Euch Anlaß gab, etwas anderes zu vermuten, so vergebt mir.«

Er hob den Kopf und horchte. Hinter dem dunklen Gehölz über dem Hof ertönten Stimmen und Schritte, und dann erschienen drei Knechte der Champernounes unter den kahlen Bäumen.

»Roger Kylmerth«, rief der eine, »der Weg ist zu schlecht, der Wagen kann nicht bis an dein Haus fahren, und meine Herrin wartet auf dem Hügel.«

»Dann muß sie entweder dort bleiben oder zu Fuß kommen!«

Die Männer zögerten eine Weile und beratschlagten miteinander, und Isolda verschwand auf ein Zeichen Rogers rasch im Haus. Roger pfiff, und Robbie kam aus dem Ponystall.

»Lady Champernoune kommt mit ein paar Knechten«, sagte Roger ruhig. »Vielleicht hat sie auf dem Weg von Tywardreath hierher noch mehr Leute zusammengerufen. Dann wird es schwierig. Bleib in der Nähe für den Fall, daß ich dich brauche.«

Robbie nickte und ging in den Stall zurück. Es wurde rasch dunkler und kälter, und die Bäume zeichneten sich noch schärfer gegen den Himmel ab. Jetzt sah ich die ersten Fackeln oben auf dem Berg, Joanna stieg mit drei Knechten und dem Mönch herab. Sie gingen langsam und schweigend, und Joannas dunkler Umhang und die Kutte des Mönchs verschwammen miteinander, als wären die beiden eine Person. Ich, der ich neben Roger stand, hatte den Eindruck, daß von der Gruppe etwas Finsteres ausging; die verhüllten Gestalten hätten ebensogut in einem Leichenzug zum offenen Grab eines Friedhofs gehen können.

Als sie vor dem offenen Tor ankamen, blieb Joanna stehen, sah sich um und sagte zu Roger: »In den zehn Jahren, da du meinem Hause dientest, hast du nie daran gedacht, mich hier zu empfangen.«

»Nein, Mylady«, antwortete er, »Ihr habt mich nie um Obdach gebeten und es auch nie gebraucht. Ihr fandet Euren Trost stets unter eigenem Dach.«

Die Ironie berührte sie wohl nicht, oder sie tat, als überhöre sie die Bemerkung. Roger ging ihr voran zum Haus.

»Wo sollen meine Knechte warten?« fragte sie. »Habe die Freundlichkeit, sie in deine Küche zu schicken.«

»Wir wohnen selbst in der Küche«, antwortete er, »und Lady Carminowe wird Euch dort empfangen. Eure Männer werden es im Stall bei den Kühen oder bei den Ponys warm genug finden, ganz wie sie wollen.«

Er trat beiseite, um sie mit dem Mönch einzulassen, und folgte ihnen. Als wir über die Schwelle traten, sah ich, daß der Tisch dicht vor den Herd geschoben war, die schlanken Kerzen standen darauf, und an einem Ende des Tisches saß Isolda allein. Bess war sicher in die Dachkammer gestiegen.

Joanna blickte sich um; vermutlich war sie bestürzt über eine solche Umgebung. Wer weiß, was sie erwartet hatte – größeren Komfort vielleicht, mit gestohlenen Möbeln aus ihrem verlassenen Gutshaus.

»So . . .«, sagte sie schließlich, »dies ist deine Zuflucht. Für einen Winterabend vielleicht behaglich genug, abgesehen vom Gestank der Tiere im Hof. Wie geht es dir, Isolda?«

»Sehr gut, wie du siehst«, antwortete Isolda. »Ich habe hier besser gelebt und in den zwei Wochen meines Hierseins mehr Freundlichkeit erfahren als in vielen Monaten und Jahren in Tregesteynton oder Carminowe.«

»Ich bezweifle es nicht«, sagte Joanna. »Die Erinnerung gibt dem erloschenen Appetit ja stets neuen Anreiz. Du hattest einst Gefallen an Schloß Bodrugan gefunden, aber wäre Otto noch am Leben, so wärst du seiner so müde geworden wie deiner anderen Gutshöfe und der anderen Männer – den eigenen inbegriffen. Nun, dies ist reicher Lohn. Sag mir, gehörst du hier vor dem Herd beiden Brüdern an?«

Ich sah, daß Roger erschrak und vorwärtstrat, als wollte er sich zwischen beide Frauen stellen, aber Isolda hob nur das bleiche Gesicht in das flackernde Kerzenlicht und lächelte.

»Noch nicht«, sagte sie. »Der ältere ist zu stolz, der jüngere zu schüchtern. Meine Sympathiebekundungen stoßen auf taube Ohren. Was willst du von mir, Joanna? Hast du mir Nachricht von William gebracht? Wenn ja, so sprich klar und deutlich und komme zum Schluß.«

Der Mönch, der immer noch neben der Tür stand, zog einen Brief aus seiner Kutte und reichte ihn Joanna, die jedoch abwinkte.

»Lies ihn Lady Champernoune vor«, sagte sie. »Ich möchte nicht in diesem trüben Licht meine Augen anstrengen. Und du kannst uns allein lassen«, fügte sie zu Roger gewandt hinzu. »Familienangelegenheiten gehen dich nichts mehr an. Du hast dich lange genug eingemischt, als du noch mein Verwalter warst.«

»Dies ist sein Haus, und er hat das Recht, hier zu sein«, sagte Isolda. »Außerdem ist er mein Freund, und ich möchte, daß er bleibt.«

Joanna zuckte die Achseln und setzte sich Isolda gegenüber an das untere Ende des Tisches.

»Wenn Lady Carminowe gestattet«, sagte der Mönch geschmeidig, »dies ist der Brief von Eurem Bruder Sir William Ferrers, der vor ein paar Tagen in Trelawn ankam. Sir William dachte wohl, sein Bote werde Euch bei Lady Champernoune antreffen. Er lautet folgendermaßen:

›Liebste Schwester, die Nachricht von Deiner Flucht aus Tregesteyton hat uns in Bere wegen der rauhen Witterung und der schlechten Wege erst in der letzten Woche erreicht. Ich kann Dein Handeln und Deine Unvorsichtigkeit nicht begreifen. Du weißt wohl, daß Du damit jeden Anspruch auf die Zuneigung Deines Mannes und Deiner Kinder – und ich gestehe, auch meine – verwirkt hast. Ob Oliver Dich aus christlicher Barmherzigkeit wieder in Carminowe aufnimmt, weiß ich nicht, bezweifle es jedoch sehr, denn er fürchtet gewiß Deinen schädlichen Einfluß auf seine Töchter, und ich könnte Dir in Bere keinen Schutz bieten, da Mathilda als Olivers Schwester allzusehr mit ihrem Bruder fühlt, um seiner sündigen Frau Gastfreundschaft zu gewähren. Sie ist, seit sie von Deiner Flucht erfuhr, so aufgebracht, daß sie Deine Anwesenheit in einer Familie mit fünf Kindern nicht dulden könnte. So bleibt Dir anscheinend nur noch ein Weg, nämlich im Nonnenkloster Cornworthy in Devon Zuflucht zu suchen, da ich die Äbtissin kenne, und dort in aller Abgeschiedenheit zu leben, bis Oliver oder ein anderes Familienmitglied sich bereit findet, Dich bei sich aufzunehmen. Ich bin sicher, daß Deine Base Joanna ihren Knechten erlauben wird, Dir bis Cornworthy Geleit zu geben.

Lebewohl in der Allmacht Christi,
Dein bekümmerter Bruder
William Ferrer‹.«

Der Mönch faltete den Brief zusammen und reichte ihn Isolda über den Tisch hinweg. »Seht selbst, Mylady«, murmelte er, »der Brief ist in Sir Williams Handschrift geschrieben und trägt seine Unterschrift. Es ist keine Täuschung möglich.«

Sie blickte nur flüchtig auf das Schreiben. »Du hast recht«, sagte sie, »es ist keine Täuschung möglich.«

Joanna lächelte. »Wenn William gewußt hätte, daß du hier bist und nicht in Trelawn, hätte er vermutlich nicht so großmütig geschrieben, und die Äbtissin wäre nicht bereit, dir die Tür ihres Klosters zu öffnen. Du kannst dich aber auf mich verlassen: Ich werde es geheimhalten und dir eine Begleitung nach Devon mitgeben. Zwei Tage unter meinem Dach, um die notwendigen Vorbereitungen zu treffen und dir andere Gewänder zu beschaffen – ich sehe, daß du sie dringend brauchst –, und du kannst aufbrechen.« Sie lehnte sich mit triumphierender Miene im Stuhl zurück. »Ich habe gehört, daß in Cornworthy mildes Klima herrscht und die Nonnen dort sehr alt werden«, fügte sie hinzu.

»Dann laß uns zusammen hinter Klostermauern leben«, antwortete Isolda. »Witwen, deren Söhne heiraten wie dein Sohn William im nächsten Jahr, müssen ein neues Obdach finden, ebenso wie Frauen, die vom rechten Weg abgekommen sind. Wir sind Schwestern im Unglück.«

Sie sah Joanna stolz und herausfordernd an; das Kerzenlicht, das Schatten auf die Mauern warf, verzerrte ihre Gestalten, und Joanna mit ihrer Kapuze und dem Witwenschleier glich beinahe einem Ungeheuer.

»Du vergißt«, sagte sie, während sie mit ihren vielen Ringen spielte und sie von einem Finger auf den anderen schob, »daß ich die Erlaubnis habe, mich wieder zu verheiraten, und ich brauche mir nur in einer Schar von Bewerbern einen auszusuchen. Du bist immer noch an Oliver gebunden und außerdem entehrt. Dir bleibt jedoch noch eine andere Möglichkeit als das Nonnenkloster Cornworthy, wenn dir das lieber ist: als Mätresse meines ehemaligen Verwalters hierbleiben, aber ich mahne dich – die Gemeinde könnte mit dir genauso verfahren wie heute mit meiner Pächterin in Tywardreath. Dann müßtest du auf einem schwarzen Bock zur Beichte in die Kapelle des Gutshauses reiten.«

Sie brach in schallendes Gelächter aus, wandte sich dann dem Mönch zu, der hinter ihrem Stuhl stand, und sagte: »Was meinst du, Bruder Jean? Wir könnten die eine auf einen Widder setzen und die andere auf eine Sau, und dann müßten sie beide nebeneinander reiten oder die Länder von Kylmerth verlieren.«

Ich wußte, was geschehen würde, und genauso kam es. Roger packte den Mönch und schleuderte ihn an die Wand. Dann beugte er sich über Joanna und riß sie aus dem Stuhl.

»Beleidigt mich, soviel Ihr wollt, Lady Champernoune, aber nicht Lady Carminowe«, sagte er. »Dies ist mein Haus. Verlaßt es jetzt.«

»Ich gehe, sobald sie sich entschieden hat«, erwiderte Joanna. »Draußen im Kuhstall auf deinem Hof warten drei meiner Knechte. Viele andere stehen bei meinem Wagen auf dem Berg, und sie sind bereit, dir ihren Groll heimzuzahlen.«

»Ruft sie nur her«, sagte Roger. »Robbie und ich können unser Haus gegen jeden Eindringling, gegen die ganze Gemeinde verteidigen, wenn Ihr wollt.«

Seine ärgerlich erhobene Stimme war ins Schlafzimmer hinaufgedrungen, und Bess lief, bleich und verängstigt, die Leiter herunter und stellte sich neben Isolda.

»Wer ist das?« fragte Joanna. »Noch eine Person für die Schaftrift. Wie viele Dirnen beherbergst du in deiner Dachstube?«

»Bess ist Rogers Schwester und damit auch meine«, entgegnete Isolda, die den Arm um das erschreckte Mädchen legte. »Und jetzt, Joanna, ruf deine Diener, so daß wir dich loswerden. Gott weiß, daß wir deine Beleidigungen lange genug ertragen haben.«

»Wir?« fragte Joanna. »Du zählst dich also zu ihnen?«

»Ja, solange ich ihre Gastfreundschaft genieße.«

»So willst du nicht mit mir nach Trelawn fahren?«

Isolda zögerte und blickte Roger und Bess an. Aber bevor sie antworten konnte, trat der Mönch aus dem Schatten an der Mauer hervor.

»Es gibt noch eine dritte Möglichkeit für Lady Carminowe«, murmelte er. »Ich segle innerhalb von vierundzwanzig Stunden von Fowey zum Mutterkloster des heiligen Sergius und Bacchus in Angers. Wenn Sie und das Mädchen mit mir nach Frankreich wollen, so wüßte ich dort ein Asyl für sie. Niemand würde sie belästigen, und sie wären vor Verfolgungen sicher. Sobald sie erst einmal in Frankreich sind, wird man sie hier ganz vergessen, und Lady Carminowe wäre frei und könnte in schönerer Umgebung als hinter Klostermauern ein neues Leben beginnen.«

Das war offensichtlich ein Vorwand, um Bess und Isolda aus Rogers Obhut fortzulocken und in die Gewalt des Mönchs zu bringen, damit er nach seinem Belieben mit ihnen verfahren konnte, und ich erwartete, daß selbst seine Herrin ihn zurechtweisen würde. Aber sie lächelte nur und zuckte die Achseln.

»Auf mein Wort, Bruder Jean, du zeigst wahre Christenliebe«, bemerkte sie. »Was sagst du nun, Isolda? Jetzt hast du drei Möglichkeiten: die Abgeschiedenheit von Cornworthy, das Leben im Schweinestall von Kylmerth oder den Schutz eines Benediktinermönchs jenseits des Kanals. Ich wüßte, was ich täte.«

Sie blickte sich um wie zuvor bei ihrem Eintritt, ging durch den Raum, berührte die verrußten Wände, zog eine Grimasse, betrachtete ihre Finger und wischte sie mit ihrem Taschentuch ab. Schließlich blieb sie neben der Leiter stehen, die in die Dachkammer hinaufführte, und setzte den Fuß auf die erste Sprosse.

»Ein Strohsack, und obendrein ein verlauster, für vier?« fragte sie. »Ob du nun nach Devon oder nach Frankreich fährst, Isolda, ich wäre dir dankbar, wenn du dein Kleid zuerst mit Essig bespritzt.«

In meinen Ohren begann es zu summen und zu donnern. Die Gestalten verblaßten bis auf Joanna, die neben der Leiter stand. Sie sah mich mit weitaufgerissenen Augen an, und plötzlich war mir alles gleich. Ich wollte nur meine Hände um ihren Hals legen und sie erwürgen, bevor sie sich wie die anderen in nichts auflöste. Ich ging auf sie zu, sie verschwand immer noch nicht, sondern fing an zu schreien, und ich schüttelte sie hin und her, die Hände an ihrem plumpen weißen Nacken.

»Verfluchtes Weib!« schrie ich. »Verflucht! Verflucht!« Um mich her, über mir ertönten laute Schreie. Ich lockerte meinen Griff und blickte auf; die Jungen hockten auf dem Absatz der Treppe; Vita war neben mir gegen das Geländer gefallen, starrte mich bleich und entsetzt an und bedeckte mit den Händen ihren Hals.

»O mein Gott«, rief ich. »Vita, Liebling ... O mein Gott!«

Ich stürzte, von einem furchtbaren, übermächtigen Schwindel erfaßt, vornüber gegen das Treppengeländer und erbrach mich, und Vita schleppte sich hinauf in Sicherheit, stellte sich hinter die Jungen, und alle drei fingen von neuem an zu schreien.

XXIII

Ich lag hilflos auf der Treppe und klammerte mich an das Geländer. Wände und Decke drehten sich um mich. Wenn ich die Augen schloß, wurde der Schwindel noch stärker, und grelle Lichtstreifen zerrissen die Dunkelheit. Das Geschrei brach ab, und ich hörte die Jungen weinen, immer leiser, immer ferner; sie liefen in die Küche und schlugen beide Türen hinter sich zu.

Halb blind durch Schwindel und Übelkeit begann ich Stufe um Stufe hinaufzukriechen; oben angekommen, richtete ich mich taumelnd auf und tastete mich durch die Küche in den Flur. Das Licht brannte, und die Türen standen offen. Anscheinend hatten Vita und die Jungen sich ins Schlafzimmer geflüchtet und sich eingeschlossen. Ich stolperte in den Flur und streckte die Hand nach dem Telefon aus. Fußboden und Decke verschmolzen miteinander. Ich setzte mich hin und hielt den Hörer in der Hand, bis der Boden nicht mehr schwankte und das Gewirr schwarzer Punkte im Telefonbuch sich zu Worten ordnete. Endlich fand ich Dr. Powells Nummer und wählte sie; als er sich meldete, ließ die innere Spannung nach, und ich fühlte, wie mir der Schweiß über das Gesicht strömte.

»Hier ist Richard Young aus Kilmarth«, sagte ich. »Sie erinnern sich vielleicht noch an den Freund von Professor Lane.«

»O ... ja«, seine Stimme klang überrascht. Schließlich war ich nicht sein Patient, sondern nur einer unter Hunderten von Sommergästen.

»Etwas Furchtbares ist geschehen«, sagte ich. »Ich habe anscheinend in einer Art geistiger Umnachtung versucht, meine Frau zu erwürgen. Vielleicht habe ich sie verletzt, ich weiß es nicht.«

Meine Stimme war ruhig und verriet keine Bewegung, obgleich mein Herz wie rasend pochte und ich mir des Vorgangs deutlich bewußt wurde. Jetzt war keine Verwirrung, kein Verschmelzen der beiden Welten mehr möglich.

»Ist sie ohnmächtig?« fragte er.

»Ich glaube nicht. Sie hat sich vermutlich mit den Kindern im Schlafzimmer eingeschlossen. Ich spreche im Flur unten im Haus.«

Er schwieg, und einen Augenblick schwebte ich in der gräßlichen Angst, er werde sagen, das gehe ihn nichts an, und ich solle lieber die Polizei verständigen. Dann sagte er: »Gut, ich komme gleich rüber« und legte auf.

Ich wischte mir den Schweiß vom Gesicht. Das Schwindelgefühl hatte nachgelassen, ich konnte wieder gerade stehen. Ich ging langsam hinauf und durch das Ankleidezimmer an die Badezimmertür. Sie war abgeschlossen.

»Liebling, mach dir keine Sorgen«, rief ich, »es geht alles in Ordnung. Ich habe eben den Arzt angerufen. Er kommt gleich her. Bleib mit den Jungen dort, bis du seinen Wagen hörst.« Sie antwortete nicht, so daß ich jetzt lauter rief: »Vita,

Teddy, Micky, habt keine Angst. Der Arzt kommt. Ihr braucht keine Angst mehr zu haben.«

Ich ging wieder hinunter, öffnete die Haustür und wartete auf der Eingangstreppe. Es war eine schöne Nacht. Die Sterne glänzten am Himmel. Nirgends war ein Laut zu hören. Auf dem Campingplatz hinter der Straße nach Polkerris schlief man offenbar schon. Ich sah auf meine Uhr. Es war zwanzig vor elf. Endlich hörte ich das Geräusch eines Wagens, der von Fowey herkam, und fing erneut an zu schwitzen, nicht aus Furcht, sondern vor Erleichterung. Das Auto hielt in der Auffahrt vor dem Haus. Ich ging dem Arzt durch den Garten entgegen.

»Gott sei Dank sind Sie gekommen«, sagte ich.

Wir traten gemeinsam ins Haus, und ich zeigte ihm den Weg. »Die erste Tür oben rechts, das ist mein Ankleidezimmer, aber sie haben das Badezimmer auch abgeschlossen. Sagen Sie, wer Sie sind, ich warte hier unten.«

Er lief hinauf, wobei er zwei Stufen auf einmal nahm, und ich dachte schon, die Stille da oben bedeute vielleicht, daß Vita im Sterben lag und die Jungen neben ihr hockten, zu verängstigt, um sich zu rühren. Ich setzte mich ins Musikzimmer. Was würde geschehen, wenn er mir sagte, Vita sei tot? All dies geschah in Wirklichkeit, all dies war wahr.

Er blieb lang oben. Ich hörte, wie Möbel geschoben wurden, sie zogen wohl die Couch durch das Badezimmer ins Schlafzimmer. Ich hörte den Arzt und dann Teddy sprechen und fragte mich, was sie da wohl taten.

Kurz nachdem die Uhr im Flur elf geschlagen hatte, kam Dr. Powell wieder herunter. »Alles unter Kontrolle«, sagte er. »Keine Panikstimmung. Ihre Frau ist wohlauf, und Ihre Stiefsöhne auch. Aber wie geht's Ihnen?«

Ich versuchte aufzustehen, aber er schob mich in den Stuhl zurück.

»Habe ich sie verletzt?« fragte ich.

»Leichte Druckstellen am Hals, sonst nichts«, sagte er. »Morgen ist es vielleicht ein bißchen blau, aber wenn sie einen Schal trägt, sieht man es nicht.«

»Hat sie Ihnen gesagt, was vorgefallen ist?«

Er nahm sich eine Zigarette aus seiner Packung und zündete sie an. »Nun«, begann er, »soweit ich es verstehe, wollten Sie aus irgendwelchen Gründen kein Abendessen, und Ihre Frau verbrachte den Abend mit den Jungen hier, während Sie in der Bibliothek saßen. Als sie ins Bett gehen wollte, entdeckte sie, daß Sie in die Küche gegangen waren und Licht gemacht hatten. Auf dem Herd stand eine Pfanne mit völlig verbranntem Speck, der Herd war eingeschaltet, aber es war niemand da. Sie ging also ins Kellergeschoß. Es scheint, als hätten Sie dort in der alten Küche gewartet, bis sie herunterkam, und sobald Sie sie sahen, gingen Sie auf sie los und beschimpften sie, und dann legten Sie ihr die Hände um die Kehle und würgten sie.«

»Ja, so war's«, sagte ich.

Er musterte mich eindringlich. Vielleicht hatte er erwartet, daß ich es leugnen würde. »Sie ist fest davon überzeugt, daß Sie sternhagelvoll waren und nicht wußten, was Sie taten«, erklärte er, »aber es war ein scheußliches Erlebnis für alle, und sie und die Jungen hatten wahnsinnige Angst. Und das um so mehr, als Sie vermutlich nicht der Typ des Alkoholikers sind.«

»Nein, durchaus nicht. Und ich war auch nicht betrunken.«

Er antwortete eine Weile nicht. Dann stellte er sich vor mich hin, zog eine Lampe aus seiner Tasche, untersuchte meine Augen und fühlte meinen Puls.

»Was haben Sie eingenommen?« fragte er brüsk.

»Wieso?«

»Ich frage, unter der Wirkung welcher Droge Sie stehen. Sagen Sie es mir sofort, damit ich weiß, wie ich Sie behandeln soll.«

»Das ist es ja gerade«, sagte ich. »Ich weiß es selbst nicht.«

»Hatte Professor Lane es Ihnen gegeben?«

»Ja.«

Er setzte sich auf den Arm des Sofas neben mir. »Oral oder durch Einspritzung?«

»Oral.«

»Behandelte er Sie aus einem bestimmten Grund?«

»Er behandelte mich nicht. Es war ein Experiment, das ich freiwillig für ihn durchführte. Ich hatte, bevor ich hierherkam, in meinem ganzen Leben noch nie Drogen genommen.«

Sein durchdringender Blick ruhte unverwandt auf mir, und ich wußte, daß mir nichts übrigblieb, als ihm alles zu sagen.

»Stand Professor Lane unter dem Einfluß derselben Droge, als er in den Güterzug lief?« fragte er.

»Ja.«

Er erhob sich, ging im Zimmer auf und ab und spielte mit verschiedenen Gegenständen, die er vom Tisch aufhob und wieder hinstellte, wie Magnus es zu tun pflegte, bevor er eine Entscheidung fällte.

»Ich sollte Sie zur Beobachtung in ein Krankenhaus bringen«, sagte er schließlich.

»Nein, um Gottes willen . . .« Ich stand auf. »Ich habe das Zeug oben in einer Flasche. Es ist alles, was übrigblieb. Eine einzige Flasche. Er hat mich gebeten, alles zu vernichten, was ich in seinem Labor fand, und das habe ich auch getan – ich habe alles im Wald hinterm Garten vergraben. Nur die eine Flasche behielt ich, und heute habe ich etwas davon eingenommen. Es muß etwas anderes gewesen sein als sonst – stärker oder so, ich weiß es nicht. Nehmen Sie es mit, lassen Sie es analysieren – was Sie wollen. Gewiß sind Sie sich darüber im klaren, daß ich das Zeug nach allem, was geschehen ist, nie wieder anrühren könnte. Ich hätte doch beinahe meine Frau umgebracht!«

»Ich weiß«, sagte er. »Darum gehören Sie eigentlich auch ins Krankenhaus.«

Er wußte nichts, er verstand mich nicht. Wie konnte er auch verstehen?

»Hören Sie«, sagte ich, »ich habe meine Frau gar nicht auf der Treppe stehen sehen. Ich wollte nicht sie erwürgen, sondern eine andere.«

»Was für eine Frau?« fragte er.

»Eine Frau mit Namen Joanna«, antwortete ich. »Sie lebte vor sechshundert Jahren. Sie war hier unten in der alten Küche des Bauernhauses, und die anderen waren bei ihr. Isolda Carminowe, der Mönch Jean de Meral und Roger Kylmerth, der Mann, dem der Hof damals gehörte und der früher Joannas Verwalter gewesen war.«

Er legte seine Hand auf meinen Arm. »Weiter«, sagte er,

»nur zu. Ich verstehe. Sie nahmen die Droge, gingen hinunter und sahen im Kellergeschoß diese Leute.«

»Ja, aber nicht nur dort. Ich habe sie auch in Tywardreath gesehen, im alten Gutshaus unterhalb des Steinbruchs und in der Priorei. Darin besteht nämlich die Wirkung der Droge. Sie versetzt einen zurück in die Vergangenheit, in eine frühere Welt.«

Ich bemerkte, wie meine Stimme vor Erregung lauter wurde. »Glauben Sie mir nicht?« drängte ich. »Wie könnten Sie mir auch glauben! Aber ich schwöre Ihnen, daß ich sie gesehen habe, daß ich sie sprechen hörte und ihnen zusah. Ich habe miterlebt, wie Isoldas Geliebter, Otto Bodrugan, in der Bucht von Treesmill ermordet wurde.«

»Ich glaube Ihnen ja«, sagte er. »Wie wär's, wenn wir beide hinaufgingen und Sie mir den Rest der Droge gäben?«

Ich führte ihn ins Ankleidezimmer und holte die Flasche aus dem Koffer. Er musterte sie nicht weiter, sondern steckte sie gleich in seine Mappe.

»Und jetzt sage ich Ihnen, was ich vorhabe«, erklärte er. »Ich verabreiche Ihnen ein tüchtiges Beruhigungsmittel, das Sie bis morgen früh außer Gefecht setzt. Haben Sie noch einen anderen Raum im Hause, in dem Sie schlafen könnten?«

»Ja, das Gästezimmer gleich neben der Treppe.«

»Gut. Holen Sie sich einen Schlafanzug, und dann gehen wir zusammen hin.«

Im Gästezimmer zog ich mich aus und legte mich ins Bett; ich fühlte mich auf einmal zahm und demütig wie ein Kind ohne Verantwortung.

»Ich tue alles, was Sie wollen«, sagte ich. »Lassen Sie mich gleich hinüberdämmern, wenn Sie wollen, so daß ich nie wieder aufwache.«

»Das werde ich nicht tun«, erwiderte er und lächelte zum erstenmal. »Wenn Sie morgen die Augen öffnen, bin ich wahrscheinlich das erste, was Sie sehen.«

»Dann schicken Sie mich also nicht ins Krankenhaus?«

»Wahrscheinlich nicht. Wir können morgen früh noch darüber sprechen.«

Er zog eine Spritze aus der Tasche. »Es ist mir gleich, was Sie meiner Frau sagen«, bemerkte ich, »solange Sie ihr nicht von der Droge erzählen. Lassen Sie sie im Glauben, daß ich total betrunken war. Was immer geschieht, sie darf auf keinen Fall von der Droge erfahren. Sie mochte Magnus – Professor Lane – ohnehin nicht, und wenn sie davon erführe, würde sie ihn in der Erinnerung noch mehr hassen.«

»Das ganz gewiß«, antwortete er, während er meinen Arm mit Alkohol einrieb, bevor er die Nadel hineinsteckte, »und man könnte es ihr wohl kaum übelnehmen.«

»Die Sache ist die: Sie war eifersüchtig«, fuhr ich fort. »Wir kannten uns schon viele Jahre, er und ich; wir hatten beide in Cambridge studiert. Ich kam damals oft zu Besuch und wohnte hier, und Magnus übernahm stets die Führerrolle. Wir waren immer zusammen; uns interessierten und amüsierten die gleichen Dinge, Magnus und ich ... Magnus und ich ...«

Abgrundtiefe oder langer, süßer Todesschlaf – mir war alles einerlei. Fünf Stunden, fünf Monate, fünf Jahre ... in der Tat erfuhr ich später, daß es fünf Tage dauerte. Immer, wenn ich die Augen öffnete, war gerade der Arzt da und gab mir noch eine Spritze, oder er saß am Bettende, baumelte mit den Beinen und hörte mir zu. Manchmal sah Vita mit unsicherem Lächeln durch die Tür herein und verschwand wieder. Mrs. Collins und sie machten mein Bett, wuschen und fütterten mich – obwohl ich mich durchaus nicht erinnern kann, daß ich überhaupt etwas aß. Die Erinnerung an diese Tage ist ausgelöscht. Ich wußte nicht, ob ich fluchte, Unzusammenhängendes redete, das Bettzeug zerriß oder nur schlief. Man sagte mir jedoch hinterher, daß ich abwechselnd schlief und redete. Nicht mit Vita oder Mrs. Collins, sondern mit dem Arzt. Ich habe keine Ahnung, wie viele Sitzungen es zwischen den einzelnen Spritzen wurden, und weiß auch nicht, was ich sagte, aber ich spuckte, wie man so sagt, die ganze Geschichte vom Anfang bis zum Ende aus, mit dem Ergebnis, daß ich mich um die Mitte der folgenden Woche, als ich wieder mehr oder weniger bei Verstand war und aufrecht in einem Stuhl saß, nicht nur körperlich und geistig ausgeruht, sondern auch völlig entleert fühlte.

Das sagte ich dem Arzt bei einem Kaffee, den Vita hereingebracht hatte; er lachte und meinte, eine gründliche Entleerung könne nie schaden, und es sei erstaunlich, wieviel Zeug die Leute in ihrem Unterbewußtsein vergrüben, obwohl es viel besser wäre, wenn es ans Licht käme.

»Und Sie wissen ja, daß Ihnen die Seelenreinigung auf Grund Ihrer katholischen Erziehung leichter wird als anderen«, fügte er hinzu.

Ich starrte ihn an. »Woher wissen Sie, daß ich katholisch bin?« fragte ich.

»Das kam alles im gleichen Atemzug heraus.«

Ich war merkwürdig erschrocken. Zwar hatte ich mir gedacht, daß ich ihm alles über das Experiment mit der Droge erzählt und ihm das Geschehen in der anderen Welt eingehend geschildert hatte. Aber daß ich als Katholik geboren und erzogen worden war, hatte doch nichts damit zu tun.

»Ich bin ein sehr schlechter Katholik«, sagte ich. »Ich sehnte mich ungeduldig von Stonyhurst fort und bin seit Jahren nicht mehr zur Messe gegangen; was die Beichte anbelangt . . .«

»Ich weiß«, sagte er, »alles verdrängt; ebenso wie Ihre Abneigung gegen Mönche, Stiefväter, Witwen, die wieder heiraten, und andere Kleinigkeiten dieser Art.«

Ich goß ihm und mir eine Tasse Kaffee ein, schüttete viel zuviel Zucker in meine Tasse und rührte heftig erregt herum.

»Glauben Sie mir«, wandte ich ein, »jetzt reden Sie Unsinn. Ich denke im gewöhnlichen Alltag überhaupt nicht an Mönche, Witwen oder Stiefväter – außer an mich selbst. Die Tatsache, daß diese Leute im vierzehnten Jahrhundert lebten und ich sie sehen konnte, war einzig auf die Droge zurückzuführen.«

»Ja«, sagte er, »einzig auf die Droge.« Er stand plötzlich auf und schritt im Zimmer auf und ab. »Ich habe mit dieser Flasche, die Sie mir gegeben hatten, genau das getan, was Sie gleich nach dem Ermittlungsverfahren hätten tun sollen. Ich schickte sie Lanes Assistenten, John Willis, mit der kurzen Nachricht, daß das Zeug Ihnen schlecht bekommen sei, und bat ihn, mir so bald wie möglich das Ergebnis der Untersuchung mitzuteilen. Er war so freundlich, mich anzurufen, nachdem er meinen Brief erhalten hatte.«

»Nun?« fragte ich.

»Tja, Sie haben großes Glück, daß Sie noch am Leben sind, und nicht nur das, sondern daß Sie hier im Haus sein können und nicht in einer Irrenanstalt gelandet sind. Die Flüssigkeit enthielt vermutlich das stärkste halluzinogene Mittel, das je erfunden wurde, und darüber hinaus andere Substanzen, über die man noch nichts Genaueres weiß. Professor Lane arbeitete offenbar allein daran; er hat Willis nie ganz ins Vertrauen gezogen.«

Gewiß hatte ich Glück, noch am Leben zu sein und nicht in der Irrenanstalt zu sitzen. Aber das alles hatte ich mir ja schon zu Beginn der Experimente gesagt.

»Wollen Sie damit sagen, daß alles, was ich gesehen habe, nur eine Halluzination war, die aus den schlammigen Tiefen meines Unbewußten aufstieg?«

»Nein, das nicht«, erwiderte er. »Ich glaube, daß Professor Lane einer Entdeckung auf der Spur war, die für die Hirnfunktion außerordentlich wichtig sein konnte, und er bestimmte Sie zum Versuchskaninchen, da er wußte, daß Sie alles tun würden, was er Ihnen sagte, und außerdem ein hochgradig beeinflußbarer Mensch sind.« Er trat an den Tisch und trank seinen Kaffee aus. »Übrigens bleibt alles, was Sie mir erzählt haben, so geheim wie im Beichtstuhl. Ich hatte anfangs einen Kampf mit Ihrer Frau auszufechten. Sie wollte Sie im Krankenwagen zu irgendeiner Kapazität in die Harley Street schicken, aber die hätte Sie auf dem schnellsten Wege für sechs Monate in eine psychiatrische Anstalt gesteckt. Ich glaube, sie vertraut mir jetzt.«

»Was haben Sie ihr gesagt?« fragte ich.

»Daß Sie am Rand eines Nervenzusammenbruchs waren und unter allzu starker Anspannung und verspäteter Schockwirkung infolge des plötzlichen Todes von Professor Lane standen. Sie müssen zugeben, daß das völlig wahr ist.«

Ich stand vorsichtig auf und ging ans Fenster. »Sie können sagen, was Sie wollen«, begann ich langsam. »Beeinflußbarkeit, Nervenzusammenbruch, katholisches Gewissen – all das mag sein, aber die Tatsache, daß ich in jener anderen Welt war, daß ich sie sah und erlebte, bleibt bestehen. Es ging hart und grausam und sehr oft blutig darin zu, und die Leute waren ebenso hart und grausam, außer Isolda und am Schluß auch Roger, aber mein Gott, diese Welt übte eine Faszination auf mich aus, die meiner heutigen Zeit fehlt.«

Er trat neben mich ans Fenster, bot mir eine Zigarette an, und wir rauchten eine Weile schweigend.

»Die andere Welt«, sagte er schließlich, »ich glaube, wir alle tragen die andere Welt in uns, jeder auf seine Art. Sie, Professor Lane, Ihre Frau, ich selbst, und wir würden sie alle anders sehen, wenn wir das Experiment machten — was Gott verhüte!« Er lächelte und schnippte seine Zigarette aus dem Fenster. »Ich habe das Gefühl, meine Frau wäre auf eine Isolda nicht gut zu sprechen, wenn ich anfinge, sie im Treesmill-Tal zu suchen. Was nicht heißen soll, daß ich das im Laufe der Jahre nicht getan habe, aber ich bin zu realistisch, um für die vage Möglichkeit, ihr zu begegnen, sechshundert Jahre zurückzugehen.«

»Meine Isolda lebte aber wirklich«, behauptete ich hartnäckig. »Ich habe tatsächlich vorhandene Stammbäume und historische Dokumente gesehen, die ihre Existenz beweisen. Unten in der Bibliothek habe ich Papiere, die nicht lügen.«

»Natürlich hat sie gelebt«, gab er zu, »und mehr noch, sie hatte zwei kleine Töchter mit Namen Joanna und Margaret. Sie haben mir von ihnen erzählt. Kleine Mädchen sind oft faszinierender als kleine Jungen, und Sie haben zwei Stiefsöhne.«

»Und was in aller Welt soll das bedeuten?«

»Nichts«, entgegnete er, »es ist nur eine Feststellung. Jene Welt, die wir in uns tragen, bietet uns oft Lösungen an. Auswege. Eine Flucht vor der Realität. Sie wollten weder in London noch in New York leben. Das vierzehnte Jahrhundert war ein aufregendes, wenn auch ein wenig gruseliges Abwehrmittel gegen beide. Die Schwierigkeit besteht darin, daß Tagträume ebenso wie halluzinogene Drogen süchtig machen; je öfter wir der Versuchung erliegen, desto tiefer tauchen wir unter, und dann enden wir, wie ich bereits sagte, in der Irrenanstalt.«

»Was soll ich denn tun?« fragte ich. »Nun los, sagen Sie es schon.«

Er drehte sich um und sah mir offen in die Augen.

»Ehrlich gesagt, mir ist es gleich, was Sie tun«, sagte er. »Es ist nicht meine Sache. Als Ihr medizinischer Ratgeber und Beichtvater seit kaum einer Woche würde ich mich freuen, Sie noch ein paar Jahre hier zu sehen. Und wenn Sie Grippe haben, werde ich Ihnen mit Vergnügen die gewohnten Antibiotika verschreiben. Aber für die nahe Zukunft schlage ich vor, daß Sie dieses Hauses so bald wie möglich verlassen, bevor Sie wieder der Drang überfällt, das Kellergeschoß aufzusuchen.«

Ich seufzte. »Das habe ich mir gedacht«, sagte ich. »Sie haben mit meiner Frau gesprochen.«

»Natürlich habe ich mit Ihrer Frau gesprochen, und abgesehen von ein paar weiblichen Eigenheiten ist sie eine sehr vernünftige Frau. Wenn ich sage, ziehen Sie fort, so meine ich nicht für immer. Aber zumindest in den nächsten Wochen sollten Sie sich lieber fernhalten. Sie müssen die zwingende Notwendigkeit selbst einsehen.«

Ich sah sie ein, kämpfte aber wie ein in die Enge getriebenes Tier und wollte Zeit gewinnen.

»Na schön«, sagte ich, »und wohin sollen wir ziehen? Was raten Sie uns? Wir haben doch die beiden Jungen.«

»Nun, die stören Sie doch nicht?«

»Nein . . . nein, ich habe sie sehr gern.«

»Es ist gleich, wohin, solange Sie Roger Kylmerths Anziehungskraft entkommen.«

»Mein zweites Ich?« fragte ich. »Er ist mir überhaupt nicht ähnlich. Wissen Sie das?«

»Das sind zweite Ichs nie«, sagte er. »Meins ist ein langhaariger Poet, der beim Anblick von Blut ohnmächtig wird. Er verfolgt mich, seit ich die medizinische Fakultät verließ.«

Nun mußte ich doch lachen. In seiner Sichtweise wirkte alles so einfach. »Schade, daß Sie Magnus nicht kannten«, bemerkte ich. »Sie erinnern mich in seltsamer Weise an ihn.«

»Ja, ich hätte ihn gern kennengelernt. Aber ich meine es ernst: Sie müssen fort. Ihre Frau meinte, Sie sollten nach Irland fliegen. Ein schönes Land zum Wandern und zum Fischen, und unter den Hügeln liegen goldene Töpfe vergraben . . .«

»Ja«, fiel ich ein, »und zwei ihrer Landsleute reisen dort durch die besten Hotels.«

»Die erwähnte sie auch«, sagte er, »aber ich glaube, sie sind abgefahren – das Wetter war ihnen zu schlecht, darum sind sie ins sonnige Spanien geflogen. Um die brauchen Sie sich also keine Gedanken zu machen. Ich finde, Irland ist eine gute Idee; es ist nur eine dreistündige Fahrt von hier nach Exeter, und von dort können Sie direkt hinfliegen. Mieten Sie drüben einen Wagen, und Sie sind frei.«

Vita und er hatten die ganze Sache abgesprochen. Ich saß in der Falle; es gab keinen Ausweg. Ich mußte gute Miene dazu machen und mich mit meiner Niederlage abfinden.

»Und wenn ich mich weigere? Wieder ins Bett krieche und mir die Decke über die Ohren ziehe?« fragte ich.

»Dann schicke ich nach dem Krankenwagen und verfrachte Sie ins Krankenhaus. Ich dachte, Irland sei Ihnen angenehmer, aber es liegt ganz bei Ihnen.«

Fünf Minuten später war er fort, und ich hörte seinen Wagen die Einfahrt hinunterbrausen. Jetzt erst empfand ich tiefe Niedergeschlagenheit; die Entleerung war gründlich gewesen, aber ich wußte immer noch nicht, wieviel ich ihm erzählt hatte. Zweifellos ein Durcheinander von allem möglichen, was ich von meinem dritten Lebensjahre an erlebt und getan hatte, und er hatte es, wie alle Ärzte, die zur Psychoanalyse tendieren, zusammengesetzt und mich als das übliche Exemplar des Nichtangepaßten mit unterschwelligen homosexuellen Neigungen eingeordnet, der von Geburt an unter einem Mutterkomplex und einem Stiefvaterkomplex litt, mit einer Abneigung gegen den Geschlechtsverkehr mit seiner Frau, einer ehemaligen Witwe, und dem verdrängten Wunsch, mit einer Blondine zu schlafen, die nur in der Einbildung existierte.

Das paßte natürlich sehr gut zusammen. Die Priorei war Stonyhurst, Bruder Jean war der aalglatte Kerl, bei dem ich Geschichtsunterricht gehabt hatte, Joanna waren meine Mutter und die arme Vita in einer Person, und Otto Bodrugan war der schöne, fröhliche Abenteurer, der ich in Wirklichkeit zu sein wünschte. Die Tatsache, daß sie alle nachweislich gelebt hatten, hatte Dr. Powell nicht beeindruckt. Schade, daß er die Droge nicht selbst ausprobiert hatte. Vielleicht hätte er dann anders gedacht.

Nun, jetzt war es vorbei. Ich mußte mich mit seiner Diagnose und seinen Ferienplänen abfinden. Das war aber auch das geringste, was ich tun konnte, nachdem ich Vita beinahe umgebracht hatte.

Seltsam, daß er nichts über Nebenwirkungen oder spätere Reaktionen gesagt hatte. Vielleicht hatte er das mit John Willis besprochen, und dieser hatte zugestimmt. Aber Willis wußte nichts von dem blutunterlaufenen Auge, von den Schweißausbrüchen, der Übelkeit und dem Schwindel. Niemand wußte es, aber Dr. Powell hatte es vielleicht vermutet, besonders nach unserer ersten Begegnung. Jedenfalls fühlte ich mich jetzt völlig normal. Zu normal, um die Wahrheit zu gestehen. Wie ein kleiner Junge, den man verprügelt hat und der versprochen hat, sich zu bessern.

Ich öffnete die Tür und rief Vita. Sie kam sofort herauf, und ich sah beschämt und schuldbewußt, was sie in den vergangenen Wochen durchgemacht haben mußte. Sie war blaß und abgemagert. Ihr sonst untadeliges Haar war hastig hinter die Ohren zurückgekämmt, und in ihren Augen bemerkte ich einen angespannten, unglücklichen Ausdruck, den ich nie vorher an ihr gesehen hatte.

»Er hat mir gesagt, daß du bereit bist, wegzufahren«, sagte sie. »Glaub mir, es war seine Idee, nicht meine. Ich möchte nur das tun, was für dich am besten ist.«

»Ich weiß«, sagte ich, »und er hat völlig recht.«

»Du bist also nicht böse? Ich hatte solche Angst, daß du böse bist.«

Sie setzte sich neben mich auf den Bettrand, und ich legte den Arm um sie.

»Eins mußt du mir versprechen«, bat ich sie, »und zwar alles, was bisher geschehen ist, zu vergessen. Ich weiß, daß das praktisch unmöglich ist, aber ich bitte dich dennoch darum.«

»Du bist krank gewesen. Ich weiß warum, der Arzt hat es mir erklärt. Er hat es auch den Jungen gesagt, und sie verstehen es. Wir machen dir keine Vorwürfe, Liebling. Wir wollen nur, daß du dich erholst und wieder glücklich wirst.«

»Haben sie keine Angst vor mir?«

»Liebe Zeit, nein. Sie denken ganz vernünftig. Sie waren beide so lieb und haben mir geholfen, besonders Teddy. Sie hängen sehr an dir, Liebling. Ich glaube nicht, daß du das wirklich weißt.«

»O doch, ich weiß es«, sagte ich, »das macht ja alles noch schlimmer. Aber lassen wir das. Wann wollen wir fahren?«

Sie zögerte. »Doktor Powell meinte, du würdest Freitag imstande sein zu reisen, und er riet mir, schon die Fahrkarte zu besorgen.«

Freitag . . . Übermorgen.

»Okay«, sagte ich, »wenn er es so will. Dann ist es wohl besser, ich rühre mich ein bißchen und bereite mich vor. Ich suche ein paar Sachen zusammen, die gepackt werden müssen.«

»Solange du es nicht übertreibst. Ich schicke dir Teddy herauf, er kann dir helfen.« Sie übergab mir die im Laufe der Woche eingetroffene Post, und als ich sie durchgesehen und das meiste in den Papierkorb geworfen hatte, erschien Teddy schon in der Tür.

»Mama sagt, du hättest gern Hilfe beim Packen«, sagte er schüchtern.

»Gut, mein Sohn, ja, das wäre nett. Ich habe gehört, daß du letzte Woche der Herr im Haus gewesen bist und alles gut erledigt hast.«

Er errötete vor Freude. »Oh, ich weiß nicht. Ich habe nicht viel getan. Nur ein paarmal das Telefon abgenommen. Gestern rief einer an, der fragte, ob es dir besser ginge, und er ließ grüßen. Ein Mister Willis. Er ließ seine Nummer da, falls du ihn anrufen willst. Und er gab mir noch eine andere Nummer. Ich habe sie beide aufgeschrieben.«

Er zog einen abgegriffenen Notizblock aus der Tasche und riß eine Seite heraus. Ich erkannte die erste Nummer — es war Magnus' Labor. Aber die andere war mir ein Rätsel.

»Ist die andere seine Privatnummer, oder hat er nichts dazu gesagt?« fragte ich.

»Doch, er hat etwas gesagt. Es ist ein gewisser Davies, er arbeitet im British Museum. Er dachte, du wolltest dich vielleicht mit Davies in Verbindung setzen, bevor er in Urlaub geht.«

Ich steckte den zerknitterten Zettel ein und ging mit Teddy ins Ankleidezimmer. Die Couch war verschwunden, und ich verstand jetzt, was das schurrende Geräusch neulich bedeutet hatte: Man hatte sie ins Eheschlafzimmer geschoben und neben das Bett gestellt.

»Micky und ich haben hier bei Mama geschlafen«, sagte Teddy. »Sie meinte, sie hätte lieber Gesellschaft.«

Das war eine taktvolle Art zu sagen, daß sie Schutz brauchte. Ich ließ ihn im Ankleidezimmer, wo er Sachen aus dem Schrank holte, hob den Hörer des Telefons neben dem Bett ab und wählte.

Es meldete sich eine sachliche, zurückhaltende Stimme: »Davies.«

»Ich bin Richard Young«, sagte ich, »ein Freund des verstorbenen Professors Lane. Ich glaube, Sie wissen Bescheid.«

»Ja, Mister Young, und ich hoffe, es geht Ihnen besser. Ich hörte von John Willis, daß Sie krank waren.«

»Ja, das stimmt, es ist allerdings nichts Ernstes. Aber ich reise bald ab, und ich hörte, daß Sie auch wegfahren, darum hätte ich gern gewußt, ob Sie etwas für mich getan haben.«

»Leider nichts Besonderes. Wenn Sie mich einen Augenblick entschuldigen, hole ich meine Notizen und lese sie Ihnen vor.«

Ich wartete und hatte dabei das unangenehme Gefühl, daß ich jemanden hinterging und daß Dr. Powell dieses Gespräch nicht gebilligt hätte.

»Sind Sie noch da, Mister Young?«

»Ja, ich höre.«

»Ich hoffe, Sie sind nicht enttäuscht. Es sind nur zwei Auszüge aus dem Kirchenbuch des Bischofs Grandisson aus Exeter, aus den Jahren 1334 und 1335. Der eine bezieht sich auf die Priorei Tywardreath, der andere auf Oliver Carminowe. Der erste ist ein Brief vom Bischof von Exeter an den Abt des Mutterklosters in Angers und lautet wie folgt:

›John etc …, Bischof von Exeter, sendet Grüße in echter Christenliebe. Da wir jedes kranke Schaf aus unserer Herde ausstoßen, das Unordnung verbreiten und auch die gesunden Schafe anstecken könnte, müssen wir mit Bruder Jean, genannt Meral, ebenso verfahren. Er lebt zur Zeit in unserer Diözese unter der Ordensregel eines Priors vom Orden des heiligen Benedikt. Trotz wiederholter freundlicher Ermahnungen hat er in empörender Weise Scham und Anstand verletzt, und ich schäme mich, sagen zu müssen, daß er sich (ganz abgesehen von anderen offenkundigen Vergehen) in seiner Bosheit nur verhärtet hat. Darum haben wir in aller Verehrung für Euren Orden und Euch selbst verfügt, daß er zu Euch zurückgeschickt und für sein böses Verhalten der Strafe Eures Klosters unterworfen werde. Möge Gott Euch noch lange Zeit und bei guter Gesundheit in der Aufsicht über diese Herde erhalten.‹«

Er räusperte sich. »Das Original ist in lateinischer Sprache geschrieben. Dies ist meine Übersetzung. Als ich es abschrieb, dachte ich unwillkürlich, wie sehr die Ausdrucksweise Professor Lane gefallen hätte.«

»Ja, das hätte sie ganz gewiß«, sagte ich.

Er räusperte sich wieder. »Das zweite Dokument ist ganz kurz und interessiert Sie vielleicht nicht. Es heißt da nur, daß Bischof Grandisson am 21. April 1335 Sir Oliver Carminowe und seine Frau Sybell empfing; das Paar war in aller Heimlichkeit, ohne Aufgebot und besondere Erlaubnis getraut worden. Beide bekräftigten, daß sie aus Unwissenheit gefehlt hatten, und der Bischof milderte daraufhin die ihnen auferlegten Strafen und bestätigte die Ehe, die offenbar etwas früher in Sir Olivers Hauskapelle von Carminowe geschlossen worden war. Gegen den Priester, der sie getraut hatte, war ein Verfahren eingeleitet worden. Das ist alles.«

»Steht da auch, was aus seiner früheren Frau Isolda wurde?«

»Nein; ich nehme an, sie war kurz vorher gestorben, und Sir Olivers nächste Heirat mußte geheim bleiben, da sie schon kurz nach ihrem Tode stattfand. Vielleicht war Sybell schwanger, darum schien eine private Feier notwendig, um das Gesicht zu wahren. Es tut mir leid, Mister Young, aber etwas anderes habe ich nicht finden können.«

»Macht nichts«, sagte ich. »Was Sie mir mitteilten, ist sehr wertvoll. Ich wünsche Ihnen schöne Ferien.«

»Danke, Ihnen auch.«

Ich legte auf. Teddy rief mich aus dem Ankleidezimmer.

»Dick?«

»Ja?«

Er kam mit Magnus' Spazierstock aus dem Badezimmer.

»Nimmst du den mit?« fragte er. »Er ist zu lang und paßt nicht in deinen Koffer.«

Ich hatte den Stock seit fast einer Woche, als ich die Flüssigkeit aus Flasche C hineingoß, nicht mehr gesehen und inzwischen ganz vergessen.

»Wenn du ihn nicht haben willst, stelle ich ihn wieder in den Schrank, wo ich ihn gefunden habe«, sagte Teddy.

»Nein, gib nur her, ich brauche ihn.«

Er tat, als ziele er auf mich, balancierte den Stock lächelnd wie einen Speer und warf ihn mir zu. Ich fing ihn auf und hielt ihn fest.

XXIV

Wir saßen in der Flughalle von Exeter und warteten, daß unser Flug aufgerufen wurde. Die Maschine sollte um halb eins starten. Den Buick hatten wir hinter dem Flugplatz abgestellt, wo er bis zu unserer Rückkehr bleiben sollte. Ich kaufte Sandwiches für uns alle, und während wir sie aßen, musterte ich die Reisegefährten. An diesem Nachmittag gingen Flüge zu den Kanalinseln und nach Dublin, und die Halle am Rollfeld war ziemlich belebt. Ich sah eine Schar Priester, die von irgendeiner Synode kamen, Schulkinder, Familien und die üblichen Touristen. Außerdem ein äußerst komisches Sextett, das sich, nach seiner Unterhaltung zu urteilen, auf dem Wege zu einer lustigen Hochzeit befand.

»Ich hoffe, wir sitzen nicht neben denen«, bemerkte Vita.

Die Jungen krümmten sich bereits vor Lachen, denn einer von der Gruppe hatte sich eine falsche Nase und einen falschen Schnurrbart angeklebt, die er ständig in sein Bierglas tunkte, so daß sie mit Schaum bedeckt daraus auftauchten.

»Wir müssen sofort aufspringen, wenn der Flug ausgerufen wird, damit wir ganz nach vorne durchgehen können«, erklärte ich.

»Wenn der Mann mit der falschen Nase sich neben mich setzt, schreie ich«, sagte Vita.

Diese Bemerkung brachte die Jungen erneut zum Lachen, und jetzt ärgerte ich mich fast, daß ich großzügige Portionen Apfelwein für die Jungen und Kognak mit Soda – unser Feriengetränk – für Vita und mich bestellt hatte, denn das war der eigentliche Grund dafür, daß die Jungen kicherten und Vita schielte, als sie in ihre Puderdose blickte. Ich beobachtete das Flugzeug auf der Startbahn, bis ich sah, daß man mit dem Laden fertig war. Die Gepäckwagen wurden zurückgezogen, und eine Stewardeß kam über das Rollfeld auf unsere Tür zu.

»Verdammt!« sagte ich. »Ich wußte, daß es nicht richtig war, so viel Kaffee und Kognak hinunterzukippen. Tut mir leid, Liebling, ich muß schleunigst auf die Toilette. Wenn sie den Flug ausrufen, geht nur vor und sucht vorn Plätze, wie ich gesagt habe. Wenn ich im Gedränge steckenbleibe, setze ich mich weiter hinten hin und komme nach dem Start zu euch. Solange ihr drei zusammenbleibt, ist alles in Ordnung. Hier – nehmt eure Bordkarten, ich behalte meine für alle Fälle.«

»Dick, ich muß schon sagen!« rief Vita. »Du hättest wirklich früher gehen können! Wie typisch für dich!«

Ich ging durch die Halle, denn ich sah, daß die Stewardeß hereinkam, und wartete in der Herrentoilette. Dann hörte ich, wie die Flugnummer durch den Lautsprecher ausgerufen wurde, und ein paar Minuten später, als ich wieder hinaustrat, ging unsere Gruppe mit der Stewardeß auf das Flugzeug zu, Vita und die Jungen vorneweg. Sie verschwanden im Flugzeug, gefolgt von den Schulkindern und dem Priester. Jetzt oder nie. Ich lief aus dem Haupteingang der Flughalle zum Parkplatz. Einen Augenblick später hatte ich den Motor des Buick gestartet, verließ den Flugplatz, hielt kurz darauf am Straßenrand und horchte. Ich hörte das Motorengeräusch, bevor das Flugzeug zum Start anrollte. Also waren alle Passagiere an Bord. Wenn der Motor aussetzte, war mein Plan gescheitert, und die Stewardeß hatte entdeckt, daß ich fehlte. Es war genau fünf nach halb eins. Jetzt hörte ich, wie die Motoren schneller liefen, und in wenigen Minuten sah ich mit klopfendem Herzen den Silberstreifen des Flugzeugs und konnte kaum glauben, daß es über die Startbahn raste und abhob, Höhe gewann und zwischen den Wolken meinem Blick entschwand. Ich saß am Steuerrad des Buick – allein.

Um halb zwei mußten sie in Dublin landen. Ich wußte genau, was Vita tun würde. Sie würde vom Flughafen Dr. Powell anrufen und feststellen, daß er nicht da war; denn es war sein freier Nachmittag. Er hatte es mir gesagt, als ich ihn nach dem Frühstück anrief, um mich zu verabschieden. Er hatte hinzugesetzt, bei schönem Wetter werde er mit seiner Familie an die Nordküste zum Wellenreiten fahren, er werde an uns denken und ich sollte ihm eine Postkarte aus Irland schicken, auf der stand: »Ich wünschte, Sie wären hier.«

Als ich in die Hauptstraße einbog und auf hundert Stundenkilometer ging, fing ich an zu singen. Genauso mußte einem Verbrecher zu Mute sein, nachdem er eben eine Bank ausgeraubt hatte und in einem gestohlenen Lastwagen mit dem Geld entkommen war. Schade, daß ich nicht den ganzen Tag vor mir hatte, um in aller Ruhe die Gegend zu erforschen oder vielleicht nach Bere hinaufzufahren und mir Sir William Ferrers und seine Frau Mathilda anzusehen. Ich hatte den Ort auf der Karte gefunden – er lag gleich hinter dem Tamar in Devon – und hätte gern gewußt, ob das Haus noch stand. Wahrscheinlich nicht – oder es war heute ein Bauernhaus. Carminowe hatte ich ebenfalls in der *Gemeindegeschichte* entdeckt, und es hieß, das alte Gutshaus, die Kapelle und der alte Friedhof seien in der Regierungszeit Jakobs I. verfallen.

Ich nahm eine Abkürzung, und während ich von Devon nach Cornwall fuhr, sang ich noch lauter, denn selbst wenn Vita jetzt in Dublin landete, war ich vor jeder Verfolgung sicher. Sie konnte mich nicht erreichen.

Dies war mein letzter Trip; zum letztenmal durfte ich mir diese Freude gönnen, und was immer im Laufe der Ereignisse aus mir werden würde: Ich konnte weder ihr noch den Jungen etwas antun, denn sie befanden sich auf irischem Boden und in Sicherheit.

»... In solcher Nacht
Stand Dido, eine Weid' in ihrer Hand,
Am wilden Strand und winkte ihrem Liebsten
Zur Rückkehr nach Karthago.«

Aber Isoldas Liebster war am Strand der Bucht von Treesmill gestorben, und ich glaubte nicht, daß die drohende Aussicht auf Klostermauern, Joannas Spottreden oder das Versprechen des Mönchs, ihr sicheres Geleit zu einer zweifelhaften Zuflucht in Angers zu geben, Isolda am Ende doch noch Roger zugetrieben hatte. Vor sechshundert Jahren war einer Frau, die ihren Mann verlassen hatte, eine traurige Zukunft beschieden, vor allem, wenn der Mann schon sein Auge auf die dritte Braut geworfen hatte. Oliver Carminowe und der Familie Ferrers hätte es nur allzu gut gepaßt, wenn Isolda ganz einfach verschwand, und das war leicht möglich, wenn sie sich Joannas Obhut anvertraute. Aber der Aufenthalt unter Rogers Dach war bestenfalls eine Notlösung und nichts für die Dauer.

Als ich durch das Bodmin-Moor fuhr und froh war, daß jede Meile mich meinem Haus näher brachte, wurde meine Begeisterung auf einmal gedämpft durch den Gedanken, daß dies nicht nur die letzte Reise in die andere Welt sein würde. Außerdem würde ich weder den Zeitpunkt noch die Jahreszeit meines Trips bestimmen können. Vielleicht hatte es getaut, der Frühling war vorbei, der Hochsommer eingekehrt, und Isolda härmte sich irgendwo in Devon hinter Klostermauern und war damit aus Rogers und meinem Leben verschwunden. Ich fragte mich, ob Magnus den Zeitfaktor wohl hätte regulieren können, wenn er noch lebte, so daß die Stunde des Erwachens in der Vergangenheit vom Experimentierenden selbst festgelegt wurde und ich heute meine Gestalten dort wieder antreffen konnte, wo ich sie verlassen hatte. Das war in den wenigen Wochen meiner Versuche nie geschehen. Ich hatte stets einen Sprung in der Zeit festgestellt. Joannas Wagen würde gewiß nicht mehr auf dem Berg hinter Kylmerth warten; Roger, Isolda und Bess würden nicht mehr in der Küche sein. Jener letzte Schluck im Spazierstock gewährleistete wohl den Zugang zu meiner Welt, aber nicht, was ich dort finden würde.

Ich war die letzten Kilometer ganz mechanisch gefahren, und ich erinnerte mich erst jetzt an die Abzweigung, die mich an Tregesteynton vorbei ins Treesmill-Tal brachte. Sehnsucht überfiel mich, während ich am heutigen Bauernhaus Strickstenton vorbeikam; ein schwarzweißer schottischer Schäferhund sprang bellend auf die Straße, und ich dachte an die kleine Margaret, Isoldas jüngste Tochter, die sich Robbies Reitpeitsche wünschte, und an Joanna, die ältere, die sich vor dem Spiegel putzte.

Ich kam ins Tal hinab, und meine Identifizierung mit der Vergangenheit war so stark, daß ich im Augenblick ganz vergessen hatte, daß der Fluß nicht mehr existierte. Ich suchte Rob Rosgofs Hütte an der Furt gegenüber der Mühle; aber natürlich fand ich weder den Fluß noch die Furt, nur die Straße, die nach links abbog, und ein paar Kühe, die auf der sumpfigen Wiese weideten.

Ich wünschte, ich säße in einem Sportwagen, denn der Buick war zu groß und auffällig. Einer plötzlichen Eingebung folgend, parkte ich ihn neben der Brücke unterhalb der Mühle, ging ein Stück den Pfad hinauf und kletterte über das Tor auf das Feld, das zum Steinbruch führte. Es drängte mich, noch einmal dort zu stehen, bevor ich nach Hause zurückkehrte; denn wenn ich Kilmarth erreichte, war die Zukunft ungewiß; das letzte Experiment konnte mich ja in unvorhergesehene Schwierigkeiten bringen. Ich wollte den Anblick des Treesmill-Tales mitnehmen, wie es in der späten Augustsonne dalag; Einbildungskraft und Erinnerung mochten dann das übrige tun und den gewundenen Fluß mit Bucht und Ankerplatz unter dem längst verfallenen Haus wieder erstehen lassen. Auf den Feldern hinter dem Steinbruch hatte die Ernte begonnen, aber hier unterhalb der Hecke stand das Gras noch hoch, und Kühe weideten darin. Ich kletterte über den hohen Erdwall, der die Stätte umgab, und blickte auf die schmale Grasfläche, die einst ein Pfad unter dem Hausfenster gewesen war; dort hatten Isolda und Bodrugan Hand in Hand gesessen.

Jetzt lag ein Mann dort, der eine Zigarette rauchte, den Mantel als Kissen unter den Kopf geschoben. Ich blickte angestrengt und ungläubig hinüber und dachte, Schuldgefühle und schlechtes Gewissen müßten dieses Bild heraufbeschworen haben. Aber ich täuschte mich nicht. Der Mann, der dort lag, war ganz real – es war Dr. Powell.

Ich beobachtete ihn eine Weile, dann schraubte ich entschlossen Magnus' Spazierstock auf und holte den kleinen Becher heraus. Ich nahm meine letzte Dosis und schob den Becher wieder in den Stock zurück. Dann ging ich den Hang hinab auf den Arzt zu.

»Ich dachte, Sie seien zum Wellenreiten an die Nordküste gefahren?« sagte ich.

Er richtete sich sofort auf, und ich hatte zum erstenmal, seit ich ihn kannte, das ungeheuer befriedigende Gefühl, daß ich ihn überraschte und somit im Vorteil war.

Er faßte sich schnell, der erstaunte Blick wich einem verbindlichen Lächeln. »Ich habe es mir anders überlegt«, antwortete er ruhig, »und ließ die Familie ohne mich fahren. Sie haben offensichtlich das gleiche getan.«

»Vita hat mich dazu gezwungen; sie hat auch nicht lange gezögert«, sagte ich.

»Was hat Ihre Frau damit zu tun?«

»Nun, die hat Sie doch von Dublin angerufen, nicht wahr?«

»Nein.«

Jetzt machte ich ein erstauntes Gesicht und starrte ihn an. »Warum warten Sie dann hier auf mich?«

»Ich habe nicht auf Sie gewartet. Ich beschloß, Ihr Gelände zu erforschen, anstatt den Wogen des Atlantik zu trotzen. Mein Vorgefühl hat sich bestätigt. Sie können mir nun alles zeigen.«

Meine Großspurigkeit verging. Er war offenbar auf mein Spiel eingegangen, und es war ihm gelungen.

»Wollen Sie nicht wissen, was auf dem Flugplatz geschah?« fragte ich.

»Nicht unbedingt«, antwortete er. »Das Flugzeug startete, das weiß ich, denn ich rief in Exeter an, um nachzuprüfen. Man konnte mir nicht sagen, ob Sie abgeflogen waren oder nicht, aber ich wußte, wenn Sie nicht an Bord waren, würden Sie nach Kilmarth zurückkommen, und wenn ich auf einen Tee vorbeikam, würde ich Sie im Kellergeschoß antreffen. Inzwischen trieb mich meine brennende Neugierde, eine halbe Stunde hier zu verbringen.«

Seine unerschütterliche Sicherheit reizte mich, aber noch mehr ärgerte ich mich über mich selbst. Wenn ich die andere

Straße genommen hätte, wenn ich nicht meiner Eingebung gefolgt und durch das Treesmill-Tal gekommen wäre, so wäre ich schon in Kilmarth und hätte mindestens eine halbe Stunde für mich, bevor er mich dort gestört hätte.

»Na schön«, sagte ich, »ich weiß, daß ich Vita und den Jungen einen bösen Streich gespielt habe; sie ruft jetzt sicher vom Dubliner Flughafen bei Ihnen an und erhält keine Antwort. Was mich stutzig macht, ist, daß Sie mich abreisen ließen, obwohl Sie wußten, was geschehen würde. Sie haben beinahe ebensoviel Schuld daran wie ich.«

»O gewiß«, antwortete er, »ich bin mitverantwortlich, und wir werden uns beide entschuldigen, wenn wir mit Ihrer Frau telefonieren. Aber ich wollte Ihnen eine Chance geben, anstatt mich nach den üblichen Regeln zu richten.«

»Und was sagen die Regeln?«

»Setzen Sie den Süchtigen hinter Schloß und Riegel, wenn es ihn richtig erwischt hat.«

Ich sah ihn nachdenklich an und stützte mich auf Magnus' Spazierstock. »Sie wissen ganz genau, daß ich Ihnen Flasche C gegeben habe«, sagte ich, »und daß es der letzte Rest war; außerdem haben Sie das Haus sicher gründlich durchsucht, während ich die ganze Woche auf der Nase lag.«

»Das habe ich, und ich habe es heute sogar noch einmal durchgestöbert. Mrs. Collins gegenüber gab ich vor, nach einem vergrabenen Schatz zu suchen, und mir scheint, sie glaubte mir.«

»Und Sie fanden nichts, weil nichts da war.«

»Sie können verdammt froh sein, daß nichts mehr da war. Ich habe Willis' endgültigen Bericht in der Tasche.«

»Was steht darin?«

»Nur, daß die Droge eine toxische Substanz enthielt, die das zentrale Nervensystem angreift und zu totaler Lähmung führen kann. Ich brauche nicht auf weitere Einzelheiten einzugehen.«

»Zeigen Sie mir den Bericht.«

Er schüttelte den Kopf, und plötzlich war er nicht mehr da, Mauern umschlossen mich, ich stand in der Halle des Gutshauses der Champernounes und blickte durch das bleiverglaste Fenster in den Regen hinaus. Panik erfaßte mich, denn es sollte nicht geschehen, zumindest jetzt noch nicht; ich wollte zu Hause in meinen eigenen vier Wänden sein, und Roger sollte wie immer mein Führer und Beschützer sein. Er war nicht da, und die Halle war leer. Sie hatte sich verändert, seit ich sie das letztemal gesehen hatte. Ich sah mehr Möbel, mehr Wandteppiche, und der Vorhang, der die Tür zur Treppe verbarg, war zur Seite gezogen. Oben im Schlafzimmer weinte jemand, und ich hörte das Geräusch schwerer Schritte über mir. Ich blickte wieder hinaus in den Regen und stellte fest, daß Herbst sein mußte, denn die Bäume auf dem Hang gegenüber, wo Oliver Carminowe sich und seine Leute versteckt hatte, als er Otto Bodrugan auflauerte, waren goldbraun wie damals. Aber heute ging kein Wind, der die Blätter herabwehte; sie hingen schlaff im Nieselregen, und über der Flußmündung lagen graue Nebelschleier.

Das Weinen verwandelte sich in gellendes Lachen; ein Becher und ein Ball rollten die Treppe herab in die Halle, wo der Ball unter dem Tisch liegenblieb. Ich hörte eine ängstliche Männerstimme: »Geh vorsichtig, Elisabeth!« Im gleichen Augenblick kam jemand schwerfällig die Stufen herab, hielt inne, die Hände gefaltet, das lange Kleid hinten nachschleifend, eine lächerliche kleine Haube schräg auf dem kastanienbraunen Haar. Ihre Ähnlichkeit mit Joanna Champernoune war zuerst frappierend, dann erschreckend, denn es war ein schwachsinniges Mädchen, ungefähr zwölf Jahre alt, mit großem formlosem Mund und hoch im Kopf sitzenden Augen. Sie nickte lachend, hob Ball und Becher auf, warf sie in die Luft und jauchzte vor Entzücken. Plötzlich war sie des Spiels müde, stieß das Spielzeug zur Seite und begann im Kreise herumzuwirbeln, bis ihr schwindlig wurde und sie hinfiel. Sie blieb regungslos sitzen und starrte auf ihre Schuhe.

Wieder rief die Männerstimme von oben: »Elisabeth ... Elisabeth!« Das Mädchen erhob sich mühsam und ungeschickt, lächelte und blickte zur Decke hinauf. Langsame Schritte kamen die Treppe herunter, und es erschien ein Mann in langem, weitem Gewand, das ihm bis an die Knöchel reichte, und einer Nachtmütze. Einen Augenblick meinte ich, ich sei in der Zeit zurückgereist, und dort stehe Henry Champernoune, schwach und bleich, im letzten Stadium seiner Krankheit, aber es war Henrys Sohn William – neulich noch ein Jüngling, der sich für seine Aufgabe als Familienoberhaupt wappnete, als Roger ihm die Nachricht vom Tode des Vaters überbrachte. Jetzt sah er aus, als sei er fünfunddreißig oder älter, und ich erkannte bestürzt, daß die Zeit mindestens zwölf Jahre übersprungen hatte und alle Monate und Jahre dazwischen in einer Vergangenheit begraben waren, die ich nie kennenlernen würde. Der eisige Winter von 1335 bedeutete William, der damals noch minderjährig und unverheiratet gewesen war, gar nichts. Nun war er Herr des Hauses, obgleich er, wie es schien, mit der Krankheit kämpfte und außerdem im unentrinnbaren Netz eines Familienverhängnisses gefangen war.

»Komm, liebes Kind«, sagte er sanft und breitete die Arme aus. Sie steckte den Finger in den Mund, lutschte daran, zuckte die Achseln, als habe sie sich plötzlich anders entschlossen, hob den Becher und den Ball auf und gab ihm beides.

»Ich spiele mit dir, aber nicht hier unten«, sagte er. »Katie ist krank, und ich darf sie nicht allein lassen.«

»Aber mein Spielzeug gebe ich ihr nicht, das will ich nicht«, sagte Elisabeth, wobei sich ihr Kopf auf und ab bewegte, und sie streckte die Hand aus, um ihm die Sachen zu entreißen.

»Was? Du willst deine Schwester nicht auch damit spielen lassen, obwohl sie es dir gegeben hat? So etwas kann meine Lissie doch nicht sagen. Ich glaube, sie ist durch den Schornstein geflogen, und an ihrer Stelle steht jetzt ein böses Mädchen hier.«

Er schnalzte mißbilligend mit der Zunge; als sie das hörte, fiel ihr breiter Mund herab, ihre Augen füllten sich mit Tränen, sie schlang die Arme bitterlich weinend um ihn und klammerte sich an sein Gewand.

»Na, schon gut, schon gut«, sagte er. »Vater hat es ja nicht so gemeint, er liebt seine Liss, aber sie darf ihn nicht ärgern, er ist noch schwach und krank, und die arme Katie auch. Komm mit hinauf, dann kann sie uns vom Bett aus zusehen. Wenn du den Ball recht hoch wirfst, geht es ihr gleich besser, und vielleicht lächelt sie sogar.«

Er nahm ihre Hand und führte sie auf die Treppe. Jetzt kam

jemand durch die Tür von den Wirtschaftsräumen her. William hörte die Schritte und wandte den Kopf.

»Achte darauf, daß alle Türen fest geschlossen sind, bevor du fortgehst«, mahnte er, »und sag den Knechten, sie sollen niemandem öffnen. Gott weiß, daß ich diesen Befehl sehr ungern gebe, aber ich muß es tun. Die kranken Streuner warten, bis es dunkel geworden ist, und klopfen dann an fremde Türen.«

»Ich weiß. In Tywardreath waren viele solche, darum hat der Tod auch so rasch um sich gegriffen.«

Kein Zweifel, wer da an der Tür stand, war Robbie – größer, breitschultriger als der Junge, den ich gekannt hatte, und sein Kinn war bärtig wie das seines Bruders.

»Und paß unterwegs gut auf«, fuhr William fort. »Die armen wahnsinnigen Wanderer wollen dich vielleicht niederschlagen; sie meinen, weil du reitest, habest du einen Zauberschatz an Gesundheit, der ihnen vorenthalten wurde.«

»Ich reite vorsichtig, Sir William, fürchtet nichts. Ich würde Euch auch nicht über Nacht allein lassen, aber ich muß nach Roger sehen. Fünf Tage war ich nicht mehr zu Haus, und er ist allein.«

»Ich weiß. Gott beschütze euch beide und behüte uns in dieser Nacht.«

Er führte seine Tochter die Treppe hinauf, und ich folgte Robbie in die Wirtschaftsräume. Drei Knechte saßen mutlos am Herd; einer hatte die Augen geschlossen und den Kopf an die Wand gelehnt. Robbie richtete ihm Sir Williams Auftrag aus, und der Knecht wiederholte: »Gott sei mit uns«, ohne dabei die Augen zu öffnen.

Nun schloß Robbie die Tür hinter sich und ging in den Hof. Sein Pony war im Schuppen angebunden. Er sprang auf und ritt langsam den aufgeweichten Weg entlang durch den Nieselregen, vorbei an den kleinen Hütten, die zum Hof gehörten. Alle Türen waren fest verriegelt; nur über zwei Hütten stieg Rauch auf, die anderen schienen verlassen. Wir kamen oben auf dem Hügel an. Robbie bog nicht nach rechts in die Straße zum Dorf ein, sondern hielt vor dem Lehnshof zur Linken, stieg ab, band sein Pony ans Tor und ging zur kleinen Kapelle hinauf. Er öffnete die Tür, trat ein, und ich folgte ihm. Die

Kapelle war klein, kaum mehr als sechs Meter lang und drei Meter breit, mit einem einzigen Fenster hinter dem Altar. Robbie bekreuzigte sich, kniete vor dem Altar nieder und senkte den Kopf im Gebet. Unter dem Fenster stand eine lateinische Inschrift, die ich entzifferte:

»Mathilda Champernoune erbaute diese Kapelle zum Gedenken an ihren Mann William Champernoune, gestorben 1304.« Auf einem Stein vor den Stufen der Kanzel fand ich ihre Initialen und ihr Todesjahr, das ich jedoch nicht lesen konnte. Auf einem ähnlichen Stein weiter links waren die Initialen H. C. eingeritzt. Keine farbigen Glasfenster, keine Bildnisse oder Grabsteine in der Mauer: dies war ein Betraum, eine Gedächtniskapelle.

Als Robbie aufstand und sich umdrehte, bemerkte ich noch einen Stein vor den Stufen der Kanzel. Darauf standen die Buchstaben I. C. und das Todesjahr 1335. Ich folgte Robbie in den Regen hinaus. Es gab nur einen Namen, den diese Buchstaben bezeichnen konnten, und er lautete nicht Champernoune.

Überall um mich her, am Lehnshof und im Dorf, Öde. Keine Menschen auf dem Platz, keine Tiere, keine bellenden Hunde. Die Türen der kleinen Behausungen um den Dorfplatz waren geschlossen wie die des Gutshauses. Eine einzige halbverhungerte Ziege, deren Rippen überall am mageren Körper hervortraten, war neben dem Brunnen angekettet und fraß das dürre Gras. Wir stiegen den Bergpfad oberhalb der Priorei hinauf; als ich von dort in den Hof sah, entdeckte ich kein Zeichen des Lebens. Alles wirkte ausgestorben. Kein Rauch über den Wirtschaftsgebäuden und dem Kapitelhaus; alles schien verlassen. Reife Äpfel hingen an den Bäumen — man hatte vergessen, sie zu pflücken. Als wir den Acker weiter oben erreichten, bemerkte ich, daß der Boden nicht gepflügt und das Korn nicht geerntet war und am Boden verfaulte, als hätte ein nächtlicher Wirbelsturm es niedergeschlagen. Auf dem Weideland lief das Vieh frei herum und kam uns verzweifelt brüllend nach, als hoffte es, daß Robbie es in den Stall treiben werde.

Wir überquerten mühelos die Furt, denn es war Ebbe, und der Sand lag schmutzig-braun im Regen. Über Julian Polpeys

Dach kräuselte sich schwacher Rauch — er wenigstens hatte also das Unheil überlebt —, aber Geoffrey Lampethos Haus im Tal wirkte ebenso verlassen wie die anderen Häuser im Dorf. Dies war nicht die Welt, die ich vorher gekannt hatte, die Welt, die ich liebte, nach der ich mich sehnte und deren Haß und Liebe einen seltsamen Zauber ausübten, weil sie der grauen Eintönigkeit der Gegenwart enthoben schien. Diese Gegend glich in ihrer trostlosen Öde einer Landschaft des zwanzigsten Jahrhunderts nach der Katastrophe; aus ihr sprach totale Hoffnungslosigkeit, eine Vorahnung des Atomtodes.

Robbie ritt bergauf über die Furt durch das dicht verwachsene Gehölz und erreichte so die Mauer um den Hof von Kylmerth. Kein Rauch kam aus dem Schornstein. Er schwang sich von seinem Pony, ließ es allein zum Stall trotten und öffnete die Haustür.

»Roger!« hörte ich ihn rufen, und noch einmal »Roger!« Die Küche war leer, kein Torf schwelte im Herd. Überreste einer Mahlzeit lagen auf dem Tisch, und als Robbie die Leiter zur Schlafkammer hinaufstieg, sah ich, wie eine Ratte über den Boden huschte und verschwand.

Oben war anscheinend niemand, denn Robbie kam die Leiter sogleich wieder herunter und öffnete die Tür, die zum Stall und zugleich auf einen schmalen Gang vor einer Vorratskammer und dem Keller führte. Dünne Lichtstreifen fielen durch die Mauerrisse in den dunklen Raum, und durch sie gelangte auch ein wenig Luft herein. Aber dies genügte nicht, um den dumpfen, süßlichen Geruch der Fäulnis zu vertreiben, den die in Reihen an der Wand liegenden faulen Äpfel ausströmten. In einer Ecke stand ein eiserner, durch langes Stehen verrosteter Kessel, daneben Krüge und Gläser, eine Gabel mit drei Zinken und ein Blasebalg. Ein seltsamer Raum für ein Krankenbett. Offenbar hatte Roger seinen Strohsack von der Dachkammer hereingeschleppt, ihn neben den Riß in der Mauer gelegt und war dann hier liegen geblieben — weil er zu schwach war oder weil er nicht die Willenskraft aufbrachte, sich noch in die Dachkammer zu schleppen.

»Roger . . .«, flüsterte Robbie, »Roger!«

Roger schlug die Augen auf. Ich erkannte ihn nicht wieder. Sein Haar war weiß, die Augen tief eingesunken, das Gesicht mager und abgespannt. Unter dem weißen, stoppeligen Bart sah ich bleiche, schorfbedeckte Flecken und hinter den Ohren ähnlich bleiche Schwellungen. Er murmelte etwas; vermutlich wollte er Wasser, denn Robbie lief in die Küche. Ich kniete neben ihm nieder und betrachtete den Mann, den ich beim letztenmal noch so zuversichtlich und stark gesehen hatte.

Robbie kehrte mit einem Krug Wasser zurück, legte den Arm um seinen Bruder und half ihm trinken. Aber nach dem zweiten Schluck bekam Roger keine Luft mehr und fiel keuchend auf den Strohsack zurück.

»Es gibt kein Mittel mehr«, sagte er. »Die Schwellung hat sich schon bis zur Kehle ausgebreitet und verstopft die Luftröhre. Befeuchte mir nur die Lippen, das tut schon gut.«

»Wie lange liegst du schon hier?« fragte Robbie.

»Ich weiß es nicht. Vielleicht vier Tage und Nächte. Bald nachdem du fort warst, wußte ich, daß es mich erwischt hatte, und ich trug mein Bett in den Keller, so daß du unbesorgt oben schlafen konntest, wenn du wiederkamst. Wie geht es Sir William?«

»Er hat's überstanden, Gott sei Dank, und die kleine Katherine auch. Elisabeth und die Diener haben sich noch nicht angesteckt. In Tywardreath sind in dieser Woche über sechzig Leute gestorben. Die Priorei ist geschlossen, wie du weißt, und der Prior und die Brüder sind nach Minster gefahren.«

»Um die ist's nicht schade«, murmelte Roger. »Wir können ohne sie auskommen. Warst du in der Kapelle?«

»Ja, ich habe das gewohnte Gebet gesprochen.«

Er betupfte die Lippen seines Bruders noch einmal mit Wasser und versuchte ein wenig ungelenk, aber zärtlich, die Schwellungen hinter Rogers Ohren zu glätten.

»Ich sage dir, da hilft nichts mehr«, wiederholte Roger. »Dies ist das Ende. Kein Priester, der mir das Totenhemd anzieht, kein Gemeindegrab zusammen mit den anderen. Begrabe mich unten an den Klippen, dort, wo meine Gebeine die Meeresluft spüren.«

»Ich gehe nach Polpey und hole Bess«, sagte Robbie. »Wir beide bringen dich gemeinsam durch.«

»Nein«, sagte Roger, »sie muß ihre Kinder und Julian versorgen. Höre meine Beichte, Robbie. Mir liegt seit dreizehn Jahren etwas auf dem Gewissen.«

Er versuchte mühsam, sich aufzurichten, hatte aber nicht genug Kraft, und Robbie, dem die Tränen über die Wangen liefen, strich seinem Bruder das verfilzte Haar aus den Augen.

»Wenn sie dich und Lady Carminowe betrifft, brauche ich sie nicht zu hören, Roger«, sagte er, »Bess und ich wissen, wie sehr du sie geliebt hast und immer noch liebst. Wir hatten sie auch gern. Das war keine Sünde.«

»Es war keine Sünde zu lieben, aber zu morden«, sagte Roger.

»Wie meinst du das?«

Robbie, der neben seinem Bruder kniete, starrte bestürzt auf ihn nieder und schüttelte den Kopf. »Du redest irr, Roger«, sagte er sanft. »Wir wissen alle, wie sie starb. Sie war schon wochenlang, bevor sie zu uns kam, krank gewesen und verheimlichte es vor uns; und als man sie mit Gewalt fortholen wollte, versprach sie, in einer Woche zu folgen, und da ließ man sie hier.«

»Sie wäre fortgegangen, aber ich habe es verhindert.«

»Wie denn? Sie starb, bevor die Woche um war, hier oben in der Dachkammer, in Bess' und deinen Armen.«

»Sie starb, weil ich nicht wollte, daß sie Schmerzen litt«, antwortete Roger. »Sie starb, denn hätte sie ihr Versprechen gehalten und wäre nach Trelawn und von dort nach Devon gefahren, so hätten ihr Wochen, ja Monate einer Todesqual bevorgestanden, wie sie unsere Mutter durchmachte, als wir noch klein waren. Darum ließ ich sie bei uns entschlafen, ohne daß sie wußte, was ich getan hatte, und Bess und du habt es auch nicht gewußt.«

Er tastete nach Robbies Hand und hielt sie fest. »Hast du dich nie gefragt, was ich tat, Robbie, wenn ich früher noch nachts in der Priorei blieb oder Jean de Meral hier in den Keller mitnahm?«

»Ich wußte, daß die französischen Schiffe Waren brachten«, antwortete Robbie, »und daß du sie zur Priorei trugst –

Wein und andere Sachen, die sie dort brauchten. Darum lebten die Mönche so gut.«

»Sie lehrten mich dafür ihre Geheimnisse«, sagte Roger. »Wie man Träume und Visionen heraufbeschwört anstatt zu beten; wie man für ein paar Stunden das Paradies auf Erden sucht; wie man Menschen einschläfert. Erst als der junge Bodrugan in Merals Obhut starb, widerte das Spiel mich an, und ich nahm nicht mehr daran teil. Aber ich hatte die geheime Kunst gründlich gelernt und wandte sie an, als die Zeit kam. Ich gab Lady Carminowe etwas, das den Schmerz linderte und sie langsam einschläferte. Es war Mord, Robbie, und eine Todsünde. Niemand außer dir weiß davon.«

Die Anstrengung des Sprechens hatte ihn erschöpft, und Robbie, angesichts des nahenden Todes plötzlich hilflos und erschrocken, ließ Rogers Hand los, stand unsicher auf und tastete sich blind vor Schmerz in die Küche, vielleicht, um noch eine Decke für seinen Bruder zu holen. Ich blieb auf den Knien. Roger öffnete zum letztenmal die Augen und starrte mich an. Ich glaube, er bat um die Absolution, aber in seiner Zeit war niemand da, der sie ihm geben konnte. Ich war ebenso hilflos wie Robbie, denn ich kam sechs Jahrhunderte zu spät.

»Geh hin, Christenseele, geh im Namen des Gottes, des allmächtigen Vaters, der dich schuf, aus dieser Welt, im Namen Jesu Christi, des Sohnes des lebendigen Gottes, der für dich litt, im Namen des Heiligen Geistes, der dich heiligte . . .«

An die übrigen Worte konnte ich mich nicht erinnern, und es war auch gleichgültig, denn Roger war tot. Das Licht fiel durch die Ritzen in den Fensterläden der alten Wäscherei, und ich kniete auf dem Steinboden des Labors zwischen den leeren Flaschen und Gläsern. Ich spürte weder Schwindel noch Übelkeit und hörte kein Summen in meinen Ohren. Es herrschte ein großer Frieden.

Ich hob den Kopf und sah, daß der Arzt an der Wand stand und mich beobachtete.

»Es ist aus«, sagte ich. »Roger ist tot, er ist frei. Es ist alles vorbei.«

Der Arzt berührte meinen Arm und führte mich die Treppe hinauf durch das Vorderhaus in die Bibliothek. Wir setzten uns auf die Fensterbank und blickten auf das Meer hinaus.

»Erzählen Sie mir davon«, sagte er.

»Wissen Sie denn nicht alles?«

Ich hatte gedacht, als ich ihn im Labor sah, daß er an meinen Erlebnissen teilgenommen hatte, aber jetzt begriff ich, daß das nicht möglich war.

»Ich wartete mit Ihnen zusammen auf dem Gelände des Gutshauses«, sagte er. »Dann folgte ich Ihnen den Berg hinauf und fuhr hinter Ihnen her. Sie blieben eine Weile auf einem Feld über Tywardreath stehen, nahe der Stelle, wo die beiden Straßen zusammenstoßen, dann gingen Sie durch das Dorf, nahmen den Seitenpfad und kamen hier herauf. Sie gingen ganz normal, vielleicht ein bißchen schneller als gewöhnlich. Dann bogen Sie nach rechts in den Wald ein, und ich fuhr in die Auffahrt. Ich wußte ja, daß ich Sie unten im Haus finden würde.«

Ich stand auf, trat an das Bücherregal und nahm einen Band der *Encyclopaedia Britannica* heraus.

»Was suchen Sie?« fragte er.

Ich blätterte die Seiten um, bis ich die Stelle fand, die ich suchte.

»Ich möchte wissen, wann der Schwarze Tod kam«, sagte ich. »Dreizehnhundertachtundvierzig. Dreizehn Jahre nach Isoldas Tod.« Ich stellte das Buch wieder auf das Regal.

»Die Beulenpest?« bemerkte er. »Sie tritt im Fernen Osten noch heute gelegentlich auf.«

»Tatsächlich? Nun, ich habe gerade gesehen, was sie vor sechshundert Jahren in Tywardreath anrichtete.«

Ich trat wieder ans Fenster und hob den Spazierstock auf. »Sie haben sich wohl gewundert, wie ich diesen letzten Trip zustande brachte?« sagte ich. »So.« Ich schraubte die Spitze ab und zeigte ihm den winzigen Becher. Er nahm ihn mir ab und drehte ihn um. Der Becher war leer.

»Tut mir leid«, sagte ich, »aber als ich Sie da unten beim Steinbruch sitzen sah, wußte ich, daß ich es tun mußte. Es war meine letzte Chance. Und ich bin froh, daß ich es tat, denn jetzt ist das Ganze erledigt, vorbei. Es bleibt keine Versuchung mehr, kein Wunsch, mich in der anderen Welt zu verlieren. Ich sagte Ihnen, daß Roger frei ist, und damit bin ich es auch.«

Er antwortete nicht, er betrachtete nur den leeren Becher. In seinem Gesicht lag ein rätselhafter Ausdruck.

»Wie wär's, wenn Sie mir sagten, was sonst noch in dem Bericht stand, den John Willis Ihnen schickte, bevor wir in Dublin anrufen?« fragte ich ihn.

Er schob den Becher an seinen Platz zurück, schraubte die Spitze darauf und reichte mir den Stock.

»Ich habe ihn in der Flamme meines Feuerzeuges verbrannt, als Sie da unten auf dem Boden knieten und das Totengebet sprachen«, sagte er. »Das schien mir der richtige Augenblick zu sein, und ich wollte das Ergebnis der Analyse lieber vernichten, anstatt es zwischen meinen Akten im Sprechzimmer liegenzulassen.«

»Das ist keine Antwort«, sagte ich.

»Mehr werden Sie von mir nicht hören«, erwiderte er.

In der Halle läutete das Telefon. Ich fragte mich, wie oft es wohl schon geläutet hatte.

»Das ist bestimmt Vita«, sagte ich. »Auf zum Countdown! Am besten werfe ich mich wieder auf die Knie. Soll ich ihr sagen, daß ich in der Herrentoilette eingeschlossen wurde und morgen komme?«

»Es wäre besser, wenn Sie ihr sagten, Sie hofften auf ein späteres Wiedersehen — vielleicht in ein paar Wochen.«

»Aber das ist doch absurd«, erwiderte ich ärgerlich. »Mich hält nichts mehr zurück. Ich habe Ihnen doch gesagt, es ist alles vorbei, und ich bin frei.«

Er saß schweigend da und starrte mich an.

Das Telefon läutete immer noch, und ich ging durch das Zimmer, um das Gespräch anzunehmen, aber als ich den Hörer abhob, passierte mir etwas ganz Dummes. Ich konnte ihn nicht richtig halten. Meine Finger waren taub. Der Hörer glitt mir aus der Hand und fiel krachend zu Boden.

Roman

Als Band mit der Bestellnummer 10 174 erschien:

Françoise Linarès

SOPHIE, MON CŒUR

Frankreich 1789. Die Revolution greift von Paris aus wie ein Lauffeuer um sich. Royalisten und Republikaner liefern sich blutige Kämpfe. Auch die Freundschaft der Brècheville und Malahougue, zweier benachbarter Familien in der Normandie, zerbricht an diesem Streit. Doch nicht alles wird ausgelöscht, was bisher war. So trifft sich Mathieu Brècheville, Leutnant bei den Königstreuen, noch immer heimlich mit Judith, der bildschönen Frau des Republikaners Malahougue, die seine Gefühle mit einer schillernden Haßliebe erwidert. Und seine Schwester Sophie steht in Treue zu Judiths Bruder Guillaume, einem Leutnant der Regierungstruppen.
Als sei es das letzte Mal, wird fortan jede ihrer Begegnungen zu einem wahren Sinnenrausch, denn sie wissen: Die Revolution wird ihren Tribut fordern – und sie kennt kein Erbarmen mit den Liebenden.

Ein erzählerisches Meisterwerk, das zu den schönsten seiner Gattung gehört.

Roman

Als Band mit der Bestellnummer 10 175 erschien:

Taylor Caldwell

EIN RUHMREICHER SIEG

Unter Taylor Caldwells vielen erfolgreichen Romanen ist *Ein ruhmreicher Sieg* der reifste. Er erzählt die Geschichte der Wittmanns, die zur Bismarck-Zeit von Deutschland nach Amerika ausgewandert und dort zu Ansehen und Reichtum gelangt sind. Von den vier Brüdern kümmert sich Charles als einziger um das renommierte Familienunternehmen. Er ist Witwer und hofft, daß sein Sohn James, der einzige männliche Erbe der Wittmanns, die Tradition weiterführt. Doch James' Entschluß, Arzt zu werden, sowie der Ausbruch des Ersten Weltkriegs in Europa, durchkreuzen seine ehrgeizigen Pläne . . .

Roman

Als Band unter der Bestellnummer 10 201 erschien:

Mika Waltari

ZWISCHENSPIEL IN BORGA

Waltari wählte für diesen Roman die geschichtlichen Ereignisse um den Zusammenbruch des finnischen Widerstandes gegen Rußland im Jahre 1809. Zar Alexander I. kommt persönlich zu den Verhandlungen nach Borga. Auf einem Ball, den die finnischen Landstände geben, erregen die Schönheit und der spröde Charme Ulla Möllersvärd die Aufmerksamkeit des Zaren. Durch diese Begegnung erfährt das Schicksal des finnischen Volkes eine Wende, auf die es kaum zu hoffen gewagt hatte.

Roman

Als Band mit der Bestellnummer 10187 erschien:

Baroness Orczy

SCARLET PIMPERNEL DAS SCHARLACHROTE SIEGEL

Waghalsige Abenteuer, raffinierte Intrigen und eine große Liebe sind die spannenden Elemente dieses großen historischen Romans.

Wer ist Scarlet Pimpernel? Welcher tollkühne Mann verbirgt sich hinter dem scharlachroten Siegel? Die Damen am englischen Hof träumen von ihm, die Männer bewundern ihn. Aber die Revolutionäre in Paris hassen ihn wie die Pest, weil er immer wieder französische Aristokraten aus dem Land schmuggelt und sie so vor der Guillotine rettet.
Sie setzen die bezaubernd schöne Marguerite Blakeney auf ihn an. Aber Scarlet Pimpernel entkommt seinen Häschern. Es gelingt ihm sogar, seine Frau zurückzuerobern, wenn er auch sein Geheimnis preisgeben muß . . .